S. K. TREMAYNE

S. K. Tremayne est le pseudonyme d'un(e) auteur(e) britannique à succès. *Le Doute* (Presses de la Cité, 2015) est son premier roman signé sous ce pseudonyme.

LE DOUTE

S. K. TREMAYNE

LE DOUTE

Traduit de l'anglais
par Isabelle Maillet

PRESSES DE LA CITÉ

Titre original :
THE ICE TWINS

MIXTE
Papier issu de sources responsables
FSC® C003309
FSC
www.fsc.org

Pocket, une marque d'Univers Poche, est un éditeur qui s'engage pour la préservation de son environnement et qui utilise du papier fabriqué à partir de bois provenant de forêts gérées de manière responsable.

ISBN 978-2-266-26967-4

1

Nos chaises sont à exactement deux mètres l'une de l'autre. Et elles font toutes les deux face au grand bureau, comme si nous étions un couple en pleine séance de thérapie conjugale – une expérience que je ne connais que trop bien. Deux hautes fenêtres du XVIIIe siècle, à guillotine et dépourvues de rideaux, dominent la pièce, offrant les images jumelles d'un ciel londonien envahi par les ombres du crépuscule.

— On peut allumer ? demande mon mari.

Le jeune notaire, Andrew Walker, délaisse ses documents, et je crois déceler un soupçon d'agacement dans son regard.

— Bien sûr, répond-il. Toutes mes excuses.

Il se penche vers un interrupteur derrière lui, et deux lampadaires inondent la pièce d'une généreuse lumière jaune, obscurcissant du même coup les impressionnantes fenêtres.

Je vois à présent mon reflet dans l'une des vitres – silhouette immobile, passive, aux genoux serrés. Qui est cette femme ?

Elle n'est pas celle que j'étais avant. Elle a les mêmes yeux bleus, mais voilés par la tristesse. Son visage est légèrement arrondi, pâle, et plus creusé qu'il ne l'était.

Elle est toujours blonde, toujours assez jolie, et néanmoins fanée, éteinte : une inconnue de trente-trois ans, dont la jeunesse a disparu depuis longtemps.

Et sa tenue ?

Un jean qui était à la mode il y a un an. Pareil pour les bottes. Un pull en cachemire lilas, plutôt seyant, et cependant usé, informe à force d'avoir été lavé. J'esquisse une petite grimace devant mon image. J'aurais dû soigner mon apparence. En même temps, pourquoi ? Il s'agit seulement d'un rendez-vous avec un notaire – qui, pourtant, doit bouleverser notre vie.

La rumeur de la circulation nous parvient du dehors, étouffée, comme la respiration profonde mais irrégulière d'un conjoint en train de rêver. Vais-je regretter le trafic londonien et son bruit de fond permanent, aussi rassurant que ces applications pour smartphone qui aident à s'endormir en reproduisant les pulsations du sang dans le ventre de la mère, ponctuées par les battements sourds de son cœur ?

Mes jumelles ont dû les entendre, ces sons, avant leur naissance. Sur la deuxième échographie, je me souviens de les avoir vues se frotter le nez. Elles avaient l'air de deux symboles héraldiques sur des armoiries, identiques et face à face. La licorne et la licorne.

Testateur. Exécuteur. Légitime. Homologation…

Andrew Walker s'adresse à nous comme si nous étions dans une salle de cours, et qu'il était un professeur légèrement déçu par ses étudiants.

Legs. Décédée. Héritier. Enfants survivants.

Mon mari Angus soupire. Je connais ce soupir : il exprime l'ennui, sans doute aussi l'exaspération ; Angus a du mal à contenir son impatience. Je peux le comprendre, mais le notaire m'inspire néanmoins une certaine sympathie. Ce ne doit pas être facile pour lui non plus : affronter un père de famille furieux et belliqueux, et une mère toujours accablée de chagrin, tout en essayant de régler au mieux une succession problématique… La situation est délicate, il faut bien l'admettre. Peut-être son élocution posée, précise et prudente lui permet-elle de se distancier, de mieux gérer la difficulté. Peut-être ce jargon est-il l'équivalent juridique de la terminologie médicale. *Hématomes du duodénum et avulsions traumatiques ayant conduit à une péritonite infantile fatale.*

La voix cassante de mon mari claque soudain :

— On a déjà vu tout ça.

Est-ce qu'il a bu ? L'énervement affleure. Il ne décolère pas depuis le drame. Et il boit beaucoup. Pourtant, il m'a paru lucide aujourd'hui, et j'en déduis qu'il est resté sobre.

— On aimerait en avoir fini avant que les effets du réchauffement climatique se fassent trop sentir, si vous voyez ce que je veux dire, ajoute-t-il, sarcastique.

— Écoutez, monsieur Moorcroft, je vous répète que Peter Kenwood est en vacances. Si vous préférez, nous pouvons attendre son retour…

Angus fait non de la tête.

— Pas question. On est là pour boucler le dossier une bonne fois pour toutes.

— Dans ce cas, je dois revoir tous les documents, et aborder tous les points qui me paraissent pertinents. De plus, Peter a le sentiment que… eh bien…

Je le regarde. Le notaire hésite et, quand il reprend la parole, il pèse ses mots avec encore plus de soin.

— Vous n'ignorez sans doute pas, monsieur Moorcroft, que Peter se considère comme un vieil ami de la famille, pas seulement comme un conseiller juridique. Il est au courant de la situation. Et il connaissait très bien feu Mme Carnan, votre grand-mère. Par conséquent, il m'a demandé de m'assurer encore une fois que vous saviez tous les deux où vous mettiez les pieds.

— On le sait très bien, merci.

— Je ne vous apprendrai rien en vous rappelant que l'île est à peine habitable…

Andrew Walker hausse les épaules, l'air mal à l'aise ; on croirait presque que son cabinet est responsable de cet état de fait, mais qu'il tient absolument à éviter des poursuites.

— Quant à la maison du gardien du phare, elle a été laissée à l'abandon, personne n'y vit plus depuis des années. Elle est cependant classée aux monuments historiques, si bien que vous n'avez pas le droit de la démolir.

— Oui, je suis au courant, déclare Angus. J'allais souvent là-bas quand j'étais gosse. Je jouais dans les rochers et les flaques.

— Mais êtes-vous bien conscient du défi que représente une telle entreprise, monsieur Moorcroft ? Il faut tenir compte des contraintes d'accessibilité, en particulier des marées, sans parler des divers problèmes de plomberie, de chauffage, et du réseau électrique en général. Or, il n'y a pas d'argent dans le testament, rien pour…

— On en est parfaitement conscients, monsieur Walker.

Une courte pause. Le notaire me dévisage un instant, puis reporte son attention sur Angus.

— Si j'ai bien compris, vous vendez votre maison à Londres ?

Angus soutient son regard. Tête haute. Sur la défensive.

— Pardon ? Quel rapport avec le reste ?

Le notaire secoue la tête.

— Peter est inquiet, parce que… ah… étant donné le deuil tragique qui vous a frappés récemment… il a besoin de certitudes.

Mon mari me jette un coup d'œil. Je hausse les épaules, sans m'impliquer. Angus se penche en avant.

— O.K. Bon, peu importe. Oui, nous vendons notre maison de Camden.

— Et cette transaction devrait vous rapporter un capital suffisant pour entreprendre la rénovation d'Ell…

Andrew Walker bute sur le mot et fronce les sourcils.

— Je ne suis pas sûr de savoir le prononcer. Ell…

— Eilean Torran. C'est du gaélique écossais. Ça veut dire « l'île du Tonnerre ». Torran Island.

— Ah, euh… Bien sûr. Torran Island. Donc, vous espérez obtenir de cette vente les fonds nécessaires pour rénover le cottage du gardien sur l'île ?

J'ai l'impression que je devrais intervenir. Peut-être. Sûrement. C'est Angus qui fait tout le travail. Pourtant, mon mutisme est réconfortant, pareil à un cocon protecteur. Je suis enveloppée dans mon silence, comme d'habitude. C'est tout moi : j'ai toujours été discrète, voire réservée, et cet aspect de ma personnalité irrite Angus depuis des années. *À quoi tu penses ? Dis-moi. Pourquoi est-ce toujours à moi de parler ?* Quand il me pose ce genre de questions, je me contente de hausser les épaules et de me détourner, car parfois ne rien dire est suffisamment éloquent.

Et c'est l'attitude que j'ai aujourd'hui. Muette. À l'écoute de mon mari.

— On a deux hypothèques sur la maison de Camden, précise Angus. Sans compter que j'ai perdu mon boulot, alors c'est vrai que pour le moment on ne roule pas sur l'or. Mais, oui, j'espère en tirer un bon prix.

— Vous avez déjà un acquéreur ?

— Pensez donc ! Des tas, même, prêts à dégainer leur stylo pour signer le chèque !

Angus ravale son exaspération avant de poursuivre.

— Bon, ma grand-mère nous a légué l'île, à mon frère et à moi, par testament. On est bien d'accord, jusque-là ?

— Tout à fait, approuve le notaire.

— Et mon frère, fort généreusement, a dit qu'il me la laissait, pas vrai ? Notre mère est dans une maison de retraite. Donc, l'île m'appartient, ainsi qu'à ma femme et à ma fille, n'est-ce pas ?

Ma fille. Au singulier.

— C'est exact…

— Bien. On veut déménager. On y tient beaucoup. Oui, l'île est inhabitée depuis des années. Oui, le cottage est délabré. Mais on s'en sortira. Après tout, on a…

Mon mari s'adosse à son siège.

— On a été confrontés à bien pire.

Je l'observe avec attention.

Si je le rencontrais aujourd'hui pour la première fois, je le trouverais très séduisant. Dans les trente-cinq ans, grand, de la prestance. Joues ombrées par une barbe de deux jours, yeux brun foncé. Dégageant une impression de virilité, de solidité.

Angus avait déjà un soupçon de barbe sur les joues lorsque j'ai fait sa connaissance dans ce vaste bar à tapas bruyant de Covent Garden, et je dois dire que cette caractéristique m'a plu ; elle mettait en valeur le dessin de sa mâchoire. C'était l'un des rares hommes que j'avais croisés jusque-là à pouvoir se targuer d'être « beau ».

Il riait, installé à une grande table avec un groupe de copains dont la moyenne d'âge était d'environ vingt-cinq ans. Mes copines et moi, un peu plus jeunes mais tout aussi exubérantes, occupions la table voisine. Le rioja coulait à flots.

Forcément, ce qui devait arriver était arrivé. Un des garçons avait sorti une plaisanterie à notre adresse, une des filles avait lancé une vanne, et là-dessus les tables s'étaient mélangées. Les uns et les autres s'étaient déplacés, bousculés, serrés, tout en blaguant et en faisant les présentations : elle c'est Zoe, lui c'est Sacha, lui c'est Alex, elle c'est Imogen, Meredith…

Et lui c'est Angus Moorcroft, et elle Sarah Milverton. Il est écossais, il a vingt-six ans. Elle est anglo-américaine, elle a vingt-trois ans. Maintenant, vous êtes unis pour la vie.

Dehors, le bruit de la circulation à cette heure de pointe augmente, me tirant de ma rêverie. Andrew Walker fait signer des documents à Angus. Oh, la procédure m'est familière ; nous en avons signé tellement, l'année dernière… Je n'aurais jamais pensé que la tragédie puisse générer autant de paperasse.

Angus, penché sur le bureau, griffonne son nom au bas des pages. Dans sa main, le stylo paraît ridiculement petit. Je laisse mon regard se porter vers le tableau de l'Old London Bridge accroché au mur peint en jaune. Je voudrais me perdre encore un moment dans le passé, oublier la réalité ne serait-ce que quelques instants. Je voudrais me bercer des souvenirs d'Angus et moi, en ce premier soir.

Tout est si net dans ma tête ! Je me rappelle la musique – de la salsa mexicaine –, ainsi que les tapas passables : *patatas bravas* d'un rouge criard, asperges blanches vinaigrées. Je me rappelle la façon dont nos amis se sont éclipsés petit à petit – qui pour aller prendre le dernier métro, qui pour aller se coucher –, comme s'ils avaient tous senti que nous étions faits l'un pour l'autre, qu'il ne s'agissait pas entre nous d'un banal flirt du vendredi soir.

C'est incroyable, la vitesse à laquelle tout peut basculer… Quelle serait ma vie aujourd'hui si notre petite bande avait opté pour une table différente dans la salle, ou décidé d'aller dans un autre bar ? Mais voilà, nous avons choisi ce bar et cette table, et à minuit j'étais assise seule à côté d'Angus Moorcroft. Il m'a dit qu'il était architecte et célibataire. Il a enchaîné par une plaisanterie subtile – tellement subtile qu'il m'a fallu une bonne minute pour comprendre que c'était une plaisanterie. Et au moment où j'éclatais de rire, je me suis rendu compte qu'il posait sur moi un regard à la fois intense et interrogateur.

Alors je l'ai dévisagé à mon tour, détaillant ses yeux brun foncé à l'expression grave ; ses cheveux bouclés, épais et d'un noir de jais ; ses joues envahies par un chaume sombre, et ses dents blanches et régulières entre ses lèvres rouges. Et la réponse s'est imposée à moi : Oui.

Deux heures plus tard, nous échangions notre premier baiser alcoolisé, sous une lune approbatrice, dans un coin de la place de Covent Garden. Je revois briller les pavés mouillés autour de nous pendant que nous nous embrassions ; j'ai l'impression de sentir à nouveau sur ma peau l'agréable fraîcheur de l'air nocturne. Nous avions couché ensemble cette même nuit.

Moins d'un an plus tard, nous étions mariés. Et au bout d'à peine deux ans de mariage, nous avions les filles : des jumelles parfaitement identiques. Aujourd'hui, il n'en reste qu'une.

La douleur resurgit d'un coup, et je dois presser mon poing contre ma bouche pour refouler un frisson. Disparaîtra-t-elle un jour ? Peut-être pas. C'est comme une blessure de guerre – comme des éclats d'obus dans la chair, qui remontent lentement à la surface au fil des ans.

Il vaudrait sans doute mieux que je prenne la parole. Pour soulager la souffrance, apaiser le tumulte de mes pensées. Je suis assise dans cette pièce depuis une demi-heure, docile et mutique, pareille à quelque épouse puritaine. J'ai trop souvent tendance à attendre d'Angus qu'il parle à ma place, qu'il m'apporte ce qu'il me manque. En l'occurrence, il est temps de mettre un terme à mon silence.

— Si nous remettons l'île en état, elle pourrait aller chercher dans les un million de livres.

Les deux hommes se tournent vers moi avec un bel ensemble. Miracle, elle parle !

— C'est déjà ce que vaut à elle seule la vue sur le Sound of Sleat, avec Knoydart à l'arrière-plan, dis-je.

J'ai veillé à prononcer Sleat comme il faut, avec l'accent gaëlique : [sleit]. J'ai passé d'innombrables heures à faire des recherches sur Google – images, articles, etc.

Le notaire se fend d'un sourire poli.

— Oh. Y êtes-vous déjà allée, madame Moorcroft ?

Je rougis, mais je m'en fiche.

— Non. En attendant, j'ai étudié des photos, lu des livres… C'est l'une des plus célèbres vues de toute l'Écosse. Sans compter que nous serons propriétaires de l'île.

— Certes, oui. Cependant…

— Il y avait une maison dans le village d'Ornsay, sur le continent, à moins d'un kilomètre de Torran…

Je consulte les notes que j'ai mémorisées dans mon téléphone, même si je me souviens parfaitement des détails.

— Elle s'est vendue pour sept cent cinquante mille livres le 15 janvier de cette année. Quatre chambres, avec un joli jardin et une petite terrasse. Une belle propriété, qui n'avait toutefois rien d'un château. Sauf qu'elle a une vue magnifique sur le Sound, et que c'est ce qui en fait toute la valeur. *Sept cent cinquante mille livres.*

Angus me regarde, marque son approbation d'un hochement de tête, puis renchérit :

— Tout juste. Il est possible d'aménager cinq chambres dans le cottage, il est assez grand. Et il est entouré d'environ une acre de terrain. Une fois retapé, il pourrait en effet atteindre le million. Sans problème.

— Eh bien, monsieur Moorcroft, il vaut à peine cinquante mille livres aujourd'hui, mais je veux bien reconnaître qu'il a du potentiel.

Le sourire du notaire me semble factice. Son attitude pique ma curiosité : pourquoi est-il si réticent à l'idée que nous allions nous installer sur Torran Island ? Sait-il quelque chose que nous ignorons ? Quelle est l'implication réelle de Peter Kenwood ? Peut-être les deux notaires ont-ils l'intention de faire eux-mêmes une offre ? Après tout, ce serait logique : Kenwood connaît Torran Island depuis des années, il était proche de la grand-mère d'Angus, il est bien placé pour évaluer l'intérêt du bien.

Alors, est-ce dans leurs projets ? Auquel cas, rien ne serait plus facile pour eux : maintenant que la grand-mère d'Angus est morte, ils n'ont plus qu'à fondre sur les petits-enfants – le couple en deuil, toujours sous le choc de la mort d'une fillette, empêtré en outre dans les problèmes financiers –, leur proposer cent mille livres, le double de la valeur estimée, feindre la générosité et la compassion, sourire avec chaleur et tristesse. *Ce doit être difficile, mais nous pouvons vous aider, vous soulager de ce fardeau. Veuillez signer en bas...*

À partir de là, ce ne serait qu'un jeu d'enfant : envoyer une équipe d'ouvriers polonais à Skye, investir deux cent mille livres, et patienter peut-être un an, le temps des travaux.

Magnifique propriété, située sur une île privée, au cœur du célèbre Sound of Sleat. Prix : £1,25 million. À débattre.

En croisant le regard d'Andrew Walker, j'éprouve une pointe de remords. Je suis sans doute terriblement injuste envers Kenwood & Associés. Mais, quelles que soient leurs raisons de vouloir nous détourner de notre projet, il n'est pas question pour moi de renoncer à cet héritage : il représente une issue, un moyen d'échapper au chagrin et aux souvenirs, aux dettes et aux doutes.

J'en ai trop rêvé. Combien de fois ai-je contemplé des photos brillantes de Torran Island sur mon ordinateur portable, dans la cuisine, en pleine nuit, quand Kirstie dormait dans sa chambre et qu'Angus était couché, assommé par le scotch ? Je l'ai admirée dans toute sa beauté cristalline. Eilean Torran. Sur le Sound of Sleat. Une magnifique propriété, en effet, sur sa propre île, perdue dans la splendeur des Hébrides intérieures.

— Bon, il me faudrait juste encore deux ou trois signatures, dit Andrew Walker.

— Et après, c'est terminé ?

Un bref silence éloquent.

— Oui.

Quinze minutes plus tard, Andrew et moi sortons du cabinet aux murs peints en jaune, nous engageons dans le couloir peint en rouge, et débouchons dans la fraîcheur humide d'une soirée d'octobre à Bedford Square, Bloomsbury.

Angus a rangé les actes dans son sac à dos. Les documents sont complétés, tout est en ordre. Je contemple un monde changé ; mon humeur s'allège considérablement.

De hauts bus rouges sillonnent Gower Street ; derrière les vitres, deux étages de visages au regard vide.

Soudain, mon mari me pose une main sur le bras.

— Bien joué.

— Pour ?

— Ton intervention. Le timing était parfait. Je commençais à me dire que j'allais le frapper.

— Moi aussi.

Nous nous dévisageons. Complices et tristes.

— N'empêche, on a réussi, pas vrai ?

Il sourit.

— On a réussi, oui. Cette fois, chérie, c'est fait.

Il remonte le col de sa veste pour se protéger de la pluie.

— Mais, Sarah… il faut que je te le demande encore une fois : tu es absolument sûre de toi ?

Comme je grimace, il s'empresse d'ajouter :

— Je sais, je sais. Mais tu penses toujours que c'est la meilleure solution ? Tu veux vraiment…

Il indique d'un geste les lumières jaunes des taxis londoniens en file indienne, qui luisent sous le crachin.

— Tu veux vraiment quitter tout ça ? Y renoncer ? Skye est tellement tranquille…

— Quand un homme se lasse de Londres, il se lasse de la pluie.

Angus éclate de rire. Se penche plus près. Ses yeux bruns cherchent les miens, et peut-être ses lèvres cherchent-elles les miennes. Je lui caresse le côté de la mâchoire, l'embrasse sur sa joue râpeuse et hume discrètement sa peau. Il ne sent pas le whisky – juste son odeur habituelle : savon et virilité. C'est l'odeur de l'homme que j'ai aimé, que j'aime et que j'aimerai toujours.

Peut-être ferons-nous l'amour ce soir, pour la première fois depuis beaucoup trop longtemps. Peut-être sommes-nous enfin en train de nous remettre. Sauf que… peut-on jamais se remettre d'un drame pareil ?

Nous marchons main dans la main. Angus serre fort la mienne, comme il l'a fait si souvent au cours de l'année écoulée – soir après soir, quand je pleurais au lit sans pouvoir m'arrêter ni parler ; et du début à la fin des funérailles de Lydia, de « Je suis la résurrection et la vie » à « Tu seras à jamais dans nos cœurs à tous ».

Amen.

— Métro ou bus ?

— Métro, dis-je. C'est plus rapide. J'ai hâte d'annoncer la bonne nouvelle à Kirstie.

— J'espère qu'elle le prendra comme ça.

Je le regarde. Non.

Non, je ne peux pas m'offrir le luxe de douter. Si je commence à me poser des questions, alors l'incertitude m'envahira et nous resterons bloqués ici.

Les mots se bousculent dans ma bouche.

— Évidemment, Angus ! Comment veux-tu qu'il en soit autrement ? On vivra à côté d'un phare, dans la nature, près des cerfs et des dauphins…

— Je te rappelle quand même que t'as surtout vu des photos de l'île en été. Au soleil. En hiver, c'est différent. Il fait nuit tôt et…

— Eh bien, en hiver, on… on se barricadera et on se défendra contre les éléments. Ce sera l'aventure.

Nous sommes presque arrivés à la station. Un flot sombre de banlieusards déferle dans l'escalier – un torrent avalé par la bouche de métro. Je me retourne brièvement pour jeter un coup d'œil à New Oxford Street envahie par la brume. Les brouillards d'automne à Bloomsbury sont comme le fantôme – ou le souvenir visible – des marécages qui s'étendaient dans cette partie de la ville à l'époque médiévale. J'ai lu ça quelque part.

Je lis beaucoup.

— Tu viens ?

Cette fois, c'est moi qui saisis la main d'Angus et entremêle nos doigts tandis que nous descendons vers le quai. Nous endurons un trajet de trois stations dans un compartiment bondé à l'heure de pointe, blottis l'un contre l'autre, puis nous nous serrons dans les ascenseurs poussifs à Mornington Crescent, et lorsque nous émergeons à la surface, c'est presque en courant.

— Eh ! lance Angus en riant. C'est une épreuve olympique ?

— J'ai hâte de le dire à Kirstie !

Oh oui, j'ai hâte. Pour une fois, j'ai une bonne nouvelle à annoncer à ma fille survivante, un message de joie et d'espoir à lui transmettre. Cela fait quatorze mois aujourd'hui que sa sœur Lydia est morte – la facilité et la précision avec lesquelles je tiens le compte des jours me dépassent et m'horripilent tout à la fois –, et elle vit depuis dans une angoisse dont je ne peux même pas imaginer l'ampleur : elle a perdu sa jumelle, sa seconde âme. Pendant quatorze longs mois, elle a été enfermée dans une solitude effroyable. Mais à présent, j'ai le pouvoir de la délivrer.

De l'air frais, des montagnes, des lochs marins. Et une vue sur la baie jusqu'à Knoydart.

Je me précipite vers la porte de la grande maison blanche que nous n'aurions jamais dû acheter, et dans laquelle nous n'avons plus les moyens de vivre.

Imogen m'accueille dans le vestibule. L'intérieur sent la nourriture pour enfants, la lessive et le café frais ; il est inondé de lumière. Cette maison va me manquer. Ou peut-être pas.

— Immy ? Merci de t'être occupée d'elle.

— Oh, je t'en prie, ce n'est rien. Alors, dis-moi : tout s'est bien passé ?

— Oui, c'est bon. On va déménager !

Elle frappe dans ses mains d'un air ravi. Imogen, ma brune amie, élégante et brillante, obligée de me supporter depuis l'université… Elle se penche et me serre dans ses bras, mais je m'écarte en souriant.

— Il faut que je la mette au courant, elle ne sait encore rien.

Imogen sourit.

— Elle est dans sa chambre avec le Dégonflé.

— Avec qui ?

— Son bouquin, voyons ! Le *Journal d'un dégonflé* !

Je longe le couloir, monte l'escalier et m'arrête devant la porte marquée : « Kirstie habite ici » et « Toquez avant d'entrer », des inscriptions faites de lettres découpées maladroitement aux ciseaux dans du papier coloré brillant. Docilement, je frappe.

J'entends un léger « Hmm » – la version personnelle de Kirstie pour « Entrez ».

Je pousse la porte. Ma petite fille de sept ans est assise en tailleur par terre dans son uniforme scolaire – pantalon noir, polo blanc –, le nez dans un livre : l'image même de l'innocence, mais aussi de la solitude. L'amour et la tristesse me submergent, palpitent en moi. Je voudrais tellement lui offrir une vie meilleure, lui rendre ce qu'elle a perdu, la faire redevenir elle-même…

— Kirstie…

Pas de réaction. Elle continue de lire. Ça lui arrive parfois ; pour elle, c'est une sorte de jeu : « Hmm-pas-parler ». C'est devenu plus fréquent au cours de l'année écoulée.

— Kirstie. Minouche. Kirstie-koo ?

Pour le coup, elle lève la tête, me révélant ses grands yeux bleus qu'elle a hérités de moi – mais en plus bleu : bleu Hébrides. Ses cheveux sont d'un blond presque blanc.

— Maman.

— J'ai une nouvelle à t'annoncer, Kirstie. Une bonne nouvelle. Merveilleuse, même.

Assise par terre à côté d'elle, entourée de ses jouets – ses pingouins, Leopardy le léopard en peluche, et la Poupée manchote –, je lui raconte tout. Les paroles se bousculent dans ma bouche pour lui expliquer que nous allons partir nous installer dans un endroit spécial, un endroit inconnu où nous pourrons commencer une nouvelle vie – magnifique, baigné d'air frais et de lumière : une île rien que pour nous.

Pendant que je parle, Kirstie ne me quitte pas du regard un seul instant. C'est à peine si elle cille. Muette, passive, comme en transe, me renvoyant mes propres silences. Puis elle hoche la tête et ébauche un sourire. Déconcertée, peut-être. Le calme règne dans la chambre. Je suis à court de mots.

— Alors ? dis-je enfin. Qu'est-ce que tu en penses ? Aller vivre sur une île, rien que nous trois, tu ne trouves pas ça formidable ?

Kirstie acquiesce d'un léger mouvement de tête. Baisse les yeux vers son livre, le referme, me dévisage de nouveau.

— Maman ? Pourquoi tu m'appelles tout le temps Kirstie ?

Je ne réponds pas. Le silence me semble soudain assourdissant.

— Je, euh… Excuse-moi, ma puce, tu disais ?

— Pourquoi tu m'appelles tout le temps Kirstie, maman ? Kirstie est morte. C'est Kirstie qui est morte. Moi, je suis Lydia.

2

Je dévisage Kirstie en essayant de sourire pour masquer l'angoisse qui me tenaille.

Il s'agit sans doute d'émotions latentes qui refont surface dans son esprit en plein développement. De la manifestation d'un trouble propre aux jumeaux dont l'un est mort. Après tout, j'ai l'habitude que mes filles – que ma fille, désormais – soient différentes des autres.

Dès le jour où, au cœur de l'hiver, ma mère est arrivée du Devon dans notre petit appartement de Holloway, dès le moment où elle a posé son regard sur les deux sœurs couchées ensemble dans leur berceau – sur ces deux bébés minuscules et identiques, qui se suçaient réciproquement le pouce –, dès l'instant où son visage s'est éclairé d'un sourire à la fois incrédule et ébahi, et où ses yeux se sont écarquillés d'un émerveillement sincère, j'ai su que donner naissance à des jumeaux était un miracle encore plus impressionnant que celui de devenir parent. Car les jumeaux, en particulier les vrais, tiennent du phénomène génétique : ce sont des êtres extraordinaires par leur simple existence.

Extraordinaires, et à part.

Mon père leur avait même trouvé un surnom, les Jumelles de Glace, parce qu'elles étaient nées le jour le plus froid de l'année, et qu'elles avaient des yeux bleu glacier et des cheveux d'un blond si clair qu'il paraissait presque blanc. Je n'ai jamais vraiment adopté ce surnom aux accents mélancoliques. Pourtant, je ne pouvais nier que, d'une certaine manière, il leur allait bien : il saisissait leur étrangeté.

Elles avaient ainsi un nom à elles, qu'elles partageaient – un lien singulier de plus.

Dans cette perspective, l'affirmation posée et bouleversante de Kirstie – « Maman, c'est Kirstie qui est morte, moi je suis Lydia » – n'est peut-être qu'un nouvel exemple de leur gémellité, un symptôme de cette fameuse singularité. Je cherche malgré tout à contenir ma panique, ainsi que l'envie de pleurer, parce qu'elle me rappelle en effet Lydia, et qu'en même temps je suis inquiète pour elle – pour Kirstie.

Dans quel état de confusion mentale se trouve-t-elle pour avoir prononcé ces mots terribles ? « Maman, c'est Kirstie qui est morte, moi je suis Lydia… *Pourquoi tu m'appelles tout le temps Kirstie ?* »

— Écoute, ma chérie, dis-je en m'efforçant de feindre le calme. Il est bientôt l'heure d'aller au lit.

Elle lève vers moi ses yeux bleu clair à l'expression placide, si semblables à ceux de sa sœur. Il lui manque une dent de lait en haut. Une autre bouge, en bas. C'est récent : jusqu'à la mort de Lydia, les deux sœurs avaient un sourire parfait ; elles étaient toutes les deux en retard pour perdre leurs dents de lait.

— Oh non ! Il reste plus que trois pages jusqu'à la fin du chapitre, proteste-t-elle en me montrant l'ouvrage.

— C'est vrai, ça ?

— Oui, regarde…

— Bon, d'accord, on va jusqu'à la fin du chapitre. Tu veux bien me les lire, ces pages ?

Sur un hochement de tête, elle se replonge dans son livre et se met à lire à haute voix :

— « J'ai dû m'envelopper dans du papier-toilette pour ne pas tomber en hypo… hy…po… »

Je me penche, pose le doigt sur le mot et commence à articuler :

— Hypoth…

— Non, maman ! s'exclame-t-elle avec un petit rire. Non, je sais. Je peux le dire.

— Très bien. Je t'écoute, alors.

Kirstie ferme les yeux, comme chaque fois qu'elle se concentre, avant de les rouvrir et de débiter d'une traite :

— « … pour ne pas tomber en hypothermie. »

Elle y est arrivée, malgré la difficulté du mot. Je n'en suis pas autrement surprise : elle a fait beaucoup de progrès en lecture, ces derniers temps. Cela signifierait-il que… ?

Je chasse résolument cette pensée.

La voix de Kirstie résonne dans la pièce silencieuse. J'imagine Angus en bas avec Imogen, dans la cuisine à l'autre bout de la maison, peut-être en train d'ouvrir une bouteille de vin pour célébrer la nouvelle. Pourquoi pas, après tout ? Il y a eu trop de mauvais jours et de mauvaises nouvelles depuis quatorze mois.

— « Voilà comment j'ai passé une bonne partie de mes vacances d'été… »

Pendant qu'elle lit, je pose un bras sur ses épaules menues pour la serrer contre moi et j'embrasse ses cheveux soyeux. Au même moment, je sens un petit objet pointu sous moi, qui s'enfonce dans ma cuisse. En essayant de ne pas interrompre sa lecture, et de ne pas penser à ce qu'elle m'a dit, je glisse la main sous ma jambe.

C'est un jouet : un dragon miniature en plastique qu'on avait acheté au zoo de Londres. Sauf qu'on l'avait offert à Lydia, car c'était elle qui aimait les dragons et les alligators, les reptiles et les monstres qui font peur. Kirstie préférait, ou plutôt préfère, les lions et les léopards en peluche, les mammifères agiles au poil doux, plus attachants. C'était une de leurs différences.

— « À l'école, aujourd'hui… tout le monde était bizarre. »

J'examine le dragon en plastique, que je fais tourner dans ma main. Comment a-t-il pu se retrouver là, par terre ? Après l'accident, Angus et moi avons mis tous les jouets de Lydia dans des cartons. Nous n'avons pas eu le courage de les jeter, ç'aurait été trop définitif, trop… cruel. Alors nous avons tout rangé au grenier, jouets et vêtements – toutes les affaires de Lydia, enfouies dans l'espace au-dessus de nos têtes.

— « Le problème avec la Marque du Fromage, c'est qu'une fois que tu l'as attrapée, tu dois la garder… jusqu'à ce que tu puisses la refiler à quelqu'un d'autre… »

Lydia adorait ce dragon. Je la revois cet après-midi-là sautiller dans Regent's Park Road, brandissant son jouet neuf, rêvant tout haut d'avoir un vrai dragon domestique. Elle nous avait fait sourire. À l'évocation de ce souvenir, la tristesse m'envahit. Je glisse subrepticement le dragon dans la poche de mon jean et, tout en m'efforçant de me ressaisir, j'écoute Kirstie quelques minutes de plus, jusqu'à la fin du chapitre. Elle referme le livre à contrecœur et lève vers moi des yeux innocents, pleins d'espoir.

— Allez, ma chérie. C'est l'heure de dormir.

— Mais, maman…

— Il n'y a pas de mais. Allez, Kirstie.

Un bref silence. C'est la première fois que je l'appelle par son prénom depuis ce qu'elle m'a dit. Elle me regarde, perplexe et boudeuse. Va-t-elle de nouveau prononcer ces mots terribles ? « Maman, c'est Kirstie qui est morte. Moi, je suis Lydia. Pourquoi tu m'appelles tout le temps Kirstie ? »

Ma fille secoue la tête, comme devant quelqu'un qui commet une erreur grossière, puis déclare :

— D'accord, on va se coucher.

« On » ? Pourquoi « on » ? L'angoisse muette et sournoise s'immisce de nouveau en moi, pourtant je refuse d'y céder. D'accord, je suis inquiète. D'accord. Mais inquiète pour rien.

Pourquoi « on » ?

— Dors bien, ma chérie.

Demain, ce ne sera plus qu'un mauvais souvenir. Il lui faut une bonne nuit de sommeil, et demain matin ce pénible malentendu se sera dissipé, en même temps que ses rêves.

— Tu sais, maman, on sait mettre notre pyjama toutes seules !

Je souris et me contente d'une réponse neutre, car il me semble qu'entrer dans son jeu ne ferait qu'empirer les choses.

— Si tu veux, mais dépêche-toi. Il est tard, et il y a école demain.

Kirstie hoche la tête d'un air lugubre. Me regarde.

L'école.

Une autre source de chagrin.

Je n'ignore pas, et Dieu sait que c'est pour moi une torture, qu'elle n'aime pas beaucoup son école – ou, du moins, qu'elle ne l'aime plus. Elle s'y plaisait pourtant beaucoup quand sa sœur était dans la même classe qu'elle ; elles n'étaient plus les Jumelles de Glace alors, mais les Sœurs la Malice. Tous les matins de la semaine, je les installais à l'arrière de ma voiture, toutes les deux vêtues de leur uniforme uni, et quand nous longions Kentish Town Road jusqu'aux portes de l'école St. Luke, je les voyais dans le rétroviseur chuchoter, se faire des signes, montrer du doigt des piétons sur les trottoirs et piquer des fous rires déclenchés par des plaisanteries entre elles – des plaisanteries de jumelles, des plaisanteries que je ne comprenais jamais vraiment.

Et ainsi, chaque matin, j'éprouvais de la fierté et de l'amour pour elles, mais parfois aussi de la perplexité tant elles se suffisaient à elles-mêmes, avec leur langage de jumelles.

Il était difficile pour moi de ne pas me sentir un peu exclue, moins importante à leurs yeux que la petite personne identique avec laquelle elles passaient chaque minute de chaque jour. Néanmoins, je les adorais, je les révérais.

Or, tout cela, c'est fini : désormais Kirstie part seule le matin. Assise en silence sur la banquette arrière, elle contemple fixement, comme en transe, un monde devenu triste. Elle a des amis à l'école, qui ne remplacent cependant pas Lydia. Personne ne pourra jamais la remplacer, ce qui est pour nous une autre bonne raison de quitter Londres : il faut qu'elle puisse découvrir un nouvel établissement, de nouveaux camarades, une cour de récréation qui ne soit pas hantée par le rire et les mimiques fantômes de sa jumelle.

— Tu t'es brossé les dents ?

— Oui, Immyjen me les a brossées après le thé.

— Bon, alors au lit. Tu veux que je te borde ?

— Non. Euh, si…

Elle a cessé d'utiliser le « on ». Est-ce la fin de cette lubie stupide et perturbante ? Elle grimpe dans son lit, pose la tête sur l'oreiller et, tout à coup, semble redevenue un petit enfant.

Elle cligne des yeux, sa peluche Leopardy serrée contre elle. Je me penche pour vérifier que la veilleuse fonctionne.

Comme je le fais presque tous les soirs depuis six ans.

Les jumelles ont toujours eu une peur panique de l'obscurité. Au bout d'un an environ, nous avons compris pourquoi : dans le noir complet, elles ne pouvaient plus se voir. Angus et moi avons donc toujours pris soin de leur laisser de la lumière – une lampe, des veilleuses… Même lorsqu'elles ont eu chacune leur chambre, elles tenaient à ce que la pièce reste éclairée la nuit, comme si elles pouvaient ainsi se voir à travers les murs.

Je me demande si, avec le temps, cette phobie va passer, maintenant que l'une d'elles n'est plus là – à jamais invisible. Mais pour l'instant, il n'en est rien.

La veilleuse fonctionne.

Je la pose sur la table de nuit. Au moment où je me redresse pour partir, Kirstie rouvre les yeux et me fixe d'un regard accusateur. Ou furieux ? Non, pas furieux, plutôt troublé.

— Quoi ? dis-je. Qu'est-ce qu'il y a ? Il faut dormir, ma puce.

— Mais, maman…

— Qu'est-ce qu'il y a ? Explique-moi, chérie.

— Et Beany, alors ?

Sawney Bean, le chien de la famille. Notre springer anglais, que Kirstie aime beaucoup.

— Est-ce que Beany va venir avec nous en Écosse ?

— Bien sûr ! Ne t'inquiète pas, on ne va pas le laisser ici tout seul… Bien sûr qu'il vient avec nous !

Kirstie hoche la tête, rassurée. Ses paupières se referment, elle serre fort Leopardy, et je ne peux m'empêcher de l'embrasser une nouvelle fois. Je suis devenue beaucoup plus démonstrative qu'avant. Avant, c'était Angus le parent le plus affectueux de nous deux, celui qui faisait les câlins et les bises, tandis que j'étais la plus pragmatique, celle qui savait organiser les choses et montrait son amour aux enfants en les habillant et en les nourrissant. Désormais, j'embrasse ma fille, la seule qu'il me reste, avec une sorte de ferveur superstitieuse. Pour conjurer le malheur.

La peau claire de Kirstie est constellée de taches de rousseur, comme du lait saupoudré de cannelle. Au moment de lui donner un baiser, je la hume : elle sent le dentifrice et vaguement le maïs qu'elle a mangé au dîner. Son odeur est aussi celle de Lydia. Elles avaient la même, quoi qu'elles fassent.

Je l'embrasse une troisième fois pour nous rassurer toutes les deux, et lui murmure un dernier « Dors bien ». Je sors tout doucement de la chambre, éclairée par la veilleuse qui clignote, mais, alors que je tire la porte, une pensée dérangeante me traverse l'esprit : le chien.

Beany.

Quelque chose me perturbe à son sujet, sans que je puisse dire de quoi il s'agit.

Immobile dans le couloir, j'essaie de rassembler mes pensées.

Nous avons acheté Beany, un springer anglais remuant, il y a trois ans. À l'époque, nos moyens nous permettaient de nous offrir un animal de race.

C'était l'idée d'Angus : il voulait un chien quand nous aurions un vrai jardin, un chien que nous pourrions promener à Regent's Park, dont nous serions tout proches. Nous l'avons baptisé Sawney Bean, comme l'ancien chef de clan écossais cannibale, car il mangeait tout ce qui lui tombait sous la dent, en particulier les chaises. Angus l'adorait, les jumelles aussi. Quant à moi, j'adorais les voir jouer ensemble et, non sans une certaine vanité, j'adorais le spectacle de mes deux jolies blondinettes sautillant dans la roseraie de Queen Mary à Regent's Park en compagnie d'un springer anglais roux qui gambadait joyeusement autour d'elles.

Il arrivait que des touristes les prennent en photo. J'incarnais la mère de famille comblée. « Vous savez, celle qui a les adorables jumelles et le beau chien… »

Adossée au mur, je ferme les yeux pour mieux réfléchir. J'entends des bruits provenant de la cuisine : des couverts qui s'entrechoquent, ou peut-être un tire-bouchon qu'on range dans un tiroir.

Qu'est-ce qui cloche avec Beany ? Pourquoi la seule mention du mot « chien » suscite-t-elle en moi un malaise diffus, dont je n'arrive pas à saisir la cause tant il se fond dans la masse des souvenirs douloureux ?

En bas, la porte d'entrée claque. Le bruit me fait revenir à la réalité.

Reprends-toi, Sarah, me dis-je en rouvrant les yeux.

Je vais descendre, bavarder avec Immy, boire un verre de vin et aller me coucher. Et demain, Kirstie – car c'est bien Kirstie – ira à l'école avec son cartable rouge et son pull noir, celui dont le col s'orne d'une étiquette marquée : « Kirstie Moorcroft ».

Imogen m'attend dans la cuisine, assise au comptoir. Elle me sourit, légèrement éméchée, découvrant ses dents blanches et régulières, tachées toutefois par le tanin du vin rouge.

— Gus vient de filer, m'annonce-t-elle.

— Ah bon ?

— Il s'est fait une petite frayeur en voyant vos réserves d'alcool. Il ne vous reste plus que… six bouteilles, dit-elle en se tournant pour vérifier le casier près du frigo. Il est allé au Sainsbury acheter de quoi regarnir les stocks. Il a emmené Beany.

Je me force à rire et me juche sur le tabouret à côté d'elle.

— C'est tout lui, ça.

Je saisis la bouteille entamée sur le comptoir, me sers un demi-verre et jette machinalement un coup d'œil à l'étiquette. C'est un merlot chilien bas de gamme, alors qu'avant on ne s'offrait que du bon shiraz barossa, mais ça m'est égal.

— Est-ce qu'il boit toujours un peu… hum, un peu trop ? demande Imogen en me dévisageant.

— « Un peu trop », c'est un euphémisme, Immy ! Je te rappelle qu'il a perdu son boulot pour avoir à moitié assommé son boss un jour où il était bourré.

Elle opine du chef.

— Désolée. Oui, je parle toujours par euphémismes, déformation professionnelle.

La tête penchée, elle sourit.

— Mais son boss était un gros con, non ?

— Il était odieux, c'est vrai, En attendant, ce n'était pas forcément une bonne idée de casser le nez du plus riche architecte de Londres…

— Ah ! C'est sûr.

Le sourire d'Imogen se fait complice.

— Remarque, le côté positif des choses, c'est qu'il est capable de se battre comme un vrai mec. Pas comme cet Irlandais avec qui je suis sortie l'an dernier, celui qui ne portait que des pantalons de yoga…

Devant son air entendu, je m'oblige à sourire.

Imogen est journaliste elle aussi, sauf qu'elle a nettement mieux réussi que moi. Elle est rédactrice en chef adjointe d'un magazine féminin people qui, par miracle, ne cesse de voir son tirage augmenter, tandis que je peine pour gagner ma vie en tant que pigiste. J'aurais pu l'envier, mais notre amitié a survécu parce que je me suis mariée et que j'ai fondé une famille alors qu'elle est restée célibataire et sans enfants. À une époque, nous comparions nos expériences en imaginant « à quoi nos vies auraient pu ressembler si… ».

Je me redresse sur mon tabouret et, mon verre à la main, m'efforce de prendre un air détaché.

— En fait, il boit moins qu'avant.

— Tant mieux, se réjouit-elle.

— Il a quand même fichu en l'air sa carrière chez Kimberley…

Imogen se fend d'un hochement de tête compréhensif et plonge le nez dans son verre. J'avale une gorgée de vin et pousse un soupir fataliste en embrassant du regard notre grande cuisine lumineuse, toute d'acier étincelant et de plans de travail en granit, avec l'incontournable machine à espressos noire et ses capsules dorées – la cuisine type d'un couple de la classe moyenne supérieure.

Ce n'est cependant plus qu'une façade mensongère.

C'est vrai, nous avons fait partie de la classe moyenne supérieure pendant quelque temps, quand Angus a été promu à trois reprises en trois ans. Nos perspectives d'avenir étaient alors radieuses : Angus allait devenir associé et gagner encore plus, et je n'étais que trop heureuse de me reposer sur lui, car cela me permettait de combiner un travail de journaliste à temps partiel avec mon rôle de mère. Je pouvais accompagner les petites à l'école, leur mitonner de bons repas, passer du temps en cuisine à mixer du basilic bio pour une sauce pesto pendant que les jumelles s'amusaient sur l'un de nos iPad. Pendant cinq ans, nous avons incarné la famille modèle de Camden.

Et puis, Lydia s'est tuée en tombant d'un balcon chez mes parents, dans le Devon, et Angus a plongé lui aussi. La mort de notre fille l'a brisé. Son chagrin tenait de la psychose : c'était une douleur intense qui le consumait, un embrasement intérieur qu'une bouteille de whisky par soir ne parvenait pas à éteindre, malgré ses efforts quotidiens.

Le cabinet d'architectes qui l'employait l'a laissé prendre du recul, lui a donné des congés, mais ça n'a pas suffi. Il était devenu ingérable. Il est retourné travailler trop tôt, et il a déclenché des querelles qui ont dégénéré en bagarres. Il a démissionné une heure avant d'être renvoyé, dix heures après avoir donné un coup de poing à son boss. Il n'a pas retravaillé depuis, à part quelques contrats de design en free-lance que des amis charitables lui ont obtenus.

— Et merde, Imogen ! Au moins, on va déménager. Enfin !

— Oui ! s'exclame-t-elle. Dans une grotte, c'est ça ? Au fin fond des Shetland ?

Je ne me vexe pas. On se taquinait beaucoup toutes les deux, avant l'accident.

Notre relation a perdu de sa spontanéité, pourtant nos efforts respectifs la préservent. Beaucoup d'autres n'ont pas résisté à la mort de Lydia. Ne sachant pas quoi dire, les gens ont fini par ne plus donner de nouvelles du tout – contrairement à Imogen, qui continue d'entretenir la petite flamme de notre amitié.

Les yeux fixés sur elle, je réplique :

— Mais non, sur l'île de Torran… Ça fait un mois que je te montre des photos quand tu viens nous voir.

— Ah oui, Torran ! La fameuse terre natale… Vas-y, raconte-moi tout encore une fois, j'adore t'entendre.

— Ça va être génial, si on ne finit pas congelés. Apparemment, il y a des lapins, des loutres de mer, des phoques…

— Super ! J'adore les phoques.

— Ah bon ?

— Oui, surtout les bébés. Sous forme de manteau, particulièrement. Je compte sur toi.

J'éclate d'un rire sincère, un peu coupable. Nous avons le même sens de l'humour, mais Imogen est plus caustique que moi. Elle poursuit :

— Alors, Torran, rappelle-moi. Tu n'y es toujours pas allée ?

— Non.

— Bon sang, Sarah, comment peux-tu partir vivre dans un endroit où tu n'as jamais mis les pieds ?

Silence.

Je vide mon verre de merlot et m'en sers un deuxième.

— Je t'ai déjà expliqué pourquoi, Immy : je n'ai aucune envie de le voir à l'avance. Je fais quoi si je suis déçue, si ça ne me plaît pas ?

Je sonde ses grands yeux verts.

— Hein ? Je fais quoi ? Je reste coincée ici avec les souvenirs, les soucis d'argent, et tout le reste ? Quoi qu'il en soit, on n'a plus de fric, alors il faudra qu'on déménage dans un appart minuscule, et on reviendra à la case départ. Et après ? Je serai obligée de retravailler et Angus sera comme un lion en cage, et c'est juste… juste… tu sais. Je dois partir. On doit partir, et Torran, c'est notre porte de sortie. Ça a l'air vraiment beau sur les photos. Je te jure, c'est vachement beau ! Aussi beau qu'un rêve… Et merde ! Je veux du rêve, tu comprends ? Parce que la réalité est sacrément merdique depuis trop longtemps.

La cuisine est silencieuse. Imogen lève son verre, trinque avec moi et conclut :

— Je suis sûre que ce sera merveilleux, ma belle. Mais tu vas me manquer.

Nos yeux se croisent un instant, puis Angus fait irruption dans la pièce, le pardessus moucheté par la froide pluie d'automne. Il est chargé de sacs en plastique orange qu'il a doublés par précaution pour y mettre le vin, et il tient la laisse du chien mouillé. Après avoir posé les sacs par terre, il libère Beany.

— Et voilà, mon grand.

Le springer anglais s'ébroue, remue la queue et se dirige droit vers son panier. Pendant ce temps, je sors les bouteilles et les aligne soigneusement sur le comptoir.

— Bon, on devrait pouvoir tenir une heure, ironise Imogen.

Angus entreprend d'en déboucher une.

— C'est la zone, au Sainsbury ! s'exclame-t-il. Vivement l'Écosse, je vous le dis ! Franchement, je vais pas regretter les junkies de Camden.

Imogen émet un petit clappement de langue.

— On en reparlera quand t'auras envie d'huile de truffe, et qu'y en aura pas à moins de trois cents kilomètres à la ronde !

Angus éclate d'un rire franc et naturel, qui ressemble à son rire d'avant, et je me détends enfin, même si je veux à un moment ou à un autre lui parler du petit dragon en plastique. Comment s'est-il retrouvé dans la chambre de Kirstie, alors qu'il était remisé au grenier, comme toutes les affaires de Lydia ?

Mais dans l'immédiat, je ne tiens pas à gâcher cette soirée agréable – Dieu sait qu'elles sont devenues rares. Je poserai la question un autre jour.

Nos verres remplis, nous bavardons autour d'un pique-nique improvisé : des tartines de ciabatta trempées dans de l'huile d'olive, d'épaisses tranches de saucisson premier prix… Pendant plus d'une heure, nous discutons, complices et joyeux, comme les trois vieux amis que nous sommes. Angus nous explique pourquoi son frère, qui vit en Californie, a généreusement renoncé à sa part d'héritage.

— David gagne une fortune dans la Silicon Valley. Il ne veut pas s'emmerder avec l'île, et il n'a pas besoin d'argent, contrairement à nous, dit-il en piochant une tranche de saucisson.

— Attends, Gus, y a un truc qui m'échappe, l'interrompt Imogen. Ta grand-mère possédait une île ?

Elle avale une olive.

— J'ai toujours cru que ton père était du genre larbin et que ta mère et toi vous habitiez un taudis. Et du jour au lendemain, tu touches le gros lot ?

Angus étouffe un petit rire.

— Il s'agissait de Nan, ma grand-mère du côté maternel. La famille était de Skye. C'étaient des paysans modestes, mais ils avaient quelques terres, dont une île.

— D'accord.

— Ça n'a rien d'exceptionnel, en fait. Les Hébrides sont constituées de milliers de petites îles et, il y a cinquante ans, un îlot d'un demi-hectare au large d'Ornsay valait environ trois livres. C'est pour ça qu'on ne l'a pas vendu. Quand ma mère est partie vivre à Glasgow et que

Nan l'a rejointe, Torran est devenue une sorte de maison de vacances pour mon frère et moi.

Je termine l'histoire de mon mari à sa place, pendant qu'il va rechercher de l'huile d'olive.

— Leur mère a rencontré leur père à Glasgow. Elle était institutrice, il travaillait sur les docks.

— Et il s'est noyé, c'est bien ça ?

— Oui, par accident. Une histoire vraiment tragique.

Angus, revenu dans l'intervalle, déclare :

— Mon vieux était un ivrogne et il battait ma mère, alors je ne suis pas sûr que « tragique » soit le terme approprié.

Nous contemplons les trois bouteilles de vin sur le comptoir dans un silence qui se prolonge. Imogen est la première à le rompre :

— D'accord, mais qui a bâti le phare et le cottage, si ta famille était pauvre ?

— C'est le Service des phares du Nord qui gère tous les phares d'Écosse, explique-t-il. Au siècle dernier, quand on avait besoin d'en construire un, on offrait au propriétaire un peu d'argent pour la location du terrain. C'est ce qui s'est passé à Torran jusque dans les années 1960, quand le phare a été automatisé. À partir de là, il n'y avait plus besoin de gardien, et du coup la maison est revenue à la famille.

— Une sacrée chance, hein ? lance Imogen.

— Avec le recul, oui, confirme-t-il. On a hérité d'un solide cottage dans un endroit magnifique.

Nous sommes interrompus par une petite voix venant du premier étage :

— Maman ?

C'est Kirstie, qui s'est réveillée et m'appelle du haut de l'escalier. Comme souvent. Pourtant, le son de sa voix, surtout lorsque je ne m'y attends pas, fait remonter en moi une bouffée de chagrin : je croirais entendre Lydia.

Je voudrais ne plus avoir cette sensation de naufrage.

— Mamaaan !

J'échange un regard résigné avec Angus, tandis que nous essayons tous les deux de nous rappeler la dernière fois que cela s'est produit, tels deux jeunes parents se disputant à trois heures du matin pour savoir qui doit aller donner le biberon au bébé.

— J'y vais, dis-je. C'est mon tour.

C'est vrai : quand Kirstie s'est réveillée à la suite d'un cauchemar il y a quelques jours, c'est Angus qui est allé la rassurer.

Après avoir posé mon verre de vin, je monte au premier. Beany se précipite sur mes talons, comme si nous allions à la chasse au lapin, et fouette de sa queue les pieds de la table.

Kirstie est pieds nus en haut de l'escalier – l'image même de l'innocence troublée, avec ses grands yeux bleus écarquillés et sa peluche qu'elle tient serrée contre sa veste de pyjama boutonnée.

— Ça a recommencé, maman. Le rêve.

— Calme-toi, minouche. Ce n'est qu'un cauchemar.

Je la prends dans mes bras, bien qu'elle soit maintenant presque trop lourde pour moi, et la porte jusque dans sa chambre. Elle ne semble pas trop bouleversée, mais je donnerais cher pour que ce cauchemar cesse de se répéter. Pendant que je la borde, elle continue de me parler, les yeux mi-clos.

— C'était tout blanc autour de moi, maman. J'étais enfermée dans une chambre toute blanche, et tout le monde me regardait.

— Chuuut.

— C'était tout blanc. J'avais peur, parce que je pouvais plus bouger, et alors…

— Chuuut.

Je caresse son front un peu chaud – un front parfait. Ses paupières sont lourdes de sommeil. Mais derrière moi, un gémissement la tire soudain de son engourdissement.

Le chien est entré.

Kirstie me regarde d'un air implorant.

— Maman ? Est-ce que Beany peut rester avec moi ? Il peut dormir dans ma chambre ?

En principe, c'est interdit. Sauf que ce soir, j'ai juste envie de redescendre boire un autre verre avec Immy et Angus.

— D'accord, Sawney Bean peut rester, pour une fois.

— Beany !

Kirstie se penche pour tripoter les oreilles du chien.

Je la gratifie d'un regard appuyé.

— Qu'est-ce qu'on dit ?

— Merci, maman.

— Bien. Dors, maintenant. Il y a école demain.

Elle n'a pas réemployé le « on », n'a pas réaffirmé non plus être Lydia, et je me sens soulagée. Elle repose sa tête sur l'oreiller tandis que je me dirige vers la porte.

Mes yeux s'arrêtent alors sur le chien.

Couché près du lit de Kirstie, il dodeline de la tête, prêt à s'endormir.

Et l'angoisse resurgit soudain, parce que je viens de comprendre ce qui me perturbait chez lui : il n'a plus le même comportement.

Du jour où nous avons ramené Beany à nos petites filles aux anges, il a eu une relation particulière avec les deux.

Néanmoins, il faisait la distinction entre elles ; il ne les aimait pas de la même manière.

Avec Kirstie, l'aînée, la plus exubérante, la survivante, toujours prête à faire des bêtises – Kirstie qui dort dans ce lit, dans cette chambre, en ce moment même –, Beany est extraverti : il lui fait fête quand elle rentre de l'école et court derrière elle dans le couloir tandis que, ravie, elle pousse des hurlements de terreur feinte.

Avec Lydia, plus calme, plus raisonnable, capable de rester des heures assise à lire avec moi – Lydia, morte l'année dernière –, il se montrait plus doux, comme s'il devinait en elle une fragilité. Il frottait son museau contre elle et posait ses pattes sur ses genoux. Il était amical et chaleureux.

De plus, Sawney Bean aimait dormir dans la chambre de Lydia dès qu'il le pouvait, même si nous le chassions la plupart du temps. Il se couchait à côté de son lit, et dodelinait de la tête.

Exactement comme ce soir, avec Kirstie.

Un léger tremblement agite mes mains. L'angoisse me transperce de toutes parts, pareille à des milliers d'aiguilles.

Beany a cessé d'être extraverti avec Kirstie. Il a adopté avec elle le même comportement qu'avec Lydia.

Doux, câlin, tendre.

Les questions se bousculent dans ma tête : quand exactement a-t-il changé d'attitude ? Au moment de la mort de Lydia, ou plus tard ?

Je fouille en vain dans mes souvenirs. Toute l'année écoulée est noyée dans un brouillard de chagrin. Compte tenu des bouleversements que nous avons vécus, je n'ai pas fait attention au chien. Que s'est-il passé ? Est-il possible que lui aussi éprouve de la tristesse ? Un chien peut-il pleurer la mort de quelqu'un ?

Ou bien s'agit-il d'autre chose – de quelque chose de bien pire ?

Il faut que j'en aie le cœur net. Je quitte précipitamment la chambre de Kirstie, baignée par la lueur rassurante de sa veilleuse, et franchis les cinq mètres qui la séparent de la pièce suivante : l'ancienne chambre de Lydia.

Nous l'avons transformée en bureau, dans l'espoir illusoire que le labeur dissiperait les souvenirs. Les murs sont couverts de livres – les miens pour la plupart, dont au moins une demi-étagère consacrée aux ouvrages sur les jumeaux.

Lorsque j'étais enceinte, j'ai lu tout ce que j'ai trouvé sur le sujet. C'est ainsi que je procède, le plus souvent, pour appréhender certaines réalités : par la lecture. J'ai donc lu des livres sur les jumeaux prématurés, des livres sur la différenciation des jumeaux, des livres qui expliquaient que les jumeaux sont génétiquement plus proches entre eux que de leurs parents ou même de leurs propres enfants.

J'ai aussi lu quelque chose sur les jumeaux et les chiens, j'en suis sûre.

Je passe fébrilement les étagères en revue. Celui-là ? Non. Celui-ci ? Oui.

Je sors le *Guide pratique des naissances multiples* et le feuillette rapidement jusqu'à l'index.

Chiens, page 187.

Il est là – le paragraphe que je cherchais.

Les vrais jumeaux sont parfois difficiles à différencier physiquement, jusque tard dans l'adolescence, même pour leurs parents. Toutefois, il est intéressant de noter que les chiens n'ont pas ce problème. Le chien possède un odorat si développé qu'il est capable, au bout de quelques semaines, de distinguer de vrais jumeaux seulement à l'odeur, et ce de manière permanente.

Le livre entre les mains, je contemple le rectangle noir de la fenêtre dépourvue de rideaux en essayant d'assembler les pièces du puzzle.

Kirstie est effectivement devenue plus calme et réservée au cours de l'année qui vient de s'écouler, ressemblant en cela davantage à Lydia. Jusque-là, je me suis contentée de mettre cette réaction sur le compte du chagrin ; après tout, nous avons tous changé durant cette période.

Serait-il néanmoins possible que nous ayons commis une terrible erreur – la plus terrible qu'on puisse imaginer ? Comment le savoir ? Et que ferions-nous alors ? Quelles répercussions aurait-elle sur nous tous ? Je suis sûre d'une chose, en tout cas : je ne peux pas en parler à mon mari, déjà brisé. Je ne peux en parler à personne. Inutile de lâcher une telle bombe tant que je ne suis pas absolument sûre de moi. Mais comment prouver quoi que ce soit ?

La gorge sèche, nouée par l'angoisse, je sors dans le couloir et jette un coup d'œil à la porte voisine, qui indique en lettres de papier pailleté :

« Chambre de Kirstie ».

3

J'ai lu un jour un article expliquant qu'un déménagement est presque aussi traumatisant qu'un divorce ou le décès d'un proche. Or, pour moi, c'est l'inverse : durant les deux semaines qui suivent notre rendez-vous avec le notaire et surtout la déclaration fracassante de Kirstie, je ne suis que trop heureuse de déménager, car je suis débordée et donc obligée de penser à autre chose, ne serait-ce que de temps en temps.

J'aime la sensation de fatigue dans mes bras quand je dois descendre des boîtes rangées en haut des placards. J'aime ce goût âcre de la poussière sur mes lèvres quand je vide et nettoie les étagères de la bibliothèque.

Pourtant, mes doutes refusent de se taire. Une fois par jour, au moins, j'essaie de mettre en parallèle les épisodes de l'éducation des jumelles et les détails de la mort de Lydia. Est-il possible – est-il imaginable – que nous ayons mal identifié l'enfant que nous avons perdue ?

Je n'en sais rien et je tourne en rond. Depuis deux semaines, je ne m'adresse à Kirstie qu'en l'appelant « ma chérie » ou « ma puce » – tout sauf son prénom, car j'ai peur qu'elle pose sur moi ses grands yeux bleus à l'expression étrangement fixe et résignée, en me disant : « Moi, je suis Lydia. Pas Kirstie. Kirstie est morte. L'une de nous deux est morte. On est mortes. Je suis Lydia. Comment peux-tu nous confondre, maman ? Comment ? »

Pour éviter ce genre d'idées, je me plonge dans un tourbillon d'activités.

Aujourd'hui, je compte m'attaquer au plus dur. Alors qu'Angus s'est envolé de bon matin pour l'Écosse, afin de préparer notre arrivée, et que Kirstie est à l'école – *Kirstie Jane Kerrera Moorcroft* –, je vais faire le tri dans le grenier, où nous avons entreposé les affaires de Lydia. *Lydia May Tanera Moorcroft.*

Après avoir installé l'escabeau en aluminium étrangement léger sous la trappe en bois qui permet d'accéder au grenier, je m'arrête un instant, désemparée. Les pensées se bousculent dans ma tête.

Reprends tout depuis le début. Trouve la réponse.

Kirstie et Lydia.

Nous avons donné aux jumelles des prénoms distincts mais liés, car nous voulions souligner leur individualité tout en reconnaissant qu'elles avaient la particularité d'être jumelles. C'était ce que conseillaient tous les livres et les sites Web. « Kirstie » a été baptisée ainsi par Angus, en l'honneur de sa grand-mère adorée. Un prénom écossais, doux et lyrique.

Par souci d'équité, il m'a laissée décider de celui de « Lydia », un prénom à consonances classiques, venant du grec ancien. Je l'ai choisi parce que j'aime l'histoire, parce qu'il me plaisait beaucoup, et parce qu'il était bien différent de « Kirstie ».

Je leur ai aussi donné leurs deuxièmes prénoms, May et Jane, en l'honneur de mes propres grand-mères. Les troisièmes ont été inspirés à Angus par deux petites îles écossaises, Kerrera et Tanera.

Une semaine après la naissance des jumelles – bien avant notre ambitieux déménagement à Camden –, nous les avons donc installées à l'arrière de la voiture pour les conduire, sous une averse de neige fondue, jusqu'à notre modeste appartement. Nous étions si heureux à notre arrivée que nous répétions inlassablement leurs noms, entre fous rires et baisers.

Kirstie Jane Kerrera Moorcroft.

Lydia May Tanera Moorcroft.

Nous étions convaincus d'avoir choisi des prénoms parfaits, se faisant subtilement écho – ravissants, poétiques et bien assortis, sans pour autant ressembler à Bonnet Blanc et Blanc Bonnet.

Que s'est-il passé ensuite ?

Cette question en tête, je me ressaisis. Il est temps de monter au grenier.

Je grimpe sur l'escabeau, puis pousse fort la trappe, qui s'ouvre brusquement en grinçant et retombe sur le plancher dans un grand claquement. Le bruit résonne avec une telle force que j'hésite, les nerfs en pelote, comme si je venais de réveiller une créature endormie là-haut.

Je sors la lampe torche glissée dans la poche arrière de mon jean, l'allume et braque le faisceau vers le haut.

Un carré d'obscurité me fait face, une sorte de néant noir prêt à m'engloutir, et j'essaie de réprimer un frisson de peur. En vain : je suis seule à la maison, si l'on excepte Beany qui dort dans son panier à la cuisine. J'entends la pluie de novembre qui tambourine sur les ardoises du toit au-dessus de moi, comme autant de doigts pianotant d'agacement.

Tap tap tap.

Malgré mes craintes, je pose les pieds sur la marche suivante en pensant à Kirstie et à Lydia.

Tap tap tap. Kirstie et Lydia.

De retour de l'hôpital, nous nous sommes rapidement aperçus que, si nous avions réglé la question des prénoms, il nous restait un autre casse-tête important à résoudre : comment les distinguer l'une de l'autre.

Car nos jumelles étaient merveilleusement identiques. C'étaient des vraies de vraies, que les infirmières de tous les services venaient admirer.

Certains jumeaux monozygotes ne sont pas des copies conformes. Ils peuvent avoir une carnation ou une voix différente, ou encore des signes distinctifs. D'autres sont des jumeaux en miroir, l'exact reflet l'un de l'autre : droite et gauche sont inversées. Par exemple, l'un des jumeaux aura un épi de cheveux qui tourne dans le sens des aiguilles d'une montre, l'autre dans le sens inverse.

Or, Kirstie et Lydia Moorcroft étaient de parfaites vraies jumelles : mêmes cheveux d'un blond presque blanc, mêmes yeux bleu glacier, même petit nez retroussé, même sourire malicieux, même bouche rose, mêmes taches de rousseur et grains de beauté… Et jusqu'à la même façon de bâiller ou de rire. Elles étaient le reflet l'une de l'autre, sans l'inversion.

Tap, tap, tap.

Tout doucement, en faisant bien attention, presque trop, je gravis les dernières marches de l'escabeau et jette un coup d'œil dans l'obscurité du grenier, que transperce le faisceau de ma lampe torche. Toujours ces pensées, ces souvenirs… Dans la lumière, je distingue le cadre métallique brun d'une poussette pour jumeaux Maclaren. Elle nous avait coûté une fortune à l'époque, mais peu importait. Nous voulions que les jumelles soient installées côte à côte et regardent droit devant elles quand nous les promenions. Car elles formaient un duo soudé depuis leur naissance – et même depuis leur conception –, et babillaient dans ce langage particulier qui n'appartenait qu'à elles, totalement captivées l'une par l'autre.

Tout au long de ma grossesse, à chaque échographie, j'ai vu les jumelles se rapprocher dans mon ventre – passant d'un simple contact physique au troisième mois à des enlacements sophistiqués quinze jours plus tard. Au quatrième mois, mon gynécologue m'a fait remarquer qu'elles échangeaient parfois des bises.

Le crépitement de la pluie s'intensifie, comme pour me houspiller. Dépêche-toi. On attend. Dépêche-toi.

Je n'ai nul besoin qu'on me dise de me dépêcher : je veux en finir au plus vite avec cette corvée. Je parcours du regard l'espace obscur, et ma lampe éclaire un vieux pouf dégonflé, à l'effigie de Thomas le Petit Train. La locomotive se fend d'un immense sourire d'une folle gaieté. Rouge, jaune, clownesque. Ça, on ne l'emporte pas ! Pas plus que l'autre pouf qui doit être là aussi, le bleu, que nous avions acheté pour Kirstie.

Fille numéro un. Fille numéro deux. *Jaune et bleu.*

Au début, nous les distinguions par un ongle de la main ou du pied verni en jaune ou en bleu. Jaune pour Lydia, que nous surnommions Lydie-lo, bleu pour Kirstie, ou Kirstie-koo.

C'était une solution de compromis. À l'hôpital, une infirmière nous avait conseillé de faire tatouer l'une des jumelles à un endroit discret, sur l'omoplate par exemple, ou à la cheville – d'imprimer sur sa peau une petite marque indélébile rendant l'erreur impossible. Mais nous avions rejeté cette idée, qui nous paraissait trop extrême, presque barbare. Pas question de tatouer l'une de nos filles innocentes, parfaites et sans défauts.

Il fallait cependant bien trouver quelque chose. Alors nous avons opté pour le vernis à ongles, que nous leur avons appliqué consciencieusement toutes les semaines pendant un an. Par la suite, et jusqu'à ce que nous soyons capables de les identifier par leur personnalité ou tout simplement parce qu'elles répondaient à leur prénom, nous avons choisi de leur acheter des vêtements différents, dont certains remplissent maintenant des cartons dans ce grenier poussiéreux.

Comme pour le vernis à ongles, la couleur de Lydia était le jaune, et celle de Kirstie le bleu. Il ne s'agissait pas de les revêtir de tenues unies, une jaune et une bleue, mais de s'assurer que Kirstie portait au moins un accessoire bleu, tandis que sa jumelle n'avait rien de bleu, mais arborait un tee-shirt ou un ruban jaune.

Dépêche-toi. Dépêche-toi.

J'aimerais en finir au plus vite, et en même temps ma hâte me semble déplacée. Comment ne pas être sentimentale en ce lieu ? Les cartons marqués du *L* de Lydia sont partout, silencieux, accusateurs, chargés de sens. Des cartons qui contiennent toute sa vie.

J'ai envie de crier : « Lydia ! Reviens ! Lydia May Tanera Moorcroft ! » J'ai envie de hurler son nom comme je l'ai fait quand elle est morte, quand j'ai regardé du haut du balcon et découvert son corps disloqué, d'où la vie s'échappait inexorablement.

L'atmosphère poussiéreuse du grenier m'étouffe. Ou peut-être est-ce le poids des souvenirs ?

Lydia petite qui se précipite dans mes bras alors que nous étions allées à Hampstead Heath jouer avec des cerfs-volants et que leur bruit l'avait effrayée… Lydia assise sur mes genoux, en train d'essayer d'écrire son prénom pour la première fois, à l'aide d'un crayon à la cire parfumée… Lydia perdue dans l'immense fauteuil de son papa, cachée derrière un atlas plus grand qu'elle… Lydia, la plus calme des deux, la plus attirée par les livres, la plus renfermée, toujours un peu égarée et fragile – celle de nos filles qui me ressemblait le plus. Lydia qui, un jour, alors qu'elle était dans un parc, assise sur un banc à côté de sa sœur, m'avait dit : « Maman, viens t'asseoir entre moi et moi pour nous lire une histoire. »

« Entre moi et moi ? » C'était, déjà à l'époque, le signe d'une confusion de leurs identités un peu inquiétante. Et aujourd'hui, Lydia n'est plus. À moins qu'elle ne soit en bas, bien vivante, alors que ses affaires sont reléguées ici, dans des cartons ? Auquel cas, comment pourrions-nous dénouer ce drame sans détruire notre famille ?

C'est si compliqué et horrible que c'en est intolérable. J'essaie de me raisonner.

Au boulot, Sarah. Fais le tri. Finis-en une bonne fois pour toutes. Ignore ton chagrin et débarrasse-toi de ce dont tu n'as plus besoin avant de partir vers l'Écosse, vers Skye, vers de nouveaux horizons, où Kirstie – Kirstie ! – pourra vivre libre et sans entraves. Où nous pourrons tous échapper au passé en prenant un nouvel essor, tels les canards sauvages survolant les Cuillins.

Un des cartons est déchiré.

Cette vision me choque : la boîte contenant les jouets de Lydia a été ouverte au couteau, sans ménagement. Par qui ? Il ne peut s'agir que d'Angus. Mais pourquoi ? Et pourquoi avec autant de violence ? Pourquoi ne m'en a-t-il pas parlé ? Jusque-là, nous avons toujours discuté de tout ce qui concernait les affaires de Lydia…

La pluie tombe sans relâche, quelques centimètres au-dessus de ma tête.

Alors que je me penche pour écarter l'un des rabats du carton, j'entends un bruit différent, une sorte de grincement métallique. Comme si quelqu'un grimpait sur l'escabeau.

Le son se répète. Il n'y a pas de doute, quelqu'un est entré dans la maison. Comment ai-je pu ne rien entendre ? Pourquoi Beany, dans la cuisine, n'a-t-il pas aboyé ?

Je recule, en proie à un début de panique.

— Il y a quelqu'un ? Qui est là ? Il y a quelqu'un ?

— Tout va bien, chérie ?

— Angus !

Dans la faible lumière en provenance du couloir, je le vois sourire. L'effet est bizarre, et un peu effrayant : on dirait le méchant dans un film d'horreur de série B, dont le visage est éclairé par-dessous.

— Bon sang, Angus ! Tu m'as flanqué une de ces frousses !

— C'est vrai ? Désolé, trésor.

— Je croyais que tu étais déjà parti pour l'Écosse.

Angus émerge dans le grenier. Il est si grand, avec son mètre quatre-vingt-dix, qu'il est obligé de se baisser pour ne pas se cogner la tête contre une poutre.

— J'ai oublié mon passeport, explique-t-il. Il faut l'avoir sur soi maintenant, même sur les vols intérieurs.

Son regard se pose au-delà de moi, sur le carton de jouets grand ouvert. Des grains de poussière voltigent dans l'air entre nous, éclairés par ma lampe torche. Pour un peu, je lui braquerais le faisceau en pleine figure. Est-ce qu'il fronce les sourcils ? Est-ce qu'il sourit ? Est-ce qu'il est en colère ? Je ne distingue pas son expression, car il est trop grand, et la lumière trop faible. Pourtant, je sens un certain malaise, une tension.

C'est lui qui rompt le silence :

— Qu'est-ce que tu fabriques ?

J'oriente ma lampe vers le carton grossièrement ouvert au couteau.

— Je fais le tri, Gus. Il faut qu'on s'occupe de… de…

Je ravale mon chagrin et contemple les ombres sur son visage.

— Il faut trier les jouets et les vêtements de Lydia. Je sais que tu n'es pas d'accord, mais on va devoir prendre une décision : est-ce qu'on les emporte ou est-ce qu'on…

— Est-ce qu'on s'en débarrasse, c'est ça ?

— Oui… peut-être.

— Ah. Pour tout dire, je n'ai pas la réponse.

Un long silence s'ensuit, seulement troublé par le crépitement incessant de la pluie.

Nous sommes coincés là, dans ce grenier. J'ai beau avoir envie qu'on passe à autre chose, je veux connaître la vérité au sujet de ce carton.

— Angus ?

— Bon, j'y vais.

Il recule en direction de l'ouverture.

— On en reparlera plus tard. Je t'appellerai sur Skype une fois arrivé à Ornsay.

— Angus !

— J'ai pris un billet sur le prochain vol, mais si je ne fais pas gaffe, je vais le rater aussi. Je serai sûrement obligé de coucher à Inverness…

Sa voix diminue tandis qu'il descend l'escabeau. Son départ semble furtif, presque coupable.

— Attends !

Dans ma précipitation, je manque de tomber. Parvenue au bas de l'escabeau, je le vois se diriger vers l'escalier.

— Angus, attends !

Il se tourne vers moi, tout en vérifiant sa montre.

— Quoi ?

— Est-ce que…

Je n'ai aucune envie de poser la question, pourtant je n'ai pas le choix.

— Gus, c'est toi qui as ouvert le carton de jouets de Lydia ?

Il hésite une fraction de seconde. C'est révélateur à mes yeux.

— Oui, c'est moi, répond-il.

— Pourquoi ?

— Parce que Kirstie en avait marre de ses jouets.

Son visage revêt une expression qui se veut détendue. J'ai néanmoins le sentiment qu'il me ment. *Mon mari me ment.*

Je ne sais plus où j'en suis.

— Et tu n'as rien trouvé de mieux à faire que d'aller chercher un de ceux de sa sœur ?

Il me dévisage sans ciller. Il s'est immobilisé trois mètres plus loin dans le couloir aux murs dépouillés de leurs tableaux. Nous y avons déjà entreposé des affaires : une de mes bibliothèques préférées, la précieuse commode qu'Angus tient de sa grand-mère…

— Oui, et alors ? Hein ? Où est le problème, Sarah ? J'ai franchi la ligne rouge, c'est ça ?

Cette fois, il fronce bel et bien les sourcils. Il a l'air sombre, inquiétant, furieux. Je repense au coup de poing qu'il a envoyé à son patron. Et à son père, qui a plus d'une fois frappé sa mère… Non, c'est mon mari, et jamais il ne lèverait la main sur moi. En attendant, la colère gronde dans sa voix quand il reprend :

— Kirstie s'ennuyait. Elle était malheureuse et Lydia lui manquait. Tu étais sortie, Sarah. Partie prendre un café avec Imogen. D'accord ? Alors, je me suis dit que je pouvais lui donner des jouets ayant appartenu à sa sœur, que ça la consolerait peut-être. Que ça la distrairait. Voilà. J'ai eu tort, d'après toi ?

Le ton est amer et chargé de sarcasme.

— Mais…

— Qu'est-ce que tu aurais fait à ma place ? T'aurais refusé ? Tu lui aurais dit de se taire et de s'amuser avec ses propres jouets ? D'oublier que sa sœur a jamais existé ?

Il se détourne et s'éloigne vers l'escalier. C'est moi qui me sens coupable, maintenant : son explication se tient et, dans la même situation, je pense que j'aurais fait la même chose.

— Angus…

— Quoi ?

Il s'arrête au bout de cinq marches.

— Excuse-moi pour toutes ces questions. Je… j'ai reçu un choc, c'est tout.

— D'accord.

Il lève les yeux vers moi et son sourire reparaît – ou, du moins, une ombre de sourire.

— Ce n'est rien, chérie. Rendez-vous à Ornsay, O.K. ? J'y vais par les airs et toi par les terres.

— Tu y seras avant moi.

— Ça, c'est sûr !

Il ponctue ces mots d'un petit rire sans joie, me dit au revoir, puis rassemble passeport et sacs, prêt à s'envoler pour l'Écosse.

Je l'entends remuer dans la cuisine. J'ai encore en tête l'image de son sourire.

Puis la porte d'entrée claque, en bas. Cette fois, il est parti, et j'éprouve soudain une cruelle sensation de manque. Un manque physique.

J'ai envie de lui. Encore. Peut-être même plus que jamais. Il y a si longtemps…

Je voudrais le rappeler, le retenir et déboutonner sa chemise. Je voudrais que nous fassions l'amour comme si nous n'avions pas couché ensemble depuis des mois. Plus encore, je voudrais que l'initiative vienne de lui, qu'il retourne sur ses pas, rentre et me déshabille, ainsi qu'il en avait l'habitude au début, les premières années, quand il arrivait du travail et que, sans un mot, nous nous dénudions dans le vestibule et faisions l'amour au premier endroit venu – sur la table de la cuisine, à même le sol de la salle de bains, dans le jardin sous la pluie –, emportés par une frénésie de désir.

Après, nous éclations de rire devant nos corps en sueur et les vêtements que nous avions semés derrière nous, comme autant de miettes de pain dans un conte de fées, entre la porte d'entrée et le lieu de nos ébats. Nous remontions la piste et ramassions slips, jeans, mon chemisier, sa chemise, une veste, mon pull. Puis nous dévorions de la pizza froide, souriants, repus et comblés.

Nous étions heureux – bien plus que tous nos amis, me semblait-il. Et aujourd'hui, je me surprends à envier le couple que nous formions alors. Je suis la voisine jalouse de celle que j'étais. Jalouse de ces fichus Moorcroft, de leur vie parfaite, avec leurs jolies jumelles et leur beau chien.

Sauf que ce n'est pas totalement vrai : cette image de perfection s'apparentait à une illusion. Nous avons connu une période difficile après la naissance des jumelles. Pendant quelques mois, nous avons même été clairement malheureux.

À qui la faute ? À moi surtout, mais Angus n'a rien fait pour arranger les choses : après mon accouchement, il s'est éloigné de moi physiquement. Il ne voulait plus me toucher, et les rares fois où il le faisait, c'était comme si mon corps était devenu un défi, un territoire inconnu, à explorer sous un angle quasiment scientifique. Un jour, je l'ai surpris dans le miroir en train d'examiner ma nouvelle nudité postmaternité – mes vergetures, mes seins gonflés de lait. Il n'avait pu retenir une grimace de dégoût.

Pendant longtemps, presque un an, nous n'avons pas eu de rapports. Et puis, lorsque les jumelles ont commencé à faire leurs nuits et que j'ai eu l'impression de redevenir moi-même, j'ai essayé d'initier un rapprochement. En vain : Angus refusait chaque fois, sous prétexte qu'il était trop fatigué, trop bourré, trop stressé. Il n'était jamais à la maison.

J'ai donc cherché ailleurs, le temps de quelques soirées volées à ma solitude. Angus, plongé dans un nouveau projet pour Kimberley & Co., m'ignorait et rentrait toujours tard du travail. Je me sentais terriblement isolée, engloutie dans le trou noir des premiers mois de la maternité. J'en avais plus qu'assez de passer mes journées à faire chauffer des biberons et à m'occuper seule de nourrissons braillards. Alors, quand un ex m'a appelée pour féliciter l'heureuse maman, je me suis raccrochée au soupçon d'excitation qu'il suscitait en moi, au frisson procuré par la possibilité de raviver la flamme. « Oh, viens donc prendre un verre, tu verras les jumelles. Et tu me verras, moi… »

Angus ne s'est douté de rien. Du coup, après avoir mis un terme à cette liaison sans lendemain, je lui ai tout avoué, parce que je me sentais coupable et aussi parce que je voulais le punir. Lui montrer à quel point son rejet m'avait affectée. Paradoxalement, ma confession blessante nous a sauvés et a redonné vie à notre sexualité.

Elle l'a en effet obligé à réviser son jugement : je n'étais plus cette jeune maman ennuyeuse, épuisée et sans conversation, mais à nouveau un trophée, un objet sexuel, un corps désiré par un rival. Angus a décidé de me reconquérir, et de me pardonner. Puis nous avons suivi une thérapie conjugale et remis notre couple sur les rails, car nous nous aimions encore.

N'empêche, je me demanderai toujours quels dégâts j'ai causés, au fond. Nous les avons peut-être simplement enfouis sous le tapis pendant toutes ces années. Nous sommes tous les deux doués pour la dissimulation.

De fait, j'en ai la preuve sous les yeux, dans ce grenier – tous ces cartons qui contiennent les quelques possessions de notre fille décédée, et que nous avons eux aussi tenté de dissimuler. Or, je sais maintenant quoi en faire : nous les confierons à un garde-meuble.

C'est une solution de facilité, un refus de trancher, j'en ai bien conscience. Je ne me vois pas déménager les jouets de Lydia au fin fond de l'Écosse – pour quelle raison les emporterions-nous ? Juste pour satisfaire les étranges caprices de Kirstie ? –, et je ne peux pas concevoir non plus de m'en débarrasser définitivement.

Un jour, j'y parviendrai peut-être, mais pas maintenant.

En attendant, ce sera donc le garde-meuble.

Stimulée par cette décision, je m'active. Pendant trois heures, je fais des cartons, les scotche, les rouvre et les refais. Puis j'avale un bol de soupe accompagné de pain rassis et vais chercher mon téléphone portable. Je suis satisfaite de mon efficacité. Il me reste encore un coup de fil à passer, un doute à éclaircir, et ensuite je pourrai oublier cette histoire absurde.

— Mademoiselle Emerson ? Bonsoir, c'est Sarah. Sarah Moorcroft.

— Ah oui, Sarah. Bonsoir. Je vous en prie, appelez-moi Nuala…

— Oh. D'accord.

J'hésite. L'institutrice de Kirstie est une jeune femme intelligente, motivée et efficace, qui doit avoir dans les vingt-cinq ans. Depuis le drame, elle a été une source de réconfort. Mais pour les petites, et maintenant pour Kirstie, elle a toujours été « Mlle Emerson ». Utiliser son prénom me semble déplacé, pourtant il faut que j'essaie.

— Eh bien, Nuala, je…

— Oui ?

Le ton est un peu sec. Il est dix-sept heures. Si Kirstie est occupée par des activités parascolaires, son institutrice a sûrement encore du travail à faire.

— Voilà, j'aurais une ou deux questions à vous poser au sujet de Kirstie.

— Pas de problème. Je vous écoute.

— Nous déménageons bientôt, vous êtes au courant ?

— Vous partez pour Skye, c'est ça ? Oui. Vous lui avez trouvé une place dans une autre école ?

— Oui, à Klerdale. J'ai vérifié tous les rapports d'inspection : c'est un établissement bilingue, qui enseigne en anglais et en gaélique. Rien à voir avec St. Luke, mais…

— Vous vouliez savoir quelque chose, je crois ?

Sans trahir son impatience, son intonation m'indique qu'elle est pressée.

— Oui, pardon. En effet.

Je regarde par la fenêtre du salon, qui est entrouverte. Il ne pleut plus. C'est un soir d'automne humide et venteux. De l'autre côté de la rue, les arbres perdent peu à peu leurs feuilles. Je serre mon téléphone un peu plus fort.

— En fait, je voulais vous demander…

Je me raidis, comme si j'allais plonger dans une eau glacée.

— Avez-vous remarqué quelque chose de… d'anormal chez Kirstie, récemment ?

Ma question est suivie d'un bref silence.

— Comment ça ?

— Eh bien, euh, de différent…

Je patauge. Mais que puis-je dire ? *Excusez-moi, mademoiselle Emerson, est-ce que Kirstie prétend qu'elle est sa sœur morte ?*

— Non, je n'ai rien remarqué de bizarre.

Elle répond avec douceur ; il ne faut pas heurter les parents endeuillés.

— Oh, sa sœur lui manque, c'est évident. Néanmoins, étant donné les circonstances, je dirais que votre fille réagit plutôt bien.

— Merci. Encore une chose.

— Allez-y.

Je m'arme de courage. Je dois savoir, pour Kirstie et la lecture. Ses progrès rapides me turlupinent.

— Nuala ? Que pensez-vous du niveau scolaire de Kirstie, de son développement ? Avez-vous constaté des changements ?

Cette fois, le silence est plus long à l'autre bout de la ligne.

Elle murmure :

— En fait…

— Oui ?

— Rien de spectaculaire, mais oui, Kirstie a beaucoup progressé en lecture, récemment. C'est un bond assez surprenant. En même temps, elle était très bonne en maths, et maintenant… ce n'est plus ça.

Je l'imagine en train de hausser les épaules, mal à l'aise.

— On peut dire que c'est inattendu.

Je formule à voix haute ce que nous pensons peut-être toutes les deux.

— Sa sœur était bonne en lecture, mais pas trop en maths.

— En effet, oui.

— Voyez-vous autre chose ? Un autre changement notable ?

Le silence se prolonge un peu trop à mon goût. Enfin, elle répond :

— Eh bien, ces dernières semaines, j'ai remarqué que Kirstie s'était rapprochée de Rory et d'Adelie.

Les feuilles mortes voltigent dans la rue.

— Rory et Adelie, dis-je en écho.

— C'est ça. Or…

Nuala hésite un instant avant de poursuivre.

— C'étaient les camarades de Lydia, comme vous le savez sans doute. Et dans le même temps, Kirstie a laissé tomber ses propres amis.

— Elle ne joue plus avec Zola et Theo ?

— Non. Elle s'est détournée d'eux assez brusquement, mais ce sont des choses qui arrivent souvent chez les enfants. Votre fille n'a que sept ans, et elle est en avance pour son âge.

— C'est vrai, dis-je, la gorge nouée.

— Il ne faut pas que ça vous inquiète. Je ne l'aurais même pas mentionné si vous ne m'aviez pas posé la question.

— Bien sûr.

— Si vous voulez mon avis, et il vaut ce qu'il vaut, c'est plus ou moins une façon pour Kirstie de compenser l'absence de sa sœur ; elle essaie de lui ressembler le plus possible, pour la remplacer et adoucir son chagrin. Par exemple, elle s'est efforcée de devenir meilleure en lecture afin de combler le vide. Je ne suis pas psychologue pour enfants, évidemment. En attendant, d'après ce que je sais, ce n'est pas si inhabituel que cela.

— Non. Sans doute pas.

— Chacun fait son deuil à sa manière, Sarah. C'est probablement ce qui explique la réaction de Kirstie. Vous partez quand, déjà ? C'est imminent, non ?

— Oui. Nous devons quitter Londres ce week-end.

Après avoir raccroché, je reste un moment immobile, avec l'impression que le téléphone pèse lourd dans ma main.

Je contemple les maisons élégantes qui bordent le trottoir d'en face et les voitures garées qui luisent sous les réverbères. La nuit est tombée. Dans le ciel désormais dégagé, j'aperçois les lumières des nombreux avions qui survolent Londres, comme autant de petites étincelles rouges jaillies d'un immense brasier invisible.

4

Angus Moorcroft se gara devant l'hôtel Selkie, descendit de sa petite voiture bas de gamme louée la veille au soir à l'aéroport d'Inverness, et parcourut du regard les vasières et les eaux calmes jusqu'à Torran. Fait rare s'il en était pour un mois de novembre, le soleil brillait dans un ciel dégagé. Pourtant, malgré la luminosité de l'air, le cottage, derrière lequel se dressait le phare, était à peine visible au-dessus des rochers couverts d'algues.

Une main en visière, il plissa les yeux pour mieux distinguer la nouvelle maison familiale. Mais l'arrivée d'une autre voiture, qui s'arrêta dans un grincement de freins, le tira de ses pensées. Une vieille Renault bleue.

Son ami Josh Freedland en sortit, vêtu d'un épais pull d'Aran et d'un jean légèrement saupoudré de poussière de granit, d'ardoise ou de marbre. Angus lui fit signe, avant de jeter un bref coup d'œil à son propre jean. Il allait regretter les beaux costumes et les cravates de soie.

Josh s'approcha.

— Alors, ça y est ? Le colon blanc est arrivé !

Les deux hommes s'étreignirent en se donnant de grandes claques dans le dos. Angus s'excusa pour son retard – il avait manqué le vol qu'il devait initialement prendre –, et Josh lui dit de ne pas s'en faire.

Cette réponse n'était pas sans ironie, dans l'esprit d'Angus. Il y avait eu une époque où c'était Josh qui arrivait toujours en retard, où il était l'homme le moins fiable de Grande-Bretagne… Tout changeait.

D'un seul mouvement, tous deux se retournèrent pour admirer la vue sur le détroit.

— Tu sais, j'avais oublié à quel point c'est beau, murmura Angus.

— C'était quand, la dernière fois que t'es venu ?

— Avec toi. Et la bande. Ce dernier été où on est partis en vacances ensemble…

— Ah oui ?

Josh sourit, l'air sincèrement surpris.

— Junkie à la mer ! Junkie à la mer !

Il venait de citer ce qui était devenu la formule-souvenir de ce congé mémorable, quand toute leur bande d'étudiants avait débarqué sur l'île de la grand-mère d'Angus. Ils avaient passé un week-end épique, à boire plus que de raison, à brailler et à chahuter jusqu'à agacer sérieusement les habitants du coin – et à s'éclater comme des petits fous. Ils avaient failli couler la barque en revenant du Selkie dans le magnifique crépuscule violet de l'été écossais – ce crépuscule qui ne virait jamais complètement à la nuit noire. Des phoques étaient apparus, nageant perpendiculairement à l'embarcation, les observant avec curiosité. Le cri « Junkie à la mer ! » avait été lancé lors d'un trip spectaculaire, au cours duquel Josh, défoncé à l'ecstasy, avait voulu prendre dans ses bras l'un des phoques et, à onze heures du soir, était tombé dans les eaux sombres et glaciales.

L'accident aurait pu être fatal, sauf qu'ils avaient vingt ans : à cet âge-là, on est forcément immortel. Josh s'était contenté de nager jusqu'à l'île, toujours habillé, après quoi ils avaient tous picolé de plus belle dans le cottage merveilleusement rustique du gardien du phare.

— Ça remonte à quand, déjà ? Une quinzaine d'années ? Waouh ! s'exclama Josh, les mains dans les poches.

Une brise fraîche ébouriffait ses cheveux roux.

— Qu'est-ce qu'on a pu rigoler ! Tu te rappelles tous ces litres de cidre qu'on a descendus à Coruisk ? Au fait, t'as revu les mecs de la bande ?

— Pas souvent, répondit Angus.

Il aurait pu ajouter « pour des raisons évidentes », mais ce n'était pas la peine : Josh était au courant de tout.

Après la mort de Lydia, c'était vers lui qu'Angus s'était tourné, pour de longues conversations téléphoniques réconfortantes, et une étrange soirée à sens unique au pub, lorsque Josh était venu à Londres. Celui-ci avait alors accompli son devoir en l'écoutant parler de Lydia, parler jusqu'à ce que les mots se réduisent à des postillons – un simple fluide corporel dont il se purgeait en le laissant jaillir de sa bouche –, parler jusqu'à ce que le whisky et le sommeil occultent tout le reste.

Josh était le seul à l'avoir vu pleurer sa fille morte, lors de cette unique soirée terrifiante, quand la fleur nocturne de l'angoisse s'était soudain épanouie. Un tabou avait été brisé cette nuit-là, peut-être pour le meilleur : un homme en pleurs devant un autre, à nu, indifférent aux larmes et à la morve qui coulaient.

Où en étaient-ils à présent ?

Josh vérifiait quelque chose sur l'écran de son téléphone mobile. Angus contempla une nouvelle fois

Torran Island. La distance à parcourir à travers les vasières lui paraissait plus importante que dans ses souvenirs – beaucoup plus importante, même. Il lui faudrait descendre sur la grève et marcher jusqu'à la grande île de Salmadair, accessible à pied seulement à marée basse, puis s'engager sur la chaussée submersible jusqu'à Torran. Il en aurait au moins pour trente ou quarante minutes.

Or, le temps de trajet à pied comptait, parce que la vieille barque avait pourri depuis longtemps ; autrement dit, ils n'avaient plus de bateau. Alors, jusqu'au jour où ils en rachèteraient un, Sarah, Kirstie et lui seraient obligés de traverser ces étendues de vase traîtresses entre l'île et le continent, ce qui ne serait évidemment possible qu'à marée basse.

— Tu ne connaîtrais pas quelqu'un qui aurait un dinghy à vendre ? Pas cher ? demanda-t-il.

Josh délaissa son téléphone.

— Oh, bon sang ! T'as pas trouvé de bateau ?

— Non.

— Tu déconnes, Gus ! Comment veux-tu vivre à Torran dans ces conditions ?

— Ce sera difficile, mais il va falloir qu'on se débrouille jusqu'à ce que j'en achète un. Pour le moment, on n'est pas trop en fonds.

— Tu veux que je t'emmène là-bas à bord du mien ?

— Non, je voudrais y aller à pied. Pour me rendre compte.

La tête inclinée de côté, Josh arborait un petit sourire sceptique.

— T'as pas oublié que c'est dangereux, hein ?

— Non, t'inquiète.

— Franchement, Gus, le soir – après le crépuscule –, t'as pas trop intérêt à t'y aventurer à pied. Même avec une torche électrique, tu risques de te casser une cheville sur les rochers, de t'enliser dans la boue, et après… ben, je donne pas cher de ta peau.

— Josh…

— À Skye, personne ne t'entendra crier : la moitié des maisons le long de la côte sont vides. Ce sont des résidences secondaires. En hiver, quand la marée monte, c'est la noyade assurée, dans une eau glaciale.

— Josh ! Je le sais déjà. C'est mon île, je te rappelle ! J'y étais tout le temps fourré, gamin.

— Sauf que tu venais presque toujours en été, mon vieux. L'hiver, il fait jour cinq heures tout au plus. Non, sérieux, penses-y. Même avec un bateau, Torran peut se transformer en piège à la mauvaise saison, et t'isoler du monde pendant un bon moment.

— D'accord. J'ai compris : oui, les hivers sont rudes ; non, ce ne sera pas toujours une partie de plaisir. Mais je m'en fous.

Josh éclata de rire.

— O.K. Message reçu. Enfin, je crois.

— Tu m'as parlé des marées, au téléphone. C'est à quelle heure, cet après-midi ?

Son ami jeta un coup d'œil à la mer qui se retirait, puis reporta son attention sur lui.

— Je t'ai envoyé par mail un lien vers un site : la table des marées de Mallaig, avec tous les détails.

— Désolé, je n'ai pas eu le temps de regarder mes messages ce matin. J'ai pris la route tout de suite après le petit déjeuner.

Josh hocha la tête en observant d'un air songeur les vasières et les algues qui séchaient sous le pâle soleil.

— Aujourd'hui, la marée basse est à seize heures. Tu disposes d'une heure avant et après, maximum. Il nous reste donc à peu près une demi-heure à tuer, jusqu'à quinze heures.

Le silence se prolongea de nouveau entre eux. Angus se doutait de ce qui allait suivre. De fait, avec beaucoup de douceur, son ami demanda :

— Et… comment va Kirstie ?

Bien sûr. La question était un passage obligé. *Comment va Kirstie ?*

Que devait-il répondre ?

Il brûlait de dire la vérité. Environ six mois plus tôt, elle avait commencé à se comporter de façon extrêmement étrange. Un changement insolite et perturbant s'était opéré chez sa fille survivante, affectant sa personnalité. C'en était arrivé au point où il avait hésité à consulter un médecin. Puis, au dernier moment, il avait trouvé un remède – ou du moins, quelque chose d'approchant.

Mais il ne pouvait en parler à personne, pas même à Josh. Surtout pas à Josh, d'ailleurs, parce que celui-ci le répéterait à Molly, sa femme. Or, Molly et Sarah étaient assez proches. Et Sarah ne devait jamais l'apprendre. Jamais. Il ne lui faisait pas suffisamment confiance. Il ne lui faisait plus confiance depuis des mois, dans tant de domaines…

Par conséquent, il n'avait pas d'autre solution que de mentir. Y compris à Josh.

— Elle va bien. Compte tenu de la situation, évidemment.

— Tant mieux. Et Sarah ? Est-ce qu'elle… est-ce qu'elle se remet ?

Encore une question inévitable.

— Oui, ça va à peu près. On ne s'en sort pas trop mal, tous. Et on a vraiment hâte de déménager.

Angus s'exprimait le plus calmement possible.

— Kirstie rêve de voir une sirène. Ou un phoque, à défaut. Hmm, oui, je crois qu'un phoque fera l'affaire.

— Aha !

— Bref. Puisqu'on a du temps à tuer, on va prendre un café ?

— Ça marche. Tu verras, il y a eu quelques changements, ici, depuis la dernière fois que t'es venu, déclara Josh au moment où il poussait la porte grinçante du pub.

Il n'avait pas tort. Quand ils entrèrent au Selkie, Angus balaya la salle d'un regard étonné.

Le vieux repaire crasseux et convivial de pêcheurs de hareng était métamorphosé : à la pop d'ambiance avait succédé du folk moderne qui faisait la part belle aux *bodhrans*[1] et aux violons ; la moquette boueuse au sol avait disparu, remplacée par des dalles d'ardoise grise.

À l'autre bout du comptoir, une inscription à la craie proposait du « homard à la nage » et, entre les piles de programmes des théâtres régionaux et celles de prospectus sur l'observation des aigles de mer, Angus vit derrière les tireuses à bière une adolescente potelée qui tripotait d'un air renfrogné l'anneau dans sa narine, tout en écoutant sans enthousiasme Josh lui commander deux cafés.

Bien qu'impressionnante, la transformation de l'établissement n'avait toutefois rien d'exceptionnel : l'endroit était juste devenu un autre de ces relais gastronomiques qui ciblent les riches touristes avides de découvrir les Highlands et les îles. Il ne ressemblait plus au bouge miteux, où flottaient en permanence des relents de vinaigre, qu'il était deux décennies plus tôt.

Même si, à la mi-novembre et en plein milieu de semaine, les seuls clients étaient les habitants du cru.

1. Tambours.

— Oui, avec du lait. Merci, Jenny.

Angus jeta un coup d'œil dans le coin de la salle où cinq hommes, portant tous des pulls ras du cou presque identiques, étaient assis à une grande table ronde en bois. Il n'y avait personne d'autre dans le pub, et tous observaient en silence le nouveau venu par-dessus leurs pintes de bière.

Puis ils se penchèrent les uns vers les autres comme des conspirateurs et se remirent à parler. Dans une langue totalement incompréhensible.

Angus s'efforça de ne pas paraître trop surpris. Discrètement, il demanda à Josh :

— C'est du gaélique ?

— Oui. On l'entend beaucoup à Sleat de nos jours, parce qu'il y a une nouvelle université gaélique. Et l'école l'enseigne aussi, bien sûr.

Josh esquissa un sourire.

— Mais je parie qu'ils parlaient anglais avant notre arrivée. Ça les amuse toujours de déconcerter les touristes.

Josh leva une main et salua l'un des hommes – un solide gaillard d'environ quarante-cinq ans arborant une barbe de plusieurs jours.

— Eh, Gordon, ça va ?

Le dénommé Gordon tourna la tête et lui adressa un bref sourire.

— Bonjour, Joshua. *Ciamar a tha thu fhein ?*

— C'est ça : ma tante a été frappée par la foudre.

Josh émit un petit clappement de langue réprobateur.

— Bon sang, Gordon, tu sais bien que je ne comprendrai jamais le gaélique !

— Bah, peut-être que tu finiras par t'y mettre un jour.

— Peut-être, oui. Je te promets que je ferai un effort. On en reparle plus tard, O.K. ?

La serveuse morte d'ennui venait de poser les cafés sur le comptoir. Angus regarda les deux tasses minuscules dans les grosses mains calleuses et rougies de son ami tailleur de pierre.

Il avait furieusement envie d'un scotch. Après tout, n'est-on pas censé boire du scotch en Écosse ? Mais il n'osait pas en commander un l'après-midi, en compagnie d'un Josh abstinent.

Josh Freedland ne crachait pas sur la bouteille, avant. C'était même tout le contraire. Tandis qu'Angus fumait quelques joints pour essayer, n'y trouvait aucun intérêt et s'en tenait par la suite à l'alcool, Josh était allé plus loin que les autres – leurs copains de fac – dans l'expérience des drogues dures. Les deux premières années, son hédonisme revendiqué avait été une source d'amusement détaché pour les membres de leur bande.

Jusqu'au moment où tout avait basculé.

Vers vingt-cinq ans, Angus avait vu son meilleur ami sombrer dans la dépendance à l'héroïne, dans une déchéance morbide et désespérante. Consterné et horrifié, il avait tenté de l'aider. En vain. Tout le monde avait tenté de l'aider. Et puis, lorsque Josh avait eu trente ans – et alors que son existence tout entière semblait vouée à l'échec, ou pire –, il s'était soudain désintoxiqué, et avait lui-même assuré son salut.

Il s'était consacré à l'abstinence de la même façon qu'il s'était lancé dans la consommation de drogue : avec un engagement total. Il avait fait ses soixante réunions en soixante jours et suivi scrupuleusement le programme en douze étapes avec l'aide d'un parrain. Puis il avait rencontré une jolie jeune femme riche au cours d'une séance de groupe des Narcotiques anonymes à Notting Hill. Molly Margettson était une accro à la cocaïne, mais, tout comme lui, elle avait décidé de s'en sortir.

Ils étaient rapidement tombés amoureux l'un de l'autre et, peu après leur mariage, qui avait donné lieu à une petite cérémonie poignante, ils avaient quitté Londres, direction le Nord. Avec l'argent que leur avait rapporté la vente de l'appartement de Molly à Holland Park, ils avaient acheté une très belle maison à Sleat, au bord de l'eau, à environ un kilomètre du Selkie, au cœur d'une région qui les avait tous fait succomber – près de l'île de la grand-mère d'Angus.

Le Sound of Sleat, l'endroit le plus merveilleux de la terre.

Aujourd'hui, Josh travaillait comme tailleur de pierre, et Molly avait remarquablement réussi à combiner une existence de femme au foyer et de femme d'affaires : elle gagnait sa vie – plutôt bien – en vendant fruits et confitures, miels et chutneys. Elle s'était également mise à la peinture.

Pensif, Angus balaya une nouvelle fois du regard le pub. Après avoir plaint son ami pendant des années, il devait bien admettre aujourd'hui qu'il l'enviait. S'il se réjouissait du bonheur de Josh et Molly, il jalousait la pureté de leur vie. Autour d'eux, rien d'autre que l'air, la pierre, le ciel, le verre, le sel, les rochers et la mer. Et le miel de bruyère des Hébrides. Angus lui aussi aspirait à cette pureté, il voulait plus que tout oublier les complications de la ville, retrouver la nature, la simplicité. De l'air frais, du bon pain, les embruns sur le visage…

Les deux amis allèrent s'installer à une table isolée, à l'écart du groupe des amateurs de gaélique. Josh porta son café à ses lèvres en se fendant lui aussi d'un sourire de conspirateur.

— C'était Gordon Fraser. Il touche à tout, répare tout ce qui est cassé ou mis au rebut, de Kylerhea à Ardvasar : grille-pain, bateaux, épouses esseulées… Tiens, d'ailleurs, il devrait pouvoir t'aider pour ton bateau.

— Je me souviens de lui, maintenant. Enfin, il me semble.

Angus haussa les épaules. Quels souvenirs gardait-il réellement de l'époque lointaine où il venait sur l'île ? En vérité, il était toujours sous le coup de l'erreur qu'il avait commise en estimant la distance entre Torran et le continent. Sa mémoire était-elle défaillante ? Qu'avait-il oublié d'autre ?

Plus inquiétant : si sa mémoire à long terme était aussi peu fiable, qu'en était-il de son jugement ? Serait-il capable de vivre paisiblement avec Sarah sur cette île ? La situation pouvait se révéler très difficile, surtout si sa femme ouvrait les cartons et mettait au jour ce qui était censé rester dans l'ombre… Et si elle lui mentait, encore une fois ?

Non, il fallait absolument penser à autre chose.

— Josh ? Dans quel état est Torran ? Ça s'est beaucoup détérioré, là-bas ?

— Le cottage ?

Josh haussa les épaules.

— Prépare-toi à recevoir un choc, vieux. Comme je te l'ai dit au téléphone, je vais y jeter un coup d'œil quand je peux. Gordon aussi, d'ailleurs ; il adorait ta grand-mère. Et les pêcheurs du coin s'y arrêtent de temps en temps. N'empêche, la maison est en mauvais état.

— Les gardiens du phare ne l'entretiennent plus ?

Josh secoua la tête.

— Ils ne viennent qu'une fois tous les quinze jours, font un petit tour, nettoient une lentille par-ci, réparent une batterie par-là, et basta. Après, ils filent au Selkie s'offrir une tournée.

— Ah.

— On a tous fait de notre mieux, mais qu'est-ce que tu veux, on a tous aussi notre vie… Molly n'aime pas prendre le bateau toute seule. Et ta grand-mère a cessé de venir il y a quatre ans. Depuis, il faut bien reconnaître que le cottage est laissé à l'abandon.

— C'est long, quatre ans…

— Oh oui ! Quatre rudes hivers dans les Hébrides ? Autant dire que l'humidité et le vent ont fait leur œuvre…

Josh soupira, puis soudain son visage s'éclaira.

— J'avais oublié : vous avez eu des squatteurs, l'été dernier.

— Ah bon ?

— Bah, c'étaient pas des voyous. Deux garçons et deux filles – des canons, soit dit en passant. Sûrement des étudiants. Ils ont débarqué au Selkie, un soir, fiers comme tout. Gordon et les autres leur ont raconté des tas d'histoires – entre autres, que Torran était hantée –, et ils ont flippé. Le lendemain matin, ils avaient décampé. Sans rien abîmer, heureusement. Sauf qu'ils ont fait brûler une bonne partie du bois qu'il restait dans la réserve. Foutus Londoniens !

Angus fut sensible à l'ironie. À l'époque, ses copains et lui, venus de Londres eux aussi, s'étaient attablés au pub et avaient écouté les légendes locales de Skye racontées par les habitants du coin contre un petit coup à boire – toutes ces fables qui servaient à occuper les longues soirées d'hiver. Sa grand-mère aussi l'en avait abreuvé : la Veuve de Portree ; la Peur qui rôdait dans le noir ; et la Gruagach, aux cheveux d'un blanc neigeux, qui pleurait son propre reflet…

— Pourquoi t'as laissé passer autant de temps ? demanda soudain Josh.

— Hein ?

— Ça fait quinze ans que t'as pas remis les pieds ici. Pourquoi ?

Angus fronça les sourcils et soupira. C'était une bonne question, qu'il s'était déjà posée. Il essaya de formuler une réponse.

— J'en sais trop rien, en fait. Peut-être que Torran était devenue une sorte de symbole : l'endroit où je finirais un jour par retourner, une sorte de paradis perdu. Sans compter que c'était à des années-lumière de Londres ! Oh, je me disais tout le temps que j'allais y faire un saut, surtout quand vous vous y êtes installés, mais…

De nouveau, la pause fatidique.

— À l'époque, on avait déjà les jumelles, et ça a changé la donne : une petite île froide en Écosse, avec deux bébés ? Et après, deux enfants en bas âge, qui font leurs premiers pas ? C'était un peu… hasardeux. Tu comprendras, Josh, quand vous aurez des gosses.

— Si on en a un jour…

Josh secoua la tête, les yeux fixés sur les résidus de café dans sa tasse.

— Et c'est un « si » de taille.

Un silence mélancolique s'ensuivit : un homme pleurant son enfant perdue, l'autre pleurant ceux qu'il n'aurait peut-être jamais.

Angus avala les dernières gouttes de son café tiède, puis se retourna sur son banc inconfortable et regarda dehors à travers la vitre épaisse.

Le verre déformait Torran Island, la rendant presque hideuse. Le paysage paraissait sombre, sali, factice. Angus repensa au visage de Sarah, dans le clair-obscur du grenier, altéré par les ombres. Le jour où elle avait fouillé dans les cartons.

Il fallait que ça cesse.

— Bon, la mer a dû se retirer, déclara Josh. À partir de maintenant, t'as deux heures maximum devant toi. T'es sûr que tu ne veux pas que je t'accompagne ? Ou que je t'y emmène en Zodiac ?

— Non. Je t'assure, j'ai envie de patauger dans la gadoue.

Le froid les surprit lorsqu'ils sortirent du pub. Le vent avait forci en même temps que la marée descendait. Angus agita la main à l'adresse de son ami – « J'irai te voir demain ! » –, quand sa Renault démarra, patinant dans la boue.

Après avoir ouvert le coffre de sa propre voiture, Angus y prit son sac à dos. Il l'avait rempli soigneusement le matin même, dans son hôtel miteux d'Inverness, empaquetant tout ce dont il aurait besoin pour passer la nuit sur l'île. Dès le lendemain, il irait acheter ce qu'il lui manquait. Dans l'immédiat, il voulait juste rallier sa destination.

De l'autre côté des vasières.

Il éprouva soudain un étrange sentiment de malaise, comme si quelqu'un l'observait, moqueur, tandis qu'il ajustait les sangles du sac afin de mieux répartir le poids entre ses épaules. Machinalement, il regarda autour de lui, cherchant des visages aux fenêtres ou des gamins qui le montreraient du doigt en riant. Mais il n'y avait que des arbres dénudés et des maisons silencieuses. Il était le seul humain visible à la ronde. Et il devait se mettre en route sans tarder.

Du parking devant le Selkie, il fallait descendre quelques marches de pierre usées et moussues. Au pied de l'escalier, le chemin décrivait une courbe le long d'une rangée de barques qui avaient été tirées au sec, haut sur les galets, en prévision des tempêtes hivernales imminentes. Il se perdait ensuite dans le labyrinthe de rochers couverts d'algues qui parsemaient des acres de boue grisâtre et malodorante. Angus estima qu'il lui faudrait au moins une demi-heure pour traverser.

Et son téléphone sonnait.

Étonné de recevoir un signal – et espérant, sans trop se faire d'illusions, qu'il y aurait aussi du réseau à Torran –, il posa son sac sur les galets, avant de tirer le combiné de la poche de son jean.

« Sarah », lut-il sur l'écran.

Il prit l'appel. Le quatrième qu'elle lui passait depuis le début de la journée.

— Allô ?

— T'es arrivé ?

— Presque. Je pars d'Ornsay. J'ai vu Josh.

— Oh. Alors, c'est comment ?

— J'en sais rien, chérie ! Je viens de te le dire, j'y suis pas encore. Donne-moi le temps de faire le trajet, O.K. ? Après, je te rappellerai dès que je pourrai.

— Euh, oui, excuse-moi. Aha !

Son rire était forcé ; il percevait sa nervosité, même sur un portable, même à neuf cents kilomètres de distance.

— Sarah ? Ça va ?

Une hésitation. Un silence bref, mais révélateur.

— Oui, je suis juste un peu fébrile. Tu comprends ? C'est tout.

Quand elle s'interrompit, il fronça les sourcils. Où allait les mener cette discussion ? Dans le doute, il préférait la distraire de ses pensées, l'amener à se concentrer sur l'avenir. Il reprit la parole en pesant chacun de ses mots.

— L'île est magnifique, Sarah. Aussi belle que dans mon souvenir. Peut-être même encore plus belle. On ne s'est pas trompés. On a pris la bonne décision.

— Bien. Tant mieux. Désolée, je… je ne sais plus trop où j'en suis. Avec toutes ces affaires à emballer…

L'angoisse de Sarah était toujours là, sous la surface, tellement troublante qu'il se sentait obligé de poser la question, même s'il n'avait pas envie de connaître la réponse. Mais il n'avait pas le choix.

— Comment va Kirstie ?

— Bien. Elle…

— Quoi ?

— Non, rien.

— Qu'est-ce que…

— C'est rien, je te dis. Rien du tout.

— Arrête, Sarah ! Il y a un problème, c'est évident. Qu'est-ce qui se passe ?

Il s'efforçait de contenir son exaspération. C'était un des stratagèmes utilisés dans la conversation par sa femme trop taciturne : lâcher une ébauche d'information perturbante, et ensuite dire : « Non, c'est rien. » Le forçant chaque fois à lui tirer les vers du nez, si bien qu'il finissait toujours par se sentir embarrassé et coupable, même quand il ne voulait pas en savoir plus. Comme maintenant.

Cette tactique le rendait dingue, depuis quelque temps. Elle déclenchait en lui une colère sourde, qui menaçait de le submerger.

— Sarah ? Qu'est-ce qu'il y a ? Réponds-moi !

— Eh bien, elle…

Encore un silence insupportable. Angus dut résister à la tentation de crier : « Tu vas me répondre, bordel ? »

Enfin, elle déclara :

— Elle a eu un cauchemar, la nuit dernière.

Ce fut un soulagement pour lui. Tout ce cinéma seulement pour un cauchemar ?

— Le même ? demanda-t-il.

— Oui.

Encore une pause caractéristique.

— Celui où elle est enfermée dans la chambre blanche, avec tous ces visages qui la regardent, qui l'observent. C'est presque toujours pareil. Et ce rêve revient tout le temps. Pourquoi ?

— Je n'en ai aucune idée, Sarah. Mais je suis sûr que ça va finir par s'arrêter un jour. Tu te rappelles ce qu'ils nous ont dit, au centre Anna-Freud ? C'est une des raisons pour lesquelles on déménage, je te signale : nouvel environnement, nouveau départ, nouveaux rêves. Adieu les souvenirs.

— Oui, t'as raison. On se parle demain ?

— D'accord. Je t'aime.

— Je t'aime aussi.

Angus grimaça en prononçant ces mots, puis coupa la communication. Après avoir glissé le téléphone dans sa poche, il hissa de nouveau le lourd sac sur son dos en se faisant l'effet d'être un alpiniste sur le point d'attaquer un sommet. Il entendit la bouteille de vin à l'intérieur tinter en heurtant un objet dur. Son couteau suisse, peut-être.

Il avança lentement sur le sable, longeant les rochers à la recherche de l'itinéraire le plus sûr. L'odeur âcre des algues en décomposition saturait l'air. Les mouettes tournoyaient dans le ciel en criaillant, comme si elles le houspillaient pour quelque chose qu'il n'avait pas fait.

De vieilles chaînes grises traînaient sur le sable mouillé, reliées à des bouées en plastique. Sur sa droite, Angus vit des cottages blanchis à la chaux le considérer d'un œil indifférent depuis la côte boisée de Skye.

Sur sa gauche, Salmadair formait un dôme de roche et d'herbe, encerclé par des sapins ; il apercevait en haut la grande maison inoccupée du milliardaire suédois.

Josh lui avait parlé de ce Karlssen qui ne venait que quelques semaines en été pour la chasse, les sorties en bateau et la vue imprenable sur le Sound, jusqu'aux eaux calmes du loch Hourn et du loch Nevis, séparés par le vaste massif de Knoydart, avec ses pentes enneigées.

Tout en avançant, courbé sous le poids de son sac, Angus jetait de temps à autre un coup d'œil à ces montagnes sombres : les hauts sommets de Knoydart, qui constituaient peut-être le dernier endroit véritablement sauvage en Europe occidentale. En même temps qu'il les admirait, Angus se rendit compte qu'il se rappelait les noms de ces pics énigmatiques. Sa grand-mère les lui avait répétés si souvent ! Sgurr an Fhuarain, Sgurr Mor, Fraoch Bheinn.

C'était un poème. Angus n'était pas fan de poésie, pourtant cet endroit était à lui seul un poème.

Sgurr an Fhuarain, Sgurr Mor, Fraoch Bheinn.

Il continua de marcher.

Le silence était extraordinaire. Un royaume de tranquillité. Pas de bateaux de pêche aux alentours, pas de promeneurs, pas de bruits de moteur.

Il progressait toujours, en sueur, manquant parfois de déraper. Il s'émerveillait de l'immobilité de l'air en plein après-midi, et de la clarté de cette journée dégagée qui lui permettait d'apercevoir, sur la ligne d'horizon bleutée, le dernier ferry qui allait d'Armadale à Mallaig.

De nombreuses maisons, cachées au milieu des sapins et des sorbiers, étaient fermées pour l'hiver, ce qui expliquait en grande partie le silence environnant, et aussi le sentiment de désolation. En un sens, cette péninsule méridionale de Skye, abritée et étonnante, ressemblait de plus en plus à certains quartiers riches de Londres : désertée du fait même de son attrait, fréquentée par les privilégiés seulement quelques jours par an. C'était avant tout une occasion d'investir. Un placement. Paradoxalement, d'autres parties des Hébrides, moins spectaculaires, étaient aussi plus vivantes, parce que l'immobilier y restait accessible.

Au fond, c'était sa beauté même qui faisait le malheur de cette région.

En attendant, elle était vraiment magnifique. Et la nuit n'allait plus tarder à tomber.

Le trajet lui prit cinquante minutes pénibles, parce que la boue gris foncé collait à ses bottes, le ralentissant considérablement, et parce qu'il se trompa : à un certain moment, il commença à gravir la pente de Salmadair, montant sans le savoir vers la villa du milliardaire, dont il vit soudain apparaître au crépuscule les immenses baies vitrées du salon, derrière des rangs de fil barbelé rouillé.

Il s'était engagé sur le chemin de gauche, au lieu de contourner la plage de galets de Salmadair.

Les avertissements de Josh au sujet des vasières la nuit lui revinrent à l'esprit. *Tu pourrais y laisser la vie. Certains sont morts*.

Mais combien exactement ? Un par an ? Un tous les dix ans ? C'était toujours moins dangereux que de traverser une rue de Londres… Cet endroit ne connaissait pas la criminalité, l'air y était pur, vivifiant. C'était bien plus sécurisant pour les enfants. Pour Kirstie.

Après avoir suivi le sentier entre les touffes d'ajoncs, Angus escalada des rochers glissants, hérissés de bernaches qui lui égratignèrent les doigts. Il avait des écorchures sur les mains, des griffures sur les bras, et il se sentait las. Le vent du nord lui apportait l'odeur des fientes de mouettes, du fucus vésiculeux et aussi celle de pins fraîchement coupés à Scoraig ou à Assynt.

Il y était presque. Dans les dernières lueurs du jour, il distinguait la chaussée submersible, faite de rochers et de galets gris, parsemée de carapaces de crabe écrasées. Un mince tuyau vert courait à la surface, s'enfonçant ici et là sous le sable. Il reconnut la conduite d'eau courante, tout comme il reconnut parfaitement cette partie du chemin. Il se rappela l'avoir parcourue enfant, puis tout jeune homme. Et voilà qu'il s'y engageait de nouveau.

Le phare et le cottage apparaissaient tout au bout, dans la lumière rasante de cette fin de journée. Dans deux minutes, il franchirait le seuil de sa nouvelle maison, où lui et les siens allaient tenter de refaire leur vie.

Instinctivement, il jeta un coup d'œil à son téléphone. Pas de signal. Bien sûr. Qu'avait-il espéré ? L'île était une entité en soi : solitaire, isolée, et aussi éloignée du cœur de la Grande-Bretagne qu'il était possible de l'être.

Alors qu'il s'apprêtait à gravir la dernière pente jusqu'au cottage, Angus se retourna pour contempler la vaste étendue boueuse jusqu'à Ornsay.

Oui. Isolée, loin de tout. Parfait. Il était heureux d'avoir convaincu sa femme de venir s'installer ici ; heureux d'avoir réussi, en outre, à la persuader que c'était son choix. Depuis des mois, il voulait éloigner sa famille de tout, et aujourd'hui il avait atteint son but. Sur Torran Island, ils seraient enfin en sécurité. Personne ne poserait de questions. Il n'y aurait pas de voisins trop curieux. Pas d'amis ni de proches. Pas de policiers non plus.

5

Kirstie.

Quand je lève les yeux, je vois le visage impassible de ma fille dans le rétroviseur intérieur.

— On est presque arrivées, ma chérie !

C'est ce que je lui répète depuis la sortie de Glasgow. À vrai dire, j'avais déjà l'impression qu'on était « presque arrivées » en atteignant la ville, tant la distance semblait insignifiante sur Google Maps. On avait bien traversé la moitié de l'Écosse, non ? *Regarde, on n'en a plus pour longtemps. Encore cinq petits centimètres.*

Au lieu de quoi, comme une horrible histoire interminable racontée par un raseur, la route n'en finit pas. Et maintenant nous sommes perdues au milieu de l'étendue lugubre de Rannoch Moor.

Je dois me répéter que nous sommes ici pour une bonne raison.

Avant-hier, Angus a proposé de nous acheter des billets d'avion avec de l'argent que nous n'avons pas et de venir nous chercher à Inverness, pendant que les déménageurs s'occuperaient de transporter toutes nos affaires.

Sur le coup, cependant, il m'a semblé que ce serait plus ou moins de la triche ; je voulais prendre le volant avec Kirstie et Beany. Et de toute façon, il faudrait bien conduire la voiture là-bas, à un moment ou à un autre. Alors j'ai insisté pour traverser toute la Grande-Bretagne, de bas en haut, et pour retrouver Angus sur le parking du Selkie, à Ornsay, d'où nous découvririons la célèbre vue sur Torran Island.

À présent, je le regrette.

Tout est si vaste autour de nous, et tellement sinistre… Rannoch Moor forme une cuvette de grisaille teintée de vert, probablement d'origine glaciaire. Des cours d'eau sale, brun tourbe, sillonnent les sols acides ; à certains endroits, le terrain semble avoir été éventré, puis recousu grossièrement.

Je jette de nouveau un coup d'œil à Kirstie dans le rétroviseur, puis m'attarde un instant sur mon reflet.

Je n'en ai aucune envie, pourtant je n'ai pas le choix : je dois faire revivre la scène dans ma mémoire une fois de plus, si je veux essayer de comprendre ce qui se passe avec Kirstie, et si c'est lié à l'accident lui-même. À cette terrible fracture dans notre vie.

Ça s'est produit un soir d'été à Instow.

Mon père et ma mère se sont retirés dans la petite ville d'Instow, sur la côte septentrionale du Devon, depuis presque dix ans. Ils ont réuni assez d'argent, au terme de la carrière discrètement avortée de mon père, pour acheter une maison spacieuse qui surplombe la rivière au cours paresseux, à l'endroit où elle forme un estuaire.

C'est une haute bâtisse de deux étages, aux fenêtres pourvues de balcons qui permettent de mieux apprécier la vue. Il y a un vrai jardin, prolongé au fond par une pente herbeuse où courent les lapins. Du dernier étage, on aperçoit la mer entre les promontoires verdoyants. Assis sur la cuvette des toilettes, on peut regarder les bateaux aux voiles rouges voguer vers le canal de Bristol.

Dès le départ, j'ai approuvé le choix de mes parents : une belle propriété dans une belle petite ville. Les pubs locaux grouillent de marins et de yachtsmen, qui se détendent dans une ambiance dénuée de prétention. Le climat y est plutôt clément, pour l'Angleterre – adouci par des brises venues du sud-ouest. On peut y pêcher le crabe sur le quai, avec du bacon et un bout de ficelle.

Instow est immédiatement, et inévitablement, devenue notre résidence de vacances par défaut. Un refuge coquet, pratique et pas cher, pour Angus et moi, et plus tard un endroit où emmener les filles, sachant qu'elles seraient chouchoutées par des grands-parents gâteux.

Et mes parents les aimaient à la folie, d'abord parce qu'elles étaient ravissantes et adorables – quand elles ne se chamaillaient pas –, et ensuite parce que mon jeune bon à rien de frère passe son temps à sillonner le monde, sans avoir apparemment la moindre envie de se fixer. Pour eux, les jumelles étaient l'aboutissement de tout – les seuls petits-enfants dont ils pourraient jamais profiter.

Mon père attendait donc toujours avec impatience notre venue pour les vacances. Et ma mère américaine, Amy, plus timide, discrète et réservée – je tiens d'elle mon caractère renfermé –, l'espérait avec presque autant de ferveur.

Alors, quand j'ai reçu ce coup de téléphone de papa, qui m'a demandé d'un ton détaché « Vous avez prévu quelque chose, cet été ? », j'ai tout de suite accepté d'aller à Instow. Ce serait notre septième ou huitième séjour, au moins. Mais c'était trop tentant : toutes ces longues siestes d'adultes en congés, pendant que grand-père et grand-mère emmenaient les jumelles en promenade…

C'est arrivé le premier soir de nos toutes dernières vacances.

J'avais fait le trajet le matin en voiture avec les petites. Angus, retardé à Londres, devait nous rejoindre plus tard. Maman et papa étaient sortis prendre un verre. J'étais assise à la cuisine.

La vaste cuisine aérée d'Instow a toujours été au centre de la vie familiale, parce qu'elle offre une vue splendide et est équipée d'une grande table. Tout était calme. Je lisais un livre tout en buvant une tasse de thé. La soirée s'annonçait magnifique : ciel bleu teinté de rose déployé au-dessus des promontoires et de la baie. Les jumelles, déjà hâlées après un après-midi sur la plage, jouaient dans le jardin. Elles ne risquaient rien – du moins le croyais-je.

Jusqu'au moment où j'ai entendu l'une d'elles crier.

Ce cri ne s'effacera jamais de ma mémoire. Il ne me quittera jamais.

Jamais.

Sur la route qui traverse Rannoch Moor, j'agrippe le volant en accélérant. Comme si je pouvais laisser derrière moi les horreurs du passé.

Comment les choses se sont-elles enchaînées, après ? Y a-t-il un indice auquel je n'ai pas prêté attention, et qui pourrait me permettre de comprendre cette affreuse méprise ?

Durant un instant, assise dans cette cuisine, je n'ai pas compris : les filles auraient dû se trouver dehors, sur la pelouse, pour profiter de la douceur du soir ; or, ce cri déchirant provenait de l'étage. Alors je me suis ruée dans l'escalier comme une folle, aveuglée par la panique, et je me suis précipitée dans le couloir à leur recherche – elles ne sont pas là, pas là non plus –, tout en sachant déjà, au fond de moi, ce qu'il en était. Puis je me suis engouffrée dans la chambre d'amis, elle aussi pourvue d'un balcon. À quatre mètres du sol.

Putains de balcons. S'il y avait bien une chose que je détestais dans cette maison, c'étaient tous ces foutus balcons. Chaque fenêtre avait le sien. Angus les détestait lui aussi.

Nous avions toujours dit aux jumelles de ne pas s'en approcher, car les balustrades étaient trop basses, pour les adultes comme pour les enfants. En même temps, je le reconnais, ils offraient tous des perspectives sublimes sur la rivière. Maman aimait s'y installer pour lire ses thrillers suédois en buvant du chardonnay de supermarché.

Alors, c'étaient les balcons que j'avais en tête et qui affolaient mon cœur quand j'ai gravi l'escalier. À peine entrée dans la pièce, j'ai vu les fenêtres ouvertes et la silhouette d'une de mes filles, toute de blanc vêtue, sur la plate-forme en saillie.

Le plus cruel, c'est qu'elle était si jolie en cet instant ! Le soleil couchant embrasait ses cheveux, formant autour de sa tête un halo de feu, une couronne glorieuse. Elle ressemblait à un enfant Jésus dans un livre d'images victorien, alors même qu'elle poussait des cris de terreur à glacer le sang.

« Maman, maman, maman ! Viens vite ! C'est Lydie-lo, c'est Lydie-lo, elle est tombée… Maman, aide-la ! MAMAN ! »

Mais j'étais comme paralysée. Je ne pouvais que la regarder.

Enfin, refoulant ma panique, je me suis approchée de la rambarde.

Et oui, ma fille était là, en bas sur la terrasse, brisée, le sang coulant de sa bouche, rouge et luisant. Elle avait l'air d'une icône représentant l'homme déchu, ou d'un swastika avec ses bras et ses jambes écartés – d'un symbole.

J'ai su Lydia perdue rien qu'en voyant sa position. J'ai néanmoins couru la rejoindre et, serrant contre moi ses épaules encore chaudes, j'ai cherché son pouls fuyant. C'est à ce moment que mon père et ma mère sont rentrés du pub et que, parvenus au bout de l'allée, ils ont découvert ce tableau atterrant. Ils se sont arrêtés net, effarés, les yeux écarquillés, puis ma mère a hurlé et mon père a appelé les secours. Ensuite, nous nous sommes disputés pour savoir s'il fallait ou pas bouger Lydia, et ma mère a de nouveau hurlé.

Après, nous sommes tous allés en pleurant à l'hôpital, où nous nous sommes entretenus avec des médecins ridiculement jeunes – des hommes et des femmes en blouse blanche, dont le regard trahissait l'embarras et la lassitude, et qui récitaient leurs prières.

Hématome sous-dural sévère, lacérations stellaires, signes d'hémorragie rétinienne...

Durant quelques instants terribles, Lydia a repris connaissance. Angus nous avait rejoints entre-temps, pour être confronté lui aussi à l'horreur, et nous étions tous dans la chambre – Angus et moi, mon père, les médecins et les infirmières –, quand ma fille a remué et ouvert les yeux. Elle avait des tubes dans la bouche, et elle a posé sur nous un regard chargé de regret et de mélancolie, comme si elle nous disait adieu, avant de sombrer de nouveau. Pour ne plus jamais émerger.

Je déteste ces souvenirs-là. Je me rappelle ce médecin qui n'a même pas cherché à étouffer un bâillement alors qu'elle nous parlait, après que le décès de Lydia eut été prononcé ; sans doute avait-elle accumulé trop d'heures de garde. Un autre nous a dit que « nous n'avions pas eu de chance ».

Or, aussi révoltant que cela paraisse, il avait raison, ainsi que je devais l'apprendre des semaines plus tard, lorsque j'ai recouvré la capacité mentale de taper des mots dans un moteur de recherche. La plupart des jeunes enfants survivent à une chute de moins de cinq mètres. Lydia n'avait pas eu de chance. Nous n'avions pas eu de chance. Et cette découverte n'a fait qu'aggraver les choses, en rendant mon sentiment de culpabilité encore plus insupportable : Lydia était morte parce que nous n'avions pas de chance, et parce que je m'étais mal occupée d'elle.

Je voudrais fermer les yeux, à présent, et bloquer toutes mes pensées. Mais je ne peux pas, parce que je conduis. Alors je continue de rouler, en essayant de tout remettre en question : ma mémoire, et la réalité.

Laquelle des deux est tombée ce jour-là ? Est-il possible que j'aie pu me tromper ?

Si j'ai pensé que c'était Lydia en bas sur la terrasse, mourante, c'est parce que sa jumelle *me l'a dit.*

« Maman, maman, viens vite, Lydie-lo est tombée. »

Et bien sûr, je l'ai prise au mot. Parce qu'il n'y avait aucun moyen immédiat de les distinguer. Parce qu'elles étaient une fois de plus vêtues pareillement : une robe blanche, sans rien de bleu ni de jaune.

Ce n'était pas mon choix, mais celui des jumelles elles-mêmes. Quelques mois avant les vacances, elles avaient demandé – exigé, en fait – qu'on les habille et qu'on les coiffe à l'identique, afin de se ressembler encore plus. « Maman, viens t'asseoir entre moi et moi, pour nous lire une histoire. » On aurait dit qu'elles voulaient se fondre l'une dans l'autre, qu'elles en avaient assez d'avoir été des individus pendant un certain temps.

Il arrivait parfois, au cours des derniers mois, qu'elles nous annoncent au réveil avoir fait exactement le même rêve. Je ne savais pas si je devais les croire. Je ne le sais toujours pas aujourd'hui. Est-il possible que des jumeaux fassent le même rêve ?

Le pied sur la pédale d'accélérateur, je négocie en trombe un virage, comme si la réponse résidait quelque part au bout de la route. Sauf que, s'il doit y avoir une réponse quelque part, c'est dans ma tête.

Angus et moi avions accédé à leur requête, parce que nous pensions qu'il s'agissait seulement d'une phase, telle que les caprices ou la poussée des dents. De plus, il était devenu relativement facile à l'époque de les différencier par leur personnalité. Et par leur façon distincte de se chamailler.

Mais quand je me suis précipitée dans l'escalier ce soir-là et que j'ai vu une des jumelles sur le balcon, pieds nus, en robe blanche et folle d'angoisse, la question de la personnalité ne s'est pas posée. Pas sur le moment. C'était juste une de mes filles, qui hurlait : « Lydie-lo est tombée ! » Ces seuls mots m'ont renseignée sur son identité : Kirstie.

Et si j'avais commis une erreur ?

Je l'ignore. J'erre dans un labyrinthe d'âmes qui se reflètent à l'infini. Et de nouveau cette phrase terrible me transperce le cœur.

« Maman, maman, viens vite, Lydie-lo est tombée. »

C'est à ce moment que ma vie a volé en éclats. C'est à ce moment que j'ai perdu ma fille, et que tout est devenu noir.

Comme maintenant. Je tremble de chagrin. Les souvenirs sont si bouleversants qu'ils me privent de mes forces. Les larmes ne sont pas loin ; mes mains tressaillent sur le volant.

Ça suffit. Il faut que je m'arrête, que je sorte, que je respire de l'air frais. Où suis-je ? Où sommes-nous ? À la sortie de Fort William ?

Oh, mon Dieu… Arrête-toi, bon sang !

Je braque le volant et m'engage trop vite sur l'aire d'une station BP, faisant jaillir le gravillon sous mes roues, manquant d'entrer en collision avec une pompe à essence.

La voiture fume. Le silence soudain est choquant.

— Maman ?

Je lève les yeux vers le rétroviseur. Kirstie me regarde quand je m'essuie rapidement les yeux. Je contemple son reflet, comme elle a dû si souvent contempler le sien dans la glace – et y voir aussi celui de sa sœur disparue.

Elle me sourit, à présent.

Pourquoi ? Pourquoi sourit-elle ? Elle ne dit pas un mot, cligne à peine des yeux, et pourtant elle sourit. À croire qu'elle essaie de me faire peur.

Un frisson glacé me parcourt. Absurde, ridicule, mais indéniable.

Il faut que je sorte de la voiture. Maintenant.

— Je vais me chercher un café, d'accord ? J'en ai besoin. Tu veux quelque chose ?

Elle ne répond pas, se bornant à serrer plus fort Leopardy contre elle, à deux mains. Son sourire est froid, vide, et en même temps entendu, d'une certaine façon. C'est le genre de sourire qu'arborait parfois Lydia, la plus tranquille, la plus attendrissante et la plus excentrique des deux. Ma préférée.

Fuyant ma propre enfant, et mes doutes, je me précipite dans la petite boutique BP.

— Pas d'essence, merci. Juste le café.

Le breuvage est trop chaud, je ne peux pas le boire tout de suite. J'émerge dans l'air vif et iodé en essayant de recouvrer mon sang-froid. Calme-toi, Sarah, calme-toi.

Ma tasse d'americano à la main, je me rassois au volant. Je prends de profondes inspirations pour me calmer et forcer mes battements de cœur à ralentir. Puis je regarde dans le rétroviseur. Kirstie reste muette. Elle a cessé de sourire et tourné la tête. Tout en grattant Beany derrière l'oreille, elle observe par la vitre les maisons disséminées le long de la route, de part et d'autre de la station-service. Elles paraissent ridicules, tellement anglaises et incongrues, avec leurs fenêtres proprettes et leurs petites vérandas, par rapport à l'immensité impressionnante des Highlands…

Bouge, bouge, bouge.

Je tourne la clé de contact, redémarre. Nous suivons la route vers Fort Augustus, qui longe le loch Lochy, le loch Garry et le loch Cluanie. Ça n'en finit plus, et nous avons déjà fait tellement de chemin ! Je songe à la vie avant l'accident, à notre bonheur si fragile. Notre existence était faite de glace cassante.

— On arrive bientôt, dis ?

La voix de ma fille me tire de mes pensées. Je lui jette de nouveau un coup d'œil dans le rétroviseur.

Kirstie contemple les sommets montagneux, voilés par la brume et par la pluie qui s'est remise à tomber. Je me force à lui adresser un sourire rassurant en répondant « oui » – et j'emmène ma fille, Beany et tous nos espoirs plus loin sur cette route à une seule voie qui traverse l'étendue sauvage déployée autour de nous.

De fait, nous y sommes presque, cette fois. Et à présent, cette distance que j'ai prise avec mon ancienne vie – la femme que j'étais, ma fille morte et ses cendres dispersées sur la plage d'Instow – me paraît adéquate et nécessaire. À dire vrai, je voudrais même aller encore plus loin. Ces deux journées de voyage, de Camden à l'Écosse, dont une nuit passée dans les Scottish Borders, ont été si différentes de notre quotidien qu'elles me semblent amorcer concrètement notre changement d'existence. Après avoir parcouru tout ce chemin, il n'y aura plus de retour en arrière possible.

J'ai un peu l'impression d'être transportée au XIXe siècle, de partir à l'aventure tels ces pionniers en marche vers l'Oregon. Alors je serre plus fermement le volant, déterminée à nous éloigner du passé. Je ne veux plus avoir à me demander qui est à l'arrière de cette voiture – laquelle des deux licornes héraldiques ? Quel fantôme d'elle-même ? C'est Kirstie. Forcément. Kirstie.

— On y est, Kirstie. Regarde.

Nous approchons de Skye. Dans notre vieille Ford Focus familiale rouillée, nous longeons sous une pluie battante le port touristique de Kyle of Lochalsh, puis nous engageons dans la rue principale, qui nous mène jusqu'à un grand pont incurvé. Brusquement, la pluie cesse.

L'arche surplombe les eaux grises et écumeuses du loch Alsh, nous offrant un point de vue vertigineux.

Enfin, au détour d'un rond-point, nous atteignons Skye. Bientôt, nous laissons derrière nous les derniers pavillons à la sortie de la ville, et pénétrons sur un territoire sauvage.

C'est un paysage tourmenté mais splendide. Les îles et les montagnes se reflètent dans les eaux indigo foncé sur ma gauche. La lande ondule jusqu'au littoral. J'aperçois au loin un bateau solitaire. Sur ma droite, une route ouvre une brèche dans une forêt de sapins ; elle ne semble aller nulle part, et se perd dans la masse sombre des conifères.

Je me sens impressionnée par l'austérité du panorama autant que par sa beauté. Le soleil de cette fin d'automne joue sur les collines environnantes, les embrasant fugitivement. Et lorsque je rétrograde pour franchir des grilles à bétail, j'ai le temps d'admirer les détails, la façon dont l'herbe mouillée scintille dans la lumière…

Nous ne sommes plus qu'à quelques kilomètres d'Ornsay. La route s'élargit, et je commence à reconnaître les pentes verdoyantes et les lochs gris acier que j'ai vus en photo sur Google.

— C'est papa, là-bas !

Kirstie, vibrante d'impatience, pointe le doigt. Beany grogne.

Je ralentis presque jusqu'à m'arrêter et suis du regard la direction indiquée par ma fille. Elle a raison : deux hommes se tiennent sur un quai de pierre, devant un grand bâtiment victorien blanc à pignons qui domine le chenal. Impossible de s'y méprendre, ce sont Angus et Josh Freedland, dont la tignasse rousse le rend facile à identifier.

C'est bien là. Le Selkie, et le parking du pub sur le front de mer. Quant au village d'Ornsay, ce doit être cette poignée de fermettes rénovées et de constructions neuves dotées de grandes baies vitrées et de jardinets coquets, éparpillées tout autour du minuscule port.

Autrement dit, et je lève les yeux comme les fidèles à l'église, la petite île avec son phare, au loin, en plein milieu du détroit – cet îlot que l'infini de l'océan et des montagnes fait paraître encore plus modeste –, est notre destination finale.

Notre nouveau foyer, dont le nom sonne comme un glas.

Torran.

Cinq minutes plus tard, je m'engage sur le parking du Selkie, où l'on étend les gréements des bateaux à l'amarre tinter sous le vent. Des mots me viennent à l'esprit : nœuds de dragonne, spinnakers, beauprés… Je ne maîtrise pas encore tous les noms, mais j'apprendrai le langage particulier de la mer, comme tout bon îlien amené à naviguer. En dépit de mes incertitudes, cette idée me séduit. J'aspire à la nouveauté dans tous les domaines.

— Bonjour, ma puce, dit Angus à Kirstie qui sort timidement de la voiture et cligne des yeux, Leopardy serré contre sa poitrine.

Le chien s'agite, jappe et saute sur le bitume.

— Hello, Beano ! lance Angus, dont le sourire s'élargit à la vue de son chien adoré.

Malgré ma tristesse, j'éprouve une pointe de satisfaction : j'ai amené notre fille et notre chien à bon port.

— Dis bonjour à tonton Josh, ma puce, l'encourage Angus, alors que Kirstie regarde tout autour d'elle, la bouche entrouverte.

Il me remercie d'un sourire tandis que notre fille, intimidée, murmure un « Bonjour » poli.

— Le voyage n'a pas été trop pénible ? me demande Josh, qui m'observe.

— Bah, deux jours, c'était trop court. J'aurais bien conduit encore un peu.

— Aha !

— La prochaine fois qu'on déménagera, Gus, je suggère Vladivostok !

Angus glousse pour me faire plaisir. Il a déjà l'air plus écossais, ici, en terre d'Écosse. Ses joues sont hâlées, sa barbe naissante me paraît plus sombre, et il y a un certain laisser-aller dans son apparence, qui semble plus rude, plus masculine. Au lieu de ses cravates d'architecte en soie violette, il arbore des griffures sur les mains et des éclaboussures de peinture dans les cheveux. Il est là depuis trois jours, à « préparer la maison », de façon à la rendre habitable pour Kirstie et moi.

— Josh va nous emmener là-bas en Zodiac, explique-t-il.

— Bon, écoutez-moi, vous deux, dit Josh en m'embrassant chaleureusement sur les joues. Vous devez absolument vous procurer un bateau, sinon vous allez vivre un vrai cauchemar : les marées vous rendront complètement zinzins.

Je me force à sourire.

— Merci, Josh, c'est tout à fait ce que j'avais envie d'entendre le premier jour.

Quand il se fend d'un grand sourire juvénile en retour, je me rappelle que je l'aime bien. C'est même celui des amis d'Angus que je préfère, sans doute aussi parce qu'il a renoncé à l'alcool. Du coup, Angus boit moins en sa compagnie.

Tels des explorateurs descendant en rappel, nous nous aventurons sur les marches du quai jusqu'au canot de Josh. Beany passe en deuxième position, suivi par Angus, et bondit dans l'embarcation avec une grâce surprenante. Kirstie s'engage à son tour dans l'escalier. Je sais qu'elle est tout excitée à ce calme singulier qu'elle affiche – un calme déconcertant, semblable à celui qui s'emparait de Lydia dans les moments de joie intense : sa tête est parfaitement immobile, et son regard perdu au loin, comme si elle était catatonique, mais elle a les yeux brillants. Elle est enchantée.

— Ohé, matelots de Torran, à l'abordage ! s'écrie Josh, à l'adresse de Kirstie, qui pouffe.

À l'aide d'une gaffe, il repousse le bateau tandis qu'Angus récupère rapidement le cordage, et nous entamons la courte traversée qui nous amène d'abord à longer Salmadair, l'île entre Ornsay et Torran.

— C'est là que vit le milliardaire du packaging, explique Josh.

Si la moitié de mon attention est accaparée par Salmadair, l'autre reste concentrée sur le visage heureux de Kirstie, sur ses yeux bleus emplis d'émerveillement devant le spectacle des îles et du ciel infini des Hébrides.

Je me souviens de son cri de désespoir.

Maman, maman, viens vite, Lydie-lo est tombée.

Une nouvelle fois, je suis frappée par la pensée que ces mots constituent le seul indice nous permettant d'affirmer que c'est Lydia qui est morte, et non Kirstie. Pourquoi ne les ai-je jamais mis en doute ?

Parce qu'elle n'avait aucune raison évidente de mentir, surtout en un tel moment. Mais peut-être se trouvait-elle déjà dans un étrange état de confusion mentale. En un sens, avec le recul, je peux le comprendre, étant donné que les jumelles avaient passé leur temps à échanger leurs prénoms et leurs identités au cours de cet été fatidique, alors qu'elles étaient habillées et coiffées de la même façon. C'était un jeu auquel elles aimaient jouer avec Angus et moi. *Laquelle je suis, maman ? Laquelle je suis ?*

Et si elles avaient décidé d'y jouer aussi ce soir-là ? Ensuite, le drame était survenu, figeant le flou fatal de leurs identités, telle une bulle d'air dans la glace.

Ou alors, peut-être que Kirstie a soudain décidé de rejouer à ce jeu, en lui donnant cependant un tour effrayant. Peut-être est-ce la raison de son sourire : elle joue pour me faire mal, pour me punir.

Mais de quoi ?

— Voilà, nous y sommes, annonce Angus. Torran Island.

6

Les cinq jours suivants se perdent dans un tourbillon d'activités. Je n'ai pas le temps de ruminer ni de trop réfléchir ; c'est à peine si je prends celui de respirer. Le cottage est un vrai cauchemar. Dieu sait dans quel état il devait être avant qu'Angus le « prépare » pour notre arrivée !

La structure de notre nouveau foyer est néanmoins assez saine : à l'origine, il s'agissait de deux maisonnettes blanches à pignons, conçues par le père de Robert Louis Stevenson dans les années 1880, qui ont été réunies en une seule demeure familiale dans les années 1950. Il m'a cependant suffi d'une heure d'exploration pour acquérir la conviction que personne n'y avait apporté d'amélioration significative depuis.

La cuisine est une horreur. Le frigo est moisi, envahi à l'intérieur par une substance noirâtre. Irrécupérable. La gazinière est utilisable, mais d'une saleté repoussante. L'après-midi du premier jour, je passe des heures à la récurer, jusqu'à en avoir des crampes à force de rester agenouillée par terre. Malgré mes efforts, je n'ai pas fini de la nettoyer lorsque la nuit tombe – tôt, bien trop tôt. Et je n'ai même pas pu m'attaquer au profond évier en céramique, qui empeste autant que si on y avait massacré des oiseaux de mer.

Le reste est à l'avenant. Les robinets crachent une eau souillée. Angus a oublié de me dire que l'eau courante était acheminée du continent par une mince conduite en plastique exposée à l'air libre sur la chaussée quand la mer se retire. Or, elle fuit de partout et laisse entrer l'eau salée ; de la fenêtre de la cuisine, à marée basse, je peux voir les petits jets qui jaillissent du tuyau comme pour saluer le ciel.

Résultat, nous sommes obligés de la faire bouillir. N'empêche, tout sent le poisson. Il va donc falloir régler le problème de l'approvisionnement en eau douce. On ne peut pas continuer de rapporter des bouteilles d'eau minérale du supermarché Co-op à Broadford : c'est trop pénible et trop coûteux. De même, filtrer ou purifier l'eau avec des tablettes n'est pas une solution à long terme ; ça nous prend un temps fou. Mais comment convaincre la compagnie des eaux d'aider trois personnes qui ont choisi délibérément d'aller vivre sur une île coupée de tout ?

Néanmoins, si jamais elle acceptait de se déplacer, peut-être les employés pourraient-ils aussi, par charité, nous débarrasser des rats ?

Il y en a partout. Je les entends la nuit, ils me réveillent quand ils piaillent et se chamaillent dans les murs. À cause d'eux, nous avons fourré toutes nos provisions dans des paniers d'osier que nous avons accrochés à une corde à linge dans la cuisine.

J'aimerais pouvoir me servir des placards, mais ils sont trop humides, le bois est pourri. Quand j'ai ouvert la porte du plus grand, je n'ai trouvé à l'intérieur que des moisissures et des saletés, ainsi que le minuscule squelette d'une musaraigne au milieu de l'étagère.

On aurait dit une précieuse pièce de musée, conservée par un collectionneur ; une rareté, singulière et exotique, un peu macabre et cependant ravissante. J'ai demandé à Angus de la jeter à la mer.

Aujourd'hui, au crépuscule du cinquième jour, je suis assise, fatiguée, crasseuse et seule, sous le halo lumineux de l'unique lampe. Le feu qui crépite dans la cheminée et répand une bonne odeur autour de moi s'éteint peu à peu, pourtant je ne remets pas de bûches, parce que j'aime regarder les flammes mourir. Angus ronfle dans notre chambre, sur le vieux lit double en bois qu'il appelle le « lit de l'Amiral ». J'ignore pourquoi. Ma fille dort aussi dans sa chambre, à côté de sa précieuse veilleuse, à l'autre bout de la maison.

Une grosse étincelle jaillit soudain de l'âtre et tombe sur le tapis turc. Je ne bouge pas, sachant que le tapis en question est trop humide pour s'embraser. Je contemple la liste de « Choses à faire » que j'ai dressée dans mon calepin. Elle est d'une longueur décourageante, et néanmoins je continue d'écrire dans la pénombre.

Il nous faut absolument une embarcation. Angus tente de négocier tous les jours avec des vendeurs, mais les bateaux restent hors de prix. Or, on ne peut pas non plus en acheter un au rabais, au risque de le voir couler.

Le téléphone est également un problème. Le vieux combiné noir en Bakélite qui trône sur la console dans la salle à manger glaciale est moucheté de peinture, et mystérieusement calciné en dessous. À mon avis, quelqu'un a dû le poser un jour sur l'un des brûleurs de la gazinière – peut-être après avoir ingurgité trop de whisky pour se réchauffer et essayer d'oublier les rats.

Quelle que soit l'explication, les grésillements sur la ligne sont tels qu'on entend à peine la voix à l'autre bout, et j'ai bien peur que la ligne elle-même ne soit corrompue par l'eau de mer, auquel cas l'achat d'un nouveau combiné ne résoudra rien. Il n'y a évidemment pas d'accès Internet, pas de réseau mobile non plus. L'isolement est total.

Mais que faire ?

Termine la liste.

J'écoute les craquements de la vieille maison battue par les vents de Sleat, et le sifflement des bûches humides qui ont du mal à brûler. Tous mes vêtements sentent la fumée.

Quoi d'autre ? Il nous reste à déballer la vaisselle et les verres ; tout est encore dans les cartons que Josh, Angus et les déménageurs ont apportés par bateau. Pour le moment, nous buvons notre rouge dans des bocaux de confiture.

Je souligne le mot « cartons », puis balaie la pièce du regard.

Certains murs s'ornent de peintures bizarres, troublantes, qui représentent des sirènes et des guerriers écossais – sans doute l'œuvre des squatteurs qui se sont succédé ici au fil des ans. Je tâcherai de les effacer, elles me font un drôle d'effet. Le débarras derrière la cuisine est un véritable capharnaüm où s'accumulent les vieilleries en tout genre ; à Gus de s'en occuper. Dehors, le grand appentis délabré est jonché de plumes de mouettes. Quant au jardin clos, il est envahi par les mauvaises herbes et les cailloux. Il faudra des années pour le remettre en état.

Et puis, il y a les toilettes, près de la salle de bains. Un petit carton est scotché sur le réservoir de la chasse d'eau, où la grand-mère d'Angus a écrit : « Ne pas enlever la pierre sur la cuvette, elle sert à éloigner le vison. »

Je note sur ma liste : « Réparer toilettes. » Puis : « Tuer le vison. »

Le stylo en l'air, je souris.

Malgré tout, notre nouvelle situation me procure de la satisfaction, et me laisse même entrevoir un futur bonheur possible. Il s'agit d'un projet solide, cohérent, et même s'il est colossal, j'aime la façon dont son ampleur me dépasse et exige de moi tous les efforts possibles. Je sais exactement ce que je vais faire durant les trente prochains mois : transformer cette horreur en jolie maison. Ramener la vie dans ce qui est mort.

C'est ainsi. Je n'ai pas le choix. Je dois me consacrer à ma tâche. Et je ne suis que trop heureuse de me plier à cette obligation.

Et puis, tout n'est pas si noir. Les deux grandes chambres et le salon sont des espaces habitables : les murs sont sains et les radiateurs fonctionnent. Le potentiel des autres chambres, de la salle à manger et de la cuisine est indéniable. L'endroit est vaste.

J'aime aussi le phare, surtout la nuit. Sa lumière balaie le cottage toutes les neuf secondes, j'ai compté. La clarté n'est cependant pas vive au point de me maintenir éveillée ; en fait, elle m'aide même à m'endormir, comme un métronome. Ou comme les battements de cœur d'une mère.

Par-dessus tout, c'est la vue qui me ravit. J'avais beau m'attendre à de tels paysages, ils m'émerveillent tous les jours.

Parfois, je m'aperçois, pinceau à la main, flacon de white-spirit à mes pieds, que j'ai passé vingt minutes à regarder le soleil illuminer les montagnes fauves et faire briller les roches sombres, ou les nuages blancs dériver lentement au-dessus des montagnes enneigées de

Knoydart : Sgurr nan Eugallt, Sgurr a'Choire-Bheithe, Fraoch Bheinn.

J'inscris les noms dans le calepin toujours sur mes genoux.

Sgurr nan Eugallt, Sgurr a'Choire-Bheithe, Fraoch Bheinn.

Angus me les apprend, tous ces magnifiques noms gaéliques aux sonorités liquides qui imprègnent la culture tels les petits torrents des Cuillins déferlant jusqu'à Coruisk. Quand nous buvons un whisky le soir, il me les indique sur la carte. Je répète avec application ces voyelles et consonnes mystérieuses. Nous éclatons parfois d'un rire léger, heureux. Complice. Mon mari et moi. Ensemble.

J'ai hâte à présent de le rejoindre au lit. Mais pour la dernière fois ce jour-là, je tiens à écrire le nom des montagnes, comme s'il s'agissait d'une incantation susceptible de protéger ma petite famille : les Moorcroft, seuls sur leur île aux plages argentées où s'aventurent les phoques curieux.

Le stylo me tombe presque des mains, je commence à piquer du nez ; j'éprouve cette profonde fatigue gratifiante qui résulte de rudes travaux physiques.

Je suis tirée en sursaut de ma somnolence.

— Maman ? Maman… ?

Une voix m'appelle. Assourdie par les portes et la distance.

— Maman ? Maman !

Un autre cauchemar, sûrement… Je lâche mon calepin, récupère une lampe torche et l'allume, avant de m'engager dans le couloir sombre et froid jusqu'à sa chambre. La porte est fermée. Est-ce qu'elle parle dans son sommeil ?

— Maman…

Sa voix est bizarre. Durant un instant, je me sens bêtement paralysée. Je ne veux pas entrer.

J'ai la trouille.

C'est absurde, mais mon cœur s'emballe sous l'effet d'une panique soudaine. Je ne peux pas entrer dans la chambre de ma fille ? Une force inconnue me retient – une sorte de peur des fantômes puérile, digne d'un film d'horreur, comme s'il y avait une créature malfaisante à l'intérieur. Des monstres sous le lit, des monstres derrière la porte… J'imagine Kirstie de l'autre côté, arborant peut-être ce drôle de sourire, celui qu'elle m'a adressé dans la voiture. Essayant de m'embrouiller, de me punir. *T'as laissé mourir ma sœur. T'étais pas là.*

Arrête, ça n'a aucun sens. Si je réagis ainsi, c'est à cause du souvenir de mon père en train de crier. Il criait tellement, quand sa carrière professionnelle s'est mise à décliner… Il s'en prenait à moi, et à ma mère, qui se faisait toute petite. Et ses cris derrière la porte m'effrayaient autant que des monstres, ou des coups de tonnerre. Les portes closes me rendent toujours nerveuse.

Non. Je suis une meilleure mère que ça.

Prenant sur moi, je tourne la poignée, franchis le seuil et scrute la pénombre à l'intérieur.

Aussitôt, mon angoisse s'évanouit, remplacée par l'inquiétude ; Kirstie est assise dans son lit, et elle est loin de sourire : son visage est inondé de larmes. Pourquoi ? Qu'est-ce qu'elle a ? Sa veilleuse est toujours éclairée, même si elle ne diffuse qu'une faible lumière. Que s'est-il passé ?

— Oh, ma puce, ma petite puce… Qu'est-ce qu'il y a ? Dis-moi…

Je me glisse à côté d'elle et la serre dans mes bras. Elle pleure doucement pendant plusieurs minutes tandis que je la berce contre moi. Elle est silencieuse et bouleversée.

Encore un cauchemar, sans doute. Je la laisse sangloter tout son soûl. Le bruit de la mer accompagne son chagrin, j'entends les vagues s'agiter inlassablement, évoquant une respiration régulière. Inspirer, expirer… Je me demande qui a ouvert la fenêtre. Peut-être Angus. Il faut toujours qu'il aère.

Peu à peu, ma fille se calme. Je prends son petit visage entre mes mains, et sens sous mes doigts ses joues mouillées de larmes.

— Raconte-moi, mon cœur. Qu'est-ce qui t'arrive ? Tu as encore fait un mauvais rêve ?

Elle secoue lentement la tête. Ravale un sanglot. Puis secoue de nouveau la tête et pointe le doigt pour me montrer quelque chose.

Une grande photo est posée sur le lit. Je la saisis, et aussitôt la douleur m'étreint le cœur. La qualité est médiocre – elle a été tirée sur une imprimante –, mais l'image est néanmoins nette : on y voit Lydia et Kirstie en vacances dans le Devon, peut-être un an avant l'accident. Elles sont sur la plage à Instow, radieuses dans leurs sweat-shirts roses à capuche de Legoland. Munies de seaux et de pelles, les yeux légèrement plissés à cause du soleil, elles me sourient joyeusement, tandis que je braque sur elles mon téléphone.

La tristesse déferle en moi, tel un flot ininterrompu, teinté de brun par la tourbe.

— Kirstie ? Où as-tu eu ça ?

Elle ne répond pas. Je suis stupéfaite. Angus et moi avons décidé il y a longtemps de garder la plupart des photos – toutes, si possible – hors de sa portée, pour ne pas raviver sa douleur. Peut-être a-t-elle trouvé celle-ci dans l'un des cartons que je n'ai pas encore triés ?

Je regarde de nouveau l'image en essayant d'ignorer la tempête d'émotions en moi. C'est si dur… Les jumelles paraissent tellement heureuses ! Deux sœurs au soleil, plus proches l'une de l'autre que de quiconque. En un sens, me dis-je, soudain frappée par cette pensée, ma fille est maintenant orpheline.

Kirstie s'écarte de moi, dans son pyjama rose pâle, me prend le cliché des mains et le tourne vers moi en demandant :

— Je suis laquelle, maman ?

— Hein ?

— Je suis laquelle ? Maman ? Laquelle ?

Oh, non. Oh, Seigneur… C'est insupportable, parce que je n'ai pas de réponse. La vérité, c'est que je n'en sais rien. Je suis incapable de les distinguer : sur cette photo, aucun détail visuel ne me permet de les différencier. Devrais-je mentir, alors ? Mais comment réagira-t-elle si je me trompe ?

Kirstie attend. Je ne m'engage pas : je marmonne des paroles sans suite – des sons apaisants – en essayant de réfléchir à ce que je pourrais dire. Ma dérobade ne fait cependant qu'aggraver les choses.

Elle me regarde encore durant quelques secondes chargées de tension, puis se met à hurler. Elle se laisse tomber sur le dos en martelant de coups de poing le matelas, comme un enfant de deux ans qui pique une colère. Ses cris sont terribles, déchirants et désespérés. Pourtant, j'entends distinctement les mots :

— Maman ? Maman ? Qui je suis, maman ?

7

Il me faut cette fois une bonne heure pour la calmer, la consoler et la réconforter, jusqu'au moment où, enfin, elle se rendort en serrant Leopardy si fort qu'elle donne l'impression de vouloir l'étouffer. Pour ma part, je suis incapable de trouver le sommeil. Pendant six heures, les yeux grands ouverts, allongée à côté d'Angus qui ronfle, je tourne sans relâche dans ma tête la question de ma fille.

Qui je suis ?

Que peut-on ressentir quand on ne sait pas qui on est ? Quand on ne sait pas quelle version de soi est morte ?

À sept heures, fébrile et angoissée, je repousse les draps, me lève et me précipite sur le vieux téléphone abîmé pour appeler Josh. Dans un bâillement, il consent malgré l'heure matinale à venir me chercher en bateau pour m'amener jusqu'à notre voiture, garée près du Selkie, puisque la marée est haute. Bien sûr, à peine ai-je raccroché qu'Angus me bombarde de questions tout en déambulant dans le salon, à moitié réveillé. *Pourquoi as-tu appelé Josh ? Où vas-tu si tôt ? Qu'est-ce qui se passe ?* Bâillement.

Les mots se bloquent dans ma gorge quand j'ouvre la bouche pour répondre. Je ne veux pas lui dire la vérité.

Pas maintenant. Rien ne m'y oblige ; c'est trop bizarre, trop effrayant, et je préfère encore mentir. Peut-être aurais-je dû mentir plus souvent, dans le passé. En particulier au sujet de cette liaison, il y a des années ; peut-être est-ce moi qui ai gâché notre mariage, en commettant une erreur dont nous ne nous sommes jamais complètement remis. Mais je n'ai pas le temps pour le moment de ressasser remords et regrets. Alors j'explique que je dois me rendre le plus vite possible à Glasgow, pour effectuer des recherches à propos d'un article que m'a demandé Imogen, et que j'ai besoin de travailler parce qu'on a besoin d'argent. J'ajoute que Kirstie a encore fait un cauchemar, et lui recommande de bien veiller sur elle pendant mon absence.

Un cauchemar. Un simple cauchemar.

Le mensonge n'est pas vraiment convaincant, pourtant Angus semble y croire.

Puis Josh arrive dans son bateau, les yeux encore gonflés de sommeil, et nous contournons Salmadair jusqu'à Ornsay. À peine débarquée, je monte en courant les marches jusqu'au quai, saute dans ma voiture et démarre. Je roule comme une folle, direction Kyle et Fort William jusqu'au centre-ville de Glasgow. En route, j'appelle Imogen pour solliciter une faveur. Elle connaît l'un des meilleurs pédopsychiatres de toute l'Écosse : Malcolm Kellaway. Je le sais pour avoir lu certains des articles qu'elle a écrits des mois plus tôt sur la maternité moderne, dans lesquels elle faisait de lui un portrait flatteur. Aujourd'hui, je lui demande son aide.

— Tu pourrais m'obtenir un rendez-vous avec lui ? Maintenant ?

— Quoi ?

— Immy, je t'en prie…

Je contemple les reliefs tourmentés de Rannoch Moor, en même temps que je tiens le volant et que je parle. J'espère qu'il n'y a pas de policiers dans le coin, prêts à m'arrêter pour conduite imprudente. Les petits lochs le long de la route sont d'un gris sale sous le soleil qui perce les nuages de temps à autre.

— Je t'en prie, Immy. C'est… urgent.

— Bon, d'accord. O.K., je vais essayer, et voir s'il peut te rappeler. Mais, hum… Sarah ? Tu es sûre que ça va ?

— Oui.

— C'est juste que… enfin…

— Imogen !

Comme une amie – comme l'amie qui a toujours été à mes côtés –, elle reçoit le message et cesse de me poser des questions. Elle raccroche, et, au bout de quelques minutes seulement, le cabinet du Dr Kellaway me rappelle pour me confirmer que je serai reçue quatre heures plus tard.

Merci, Imogen.

Je suis maintenant assise en face du Dr Malcolm Kellaway, dans son cabinet de George Street. Le psychiatre occupe un fauteuil pivotant en cuir derrière son fin bureau métallique. Les coudes sur la table, il a joint les mains comme s'il était en prière. Son menton repose sur le bout de ses doigts.

Pour la seconde fois, il me demande :

— Vous pensez vraiment que vous auriez pu vous tromper, ce soir-là, dans le Devon ?

— Je ne sais pas. Non. Oui. En fait, je… je ne sais pas.

Le silence se prolonge quelques instants.

Le ciel de Glasgow s'assombrit déjà, alors qu'il est à peine quatorze heures trente.

— Bon, reprenons tout depuis le début, si vous le voulez bien, dit-il.

De nouveau, il récapitule les faits dont il dispose : la mort de ma fille, la dépression possible de mon enfant survivante.

Je l'écoute parler, mais toute mon attention se concentre sur les gros nuages noirs qui s'amoncellent dehors, derrière les fenêtres carrées aux rebords de granit maculés de suie. Glasgow… Quelle ville infernale en hiver ! Toute d'austérité victorienne sinistre, remarquablement inhospitalière. Pourquoi suis-je venue ?

Kellaway n'en a pas fini avec ses questions.

— En avez-vous parlé à votre mari, madame Moorcroft ? Que lui avez-vous dit ?

— Pas grand-chose.

— Pourquoi ?

— En fait, je… je ne veux pas prendre le risque d'aggraver la situation tant que… tant que je n'ai pas de certitudes.

Le doute qui s'est insinué en moi grandit : qu'est-ce que je fais ici, bon sang ? Quel intérêt ? Malcolm Kellaway a largement la cinquantaine, mais il est en jean, ce qui d'une certaine façon lui enlève sa crédibilité à mes yeux. Je trouve exaspérants ses gestes efféminés, et son pull à col roulé me paraît ridicule, de même que ses lunettes sans monture aux verres ronds qui lui donnent un air étonné. Que pourrait-il m'apprendre sur ma fille ? Que pourrait-il me dire que je ne me répète déjà à longueur de temps ?

Les yeux fixés sur moi derrière ses lunettes rondes, il déclare :

— Madame Moorcroft… Peut-être vaudrait-il mieux passer maintenant de ce qu'on sait à ce qu'on ne sait pas, ou à ce qu'on ne peut pas savoir.

— Si vous voulez.
— Commençons par le commencement.
Il se penche en avant.
— Après votre coup de téléphone, ce matin, j'ai fait quelques recherches de mon côté, et je me suis entretenu avec mes collègues du Royal Infirmary. Et j'ai bien peur, comme je le soupçonnais, qu'il n'y ait aucun moyen fiable de différencier des jumeaux monozygotes – en particulier dans votre… situation.
Je soutiens son regard.
— Et l'ADN ?
— Non, hélas. Même si…
Il s'interrompt brièvement et grimace.
— Même s'il était possible de prélever un échantillon sur votre fille décédée, les tests d'ADN standard ne permettraient pas de les distinguer. Les jumeaux identiques le sont sur le plan génétique aussi bien que physique. C'est d'ailleurs un problème de taille pour la police ; il y a eu des cas où des frères jumeaux ont échappé aux poursuites parce que les policiers étaient incapables de déterminer lequel des deux était coupable, même lorsqu'ils avaient recueilli des échantillons d'ADN sur la scène de crime.
— Ils n'ont pas les mêmes empreintes digitales, pourtant, n'est-ce pas ?
— En effet, il y a parfois une légère différence chez les vrais jumeaux, au niveau des empreintes digitales et de celles des pieds. Le problème, en l'occurrence, c'est que votre fille est, ah… elle a été incinérée, n'est-ce pas ?
— Oui.
— Et leurs empreintes digitales n'ont jamais été prises ?
— Non.

— Vous voyez la difficulté…

Il soupire avec une force qui m'étonne. Puis il se lève, s'approche de la fenêtre et regarde les réverbères au-dehors, qui s'allument déjà. À quinze heures.

— C'est une situation insoluble, madame Moorcroft. Si vos deux filles étaient vivantes, il y aurait d'autres moyens de les différencier : en se fondant sur le réseau de vaisseaux sanguins du visage, par exemple, la thermographie faciale… Mais voilà, l'une d'elles est morte, et vous voudriez procéder rétrospectivement, ce qui tient de l'impossible. La science anatomique ne nous aidera pas.

Il se retourne et me considère un moment. Enfoncée dans mon fauteuil de cuir trop moelleux, je me sens comme une petite fille dont les pieds touchent à peine le sol.

— Ce n'est peut-être pas nécessaire, déclare-t-il.

— Pardon ?

— Soyons positifs, madame Moorcroft : essayons de considérer les choses sous un autre angle, et de voir ce que peut nous révéler la psychologie. Nous savons que la perte d'un jumeau plonge le survivant dans une détresse extrême.

Kirstie. Ma pauvre Kirstie.

— Les vrais jumeaux qui subissent cette épreuve obtiennent des scores plus élevés sur l'échelle de deuil ; ils font l'expérience d'émotions négatives avivées : désespoir, culpabilité, ruminations, dépersonnalisation…

Il pousse un bref soupir, puis poursuit :

— Compte tenu de l'intensité de ce chagrin, et en particulier du phénomène de dépersonnalisation, il me paraît tout à fait probable que votre fille Kirstie soit simplement victime d'hallucinations, ou qu'elle délire. Des médecins à l'université d'Édimbourg ont publié une étude sur le sujet, sur le deuil de frères ou de sœurs qui avaient perdu leur jumeau ou leur jumelle. Ils ont découvert que ceux-ci souffraient plus souvent de troubles psychiatriques que la moyenne des jumeaux.

— Vous êtes en train de me dire que Kirstie devient folle ?

Sa silhouette est encadrée par la fenêtre sombre derrière lui.

— Pas folle, non, mais plus perturbée ; peut-être même sérieusement perturbée. Imaginez tout ce que Kirstie doit endurer seule : elle est elle-même l'image vivante de sa sœur décédée. Chaque fois qu'elle se regarde dans un miroir, elle la voit. Sans compter qu'elle ressent votre propre difficulté à gérer la situation, et aussi celle de votre mari… Pensez à la peur que doit lui inspirer la perspective des anniversaires solitaires, et d'une vie en solo alors que, depuis sa naissance, elle se définissait comme une jumelle. À mon avis, elle découvre une solitude qu'aucun de nous ne peut appréhender.

Je m'efforce de retenir mes larmes, tandis qu'il enchaîne :

— Son désarroi est probablement immense, madame Moorcroft. De plus, il est fréquent qu'un jumeau survivant éprouve une culpabilité aiguë après la mort de son frère ou de sa sœur. Il s'en veut d'être encore en vie, d'avoir en quelque sorte été choisi. Et ce sentiment est encore renforcé par la vision du chagrin de ses parents, surtout s'ils se disputent. Les drames de ce genre conduisent beaucoup de couples au divorce, malheureusement.

Il me regarde droit dans les yeux. Attendant manifestement une réaction.

— On ne se dispute pas, est la seule réponse qui me vient à l'esprit. Je veux dire, peut-être qu'on l'a fait, à une certaine époque. Notre mariage a traversé une… une mauvaise passe, mais c'est derrière nous. En tout cas, nous ne réglons pas nos comptes devant notre fille. Je ne crois pas. Non.

Kellaway marche vers la seconde fenêtre et s'absorbe de nouveau dans la contemplation des réverbères.

— Le chagrin, la culpabilité et l'expérience brutale d'une solitude sans bornes peuvent s'associer pour créer des déséquilibres pour le moins surprenants dans l'esprit du jumeau survivant. Si vous lisez les publications qui traitent des jumeaux frappés par un deuil semblable, ainsi que je l'ai fait, vous en trouverez de nombreux exemples. Lorsqu'un jumeau meurt, il arrive que l'autre adopte certaines de ses caractéristiques, comme pour lui ressembler le plus possible. Une étude américaine a montré qu'un jumeau dont le frère était mort à l'âge de douze ans s'est tellement identifié au défunt que ses parents ont fini par le croire « habité par l'esprit de son frère décédé », pour reprendre leurs termes. Je me rappelle aussi ce cas d'une jumelle dont la sœur avait disparu prématurément, et qui est allée jusqu'à lui emprunter son prénom, volontairement, pour pouvoir…

Il se tourne à demi vers moi.

— Elle voulait enfin « arrêter d'être elle-même ». Ce sont les mots qu'elle a utilisés : « Arrêter d'être moi-même et devenir ma sœur. »

Une pause.

Il faut que je prenne la parole.

— Si je vous ai bien suivi, vous concluez que Kirstie fait semblant d'être Lydia, ou croit être Lydia, pour surmonter son chagrin et sa culpabilité ?

Je m'efforce de m'exprimer le plus calmement possible.

— C’est une forte probabilité à mes yeux, oui. Je ne peux pas vous en dire plus sans l’avoir reçue en consultation.

— Et le chien, alors ? Comment expliquez-vous la réaction de Beany ?

Kellaway retourne vers son fauteuil et se rassoit.

— Le comportement du chien m’intrigue, je le reconnais. Au moins jusqu’à un certain point. Et bien sûr, vous avez raison : grâce à leur odorat, les chiens sont capables de différencier les vrais jumeaux, se révélant en cela supérieurs aux tests d’ADN les plus pointus. On sait aussi que les jumeaux confrontés au deuil de leur frère ou de leur sœur ont tendance à nouer des liens beaucoup plus étroits avec les animaux domestiques, auprès de qui ils cherchent un réconfort. Dans le cas présent, je dirais que Kirstie s’est rapprochée de Beany, dont le comportement a changé à la suite de cette modification de leur relation affective.

La pluie de Glasgow cingle les vitres. Je me sens complètement désemparée. J’en étais presque arrivée à croire que ma chère Lydia était revenue, or c’est bien Kirstie qui est vivante. J’ai tout imaginé. Tout. Et Kirstie aussi, alors ? Ma douleur a resurgi pour rien.

— Que dois-je faire, docteur ? Comment suis-je censée aider ma fille à surmonter son chagrin ? À mettre un terme à cette confusion qui règne dans son esprit ?

— Agissez le plus normalement possible. Ne modifiez pas vos habitudes.

— Faut-il que j’en parle à mon mari ?

— À vous de voir. Il vaudrait peut-être mieux attendre encore un peu, mais la décision dépend de vous.

— Et ensuite ? Que va-t-il se passer ?

— Difficile à dire. J'aurais néanmoins tendance à penser que les troubles disparaîtront quand Kirstie se rendra compte que vous la considérez toujours comme Kirstie, que vous l'aimez en tant que Kirstie, et que vous ne lui reprochez pas d'être Kirstie ; alors elle redeviendra Kirstie.

Son discours sonne comme une péroraison. Une conclusion finale. La consultation est terminée, de toute évidence. Il m'escorte jusqu'à la porte et me tend mon imperméable, comme le portier d'un hôtel de luxe. Puis il ajoute, sur le ton de la conversation :

— Vous l'avez inscrite dans une nouvelle école ?

— Oui, elle doit commencer la semaine prochaine. On voulait lui laisser le temps de prendre ses repères et…

— Bien, bien. L'école constitue une étape importante du processus de normalisation. J'espère, et à ce stade j'en suis convaincu, qu'après quelques semaines elle se fera de nouveaux amis, et que cet état de confusion mentale se dissipera.

Il m'adresse un sourire à peine ébauché, mais apparemment sincère.

— Je sais que ce doit être cruel pour vous. Presque intolérable.

Il s'interrompt un moment, sans me quitter des yeux.

— Comment tenez-vous le choc ? Vous ne m'avez pas parlé de vous. Vous avez vécu une année incroyablement éprouvante.

— Moi ?

— Oui, vous.

La question me prend de court. Il me gratifie toujours de son sourire bienveillant de médecin.

— Je fais face – enfin, il me semble. Le déménagement a été un gros bouleversement, mais j'y crois. Je voudrais tant que ma fille aille mieux…

Il hoche la tête encore une fois. Pensif derrière ses lunettes.

— Tenez-moi au courant, surtout. Bon après-midi, madame Moorcroft.

C'est tout. La porte du cabinet se referme derrière moi, et je m'engage dans l'escalier ultramoderne, tout de métal et de bois blond, qui mène à la porte principale, avant de sortir dans les rues mouillées de Glasgow.

Les réverbères forment des halos brumeux sous la pluie glacée, les trottoirs luisants sont presque déserts. Il n'y a qu'une femme en noir qui se bat avec son parapluie malmené par le vent : moi.

Mon hôtel, l'Holiday Inn Express, est situé à quelques centaines de mètres seulement. J'y reste toute la soirée, et je me fais livrer un curry, que je mange avec une cuillère en plastique, assise sur mon matelas trop dur, en regardant la télé d'un œil apathique. J'essaie de ne pas penser à Kirstie. J'enchaîne les documentaires animaliers et les émissions de cuisine jusqu'à m'abrutir complètement. Je ne ressens rien. Ni chagrin ni colère. Je suis calme, c'est tout. Peut-être le gros de l'orage est-il passé, peut-être la vie pourra-t-elle reprendre son cours ?

Mon petit déjeuner matinal est aussi insipide que le dîner de la veille. Je suis heureuse de remonter en voiture et de repartir vers les grandes étendues sauvages du Nord. Quand les cités grises cèdent la place aux champs verdoyants, puis aux immenses forêts, puis aux montagnes couronnées de neige précoce, je sens mon humeur s'alléger considérablement.

Kellaway a sûrement raison ; après tout, c'est un pédopsychiatre renommé, connu dans tout le pays. Qui suis-je pour douter de son opinion ? Kirstie Moorcroft est Kirstie Moorcroft, point final. Le reste n'est que divagations ridicules. Ma pauvre petite fille est perturbée et rongée par la culpabilité. J'ai envie de rentrer au plus vite, de la serrer contre moi, de la cajoler pendant des heures. Ensuite, ce sera un nouveau départ pour nous tous. Dans l'air pur et frais des Hébrides.

Le loch Linnhe se déploie sur ma gauche, bleu et gris foncé, et au-delà je distingue la succession de murs et de haies qui borde la « Route des Îles », laquelle serpente à travers les bois et la lande jusqu'au port de pêche de Mallaig, où se trouve le terminal des ferrys.

Je vérifie l'heure sur le tableau de bord. D'après ce que j'ai entendu dire, si on emprunte cette route pour embarquer sur le ferry qui va de Mallaig à Armadale, on gagne deux heures sur le trajet jusqu'à Ornsay, puisqu'on évite ainsi de remonter jusqu'à Kyle, au nord.

Je m'arrête sur une aire de stationnement et téléphone à la compagnie de ferrys Calmac. La voix enjouée de mon interlocutrice m'annonce une bonne nouvelle : le prochain départ est à treize heures. J'y serai sans problème. Alors j'appelle le cottage de Torran pour le dire à Angus et, entre deux émissions de parasites, je l'entends répondre « Bien, bien » puis :

— Je viendrai te chercher avec le bateau.

— Quel bateau ? T'en as acheté un ?

Crrr. Crrr.

— Oui. Un dinghy. Je…

Crrr.

— C'est génial…

Un sifflement. De nouveaux grésillements. *Crrrrrrrrr.*

— Rendez-vous sur le quai d'Ornsay à…

Sa voix se perd dans une explosion de parasites. La ligne ne va pas tarder à nous lâcher complètement.

— Deux heures et demie. Angus ? Viens pour deux heures et demie !

Je distingue à peine sa réponse. Je crois qu'il dit « O.K. ».

Mais on a un bateau.

On a un bateau !

Quand j'arrive à Mallaig, la vue du port animé où se côtoient gardes-côtes et groupes de pêcheurs volubiles, où sont amarrés les bateaux de pêche au crabe et à la crevette, me donne un coup de fouet. Je me dépêche d'embarquer ma voiture sur le ferry et, mi-souriante mi-rêveuse, je tends l'argent par ma vitre ouverte à un beau Polonais emmitouflé dans un gros anorak, qui me donne en retour mon billet craché par une machine.

Au terme de la traversée, je reprends la route jusqu'à Ornsay, tout excitée, en songeant : On a un bateau ! Un vrai bateau, rien qu'à nous ! J'accélère pour aborder la dernière colline un peu importante au sud d'Ornsay.

L'endroit n'a rien d'attrayant, c'est une banale étendue de lande surélevée, et pourtant il est relativement fréquenté par les habitants du coin, qui viennent s'y garer parce qu'il y a du réseau ; ils peuvent ainsi se connecter à Internet sur leurs smartphones. C'est aussi le dernier obstacle visuel avant Ornsay. Et alors que j'accélère dans la descente, je le vois enfin : mon nouveau foyer.

Je sens mon cœur se gonfler d'allégresse.

Torran. Eilean Torran la merveilleuse.

Pour la première fois depuis que nous avons emménagé, je me rends compte que je me suis déjà attachée à la région. En dépit de son abord difficile, j'ai succombé au charme sauvage de notre nouvel environnement.

J'ai été conquise par la magnificence des eaux qui s'étendent au sud de Salmadair et par la majesté solitaire de Knoydart, entre les lochs marins. Toute cette beauté est presque douloureuse à regarder.

Je ne veux plus jamais retourner à Londres. Je veux rester ici.

Sur Eilean Torran. Notre île.

Perdue dans mes pensées grisantes, je traverse le village et vais me garer devant le Selkie, près du quai. Angus est déjà là, un bras protecteur passé autour des épaules de Kirstie enveloppée dans son anorak rose. Elle sourit timidement, il ne sourit pas. Il me regarde d'un air étrange, et je comprends tout de suite que quelque chose ne va pas.

— Alors ?

Je m'efforce de maîtriser mes craintes. Qu'est-ce qui a encore bien pu se passer ?

— Combien tu l'as payé ?

— Je l'ai racheté cinq cents livres à Gaelforce – des shipchandlers installés à Inverness, explique-t-il. Josh m'a aidé à le ramener. C'est un pneumatique de deux mètres cinq. La négociation a été rude.

Il me gratifie cette fois d'un sourire forcé, puis m'entraîne vers le quai, où il me montre un dinghy d'un orange criard, qui flotte sur les eaux calmes d'Ornsay.

— Josh a peur qu'il ne soit pas facilement manœuvrable après une nuit bien arrosée au bar. Mais c'est des conneries.

— Ah.

Kirstie agrippe d'une main Leopardy, de l'autre le poing de son père. Attendant de rentrer à la maison dans le bateau de maman et papa. Angus reprend :

— J'ai déjà vu des tas de yachtsmen regagner leurs navires à bord d'embarcations de ce genre. En plus, elles sont suffisamment légères pour être remontées sur la plage par une seule personne. Vu qu'on n'a pas de point d'amarrage, ça m'a paru crucial. Non ?

— Euh… oui.

Je ne sais pas trop quoi dire, je n'y connais rien aux bateaux. Je suis toujours ravie par la nouvelle, mais je sens qu'il y a un problème. Quelque chose cloche.

— J'y vais le premier, déclare Angus. Après, je vous aiderai à monter, les filles.

Il saute au bas des marches et grimpe dans le dinghy, qui tangue sous son poids. Il se tourne et ouvre les bras.

— Allez, Kirstie, à toi. Passe avant maman.

J'ignore comment interpréter son intonation, et alors que je le dévisage, perplexe, Kirstie se tourne vers moi.

— Maman ? Écoute : tu te promènes au parc avec un chien et deux chats, et leur nom c'est : Assis, File et Viens Ici. Tu veux les appeler. D'accord ?

— D'accord. Et… ?

Elle pouffe, révélant ses jolies dents blanches, dont l'une est branlante.

— Ben, si tu les appelais dans le parc, maman, si tu criais « Assis », « File » et « Viens Ici », ils cavaleraient partout, parce qu'ils sauraient pas quoi faire !

Je m'oblige à sourire. C'est le genre de plaisanterie absurde, spontanée, que les jumelles partageaient, avant ; elles concoctaient toutes les deux toutes sortes d'histoires fantaisistes qui les faisaient rire aux éclats. Mais aujourd'hui, il n'y a plus personne pour jouer à ce jeu avec elle.

Alors je me force à lâcher un rire qui sonne horriblement faux. Kirstie me regarde, et soudain la tristesse assombrit son petit visage qui se découpe sur fond d'eaux bleues.

— J'ai fait un rêve, dit-elle. Un mauvais rêve, encore. Papy était là, dans la chambre blanche.

— Quoi ?

— Sarah !

La voix d'Angus est plus cinglante que le vent d'Ornsay.

— Sarah !

— Oui, quoi ?

— Qu'est-ce que tu fabriques, bon sang ? Aide-la à monter dans le bateau.

Je prends ma fille par la main pour la guider, et grimpe à mon tour dans le dinghy. Kirstie semble distraite, à présent, et contemple les vagues d'un air malheureux. Penchée vers mon mari, je chuchote :

— Qu'est-ce qui s'est passé ?

Il hausse les épaules, avant de répondre dans un murmure :

— Encore un cauchemar. La nuit dernière.

— Le même ?

— Oui. Les visages. Rien d'important. Ça finira par s'arrêter.

Il se détourne, et se fend d'un grand sourire.

— O.K., les filles, bienvenue à bord du HMS *Moorcroft*. Cap sur Torran !

Mes yeux vont du sourire factice d'Angus à la tête blonde de ma fille, qui me tourne le dos, tandis que je réfléchis à ce cauchemar récurrent. Elle le fait depuis des mois, par intermittence. Et maintenant son grand-père y figure ? Pourquoi Angus y accorde-t-il aussi peu d'importance ? Ce rêve doit être symbolique. Il signifie quelque chose, forcément. Sauf que je ne vois pas quoi.

Angus tire sur le câble de démarrage, et nous nous éloignons du quai. Le vent souffle avec force au large. Kirstie se penche pour regarder l'eau. Elle a repoussé la capuche de son anorak, et j'ai peur qu'elle ne prenne froid. Mais déjà, nous accostons à Torran. Elle saute sur la grève, puis gravit en courant le chemin jusqu'à la maison. Plus joyeuse, apparemment – heureuse d'arriver chez elle. Beany l'attend devant la porte de la cuisine, où il est le plus souvent.

Comme s'il ne voulait pas entrer.

Angus et moi nous attardons un moment sur la plage. Il essaie de m'apprendre comment amarrer le bateau aux barreaux de la grille qui entoure le phare.

— Non, tu t'y prends mal, dit-il. Regarde.

Je tente une nouvelle fois de maîtriser le nœud et une nouvelle fois j'échoue dans la lumière déclinante. Il sourit et me tance.

— Quel marin d'eau douce tu fais, Sarah Milverton !

— Parce que t'es un vieux loup de mer, peut-être ?

Il éclate de rire, et la tension se dissipe enfin. Ma dernière tentative débouche sur un nœud à peu près correct, mais je ne suis pas sûre de pouvoir me rappeler la technique.

Lorsque nous pénétrons dans le cottage, les choses vont beaucoup mieux entre nous, et nous nous activons dans une atmosphère familiale. Je pose une grosse théière sur la table, il remplit les mugs, nous mangeons du gâteau tout en bavardant. Nous sommes un couple qui travaille à la maison. Une bonne odeur de peinture fraîche emplit le cottage. Après le goûter, Angus va couper du bois dans le débarras pendant que je prépare le dîner.

Tout en épluchant les pommes de terre, les yeux fixés sur les lumières vacillantes du village d'Ornsay, je me dis que les conditions primitives de notre mode d'existence nous ont forcés à reprendre les rôles traditionnels de l'homme et de la femme. Angus se mettait souvent aux fourneaux à Camden, mais il ne cuisine que rarement ici ; il doit consacrer sa force et son temps à des corvées masculines ardues : couper du bois, porter des charges, effectuer des travaux de maçonnerie…

Pourtant, je n'y vois pas d'inconvénient. À vrai dire, je trouve même ça agréable. Nous sommes un homme et une femme sur une île, autonomes, travaillant en équipe, se répartissant les tâches masculines et féminines. C'est vieux jeu, et en même temps ce n'est pas dénué de charme.

Pendant le dîner, nous sirotons du vin de supermarché, et je serre la main d'Angus en disant :

— Bien joué, pour le bateau.

Il marmonne quelque chose au sujet des dangers de l'eau et des requins pèlerins. Je ne prête pas spécialement attention à ses paroles, mais je saisis l'idée générale. Nous vivons dans un endroit cerné par les requins pèlerins.

Alors que le feu ronfle dans l'âtre, nous ouvrons une seconde bouteille de rouge. Kirstie regagne joyeusement sa chambre avec un magazine. Angus sort un livre sur les nœuds marins et, à l'aide d'une corde, tente de m'en apprendre certains : nœud de chaise, nœud d'arrêt, nœud de taquet…

Nous sommes de retour dans notre bulle. J'ai beau faire de mon mieux, la fine corde grise se dénoue de nouveau entre mes doigts. Pour la septième fois.

Angus soupire patiemment.

— Une chance que tu ne sois pas adepte du bondage ! ironise-t-il. Tu serais une vraie catastrophe.

— Eh, ce ne serait pas moi qui ferais les nœuds, je te signale !

Il éclate de rire. Dieu que j'aime ce rire grave, chaleureux, tellement sexy… Puis il s'incline et m'embrasse sur les lèvres. C'est le baiser d'un mari, d'un amant, et je sais alors que l'alchimie entre nous est toujours là. Elle a résisté à tout ce que nous avons enduré. Et ce constat me rend heureuse, ou en tout cas plus optimiste.

Nous passons le reste de la soirée à bricoler : il applique un enduit sur les murs de la salle de bains, et installe de nouvelles canalisations. Je fais allègrement disparaître les fresques des squatteurs sous une bonne couche de peinture. Elles sont décidément trop malsaines.

J'approche une chaise pour m'attaquer à la deuxième, qui représente un arlequin, quand soudain je m'immobilise, mon rouleau à la main. L'arlequin penche vers moi son visage blafard et triste.

Et brusquement, j'ai une révélation.

La chambre blanche, les visages tristes qui regardent Kirstie… Le cauchemar récurrent. Et maintenant son grand-père ?

J'ai la réponse. J'ai déchiffré le rêve de Kirstie. Une nouvelle fois, tout est bouleversé, et je sens la peur renaître.

8

Il regarda sa femme. Au moins, ils ne buvaient plus dans des bocaux de confiture. Au moins, ils avaient dépassé ce stade, et se servaient de vrais verres à vin.

C'était déjà un progrès, loin cependant d'être suffisant. Lui-même parcourait inlassablement Skye et les environs pour essayer de trouver du travail – n'importe quel travail, quitte à construire des porcheries ou des cabanes de jardin s'il le fallait –, et, pendant ce temps-là, tout ce que sa femme avait à faire, c'était déballer le reste de la vaisselle. Or, cette tâche lui avait pris environ un mois ; ou du moins, six jours. Oui, ils avaient trimé dur dans la maison. Ensemble. Et ils s'en sortaient plutôt bien, ils semblaient mieux s'entendre malgré tout. Et oui, elle avait dû se rendre à Glasgow pour son article, mais… était-ce le vrai motif de son départ précipité ? Il n'y croyait pas tout à fait. Imogen était restée vague et évasive quand il l'avait appelée la veille du Selkie, pour lui demander ce que Sarah était partie faire à Glasgow.

À présent, tandis qu'il prenait sur lui pour ne pas vider son verre d'un trait, elle lui parlait de télépathie.

De télépathie ?

Elle lui jeta un bref coup d'œil, puis poursuivit sur sa lancée.

— Réfléchis, Gus. Pour le rêve, je veux dire. Kirstie rêve de Lydia. Elle rêve de Lydia à l'hôpital, forcément, non ? Peut-être qu'elle s'imagine être Lydia pendant ce moment horrible : quand elle a ouvert les yeux une seconde et nous a tous vus autour d'elle – sa famille, les infirmières, les médecins… Son grand-père était là, dans la chambre. La chambre blanche de l'hôpital.

— Bon sang, Sarah…

— Mais Kirstie ignore que Lydia s'est réveillée, qu'elle a repris conscience dans les derniers instants. Personne ne le lui a jamais dit. Alors…

Elle semblait paniquée, désormais.

— Gus… Comment aurait-elle pu savoir, pour l'hôpital ? Comment ?

— Eh, Sarah, doucement. Calme-toi.

— Non, sérieux, réfléchis. S'il te plaît.

Angus haussa les épaules, essayant de lui transmettre par ce simple geste tout le mépris que lui inspirait son idée.

— Angus ?

Il s'obstina dans son mutisme, lui retournant ainsi délibérément ses silences exaspérants. En punition. Il sentait la colère gronder en lui à la pensée que Sarah se soit mis en tête de tout gâcher encore une fois. Au moment précis où ils commençaient à prendre leurs repères.

Après avoir posé son verre, il regarda la pluie s'acharner sur la fenêtre de la salle à manger. Comment allait-il pouvoir rendre cette maison étanche ? Et la protéger du vent ? Josh l'avait averti : lorsque les vents et les pluies de Skye balayaient Torran, il faisait encore plus froid dans le cottage que dehors, en raison de l'effet réfrigérant de l'humidité imprégnée dans les murs après tant d'années sans chauffage.

— Angus, parle-moi.

— Pourquoi ? Tu ne racontes que des conneries.

Il s'efforçait de se contenir ; Sarah ne supportait pas qu'on crie contre elle. Les rares fois où il avait élevé la voix, elle avait fondu en larmes. C'était le legs d'un père dominateur. Elle avait pourtant épousé un homme qui s'emportait facilement – pas si différent, au fond, de son géniteur.

Était-ce sa faute à elle, alors ? À moins que ce ne soit la faute de personne – juste un de ces schémas familiaux qui se répètent. Angus lui-même n'était pas immunisé contre l'influence des gènes et de l'environnement ; en cet instant, il avait furieusement envie d'une boisson plus corsée : un grand verre de vrai whisky, comme en avalait son propre paternel, un raté au langage ordurier qui cognait sur sa femme au moins une fois par mois. Jusqu'au jour où il était tombé dans le fleuve et s'était noyé. Parfait, bon débarras. *T'as enfin étanché ta soif, vieux salopard !*

— C'est quoi ce délire, Sarah ?

— Ce n'est pas du délire ! Comment veux-tu que notre fille ait appris ce qui s'était passé à l'hôpital ?

— Tu ne sais même pas si c'est bien de ça qu'elle rêve.

— Une chambre blanche, des visages tristes penchés sur elle, et son grand-père qui est là ? Qu'est-ce que tu veux que ce soit d'autre ? Les images sont si nettes ! Mon Dieu…

Était-elle de nouveau au bord des larmes ? Quelque chose en lui avait envie de la voir pleurer, comme lui-même avait failli pleurer lorsque Kirstie avait prononcé ces mots terribles.

Sarah s'en tirait bien, elle.

Il résista à l'envie de lui assener la vérité, histoire de l'effrayer pour de bon. Au lieu de quoi, il posa sa grosse main sur celles de sa femme – ses jolies petites mains blanches, menues, malhabiles, incapables de faire un nœud plat. Pourtant, comme il les aimait, avant, ces petites mains pâles… Parviendrait-il un jour à aimer de nouveau Sarah ? D'un amour pur et absolu, qui ne serait gâché ni par le ressentiment ni par un désir de vengeance ?

— Écoute, Sarah, c'est peut-être ton père qui lui en a parlé ? Tu sais comment il est après deux ou trois verres. Ou ta mère, pourquoi pas ? Ou mon frère. N'importe qui aurait pu faire une remarque sur les hôpitaux. Il est possible qu'elle l'ait entendue, et qu'elle ait imaginé le reste. Pense à ce que la notion même d'hôpital peut avoir de terrifiant pour un enfant. Des chambres, la mort… Ça s'est gravé dans son esprit, et c'est pour cette raison qu'elle en rêve.

— Mais je ne crois pas que quelqu'un lui en ait parlé, ou ait fait une allusion quelconque devant elle. D'ailleurs, j'ai posé la question à mes parents.

— Quoi ?

Silence.

— Tu as mis ton père et ta mère au courant ? Nom d'un chien, Sarah ! Tu leur as vraiment téléphoné pour leur raconter ça, tous ces trucs qui ne regardent que nous ? Tu crois que ça va nous aider ?

Elle avala une gorgée de vin et secoua la tête, ses lèvres pincées trahissant sa tension.

Angus contempla fixement le verre dans sa main. Il éprouvait un sentiment glaçant de futilité qui le privait de ses forces, comme s'il était assis dans une baignoire en train de se vider lentement : il se sentait de plus en plus transi, de plus en plus lourd – transporté dans un environnement hostile. Ils grelottaient dans ce cottage. Ils se noyaient dans les travaux et les défis, peut-être pour rien.

Non ! Il fallait qu'il reste positif. Pour Kirstie.

Demain, il ferait une nouvelle tentative. Il irait encore une fois montrer son portfolio à ce cabinet d'architectes de Portree. Il ne faudrait pas grand-chose pour qu'ils lui offrent un contrat à temps partiel, il en était presque sûr. Il suffisait seulement de les relancer. « Vous savez, j'ai conçu des parties entières de gratte-ciel, alors oui, je devrais pouvoir construire une bergerie. » Peut-être les supplierait-il. « Je vous en prie, j'ai besoin d'un boulot, et de dix mille livres, parce que ma fille vit dans une baraque qui est un vrai frigo. »

— Je t'assure, Gus, il y a des tas d'histoires de jumeaux qui communiquent par télépathie… Il existe un lien spécial entre eux, on l'avait remarqué à propos des filles, qui… elles faisaient les mêmes rêves. Tu te rappelles aussi quand elles éclataient de rire au même moment, sans qu'on sache pourquoi ?

Il s'adossa à son siège et se passa une main poussiéreuse sur les yeux. Il écoutait les bruits de la maison. Kirstie était dans sa chambre, où elle jouait avec le vieil iPad ; il entendait les sons stridents et lointains du jeu électronique, malgré le crépitement de la pluie sur la vitre de la salle à manger. Sa fille était perdue dans un univers virtuel, et il ne pouvait l'en blâmer : il était préférable à la réalité.

Et la réalité, pour lui, c'était qu'il se rappelait parfaitement les moments où Kirstie et Lydia riaient ensemble, sans raison apparente. Bien sûr qu'il s'en souvenait. Chaque fois, il était stupéfait quand, brusquement, les jumelles pourtant assises sur des chaises différentes se mettaient à pouffer, alors qu'elles n'avaient pas communiqué. Il arrivait aussi qu'elles ne soient pas dans la même pièce. Il allait alors d'une chambre à l'autre, étonné de les voir chacune prise d'un fou rire dont la cause lui échappait.

Il se souvenait de tant de choses… Comme ce jour où Lydia lisait *Le Bon Gros Géant,* de Roald Dahl, dans sa chambre, et où il avait découvert Kirstie plongée dans le même ouvrage au rez-de-chaussée ; elle en était également à la même page. Il y avait eu aussi cet après-midi où il les observait alors qu'elles rentraient de l'école : Kirstie marchait devant, à une allure funèbre, faisant une sorte de pas de l'oie au ralenti, et soudain il avait vu Lydia à une trentaine de mètres derrière elle, qui marchait exactement de la même façon, comme si elles étaient toutes les deux en transe. Pourquoi se comportaient-elles ainsi ? Pour effrayer les autres ? Ou parce qu'il y avait vraiment une espèce de lien mental entre elles ? Il ne pouvait cependant y croire. Il avait lu des articles scientifiques sur le sujet ; la télépathie entre jumeaux n'existait pas. Si miracle il y avait, c'était celui, plus ordinaire, de l'existence de gènes identiques.

Il tourna de nouveau la tête vers la vitre fouettée par la pluie. Le déchaînement des éléments l'attirait irrésistiblement.

Au fond de lui, il aspirait à sortir dans le vent et le froid, à escalader les crêtes découpées des Black Cuillins, à affronter les rafales sur les hauteurs, près de l'Old Man of Storr. Au lieu de quoi, il restait là, à attendre que sa femme parle. Elle terminait son vin, et la bouteille était vide. En ouvriraient-ils une autre ? Il s'était toujours fié à elle pour l'empêcher de trop boire. Et de fait, il avait envie d'une autre bouteille, déjà, à dix-sept heures.

— Angus, s'il te plaît… Pourquoi refuses-tu d'envisager la télépathie ? Tu te rappelles ces jumeaux en Finlande, morts tous les deux au même moment dans un accident de la route ? Qu'est-ce que…

— À quinze kilomètres de distance. La même nuit. O.K. Et ?

— C'est stupéfiant, non ? Est-ce que ça ne prouve pas quelque chose ?

— Non.

— Mais…

— Sarah, même s'il y a eu un jour une espèce de lien mental entre elles, ce dont je doute, Lydia est morte depuis plus d'un an ! Et les cauchemars ont commencé il y a quelques mois seulement.

La pluie se calmait. Comme sa femme le dévisageait, il reprit :

— Tu penses peut-être que les jumeaux peuvent s'envoyer des rêves à distance, mais je ne les imagine pas capables de communiquer à travers l'éther – quand l'un d'entre eux est mort… Hein ?

Un court silence s'ensuivit. Angus partit d'un rire retentissant.

— Tu ne serais quand même pas en train d'insinuer que Lydia est revenue ? Qu'elle est transformée en petit fantôme qui flotte dans la maison et parle à sa jumelle ? Où est-elle, maintenant ? Dans la penderie, avec sa tête sous le bras ?

C'était une mauvaise blague, bien sûr. Une tentative pour alléger l'atmosphère.

Mais à sa grande surprise, il se rendit compte qu'il avait touché un point sensible. Sarah ne riait pas, elle ne fronçait pas non plus les sourcils. Elle le regardait fixement, tandis que la pluie des Hébrides redoublait de violence, érodant un peu plus le ciment et le mortier de ce foutu cottage.

— Oh, putain ! Tu crois aux fantômes, maintenant ? s'écria-t-il. Bon sang, Sarah, reprends-toi ! Lydia est morte, Kirstie est une petite fille perdue et malheureuse, c'est tout. Elle a besoin que ses parents gardent la tête sur les épaules.

— Non, il ne s'agit pas de fantômes. C'est… autre chose.

— Quoi, alors ?

— Je…

— Quoi ?

— C'est…

Elle se réfugia une nouvelle fois dans le silence.

Il eut envie de hurler : « Qu'est-ce que tu vas encore me sortir ? » Sa colère le submergeait. Se maîtrisant à grand-peine, il demanda aussi calmement que possible :

— Qu'est-ce qui se passe, Sarah ? C'est quoi, le grand mystère ?

— Je… je ne sais pas. Mais les rêves, Gus… Qu'est-ce que tu fais des rêves ?

— Ce ne sont que des putains de rêves !

Il se prit la tête entre les mains – un geste un peu théâtral, et pourtant sincère.

Pendant une dizaine de secondes, aucun des deux ne pipa mot. Puis, quand Sarah se leva et emporta la bouteille vide à la cuisine, Angus la suivit des yeux, s'attardant sur la courbe de ses hanches moulées par son jean. Il y avait eu une époque où ils auraient apaisé la tension entre eux en s'envoyant en l'air. Or, il avait toujours envie d'elle ; il la désirait même quand il lui en voulait.

Que se passerait-il s'ils allaient se coucher tout de suite ? Leurs ébats avaient toujours été exempts de douceur ; Sarah aimait qu'on la bouscule. C'était d'ailleurs l'un des aspects de sa personnalité qui l'avait séduit : sa sexualité débridée, surprenante. Mords-moi, gifle-moi, baise-moi. Oui, plus fort… Mais s'il se laissait aller à la violence maintenant, alors que la colère bouillonnait en lui, où cela les mènerait-il ?

Sarah revint, sans rapporter de bouteille. Ce constat le déprima encore plus, si c'était possible. Pourrait-il en ouvrir une plus tard, à son insu ? Oh, bien sûr, il faudrait qu'il arrête de boire autant. Pour Kirstie, il devait rester sobre et lucide. Vigilant.

Mais c'était tellement dur de vivre dans le mensonge ! Sans compter que l'île n'avait pas sur eux l'effet apaisant escompté. La sinistre grisaille de novembre était décourageante, et ce n'était encore que la fin de l'automne. Qu'en serait-il en hiver ? D'un autre côté, peut-être que les rigueurs du climat leur seraient bénéfiques ; ils n'auraient d'autre solution que de se serrer les coudes.

Ou alors, ce serait la fin.

Sarah rôdait dans la pièce, à présent, comme si elle ne tenait pas en place.

— Il y a quelque chose que tu ne me dis pas ? lança-t-il. T'es bizarre, depuis un moment. Depuis Glasgow, je crois. Ou même avant. Qu'est-ce qui s'est passé ?

Elle le considéra un instant avant de répondre, encore une fois :

— Non, ne t'inquiète pas. C'est rien.

— Sarah !

— Désolée d'en avoir parlé. Bon, il faut que je m'occupe des affaires de Kirstie, je ne les ai même pas encore déballées. Elles ne sont arrivées que ce matin, et…

Elle lui jeta un bref coup d'œil quand il lui prit la main.

— Elle commence l'école dans quelques jours.

Ne sachant pas quoi faire d'autre, il lui embrassa les doigts. Mais elle se dégagea en esquissant un petit sourire contraint, puis se dirigea vers la porte qui n'avait pas encore été repeinte, et sortit de la salle à manger en traînant sur le dallage glacé ses pieds protégés par trois paires de chaussettes. Avec un soupir, Angus la regarda s'éloigner.

Des fantômes ?

C'était absurde. Si seulement le problème se limitait aux fantômes…

Auquel cas, ce serait facile, parce que les fantômes n'existent pas.

Il se leva à son tour, désireux de se plonger dans une activité manuelle pour oublier la tristesse et la colère. Les endorphines l'aideraient sans doute à dissiper la douleur. Il avait encore du bois à couper, et la lumière déclinait vite.

Après avoir traversé la cuisine, il poussa la vieille porte du fond, près de l'évier, qui ouvrait sur le débarras – le royaume où les rats s'en donnaient à cœur joie chaque soir.

Toutes sortes de rebuts y étaient entreposés : piles de meubles cassés en attente d'être transformés en petit bois, quelques sacs de charbon qui dataient peut-être de la Seconde Guerre mondiale… Quantité de casseroles et de bouteilles vides, comme si des villages entiers de réfugiés avaient séjourné dans ce réduit avant de prendre la fuite. Il y avait aussi des sacs en plastique à profusion, des rouleaux de corde en Nylon bleu et d'anciennes cruches en porcelaine, fendillées pour la plupart. Sa grand-mère ne jetait rien, en vraie îlienne –

une « survivaliste » avant l'heure, à une époque où on gardait tout par nécessité, non pour suivre la mode, et où on récupérait tout ce qui s'échouait sur la plage. *Eh, regarde, ça pourrait toujours servir. On prend.*

Angus choisit quelques bûches à couper, ajusta ses lunettes en plastique, enfila de vieux gants humides et fit démarrer la scie électrique.

Pendant deux heures, il s'activa sans relâche dans la faible clarté diffusée par les trente watts de l'ampoule nue. La pleine lune s'éleva au-dessus des sorbiers de Camuscross quand les nuages s'écartèrent. Soudain, Beany poussa la porte d'un coup de museau, s'avança sur le sol jonché de sciure parfumée, puis s'assit en remuant lentement la queue et regarda son maître faire jaillir des bûches des nuages de poussière de bois.

— Alors, mon beau, quoi de neuf ?

Le chien avait l'air triste. En fait, il avait l'air triste depuis leur arrivée. Angus pensait pourtant qu'il allait adorer Torran – une île entière pour lui tout seul, grouillante de lapins, d'oiseaux et de phoques à pourchasser, et pleine de flaques boueuses dans lesquelles patauger… C'était tout de même mieux que la brique et le béton sales de Camden, non ?

Pourtant, le chien paraissait le plus souvent mélancolique, comme en cet instant : il s'était couché, le museau entre les pattes.

Angus abandonna la scie. Il avait rempli de bûches trois caisses en plastique. Il ôta ses lunettes humides de sueur et, de ses doigts toujours gantés, gratta Sawney Bean derrière les oreilles.

— Qu'est-ce que t'as, mon vieux ? Elle te plaît pas, cette île ?

Le chien gémit.

— Et si tu nous débarrassais des rats, hein, Beano ? Y en a partout, ici.

Angus fit semblant de mastiquer et de tenir un rongeur entre ses poings.

— Miam-miam. Les rats, Beano ! Les rats ? T'es un chien, bordel ! Le descendant d'une longue lignée de ratiers, non ?

Le springer anglais bâilla nerveusement, puis reposa une fois de plus son museau entre ses pattes. Angus sentit son cœur se serrer. Il adorait ce chien. Il avait passé d'innombrables heures à sillonner avec lui les étendues boisées autour de Londres.

Et ce changement d'humeur le laissait perplexe.

Depuis leur arrivée, Beany se cachait parfois dans les recoins de la maison comme s'il avait peur. Ou alors, il refusait carrément de rentrer. Et il n'était plus le même en présence de Sarah ; à vrai dire, son comportement envers elle comme envers Kirstie avait changé depuis longtemps.

Avait-il été témoin de la scène ce soir-là dans le Devon ? Beany était-il là-haut quand le drame s'était produit ? Un chien est-il capable de se rappeler ou de comprendre un événement de ce genre ?

Angus voyait son souffle former de petits nuages blancs dans l'air. Maintenant qu'il ne s'activait plus, le froid glacial de la réserve s'insinuait en lui. Il remarqua soudain que les fenêtres se couvraient de givre.

Comme le jour où les jumelles étaient nées : le jour le plus froid de l'année.

Il contempla les fines craquelures blanches sur les vitres.

Et soudain, le chagrin s'abattit brutalement sur lui, avec toute la violence d'un coup porté à l'arrière des genoux. C'était souvent ainsi qu'il se manifestait, pareil à un plaquage au rugby. Le faisant chanceler, le forçant à s'appuyer sur des piles de planches poussiéreuses pour ne pas tomber.

Lydia. Sa petite Lydia... Couchée sur un lit d'hôpital, avec des tubes dans la bouche, ouvrant une dernière fois ses grands yeux tristes pour leur dire adieu. Ou s'excuser, peut-être.

Lydia, sa Lydia. Sa petite chérie.

Il l'avait aimée lui aussi, autant que Sarah l'aimait. Alors, pourquoi sa peine à lui était-elle jugée moindre ? Sans qu'il sache pourquoi, on accordait plus d'importance à la détresse de la mère ; elle, elle avait le droit de s'effondrer, de pleurer, de souffrir le martyre pendant des mois après la disparition de son enfant préférée. D'accord, il avait perdu son boulot, mais il avait tout de même continué d'en chercher malgré sa souffrance. Et le pire, c'est qu'il n'était pour rien dans ce drame. Sarah, elle, avait beaucoup plus à se reprocher – infiniment plus. C'est pour ça qu'il voulait lui faire mal. Pour la punir.

Sa fille était morte à cause d'elle, non ?

Il attrapa un marteau posé sur une étagère. Un marteau arrache-clou. Un outil dangereux, et légèrement rouillé. Ses pointes étaient tachées de brun, comme s'il y avait déjà du sang séché sur le métal. Il était lourd, mais on l'avait bien en main. Il ne demandait qu'à s'abattre sur quelque chose, encore et encore, jusqu'à l'éclatement final. Dans une explosion de rouge. Une pastèque, projetant de la pulpe partout... Les griffes d'acier resteraient-elles coincées dans l'écorce ?

Il ne pleuvait plus et la mer était grise derrière les vitres. Angus, au désespoir, reporta son attention sur le plancher nu et crasseux.

Un gémissement sourd le tira de ses sombres pensées. Beany le regardait, la tête inclinée, l'air à la fois malheureux et intrigué. Comme s'il pouvait deviner les pensées absurdes et terribles de son maître.

Angus se calma peu à peu. Reprit la parole.

— Eh, Beany, on part en balade ? On va chasser les phoques ?

Le chien poussa un petit jappement et remua la queue. Angus reposa soigneusement le marteau sur l'étagère.

9

Il pourrait s'agir de n'importe quelle école en Grande-Bretagne : un bâtiment bas, aéré, avec une cour de récréation assez grande, égayée par des balançoires et des toboggans de couleur vive, et devant la grille une foule de parents qui paraissent à la fois endormis, épuisés par les soucis et un peu honteux d'être aussi soulagés de déposer leur progéniture pour la journée. Avant tout, c'est son environnement qui la distingue : la mer à gauche, et en toile de fond les hautes montagnes sombres, striées par la neige de début décembre. Et puis, bien sûr, il y a la pancarte vissée sur la grille à l'entrée.

Rachadh luchd-tadhail gu failteache.

La traduction figure dessous, en lettres plus petites :

« Tous les visiteurs doivent se présenter à l'accueil. »

Kirstie se cramponne à ma main quand, une fois descendues de voiture, nous louvoyons entre des véhicules de ville plus élégants et des Land Rover boueux pour nous diriger vers les portes vitrées de Klerdale. Autour de nous, des pères et des mères de famille se saluent sur ce ton affable, détendu, des conversations banales que je ne suis jamais parvenue à maîtriser et qui me semble encore plus difficile à adopter ici, au milieu d'inconnus.

Certains parents s'expriment en gaélique. Kirstie est aussi muette que moi. Je la sens nerveuse et inquiète. Elle porte son nouvel uniforme bleu et blanc sous son anorak rose. Quand je lui enlève ce dernier, à la porte de l'école, l'uniforme me paraît soudain trop grand ; on dirait presque un déguisement de clown. Les grosses chaussures n'arrangent rien. Et elle est mal coiffée, par ma faute.

La culpabilité m'envahit. Me serais-je trompée de taille en achetant les vêtements ? Et pourquoi n'ai-je pas pris le temps de lui brosser correctement les cheveux ? Il fallait qu'on se dépêche, Angus voulait arriver tôt sur le continent. Il a obtenu un contrat d'embauche à temps partiel dans un cabinet d'architectes à Portree. Compte tenu de la distance, il sera obligé de coucher sur place chaque fois qu'il ira travailler. C'est une bonne nouvelle sur le plan financier, évidemment, mais les trajets n'en seront que plus compliqués.

Alors nous avons tous les trois dû nous presser, ce matin, avant d'embarquer dans notre petit bateau. Et j'ai été obligée de faire vite : j'ai vaporisé le démêlant en urgence, puis passé rapidement un coup de peigne dans les cheveux fins et soyeux de ma fille qui, entre mes jambes, chantonnait pour elle-même une nouvelle chanson de sa composition.

À présent, il est trop tard : ses longues mèches sont emmêlées, et je n'y peux rien.

Mon instinct protecteur resurgit. Je ne veux surtout pas qu'on puisse se moquer d'elle. Elle sera déjà assez perdue comme ça, sans sa sœur, dans une nouvelle école, alors que le premier trimestre touche à sa fin. Sans compter que la confusion d'identité n'a pas disparu ; elle est là, sous la surface. Parfois, elle utilise le « on » à la place du « je ». Parfois aussi, elle se réfère à elle-même comme à « l'autre Kirstie ». Elle l'a encore fait ce matin.

L'autre Kirstie ?

C'est tellement déconcertant et douloureux que j'ai préféré ne pas aborder la question. J'espère que Kellaway a raison, que le problème se résoudra de lui-même quand elle se sera fait de nouveaux camarades et découvrira de nouveaux jeux.

En attendant, nous nous attardons toutes les deux à l'entrée tandis que les autres enfants filent droit vers leurs classes, joyeux, volubiles, se battant à coups de sacs à dos – Toy Story, Moshi Monsters… Une femme en jupe à carreaux confortable, qui arbore de grosses lunettes sur son gros nez, m'adresse un sourire rassurant en m'ouvrant la porte vitrée.

— Madame Moorcroft ?

— Oui ?

— Ne m'en veuillez pas, surtout, j'ai pris la liberté d'aller jeter un coup d'œil à votre profil Facebook. J'étais curieuse d'en savoir plus sur les nouveaux parents.

Elle pose sur Kirstie un regard bienveillant.

— Et voilà la petite Kirstie, je présume. Kirstie Moorcroft ?

Elle nous pousse à l'intérieur.

— Tu es aussi jolie que sur tes photos ! Je m'appelle Sally Ferguson – mais appelez-moi Sally, je vous en prie.

Elle reporte son attention sur moi.

— Je suis la secrétaire.

Elle attend manifestement que je dise quelque chose. Au moment où je vais prendre la parole, cependant, Kirstie me devance :

— Je suis pas Kirstie.

La secrétaire sourit. Elle doit s'imaginer qu'il s'agit d'une farce. D'un jeu – un gosse caché derrière le canapé, qui brandit une marionnette.

— Tu sais, je t'ai vue en photo, Kirstie Moorcroft ! lance-t-elle d'un ton enjoué. Tu vas te plaire ici, crois-moi. Tu apprendras une langue très amusante, et…

— Je suis PAS Kirstie. Je m'appelle Lydia.

— Hmm…

— Kirstie est morte. Je suis Lydia.

— Mais enfin, Kirs…

La femme s'interrompt et me regarde. Perplexe, évidemment.

Ma fille répète d'une voix plus forte :

— Lydia. Je suis Lydia. On est Lydia. Lydia !

Dans le couloir de l'école, on n'entend plus que la voix de ma fille, qui crie ces mots insensés. Le sourire de Sally Ferguson s'est rapidement évanoui. Les sourcils froncés, elle me coule de nouveau un bref coup d'œil. Je remarque toutes sortes d'inscriptions en gaélique imprimées sur des feuilles punaisées aux murs. La secrétaire amorce une autre tentative.

— Eh bien, euh, Kirs…

Ma fille agite frénétiquement la main vers elle comme si elle voulait chasser une guêpe.

— Lydia ! Vous devez m'appeler Lydia ! Lydia ! Lydia ! Lydia ! Lydia Lydia Lydia Lydia LYDIA !

Sally Ferguson recule, mais ma fille ne se domine plus, à présent. Elle pique une colère digne d'un tout-petit qui fait un caprice dans un supermarché. Sauf que nous sommes dans une école, qu'elle a sept ans, et qu'elle affirme être sa sœur disparue.

— Morte, Kirstie-koo est morte ! JE SUIS LYDIA ! Je suis Lydia ! Elle est là ! Lydia !

Comment suis-je censée réagir ? De façon complètement absurde, j'opte pour le ton de la conversation normale.

— Bah, ce n'est rien, ça va passer, je reviendrai la chercher à…

Mes efforts sont noyés par les hurlements de ma fille.

— LYDIA LYDIA LYDIA LYDIA LYDIA ! Kirstie est MORTE et JE LA DÉTESTE, je suis Lydia !

— S'il te plaît…, dis-je, renonçant à faire semblant. S'il te plaît, mon cœur, arrête.

— KIRSTIE EST MORTE. Kirstie est morte, ils l'ont tuée, ils l'ont tuée. Je suis LY-DDDIII-AAA !

Et puis, aussi brusquement qu'elle a commencé, la crise se calme. Kirstie secoue la tête, marche à grands pas vers le mur du fond et s'assoit sur une petite chaise, sous une photo d'écoliers en train de travailler dans un jardin, assortie d'une inscription en gaélique rédigée au feutre.

Ag obair sa gharrad.

Elle renifle, puis déclare d'un ton posé :

— Appelle-moi Lydia, s'il te plaît. Pourquoi tu m'appelles pas Lydia, maman, puisque je suis elle ? S'il te plaît.

Elle lève vers moi ses grands yeux bleus pleins de larmes.

— J'irai pas à l'école si tu m'appelles pas Lydia. Maman ? S'il te plaît ?

Je me sens hébétée. Ses supplications sont bouleversantes. Je n'ai pas le choix.

Le silence qui se prolonge me met au supplice. Je vais devoir me justifier auprès de la secrétaire, au plus mauvais moment. Et pour ça, il faut que j'éloigne Kirstie. Elle a besoin d'intégrer cette école.

— D'accord, d'ac… cord, Mmma…

Mon bégaiement de jeunesse est de retour.

— Madame Ferguson, c'est Lydia. Lydia Moorcroft.

Mon angoisse est telle que je parle à voix basse.

— Voilà, je… je vous amène Lydia May Tanera Moorcroft.

Le silence, de nouveau. Sally Ferguson me regarde d'un air égaré derrière ses grosses lunettes.

— Pardon ? Hum. *Lydia ?* Pourtant…

Elle pique un fard, puis tend la main vers un bureau derrière une vitre coulissante ouverte, et saisit une feuille de papier. Elle prononce ses paroles suivantes dans un chuchotement.

— Pourtant, il est dit ici, tout à fait clairement, que vous avez inscrit *Kirstie* Moorcroft… C'est le formulaire d'inscription. Kirstie, oui. C'est bien ça : Kirstie Moorcroft.

Je prends une profonde inspiration. J'ouvre la bouche pour parler, mais ma fille intervient aussitôt – comme si elle nous avait entendues.

— Je suis Lydia, affirme-t-elle. Kirstie est morte, après elle était vivante, et après elle est encore morte. Je suis Lydia.

Sally Ferguson rougit de plus belle, sans souffler mot. J'ai la tête qui tourne, j'ai l'impression de me trouver au bord d'un abîme d'absurdité. Au prix d'un immense effort, je parviens à dire :

— Nous pourrions peut-être laisser Lydia aller dans sa classe ? Ensuite, je vous expliquerai.

Un autre silence désespéré. Puis j'entends des voix d'enfants s'élever au bout d'un couloir, éraillées et joyeuses. Ils chantent.

— « Kookaburra niche dans le vieux gommier, De la brousse il est le joyeux, joyeux roi ! Ris, Kookaburra, ris… »

C'est tellement incongru que j'en ai la nausée.

Sally Ferguson secoue la tête, se rapproche de moi et me glisse :

— Oui. C'est… préférable, en effet.

Un beau jeune homme en jean moulant franchit les portes vitrées, laissant s'engouffrer une bouffée d'air froid. C'est le surveillant.

— Dan… Daniel ? l'interpelle la secrétaire. S'il vous plaît, pourriez-vous emmener… euh, *Lydia Moorcroft* dans sa classe ? Celle de Jane Rowlandson, au bout du couloir. Deuxième année.

— « Ris, Kookaburra, ris… »

Le dénommé Dan se fend d'un lent hochement de tête et va s'accroupir près de ma fille comme une serveuse empressée, prête à prendre la commande.

— Salut, Lydia. Tu veux bien venir avec moi ?

— « Kookaburra est assis dans le vieux gommier, D'où il compte tous les singes qu'il voit… »

— Je suis Lydia.

Ma fille a croisé les bras en une attitude défensive. Sourcils froncés, lèvre inférieure en avant – sa mine la plus butée.

— Tu dois m'appeler Lydia.

— O.K., pas de problème. Lydia ! Tu vas voir, ça va te plaire : ce matin, c'est la leçon de musique.

— « Arrête, Kookaburra, arrête ! Ce n'est pas un singe, là, c'est moi ! »

Miracle, la tactique fonctionne. Elle décroise lentement les bras, le prend par la main et le suit vers une autre porte vitrée. Elle me paraît si petite, et la porte si impressionnante – gigantesque, prête à l'avaler.

Au dernier moment, elle se retourne pour m'adresser un pauvre sourire, à la fois triste et effrayé, puis Dan l'entraîne dans le couloir et elle est engloutie par l'école. Je dois l'abandonner à son destin solitaire. Alors seulement, je dis à Sally Ferguson :

— Il faut que je vous parle.

Elle hoche la tête, l'air lugubre.

— Oui, s'il vous plaît. Allons dans mon bureau, nous y serons plus tranquilles.

Cinquante minutes plus tard, je lui ai résumé dans les grandes lignes notre histoire consternante : l'accident, la mort, la confusion d'identité, sur une période de quatorze mois. Tandis qu'elle écoute mon récit, je lis de l'horreur dans son regard – une réaction convenue, quoique sincère –, ainsi que de la compassion, mais j'y détecte aussi une lueur de plaisir coupable. Il est évident que je viens d'illuminer un jour d'école morne. Elle aura quelque chose à raconter à ses amis ce soir : *Vous ne croirez jamais qui est arrivé aujourd'hui ! Une mère qui ne connaît pas l'identité de sa fille, qui se demande si l'enfant qu'elle croyait morte et incinérée ne serait pas vivante depuis quatorze mois.*

— C'est… terrible, conclut-elle. Je suis navrée, vraiment.

Elle ôte ses lunettes, pour les rechausser aussitôt.

— C'est incroyable qu'il n'y ait aucune… aucune méthode scientifique capable de…

— … de nous apporter des certitudes ? Une preuve ?

— Oui.

— Hélas non. Tout ce qu'on sait – ce qu'on suppose, du moins –, c'est que, si elle veut être Lydia, il vaut mieux ne pas la contrarier. Dans un premier temps, en tout cas. Est-ce un problème pour vous ?

— Non, bien sûr. Si c'est votre choix. Pour l'inscription, il suffira de…

Elle s'interrompt, cherche ses mots.

— Vos filles étaient du même âge, alors je n'aurai qu'à modifier son dossier. Ne vous en faites pas.

Je me lève pour partir. Pressée de m'échapper.

— Je suis désolée de ce qui vous arrive, madame Moorcroft. En attendant, je suis sûre que tout se passera bien pour Kirstie – je veux dire, pour Lydia. Elle se plaira ici. C'est certain.

Je cours vers le parking, saute dans ma voiture, baisse les vitres et fonce sur la route côtière. Le vent qui s'engouffre dans l'habitacle est glacial – un vent d'ouest venu des Cuillins, des falaises de l'île de Lewis ou de St. Kilda –, mais je m'en fiche ; au contraire, l'air froid me fait du bien. Je dépasse Ornsay à toute allure et me dirige vers Broadford. Après l'isolement de la péninsule de Sleat, j'ai l'impression d'arriver à Londres : il y a des magasins, des bureaux de poste, des piétons sur les trottoirs, et aussi un grand café lumineux, accueillant, avec une bonne connexion Wi-Fi et un bon signal de réseau. Je donnerais cher pour une vodka, néanmoins je décide de m'en tenir au café.

Assise sur une chaise en bois à une grande table, devant un mug de cappuccino, je sors mon téléphone.

Il faut que j'appelle ma mère. De toute urgence.

— Sarah, ma chérie, je me doutais bien que c'était toi ! Ton père est dans le jardin, il profite de l'été indien.

— Maman…

— Tout va bien ? Kirstie a fait sa rentrée ? Comment est la nouvelle école ?

— Maman, il faut que je te dise quelque chose.

Elle me connaît suffisamment pour savoir interpréter mon intonation. Son bavardage cesse aussitôt. Elle patiente.

Alors je lui explique tout, comme je viens de le faire avec Sally Ferguson. Et comme il faudra peut-être que je le fasse avec tout le monde.

Je débite mon histoire d'un trait, pour ne pas flancher. Je lui parle de la possibilité d'une erreur d'identité. On ne sait pas ; on essaie de savoir. C'est à la fois incroyable et cruellement réel – aussi réel que les montagnes de Knoydart. Ma mère, qui peut se montrer aussi réservée que moi, ne m'interrompt pas.

— Mon Dieu, murmure-t-elle enfin. Oh, mon Dieu. Ma pauvre petite Kirstie. Je veux dire…

— Maman, je t'en prie… Ne pleure pas.

— Je ne pleure pas, je t'assure.

Elle pleure. J'attends. Elle continue de pleurer.

— Ça fait remonter tellement de souvenirs…, ajoute-t-elle. Cette nuit horrible… l'ambulance…

J'attends toujours que ses larmes se tarissent, tout en luttant pour refouler mes propres émotions. C'est à moi d'être forte. Pourquoi ?

— Écoute, maman : il faut qu'on aille au fond des choses, si c'est possible, parce que… parce qu'on doit décider si c'est Kirstie ou Lydia – une bonne fois pour toutes, j'imagine. Enfin, je n'en sais rien. Oh, bon sang…

— Je comprends, ma chérie.

D'autres sanglots maternels étouffés me parviennent. Je regarde la circulation dans la rue, les voitures qui se dirigent vers Kyle ou vers Portree. Je les imagine sur la longue route de montagne en lacets qui passe par Scalpay et Raasay – celle qu'Angus a dû prendre ce matin même.

La conversation s'oriente sur des considérations d'ordre pratique, des détails sans importance. Mais j'ai une question cruciale à lui poser.

— Maman ? J'ai quelque chose à te demander.

Elle renifle.

— Oui, ma chérie ?

— Voilà, je… j'ai besoin de réunir des éléments, de trouver des indices.

— Qu'est-ce que…

— Ce soir-là, maman, ou ce jour-là, avant l'accident… Est-ce que tu as remarqué quelque chose de particulier ou de différent chez les filles ? Quelque chose que tu ne m'as pas dit, parce que ça ne te paraissait pas important ?

— De différent, tu dis ?

— Oui.

— Pourquoi cette question, Sarah ?

— C'est juste que… je peux peut-être réussir à les distinguer, tu comprends ? Même après tout ce temps. Est-ce qu'elles ont eu un comportement inhabituel ? Est-ce qu'elles ont fait quelque chose d'étrange qui pourrait expliquer cette confusion aujourd'hui dans l'esprit de ma fille ?

Ma mère reste silencieuse. De légers flocons voltigent dehors, les premiers de l'année. Épars, ils flottent dans la grisaille tels des confettis. De l'autre côté de la rue, une fillette qui marche à côté de sa mère s'arrête brusquement et, radieuse, indique du doigt l'air constellé de points blancs.

— Maman ?

Je m'étonne de ce silence qui n'en finit pas. Même pour elle, il me paraît singulièrement long.

— Maman ?

— En fait…

Elle s'interrompt, avant de reprendre d'un ton prudent.

— Non. On ne va tout de même pas être obligés de revivre tout ça ?

— Il le faut, hélas.

— Eh bien, non, je ne vois pas.

Elle ment. Ma propre mère me ment. Je la connais trop bien.

— Faux, il y a quelque chose. Quoi, maman ? Qu'est-ce que tu ne me dis pas ? Je t'en prie, plus de dérobades. Réponds-moi !

Il ne neige presque plus. C'est à peine si on distingue des reflets argentés dans l'air – des fantômes de flocons.

— Je ne m'en souviens pas, prétend-elle.

— Bien sûr que si.

— Je t'assure, c'est vrai.

Pourquoi mentirait-elle, nom d'un chien ?

— Maman, s'il te plaît…

Le silence suivant est différent : j'entends ma mère respirer ; c'est tout juste si je ne l'entends pas réfléchir. Je l'imagine là-bas, dans le Devon, entourée des photos de mon père sur les murs du vestibule. Des photos de lui encadrées, fanées, poussiéreuses, le montrant en train de recevoir des prix pour des campagnes publicitaires que tout le monde a oubliées depuis longtemps.

— En fait, chérie, j'ai pensé à quelque chose, mais je crois que ce n'est rien. Rien du tout.

— Ne dis pas ça. C'est peut-être important.

Si j'en doutais, j'ai maintenant la preuve de mon héritage maternel : cette tendance à se réfugier dans le silence, ce refus de révéler la vérité.

Je comprends mieux pourquoi Angus a de temps à autre envie de m'étrangler.

— Ce n'est rien, Sarah.

— Réponds, maman !

J'ai l'impression d'entendre mon mari parler par ma bouche.

Elle prend une profonde inspiration.

— D'accord, je… je me rappelle que le jour où vous êtes arrivées, Kirstie était toute chamboulée.

— Kirstie ?

— Oui. Tu n'as sûrement rien remarqué, tu étais si distraite, si préoccupée par… par tout. Angus n'était pas avec vous, bien sûr, il ne devait arriver que plus tard dans la soirée. J'ai fini par demander à Kirstie ce qu'elle avait, ce qui la chagrinait tant, et elle m'a répondu que c'était à cause de son papa. Il l'avait contrariée, quelque chose comme ça. C'est tout ce dont je me souviens. C'étaient sans doute des broutilles.

— Sans doute, oui. Merci, maman. Merci.

Nous n'avons plus grand-chose à nous dire. Nous échangeons quelques expressions d'amour maternel et filial. Elle me demande si je vais bien.

— Je veux dire, dans ta tête.

— Oui, oui, ça va.

— Tu en es certaine ? Tu me sembles un peu… enfin, proche de l'état où tu as été pendant un temps. Méfie-toi, Sarah, tu ne dois surtout pas replonger.

— Je fais face, maman, je t'assure, en dehors du problème avec Lydia. J'aime la maison, malgré les rats sous le lit. Et j'adore l'île. Il faut absolument que vous veniez la voir.

— Bien sûr, bien sûr.

Pour l'obliger à changer de sujet, je la questionne sur mon frère Jamie, et une fois de plus la tactique fonctionne. Maman étouffe un petit rire, et me répond avec tendresse qu'il est parti élever des moutons en Australie. Ou abattre des arbres au Canada, peut-être ? Elle ne sait plus trop. Les pérégrinations de Jamie, le fils prodigue, l'éternel vagabond, sont une source de plaisanteries dans la famille – de ces plaisanteries qui nous aident à surmonter les difficultés et à meubler les blancs embarrassés dans les conversations. Comme en ce moment.

Puis nous prenons congé et je commande un autre café. Je repense à la discussion que je viens d'avoir. Pourquoi Angus est-il arrivé si tard à Instow ce soir-là ? Il m'avait prévenue avant l'accident qu'il devrait sans doute faire des heures supplémentaires. Pourtant, il n'était pas au bureau quand nous avons essayé de le joindre. Il nous a expliqué après coup qu'il s'était arrêté chez Imogen en rentrant du boulot pour récupérer des affaires que les filles avaient laissées chez elle. Elles y avaient passé la nuit quelque temps plus tôt.

Imogen la célibataire endurcie a toujours aimé s'entourer d'enfants.

Sur le moment, je n'ai pas mis la parole d'Angus en doute. Pas un seul instant. J'avais trop de chagrin, et de toute façon je n'avais aucune raison de m'interroger. Mais qu'en est-il aujourd'hui ?

Imogen ?

Non, c'est idiot. Pourquoi le soupçonnerais-je de me mentir ? Son penchant pour le whisky mis à part, je n'ai rien à lui reprocher : il a toujours été là pour nous. Aimant, dévoué, plein de ressources, malheureux… Angus. Mon mari. Et j'ai besoin de lui faire confiance, vu que je n'ai personne d'autre.

Comme je ne peux plus rien pour Kirstie dans l'immédiat, je décide de me mettre au travail.

Je dois essayer de placer quelques articles. Le contrat qu'a décroché Angus nous permettra de vivre, mais ce ne sera pas suffisant. Il nous faut d'autres revenus si nous voulons rester à Torran.

Et je veux rester à Torran. Plus que tout.

Alors j'ouvre mon ordinateur portable et passe deux heures à envoyer des e-mails – à rattraper tout le retard accumulé dans mes communications en quarante-huit heures. J'en expédie quelques-uns à des rédacteurs en chef susceptibles d'être intéressés par un article sur Torran et Sleat, sur le folklore local, sur le revival gaélique, et que sais-je encore.

Tout en buvant mon cappuccino, les yeux fixés sur les allées et venues des voitures devant le Co-op de Broadford, je réfléchis de nouveau à mon attachement grandissant pour l'île, quelque chose comme un béguin d'adolescente pour un garçon indifférent et inaccessible : plus Torran me résiste, plus j'ai envie de me l'approprier.

Une heure s'écoule encore avant que je me lève pour aller chercher Kirstie à l'école. Craignant d'arriver en retard, j'écrase l'accélérateur, mais soudain je dérape sur une grille à bétail rendue glissante par la neige et manque de percuter un chêne rabougri qui monte la garde à l'entrée d'une ferme sur ma gauche.

Ralentis, Sarah, ralentis. Je ne dois jamais oublier que la route est dangereuse presque jusqu'au bout, de Broadford à Ardvasar. La vigilance s'impose.

Un flocon solitaire se dépose sur mon pare-brise, que les essuie-glaces balaient aussitôt. Je contemple les montagnes chauves à l'horizon. Dénudées par les vents et la déforestation. Je songe aux natifs de la région arrachés à ces paysages par la pauvreté et les *Highland Clearances,* ces déplacements forcés de population au XVIIIe siècle. Skye comptait autrefois vingt-cinq mille habitants. Un siècle plus tard, il n'y en a plus que la moitié. J'imagine souvent les scènes auxquelles a pu donner lieu cet exode : les épouses de fermiers en larmes, les chiens de berger abattus, les bébés en pleurs embarqués vers l'ouest, loin de leur contrée natale, si belle et si hostile. Et je repense à ma fille.

À ses hurlements.

Je sais maintenant ce qu'il faut faire. Je n'en ai aucune envie, mais je n'ai pas le choix : la crise de ce matin m'y contraint.

Une fois arrivée à l'école, je me force à sourire aux autres mères, puis me tourne vers la porte vitrée sur laquelle est apposée une affiche disant : « *Failte.* » Je me demande où elle est. Où est ma fille ?

Tous les autres enfants se bousculent pour sortir. C'est un tourbillon d'énergie débordante, d'où émergent des bribes de gaélique et des boîtes à sandwichs Lego Movie – un flot de petits garçons et de petites filles qui se précipitent vers les bras de leurs parents. La dernière à franchir la porte en traînant les pieds est une fillette solitaire. Sans amis. Ne parlant à personne.

Ma fille, aujourd'hui enfant unique. Dans son triste uniforme, avec son pauvre petit sac à dos. Elle s'avance vers moi et enfouit sa figure dans mon ventre.

— Bonjour, toi, dis-je.

Je lui passe un bras autour des épaules et la guide vers la voiture.

— Alors, c'était comment ce premier jour ?

Ma gaieté feinte est pitoyable. Mais que devrais-je faire ? Prendre un ton sinistre, désespéré, et lui dire que oui, c'est vrai, tout est épouvantable ?

Assise dans son siège enfant, Kirstie boucle sa ceinture et regarde par la vitre les eaux grises du Sound, puis les lumières rouges et roses de Mallaig – la petite ville avec son port et sa gare, ses symboles de la civilisation et d'une possible évasion – et le continent qui s'éloigne.

L'obscurité de l'hiver nous cerne déjà, à quinze heures quinze.

— Eh, ma puce, comment ça s'est passé à l'école ?

Elle regarde toujours dehors. J'insiste.

— Minouche ?

— Rien.

— Hein ?

— Personne.

— Ah.

Qu'est-ce que ça veut dire ? « Rien » et « personne » ? J'allume la radio et entonne les paroles de la chanson joyeuse diffusée par la station en essayant de résister à l'envie soudaine de foncer droit dans le loch na Dal.

Mais j'ai une idée en tête, et je vais m'y tenir. D'abord, rejoindre le bateau, et ensuite l'île.

Après, je ferai ce qui m'effraie tant.

Je mettrai en œuvre ce plan horrible et lamentable.

10

Le bateau est là, amarré au quai qui prolonge le parking devant le Selkie. Vus de loin, le phare et le cottage paraissent bien innocents, blancs et charmants – diminués cependant par les hauts sommets sombres de Knoydart à l'arrière-plan. Je gare la Ford.

Il me faut tirer quatre ou cinq fois sur le câble pour faire démarrer le moteur du dinghy. C'est un progrès ; avant, je devais compter une dizaine de tentatives. Je commence à m'habituer. Je dirige mieux l'embarcation et je me débrouille même pour les nœuds.

Kirstie est assise en face de moi, les yeux légèrement rougis, mais calme. Elle me regarde tandis que nous entamons la traversée sous la brise froide, puis s'absorbe dans la contemplation des plages rocheuses de Salmadair. Ses cheveux voltigent au vent. Elle est si jolie, avec son profil au petit nez retroussé qui se découpe sur fond d'eaux bleu-gris... Je l'aime tellement... Je l'aime parce qu'elle est Kirstie, et je l'aime parce qu'elle me rappelle Lydia.

Bien sûr, une partie de moi voudrait que Lydia reparaisse. Une partie de moi se réjouit à cette idée. Elle m'a terriblement manqué ; je me rappelle ces après-midi entiers que nous passions côte à côte, à lire, ou simplement à partager un silence heureux ; Kirstie, elle, beaucoup moins patiente, était toujours en train de sautiller autour de nous. L'idée que Lydia ait pu revenir d'entre les morts tient du miracle. En même temps, c'est terrifiant. Cela dit, peut-être tous les miracles sont-ils effrayants ? Sans compter que, si je retrouve Lydia, si c'est vraiment elle qui est là aujourd'hui, alors je perds Kirstie.

Mais qu'est-ce que je raconte ? C'est Kirstie, et je suis sur le point de le prouver, d'une façon particulièrement cruelle. À condition de puiser en moi la force d'aller jusqu'au bout de mon projet.

La voix de ma fille s'élève soudain par-delà le grondement du vent :

— Pourquoi ça s'appelle Salmadair, maman ?

Bien. De quoi amorcer une conversation normale.

— Je crois que ça veut dire « l'île des psaumes », ma puce. Il y avait un couvent là-bas autrefois.

— Quand, maman ? Et c'est quoi, un couvent ?

— Un endroit où les religieuses priaient, il y a longtemps – peut-être mille ans.

— Avant qu'on était bébés ?

J'ignore la formulation problématique et hoche la tête.

— C'est ça. Bien avant.

— Et maintenant, les religieuses sont parties ?

— Oui. Tu as froid ?

Le vent malmène toujours ses mèches blondes, et elle n'a pas boutonné son anorak.

— Non, ça va. J'ai les cheveux dans la figure, mais j'aime bien.

— Tant mieux. De toute façon, on est presque arrivées.

Un phoque émerge sur notre droite, se laisse porter par le courant et pose sur nous son regard mélancolique qui semble receler une sagesse ancestrale ; puis, avec un petit *plouf* huileux, il disparaît, et Kirstie m'adresse un grand sourire édenté.

Les vagues du détroit moutonnent doucement, et nous déposent sur la plage au pied du phare. Je tire le dinghy au sec – il est relativement léger –, sur le sable sillonné par les crabes, où gît un saumon mort que picorent les goélands argentés.

— Beurk ! s'exclame Kirstie en montrant le poisson puant.

Elle s'élance ensuite vers le cottage, pousse la porte qui n'est jamais fermée à clé et disparaît à l'intérieur. J'entends les petits jappements de Beany qui lui fait fête. Avant, il aboyait fort, avec enthousiasme. Une fois le bateau attaché, j'emboîte le pas à ma fille. La maison est froide, les rats ne font pas de bruit, les arlequins dansent sur le mur blanc taché du salon. La pierre est posée sur le siège des toilettes, pour éloigner le vison.

Angus passera la nuit à Portree. Nous sommes toutes les deux seules sur l'île, et c'est exactement ce que je voulais.

Kirstie caresse Beany, puis va lire dans sa chambre pendant que je prépare le dîner dans la cuisine sombre, sous les paniers en osier qui préservent nos provisions des rongeurs. J'entends la respiration profonde et régulière de la mer, qui m'évoque celle d'un sportif à l'entraînement. Tout est calme. Le calme avant la tempête ?

Je tente de raffermir ma résolution vacillante.

J'aurais peut-être dû entreprendre cette démarche il y a trois semaines : je vais lui faire passer un test, et elle ne pourra ni éluder ni feindre. L'idée m'est venue ce matin quand je la regardais en train de hurler à l'école, mais elle ne s'est imposée à moi que cet après-midi.

L'expérience reposera sur la phobie partagée par mes filles : leur peur panique du noir.

Chaque fois qu'elles y étaient confrontées, les deux sœurs criaient, mais chacune à sa façon : Kirstie braillait, hoquetait et bredouillait une bouillie frénétique d'exclamations de terreur. Lydia poussait un hurlement strident, propre à faire voler le cristal en éclats.

Ce cri si particulier, je ne l'ai pas entendu souvent, ce qui explique sans doute pourquoi je n'y ai repensé qu'aujourd'hui. La dernière fois, c'était lors d'une panne d'électricité à Camden, deux ans plus tôt, qui nous avait soudain privés de lumière.

Les jumelles avaient réagi sur-le-champ : Kirstie avait braillé et hoqueté ; Lydia avait émis ce hurlement perçant.

Alors je vais tenter de déclencher cette même réaction phobique instinctive en plongeant ma fille dans le noir. Elle ne sera pas capable de simuler, et je saurai la vérité. C'est cruel, j'en suis consciente, et je me sens à la fois coupable et honteuse d'être obligée d'en passer par là, mais je ne vois pas d'autre solution. Entretenir cette confusion mentale me paraît encore plus inhumain.

Il faut que je le fasse maintenant, sinon je risque de me noyer dans le doute et le dégoût de moi-même.

Kirstie lève les yeux quand j'entre dans sa chambre. Elle paraît accablée de tristesse. Malgré ses efforts pour s'approprier la pièce – ses livres sont alignés sur une étagère et elle a scotché au mur ses images de pirates –, celle-ci reste spartiate, solitaire, privée d'une présence familière. Sa radio diffuse de la pop pour adolescents : One Direction. Les jouets sont toujours dans leur panier d'osier, comme si elle n'y avait pas touché. Seul Leopardy est niché contre elle, dans son lit. Les deux sœurs l'adoraient. Peut-être Lydia l'aimait-elle un peu plus ?

Son regard peiné m'est insupportable.

Hésitante, je risque :

— Tu me racontes ta première journée d'école, ma puce ?

Silence. Je réessaie :

— Comment c'était, cette rentrée ? Parle-moi de ta maîtresse.

Le silence se prolonge, One Direction chante toujours. Kirstie ferme les yeux. J'attends, et attends encore, jusqu'au moment où je la sens sur le point de répondre. Et oui, elle se penche lentement vers moi en disant d'une toute petite voix :

— Personne a voulu jouer avec moi.

Quelque chose en moi se brise.

— Oh. Je vois.

— J'ai demandé pourtant, mais ils voulaient pas.

Ses mots me font si mal… Je voudrais la cajoler, la protéger.

— Tu sais, ma chérie, c'était ton premier jour. Ça arrive.

— Alors j'ai joué avec Kirstie.

Je lui caresse les cheveux en m'efforçant d'ignorer les battements affolés de mon cœur.

— Kirstie ?

— Oui. On joue tout le temps ensemble.

— Ah.

Que dois-je faire ? Je me mets en colère ? Je fonds en larmes ? Je crie ? J'explique que Lydia est morte, et qu'elle est Kirstie ? Quand j'ignore moi-même laquelle a disparu ?

— Mais pendant qu'on jouait, Kirstie-koo et moi…

— Oui ?

— Tous les autres se moquaient de moi, maman. C'était… ça m'a fait pleurer, et eux, ils riaient.

— Pourquoi ? Parce que tu étais toute seule, c'est ça ?

— Non ! Kirstie était là ! Elle était là ! Elle est là ! Là…

— Ma chérie, elle n'est pas là, elle est…

— Quoi ?

— Kirstie, ta sœur est…

— Dis-le, maman. Vas-y, dis-le. Je sais qu'elle est morte, tu me l'as déjà dit. Tu répètes tout le temps qu'elle est morte, mais c'est pas vrai ! Elle revient jouer avec moi, et elle était là, elle était à l'école, elle joue avec moi, c'est ma sœur, ça fait rien si elle est morte, elle est toujours là, toujours là, et moi aussi je suis là, on est là… alors pourquoi tu dis toujours qu'elle est morte alors que c'est pas vrai ? C'est pas vrai c'est pas vrai…

Ce flot de paroles débitées à tue-tête s'achève par des sanglots de colère. Kirstie s'écarte de moi, se traîne jusqu'au bout du lit et enfouit ses joues brûlantes dans l'oreiller tandis que je la regarde, impuissante, pitoyable – la mère indigne. Qu'ai-je fait à ma fille ? Que vais-je encore lui faire ?

Aurais-je dû purement et simplement ignorer le problème, à Londres ? Si je n'avais jamais laissé le doute s'insinuer, si je lui avais affirmé qu'elle était Kirstie, peut-être la question aurait-elle été réglée. Maintenant, hélas, je ne peux plus reculer.

Je suis une mauvaise mère. Malveillante.

Je patiente encore quelques minutes, le temps qu'elle se calme. La radio diffuse toujours de la pop : *The Best Song Ever*, du groupe One Direction. Ensuite, Britney Spears.

Enfin, je pose une main sur sa cheville.

— Minouche…

Elle se tourne vers moi. Les yeux rouges, mais plus calme.

— Oui ?

— Kirstie ?

Elle ne tressaille pas à la mention du prénom. Je suis sûre maintenant que c'est Kirstie. Ma Lydia n'est plus.

— Kirstie, je vais vite à la cuisine chercher une boisson chaude. Tu veux quelque chose à boire ?

Elle pose sur moi un regard vide.

— Un Fruit Shoot.

— D'accord. Prends ton livre, je reviens.

Kirstie ne proteste pas. Au moment où elle attrape le *Journal d'un dégonflé,* je vais fermer les rideaux afin d'empêcher la lumière extérieure de filtrer. C'est d'autant plus facile que la lune est voilée et qu'il n'y a pas de réverbères sur Torran.

Puis, le plus discrètement possible, je me baisse comme pour ramasser un jouet, et je débranche la veilleuse.

Kirstie ne remarque rien. Elle lit, et ses lèvres remuent tandis qu'elle articule les mots en silence. Lydia avait cette habitude.

Il ne me reste plus qu'à éteindre la lumière avant de fermer la porte. Kirstie sera plongée dans le noir total – brusquement confrontée à la plus grande de ses peurs. Les larmes me montent aux yeux quand je m'approche du battant.

Est-ce que j'en serai capable ? Ai-je le choix ?

En un clin d'œil, je plaque ma main sur l'interrupteur, sors de la pièce et tire la porte derrière moi. Le couloir lui-même est sombre, à peine éclairé par la lumière du salon tout au bout. La chambre de ma fille sera dans la plus complète obscurité.

Rongée par le remords, j'attends. Oh, mon bébé. Ma Kirstie. Je suis désolée. Désolée…

Combien de temps se passera-t-il avant qu'elle réagisse ?

Pas longtemps.

Pas longtemps du tout.

Son cri déchire le silence trois secondes plus tard – suraigu, strident, perçant, du genre à vous vriller les tympans. C'est un son d'autant plus horrible que je le reconnais sans peine : il est unique.

Je rouvre la porte, rallume et me précipite vers ma fille qui, pétrifiée sur son lit, hurle en écarquillant les yeux de terreur.

— Maman maman maman !

Je la serre dans mes bras à l'étouffer.

— Excuse-moi, ma chérie, je suis désolée, j'ai éteint sans le faire exprès. Pardon, mon ange, pardon…

Mais alors que la culpabilité me déchire le cœur, une pensée atterrante s'impose à moi.

C'est Kirstie qui est morte.

Et Lydia qui est assise sur ce lit.

Il y a quatorze mois, nous avons commis une effroyable erreur.

11

Angus me téléphone le lendemain matin. On est samedi. Il veut que j'aille le chercher sur le quai devant le Selkie à dix-sept heures.

— Mais il fera nuit, dis-je.

La liaison est si mauvaise sur notre ligne détériorée qu'il m'entend à peine.

— Quoi ? Sarah ?

— Il fera nuit, non ? Angus ?

— C'est la pleine lune, répond-il.

Du moins, c'est ce qu'il me semble.

La communication s'interrompt dans une tempête de parasites. Je consulte ma montre : onze heures. Dans six heures, je rejoindrai mon mari à Ornsay, et lui annoncerai que nous nous sommes trompés : Kirstie est morte, Lydia est vivante. Comment va-t-il réagir ? Me croira-t-il seulement ?

Je sors de la cuisine, fais quelques pas sur le dallage fendillé et me tourne vers l'est, où se dresse la tour crayeuse du phare, derrière laquelle se déploient la mer et les montagnes enneigées de Knoydart. Cette vue – la seule existence du phare – me procure réconfort et apaisement. C'est un fanal altier, inébranlable, qui envoie son signal lumineux toutes les neuf secondes la nuit, comme pour faire savoir au monde entier : « Nous sommes là. Angus, Sarah et *Lydia* Moorcroft. Nous trois. »

Un peu plus loin, Lydia, chaussée de ses nouvelles bottes bleues en caoutchouc, explore les flaques à la recherche de petits poissons et d'oursins. Cela me semble si facile de l'appeler Lydia… Elle est Lydia. Lydia est revenue, Kirstie est partie. Je dois faire mon deuil pour la seconde fois, et en même temps j'éprouve une sorte de jubilation coupable. Lydia est ressuscitée de ses cendres. Celle de mes filles qui aime se promener parmi les rochers et observer la faune aquatique est de nouveau en vie.

Elle s'aperçoit soudain de ma présence et s'élance sur la pente herbeuse pour me faire admirer les coquillages qu'elle a ramassés.

— Ils sont ravissants, ma chérie.

— Je pourrai les montrer à papa ?

— Bien sûr, Lydia. Bien sûr.

Les coquillages sont mouillés, pleins de sable, sillonnés de stries bleues qui virent au jaune et au beige à l'extrémité. Je les lave sous le jet crachotant du robinet, puis les lui rends.

— Range-les, ma puce. Papa rentrera ce soir.

Après avoir troqué ses bottes contre des tennis, elle se dirige joyeusement vers sa chambre. Dans la maison silencieuse, je prépare de la soupe pour éviter de penser. Nous mangeons beaucoup de soupe, c'est facile à réchauffer ; je peux la congeler et la mettre au micro-ondes quand la seule perspective de mitonner des plats plus élaborés dans cette cuisine cauchemardesque suffit à me décourager.

Le temps passe sans heurts. Il est maintenant seize heures trente, et la nuit tombe déjà lorsque je vais dire à Lydia de se préparer pour aller chercher son père au Selkie.

Postée au milieu de sa chambre lugubre, en leggings et tennis roses dont le talon s'orne de minuscules lumières clignotantes, elle secoue obstinément la tête.

— Pourquoi ? Papa a envie de te voir, ma puce.

— Non, je veux pas y aller.

— Oh, Lydie-lo… Pourquoi ?

— Je veux pas, je veux pas. Pas maintenant.

— Mais enfin, Lydia, je ne peux pas te laisser toute seule !

Une nouvelle fois, je m'étonne de la facilité avec laquelle j'ai renoncé à l'appeler Kirstie. Peut-être que, à un niveau inconscient, j'ai toujours su que c'était Lydia ?

Elle secoue la tête de plus belle.

— Si. Ça m'est égal !

Je n'ai pas envie de me disputer avec elle cet après-midi ; je suis déjà assez angoissée comme ça à l'idée d'affronter Angus. Et puis, du moment qu'elle ne va pas dehors, que risque-t-elle ? C'est une île. La mer s'est retirée. Je serai absente trente minutes au maximum. Elle a sept ans, elle peut rester toute seule à la maison. Ici, il n'y a pas de balcons.

— Bon, viens là. Tu me promets que tu ne sortiras pas de ta chambre ? Promis juré ?

— Oui.

Je la serre contre moi, avant de boutonner son gilet bleu. Je dépose un baiser sur ses cheveux qui sentent bon le shampooing, et elle va docilement s'asseoir sur son lit.

Les ombres du soir cernent l'île. À la lueur de ma torche électrique, je descends jusqu'à la plage près du phare, où je détache le dinghy pour le traîner jusqu'au bord de l'eau. En jetant un coup d'œil à l'ancre, j'ai l'impression de voir un petit corps dont je compte me débarrasser au large, dans le secret du Sound.

Angus avait raison, semble-t-il : la nuit est claire, calme, et je n'ai même pas besoin de la torche pour me repérer. La lune, ronde et brillante, pare de reflets laiteux la surface de la mer.

J'aperçois Angus de loin : il m'attend sur le quai. Les lumières du pub l'éclairent par-derrière. Il porte un jean noir et un pull à col en V sur une chemise à carreaux : une tenue qui est un bon compromis entre une existence d'îlien et un travail d'architecte. Il est souriant, apparemment plein d'entrain – sans doute heureux d'avoir repris le collier après des mois d'inactivité.

— Eh ! Salut, jolie batelière ! Pile à l'heure.

Il dévale les marches, saute dans le dinghy et m'embrasse. Il sent le whisky, mais pas trop. Peut-être s'est-il accordé un verre au Selkie pour se réchauffer.

— Comment va Kirstie ?

— Elle, hum… elle est…

— Quoi ?

— Non, rien.

Le canot fend les eaux noires et glaciales. Sur Salmadair, la grande maison vide du milliardaire est plongée dans l'obscurité. Des légions de sapins montent la garde tout autour.

Parvenus sur l'île, nous hissons le bateau au sec, au-dessus des dépôts de varech. La lune nous guide jusqu'au cottage. Lydia, qui nous a entendus arriver, se précipite hors de sa chambre et offre à son père les coquillages qu'elle a trouvés. Il les rassemble dans ses grandes mains et déclare :

— Merci, ma chérie. Ils sont magnifiques, vraiment.

Il se penche pour déposer un baiser sur son petit front pâle. Ravie, elle retourne dans sa chambre en sautillant, sans un regard pour la peinture murale qui représente une femme en tenue traditionnelle d'un clan écossais.

Angus s'assoit à table pendant que je prépare le thé. Il reste silencieux, comme s'il attendait que je lui annonce une nouvelle. A-t-il des soupçons ? Non, sûrement pas.

Le plus calmement possible, je tire une chaise, puis m'installe en face de lui.

— J'ai quelque chose à te dire.

— Bien.

Après avoir pris une profonde inspiration, je poursuis :

— Ce n'est pas Lydia qui est tombée du balcon, c'est… c'était Kirstie. On s'est trompés, Angus. On a… on a commis une terrible erreur. C'est Lydia qui est avec nous aujourd'hui.

Silence. Les yeux fixés sur moi, Angus avale une gorgée de thé. Sans ciller. Je le devine néanmoins vigilant, aux aguets, tel un prédateur.

Je me sens soudain en danger, menacée, comme le jour où j'étais dans le grenier. Mon bégaiement de jeunesse me reprend brièvement.

— Je… j'ai… j'ai…

— Sarah ? Ralentis.

L'air fermé, il me jette un bref coup d'œil.

— Dis-moi.

Cette fois, je débite d'un trait :

— J'ai éteint la lumière dans sa chambre, pour la faire crier.

— Quoi ?

— Elles avaient toutes les deux peur du noir, tu te rappelles ? Souviens-toi de la panne d'électricité, quand elles ont braillé, chacune à sa façon… J'ai voulu la mettre dans les mêmes conditions, et je l'ai plongée dans l'obscurité. Oui, je sais, c'était horrible de ma part, mais…

Assaillie par la culpabilité, j'essaie de me justifier.

— Ce n'était pas quelque chose qu'elle pouvait feindre, tu comprends ? Ce cri, c'était un réflexe de panique, et elle a hurlé comme Lydia. Alors c'est Lydia. Forcément.

Il boit de nouveau son thé, en silence. J'aurais préféré qu'il réagisse, d'une manière ou d'une autre. Ou même qu'il s'emporte.

Or, je n'ai droit qu'à un regard indéchiffrable.

— C'est tout ? dit-il enfin. Un cri ? C'est le seul élément sur lequel tu te fondes ?

— Oh, non ! Il y en a beaucoup d'autres !

— Ah oui ? Lesquels ?

Angus tient son mug à deux mains, et le porte à ses lèvres sans me quitter des yeux.

— Vas-y, Sarah. Je t'écoute.

Il a le droit de savoir, bien sûr, alors je déverse tout. Je me libère des mensonges et des faux-fuyants, me raccroche à la vérité comme à une planche de salut. Je lui parle du comportement du chien, des observations de l'institutrice sur le travail scolaire de notre fille, du changement d'amis, du caprice à l'école, de ses bizarreries, de son insistance pour que je l'appelle Lydia. Je lui raconte mon expédition à Glasgow, lui avoue que j'ai été troublée pendant un temps après mon entrevue avec le Dr Kellaway, puis que les doutes sont revenus. En force.

Pour conclure, je réaffirme :

— C'est Lydia.

Je vois la mâchoire de Gus se crisper sous sa barbe naissante, et je m'empresse d'ajouter :

— On… je… on a fait une erreur, à cause de ces quelques mots, après l'accident. Je ne me suis pas interrogée sur le moment, mais peut-être que Lydia s'est embrouillée, sous le choc. Les filles n'arrêtaient pas d'échanger leurs identités, à l'époque, pour s'amuser ; elles voulaient toujours qu'on les habille et qu'on les coiffe pareil. Et puis, qui sait s'il n'y a pas eu une sorte de communion d'esprit entre elles quand Kirstie était à l'hôpital ? Elles étaient si proches…

Si Angus reste muet, il n'en serre pas moins son mug avec force, au point que ses jointures blanchissent. Comme s'il se retenait de me l'envoyer à la figure. La colère gronde en lui, elle risque à tout moment d'exploser. J'ai peur sans avoir peur. Angus va me frapper, parce que je tente de le convaincre que sa fille préférée est morte et que la mienne est ressuscitée.

Tant pis. Je dois énoncer les faits.

— C'est Lydia qui est dans cette chambre, Gus. On a incinéré Kirstie.

Cette fois, il réagit. Il vide son mug, puis le repose sur la table tachée et poussiéreuse. Derrière la fenêtre, la lune blafarde me semble horrifiée.

Enfin, il déclare :

— Je sais.

La stupeur me prive de l'usage de la parole.

Devant mon air sidéré, il se contente de hausser les épaules. Mais la tension contracte ses muscles.

— En fait, je le sais déjà depuis un bon moment.

Je suis abasourdie. Il pousse un profond soupir.

— Il va falloir qu'on fasse modifier le certificat de décès.

Impossible de sortir de mon silence.

Il se lève et se dirige vers la cuisine où, un instant plus tard, je l'entends entrechoquer des casseroles et des assiettes dans l'évier. Beany entre dans la salle à manger, puis s'arrête et me regarde. Ses griffes cliquettent sur le dallage. Il nous faudrait au moins un tapis. Toutes les surfaces ici sont nues, froides et dures.

J'ignore comment je trouve l'énergie de me lever à mon tour. Je rejoins mon mari à la cuisine, où il lave les mugs sous le jet d'eau craché par le robinet dans le grand évier en céramique. L'eau jaillit par brusques saccades. De ses doigts épais, Angus frotte les mugs encore et encore. Compulsivement.

— Josh et Molly nous ont invités à dîner jeudi prochain, annonce-t-il. Ils reçoivent des amis de Londres, il y a un mariage à Kinloch.

— Angus…

— Ah, et j'ai aussi appris une bonne nouvelle au Selkie : les télécoms envisagent d'installer une antenne-relais à la sortie de Duisdale. On recevra peut-être enfin un signal correct, ce qui nous évitera d'avoir à grimper au sommet de cette satanée colline pour…

— Gus !

Il me tourne toujours le dos, le regard rivé sur la fenêtre sombre, d'où l'on aperçoit le continent au-delà des vasières, et le sommet des montagnes chauves derrière le Selkie – une ligne d'horizon bleu foncé sur fond de ciel d'encre parsemé d'étoiles.

Mais je distingue son reflet dans la vitre. Il ne s'en rend pas compte. Et je vois la fureur convulser ses traits, déformer son beau visage.

Pourquoi ?

Quand il croise mon regard, la colère s'évanouit, effacée en un clin d'œil. Il met les mugs à sécher sur l'égouttoir et attrape un torchon pour s'essuyer soigneusement les mains.

Puis il reprend la parole :

— Il y a environ six mois…

Il marque une pause, abandonne le torchon sur le frigo et lève de nouveau les yeux vers moi.

— Lydia est venue me voir pour me dire ce qu'elle t'a dit : que Kirstie était morte. Qu'on s'était trompés. Que tu t'étais trompée. Qu'on s'était tous trompés.

Le chien, à la cuisine, gémit sans raison apparente. A-t-il senti la tension entre nous ? Angus lui jette un coup d'œil et hoche la tête.

— Moi aussi, j'ai remarqué qu'il se comportait différemment avec elle.

— Beany ? Tu…

— Alors, j'ai commencé à m'interroger, à me demander si elle ne disait pas la vérité. C'est pour ça que je suis allé chercher le jouet de Lydia.

— Elle te l'avait réclamé ?

— Non.

— Hein ? Alors, pourquoi…

— C'était un test, Sarah. Une expérience, comme celle dont tu viens de me parler.

Je laisse mon regard se perdre dans le vague. J'entends les rats dans la réserve. Pourquoi Beany ne les pourchasse-t-il pas ? Il est pitoyable, ce chien. Tout le temps morose, malheureux, effrayé.

— Un test ? Qu'est-ce que tu voulais savoir ?

— Comment notre fille réagissait devant ce jouet.

— Et ? Il a été concluant ?

— Oui. J'ai sorti le petit dragon en secret, sans qu'elle le sache. Je l'ai descendu du grenier et je l'ai placé dans sa chambre, au milieu de tous les autres jouets. Ensuite, je me suis caché pour l'observer.

— Tu l'as espionnée ?

— C'est ça. Dès qu'elle l'a vu, elle est allée le chercher. Elle l'a choisi, parmi tous les autres. Spontanément. Pour moi, c'était révélateur.

Je comprends mieux, maintenant. Sa démarche me paraît aussi rationnelle que gratifiante. C'est tout Angus, ça : logique, sensé, posé et en même temps créatif. Il est architecte, il a l'habitude de résoudre les problèmes. Devant la difficulté, il a imaginé un test subtil. Bien moins traumatisant que le mien.

— Donc, tu savais déjà depuis un moment, ou du moins tu soupçonnais que… Alors tu es d'accord avec moi ? Tu penses vraiment que c'est Lydia ?

Adossé à l'évier, les mains sur le rebord, Angus se penche en arrière. Y a-t-il du défi dans son attitude ? Ou du mépris ? À moins que je ne me fasse des idées ? Je nage en pleine confusion.

— Mais pourquoi tu ne m'en as pas parlé plus tôt, bon sang ?

— Je ne voulais pas te bouleverser, Sarah. Je n'étais sûr de rien.

— C'est tout ? C'est la seule raison ?

— Évidemment ! Qu'est-ce que j'aurais pu faire d'autre ? Tu n'étais pas encore remise de la mort de Lydia, et tu aurais voulu que je te dise un jour : « Oh, au fait, tu t'es trompée de fille le soir de l'accident ? » Bon sang, Sarah… Ça t'aurait enfoncée encore plus.

Son expression change, adoucie par l'ombre d'un sourire. Il secoue la tête, et il me semble voir ses yeux briller, comme s'il n'était pas loin des larmes. J'ai de la peine pour lui – j'en ai pour nous tous. C'est sûrement très dur aussi pour Angus ; après tout, il a dû faire face seul. Et aujourd'hui, me voilà en position d'accusatrice. Pendant des mois, il a été obligé de taire la terrible vérité. Il a perdu Kirstie quand il pensait avoir perdu Lydia.

— Alors, c'est Lydia ?

— Oui. Tout porte à le croire, et elle en semble convaincue. On n'a pas le choix. C'est Lydia, Sarah. Kirstie est morte. Voilà. C'est comme ça.

Il ravale son émotion, puis ouvre les bras, m'invitant à le rejoindre. Je sens mes réticences fondre comme neige au soleil ; j'en ai assez de cette hostilité latente entre nous. Il faut qu'on forme une famille, qu'on avance ensemble. Lydia Moorcroft et ses parents. Je traverse la pièce et, quand il me serre contre lui, je pose ma tête sur son épaule.

— Allez, dit-il. On va préparer le dîner, d'accord ? Un bon dîner en famille : toi, moi et Lydia. Et Beany, le chien qui ne sert à rien.

Je parviens à lâcher un petit rire, sans trop avoir à me forcer. Angus se charge ensuite d'allumer un feu dans le salon pendant que je fais chauffer de l'eau pour les pâtes. Un peu plus tard, il s'avance dans le couloir et appelle :

— Lydia ? Lydie-lo ?

Elle arrive en courant et l'enlace. C'est une scène tellement touchante ! Elle lui a passé ses bras autour de la taille, et il lui ébouriffe les cheveux, avant de lui déposer un baiser sur la tête en répétant :

— Lydia, ma petite Lydia.

Il l'appelle Lydia, je l'appelle Lydia, elle est persuadée d'être Lydia. Alors elle est Lydia. CQFD.

C'est si facile de changer d'identité !

Trop facile ?

On devrait marquer le coup. On ne peut pas continuer ainsi, à passer d'un prénom à l'autre, d'une identité à l'autre, comme si c'était anodin. Il faudrait prévoir une sorte de cérémonie solennelle, symbolique. Des funérailles, peut-être. Oui, sans doute. Ma fille Kirstie est morte, et il est nécessaire de le rappeler. De faire les choses dans les règles.

Ce sera cependant pour plus tard. Dans l'immédiat, je veux seulement que cette soirée soit une étape décisive, la conclusion d'une période troublée, une sorte de catharsis pour nous trois. Et c'est le cas, jusqu'au moment où, après le dîner, Angus s'attelle une fois de plus à la vaisselle, tandis que Lydia joue sur le tapis devant la cheminée où crépite un bon feu réconfortant.

Alors mon esprit revient en arrière. Me ramène à l'expression d'Angus devant la fenêtre, tout à l'heure. Il était furieux, en proie à une colère noire. Comme s'il m'en voulait d'avoir découvert un secret terrible. Mais lequel ?

Mon mari arpente le salon. Va s'accroupir devant la cheminée.

Je le regarde tisonner le feu, déplacer les bûches et les ré-agencer jusqu'à faire apparaître un sillon rougeoyant au milieu du bois noirci, à moitié consumé, et jaillir des étincelles dorées. Il a l'air tellement viril, ainsi… Un homme et un feu. J'aime cet aspect de lui : le grand brun ténébreux – un cliché sexy.

Pourtant, quelque chose dans ses déclarations me trouble. Il était prêt à entretenir la confusion Lydia-Kirstie juste pour m'épargner ? Est-ce logique ? Je sais bien que j'ai fait la même chose ; ce n'était cependant que pour quelques semaines, et de plus j'ai toujours eu l'intention de tout lui dire en temps utile. Alors, a-t-il choisi de se taire et de maintenir le *statu quo* parce qu'il préférait Kirstie ? Non, ça me semble trop bizarre, trop tordu.

Il s'assoit près de moi sur le canapé et me passe un bras autour des épaules. Voilà, c'est le moment tant attendu : nous trois – une famille –, bien au chaud dans notre cottage, désormais à moitié habitable. Les travaux de la salle de bains ont bien avancé, la moitié des murs sont repeints. La cuisine reste dans un état déplorable, mais elle est propre et utilisable. Et nous sommes là, avec notre chien, avec notre petite fille, par une belle nuit froide et claire, trouée à intervalles réguliers par la lumière du phare, qui lance son appel à tous les autres phares le long de cette côte solitaire : à Hyskeir et à Waternish, à Chanonry et à South Rona.

C'est exactement ce dont je rêvais les nuits où je contemplais, sur l'écran de mon ordinateur portable, les superbes photos d'Eilean Torran et du cottage en bord de mer : de ces moments en famille où tout serait pardonné ou oublié.

Pourtant, je dois me forcer à ne pas me dégager de l'étreinte d'Angus. Parce que je sens qu'il ne m'a pas tout dit. Il me cache toujours quelque chose – quelque chose de si terrible qu'il préfère me mentir. Qu'il me ment depuis des mois. Depuis quatorze mois, peut-être…

Mais peut-être ferais-je mieux de lâcher prise ?

Les flammes crépitent. Lydia joue. Notre chien mélancolique ronfle et rêve, le museau parcouru de tressaillements. Angus a ouvert un gros livre sur un architecte japonais qui construit des églises en béton. Tadao Ando. Je bois un peu de vin, puis émerge de ma torpeur en bâillant. J'ai encore du travail à faire avant d'aller au lit : je dois trier les affaires scolaires de Lydia.

Arrivée dans notre grande chambre, j'allume la lampe de chevet, qui n'éclaire pas beaucoup. Il y a un papier plié sur le lit. Un message ?

Mon cœur donne l'alarme. Des mots sont inscrits en grandes lettres enfantines sur la partie apparente :

« Pour maman. »

Mes doigts tremblent, sans que je sache pourquoi, quand je déplie la feuille pour lire. Et là, c'est tout mon corps qui se met à trembler.

« Maman. Elle est là, avec nous. Kirstie est là. »

12

Assis au salon, Angus regardait Sarah se préparer pour aller dîner chez les Freedland. Il y avait eu une époque où un tel moment aurait constitué un interlude sensuel : elle se serait détournée pour lui demander de l'aider à remonter la fermeture Éclair de sa robe, et il se serait empressé de lui rendre service, tout en semant des petits baisers délicats sur sa nuque, avant de la regarder appliquer des touches de parfum *ici* et *là*.

À présent, il devait prendre sur lui pour ne pas sortir de la pièce – au mieux. Combien de temps supporterait-il encore la situation ? *Sans compter que, désormais, il devait faire comme si Kirstie était Lydia.*

Sarah enfila ses escarpins. Elle était presque prête. Il contempla la ligne harmonieuse de ses épaules, révélées par sa robe décolletée dans le dos, quand elle se pencha pour ajuster ses collants. Les muscles jouaient sous sa peau satinée, qui accrochait la lumière. Il la désirait toujours, mais, aujourd'hui, cela ne rimait plus à rien.

Peut-être parviendrait-il à se convaincre, avec le temps, que Kirstie était Lydia ? Il pensait tout savoir – avoir tout compris –, et pourtant quelque chose lui échappait : Kirstie avait un comportement étrange ; de fait, elle se comportait comme Lydia. Quant au chien, il n'avait plus la même attitude envers elle. Et il voulait bien croire Sarah à propos du cri. Alors, était-il possible qu'il se soit trompé lui aussi ?

Non, c'était complètement idiot. Il se perdait dans des réflexions insensées. Dans un labyrinthe de miroirs obscurs.

— Tu peux aller chercher Lydia ?

Sarah s'était tournée vers lui pour poser la question.

— Angus ? Allô, la Terre ? Il faut qu'on finisse de préparer Lydia. Tu peux aller la chercher, s'il te plaît ?

Ses instructions étaient à la fois claires, précises et prudentes – des caractéristiques qui s'appliquaient maintenant à presque tout ce qu'elle disait. Lui, il entendait : *On sait que c'est un cauchemar, mais il faut faire avec. Sauvegarder les apparences.*

— O.K., j'y vais.

Il se dirigea vers la chambre de Kirstie. Non, de Lydia. Il fallait qu'il fasse comme si elle était Lydia – qu'il y croie, au moins pour le moment, afin de préserver la stabilité de sa famille. L'expérience se rapprochait de l'apprentissage d'une langue étrangère : il devait absolument se forcer à penser dans cette langue.

Il frappa à la porte, puis ouvrit.

Sa petite fille se tenait devant lui, tout empruntée dans sa robe d'été et ses sandales pailletées. Immobile au milieu de la pièce. Silencieuse et solitaire. Pourquoi ne disait-elle rien ? Son comportement le déroutait de plus en plus, et il sentit resurgir un début de panique. Le temps pressait ; il voulait la sauver de la folie, mais il ne savait pas comment.

— Est-ce qu'il y aura d'autres enfants, papa ? demanda-t-elle enfin.

— Peut-être, prétendit-il. Je crois que Gemma Conway en a.

— Gemma qui ?

— Conway. Elle te plaira, tu verras. Elle est un peu bizarre, on ne comprend pas toujours ce qu'elle dit, mais elle sait tout sur tout…

— Non, c'est pas possible, papa. Personne sait tout sur tout, sauf Dieu, et même Lui, je suis pas sûre qu'Il soit assez intelligent pour tout savoir.

Angus la dévisagea avec perplexité. C'était nouveau, ces allusions à Dieu. Où était-elle allée pêcher ça ? L'école de Klerdale avait beau être rattachée à l'Église d'Écosse, elle ne mettait pas spécialement l'accent sur l'enseignement religieux. Lydia s'était-elle fait de nouveaux camarades issus de familles pratiquantes ? Après tout, certaines parties des Hébrides étaient connues pour leur piété : on fermait encore les terrains de sport le jour du Seigneur, là-bas, sur l'île de Lewis.

Sauf que sa fille n'avait pas d'amis, se rappela-t-il. Elle le lui répétait tout le temps : « Personne veut jouer avec moi, papa. »

C'était un crève-cœur, chaque fois. Parce qu'il se doutait bien de la raison pour laquelle les autres ne voulaient pas jouer avec elle : ils la prenaient sûrement pour une folle. La fille dont la sœur morte était ressuscitée. Le monstre.

Et tout ça par la faute de sa mère. Comment pourrait-il jamais lui pardonner ? Il lui semblait qu'il s'évertuait à essayer de lui pardonner, encore et encore. Or, il n'avait pas le choix : s'il voulait mettre toutes les chances de leur côté, il devait aimer et absoudre Sarah.

Quand il éprouvait le plus souvent envers elle le contraire de l'amour.

— Bon, on y va.

Il cria dans le couloir :

— Sarah ? Sarah !

— Oui, oui, je suis prête.

Tous trois se retrouvèrent dans la cuisine. Angus prit la lampe torche pour les guider sur le chemin caillouteux jusqu'à la plage du phare, où ils embarquèrent. Après avoir éloigné le dinghy de la grève à l'aide d'une gaffe, Angus mit le cap sur le Selkie.

La nuit était froide, claire et dégagée ; les étoiles se reflétaient dans les eaux étales du chenal, dominées par les hauteurs de Knoydart, qui évoquaient une rangée de femmes voilées sur fond d'horizon violet foncé. Les lochs brillaient sous la lune.

Angus amarra le canot au quai du Selkie, où les gréements des autres bateaux tintaient comme pour les accueillir.

Ils effectuèrent en silence le court trajet en voiture jusqu'à la maison brillamment illuminée des Freedland. Chacun des membres de leur petite famille regardait dehors par une vitre différente, chacun contemplait son propre pan d'obscurité.

Angus avait envisagé de décliner l'invitation, compte tenu des troubles manifestés par leur fille et de son égarement grandissant – compte tenu de tout. Mais Sarah avait insisté pour y aller, en disant qu'ils devraient essayer de mener une vie normale. Malgré les problèmes avec lesquels ils se débattaient, ils seraient obligés de feindre de s'en sortir, comme s'il suffisait d'y mettre suffisamment de conviction pour que tout s'arrange d'un coup de baguette magique.

Et c'est ainsi qu'ils se retrouvèrent, en tenue de soirée londonienne, dans la grande maison angulaire des Freedland, où Molly trônait telle une reine au milieu de sa vaste cuisine, entourée de ses casseroles en cuivre hors de prix – Notre-Dame de l'Abondance, souriante près de l'Aga, devant des plateaux de canapés. Deux autres couples sirotaient un spritz à l'Aperol dans de jolis verres près de la table, environnés par des odeurs appétissantes qu'Angus huma avec nostalgie ; impossible de mitonner de bons petits plats sur Torran, dans leur semblant de cuisine.

— Ne vous attendez pas à des merveilles, ce n'est qu'un rôti de porc, s'excusa Molly en les débarrassant de leurs manteaux. Ce n'est pas ce soir que je décrocherai une étoile au Michelin, j'en ai peur !

Ils passèrent tous dans l'immense salon, dont les larges baies vitrées offraient des points de vue inestimables sur le Sound of Sleat. Des flûtes de pétillant furent distribuées à la ronde.

— J'ai enfin réussi à mettre la main sur un bon vin, confia Josh à Angus. Du Trentodoc Ferrari. Un excellent blanc de blanc italien, bien différent de cette cochonnerie de prosecco.

— Comment tu peux le savoir ? rétorqua Angus. T'as pas bu une goutte d'alcool depuis dix ans.

— Je le vois aux bulles. J'ai encore le droit de regarder les bulles !

Les uns et les autres échangèrent quelques plaisanteries un peu forcées. Puis, en bonne hôtesse, Molly se chargea de faire les présentations entre les couples : Gemma Conway, qu'Angus avait rencontrée une fois à Londres en compagnie de Josh, et son mari Charles (un riche marchand d'art londonien), ainsi qu'un couple d'Américains plus jeunes, Matt et Fulvia (riches eux aussi, venus de New York, travaillant dans la banque). Il n'y avait pas d'autres enfants. Les invités des Freedland étaient tous là pour le grand mariage chic qui aurait lieu à Kinloch – et auquel Sarah et lui n'étaient pas conviés, songea Angus.

Mais il s'en fichait complètement, de ce mariage ; tout ce qu'il voyait, c'était que sa fille se retrouvait seule, encore une fois. Pourquoi tous ces snobinards ridicules n'avaient-ils pas amené au moins un gosse pour jouer avec elle ? Il s'efforça de refouler son irritation, tandis que les adultes s'extasiaient poliment sur Lydia – une corvée fastidieuse qui leur prit environ trois minutes –, puis retournaient à leur verre de vin pétillant italien et à leurs conversations de grandes personnes.

Alors qu'elle se tenait dans son coin, muette et solitaire, avec Leopardy sous le bras, Angus dut résister au désir de se porter à sa rescousse, de lui épargner cette épreuve, et de repartir sur-le-champ avec elle sur Torran. Juste elle et lui. Sur l'île familiale. Eilean Torran.

Où était leur place. Où sa grand-mère avait vécu heureuse. Où il avait connu des moments de bonheur avec son frère quand ils étaient jeunes. Où il pourrait être heureux avec sa fille.

Il la regarda s'approcher de Sarah pour lui demander si elle pouvait monter au premier jouer à des jeux vidéo.

— Maman, s'il te plaît… Je peux prendre le téléphone de papa ? Il a mis « Angry Granny » dessus et tout…

— Je ne suis pas sûre que…

— Maman, s'il te plaît ! Je ferai pas de bruit, promis.

Sarah tourna la tête vers lui, mais Angus ignora sciemment le regard appuyé dont elle le gratifiait. Il n'avait pas l'intention de contrarier Lydia : elle risquait de s'ennuyer ici, avec eux, et de faire des siennes. Auquel cas, il préférait ne pas imaginer les conséquences.

Sa fille était tourmentée. Et il savait pourquoi.

— Oh, laisse-la monter si elle en a envie, chuchota-t-il à sa femme d'un ton cassant.

Elle hocha la tête et s'adressa à Molly, qui revenait de la cuisine, un sourire distrait aux lèvres, les joues rouges à force de s'activer pour les préparatifs. Celle-ci répondit avec un petit rire à la question de Sarah :

— Oh, bien sûr ! Pas de problème. C'est vraiment dommage qu'il n'y ait pas d'autres enfants pour jouer avec Kir… euh, je veux dire, avec Lydia…

Manifestement embarrassée, elle marqua une pause. Josh lui adressa un froncement de sourcils réprobateur ; ils étaient au courant depuis quelques jours de l'histoire Kirstie-Lydia, et, si elle était compréhensible, l'erreur de Molly n'en restait pas moins gênante. Par chance, les autres invités ne semblaient pas avoir perçu le malaise. Josh fut le premier à reprendre la parole.

— Non, vraiment, ce n'est pas faute d'essayer… Mais, vu le résultat, je me demande si on ne ferait pas mieux d'adopter des lamas !

Molly ponctua cette remarque d'un rire contraint, et les discussions repartirent. Des plaisanteries furent échangées. Le sujet du mariage fut abordé, puis chacun y alla de ses considérations sur le temps. Charles parla avec Sarah des prix de l'immobilier, de la valeur de Torran et des vacances aux Maldives, et les conversations se poursuivirent sur tous ces sujets petits-bourgeois qui emplissaient Angus d'un ressentiment muet.

Que savaient-ils de la vie, tous ces riches qui n'en avaient que pour leurs villas, leurs ventes aux enchères et leurs stock-options ? Ils n'avaient jamais à se soucier de rien. Qu'en avait-il à faire de tous ces bobos ? Sa grand-mère était une paysanne, sa mère une modeste enseignante et son père un docker porté sur la bouteille qui battait sa femme. Angus savait, lui. Pas eux.

Il but.

Et but encore. Et broya du noir. Serait-il capable de tenir toute la soirée ? Il mourait d'envie de partir, alors même que les convives s'attablaient pour déguster les langoustines que Molly avait servies avec une mayonnaise maison et du pain frais.

L'entrée se révéla délicieuse, pourtant son humeur s'assombrit encore. Il brûlait de le dire à voix haute : « Ma vie est un fiasco, elle part à vau-l'eau, une de mes filles est morte et l'autre est folle. Et parfois, je suis pris d'une envie terrible de faire du mal à ma femme, parce qu'elle veut organiser des obsèques pour une enfant qui est encore vivante. »

Il aurait voulu énoncer tout cela calmement, voir les visages se décomposer et les yeux s'agrandir d'horreur. Au lieu de quoi, il déclara :

— Il vaut mieux que les taux d'intérêt restent bas, évidemment.

— Oh, ils n'augmenteront pas ! Une nouvelle crise achèverait le pays, il y aurait des miséreux partout dans Pall Mall.

Le vin coulait à flots. Angus remarqua que Sarah buvait trop elle aussi – presque autant que lui.

— D'accord, encore un verre, mais c'est tout.

Et encore un. Et un autre.

Le plat principal était du cochon de lait – production locale – servi avec une excellente sauce aux quetsches, et en garniture un légume certainement très à la mode qu'il ne put identifier. À ce moment-là, la conversation s'orienta sur la mort, et sur les fantômes.

Pourquoi fallait-il qu'ils abordent un sujet pareil, bon sang ? Aussi tard dans la nuit ?

Angus attaqua son dixième verre. Au moment où il se demandait s'il avait les dents tachées par le tanin, Gemma Conway déclara :

— Chatwin a un avis intéressant sur la question : dans son ouvrage sur l'Australie, il affirme que notre peur des fantômes s'explique en fait par notre peur des prédateurs – celle d'être nous-mêmes une proie.

Molly posa sa fourchette.

— Je suis sûre d'avoir lu quelque part qu'il est possible de déclencher chez les hommes une peur semblable à celle inspirée par les fantômes, en les soumettant à un grondement subsonique. C'est un son inaudible, pareil à celui émis par les prédateurs pour terrifier leurs proies.

— Ah bon ?

— Oui. Apparemment, il n'est pas perceptible par l'oreille humaine, et pourtant il parvient à la conscience. Ce serait la source de la « terreur indicible » que les gens ressentent quand ils croient voir un fantôme.

Tiens donc, songea Angus, désabusé. Si t'avais été à ma place, ou à celle de ma fille, il y a six mois à Camden, tu saurais ce que c'est, la « terreur indicible » !

Il balaya du regard la tablée. Sarah, manifestement toujours nerveuse, buvait trop vite son vin. Silencieuse, bien sûr. Surgi de nulle part – du passé, peut-être, ou d'une partie de lui à laquelle il n'avait plus accès –, un soudain élan de compassion, un sentiment de solidarité, d'entraide, envahit Angus. Malgré tout ce qui les séparait, et Dieu sait que la distance était grande aujourd'hui, ils affrontaient ensemble ce cauchemar. Pour un peu, il lui aurait presque pardonné tout le reste, parce qu'elle était embarquée dans cette galère avec lui.

Sans compter qu'il l'avait aimée, autrefois. Passionnément.

Comment était-ce possible ? Comment pouvait-il encore nourrir de la tendresse pour Sarah, alors qu'il rêvait de la faire souffrir pour ce qu'elle leur avait infligé ? Peut-être qu'entre un homme et une femme qui ont eu un enfant ensemble il reste toujours, quoi qu'il arrive par la suite, un soupçon d'amour résiduel : même englouti, il est toujours là, comme une épave au fond de la mer.

Et quand on a partagé la mort d'un enfant, alors le lien ne se défait jamais. Or, cette expérience traumatisante, ils l'avaient vécue par deux fois, et aujourd'hui ils avaient ressuscité leur autre enfant. Sarah et lui, les pilleurs de tombes… Les nécromanciens. Les sorciers capables de ramener les morts à la vie.

Il était ivre, ses idées s'embrouillaient, mais il s'en fichait.

Molly parlait toujours.

— Et c'est pour ça que les gens ont si peur dans les vieilles maisons, les caves, les églises… Tous les endroits où il y a de l'écho et de la résonance, où les vibrations de l'air ont le même effet subsonique que le grondement des prédateurs.

— C'est presque trop technique, comme explication. Pour les fantômes.

— Quelqu'un veut encore du vin ?

— Ce cochon de lait est vraiment succulent. Tu as fait des merveilles, Molly.

— On dit que les gens attaqués par des fauves entrent dans une sorte d'état second, de quiétude zen.

— Ah oui ? Et comment on peut le savoir, hein, s'ils ont été déchiquetés par des tigres ? Est-ce qu'on va les interroger au ciel ?

— Charles !

Gemma Conway assena une petite tape affectueuse sur le bras de son mari.

À cet instant, la New-Yorkaise prit la parole :

— Si cette théorie est exacte, alors la Bible serait comme le grondement de Dieu, qui menace tout le monde de mort !

— La voix tonitruante du Père tout-puissant… C'est vraiment du rioja que tu nous as servi, Josh ? Ce doit être un Gran Reserva, non ? Il est excellent.

— J'en reprendrais bien un peu, merci, dit Angus.

Il récupéra son verre plein, et en vida la moitié d'un trait.

— Est-ce une façon de nier l'existence de Dieu ? Si on la ramène à une peur de la prédation, de la mort ?

— Personnellement, j'ai toujours été d'avis que nous sommes faits pour croire, intervint Charles Conway. Après tout, les enfants croient par nature, ils sont instinctivement confiants. Quand mes gosses avaient six ans, ils avaient la foi. Aujourd'hui qu'ils sont adultes, ils sont devenus athées. C'est plutôt triste.

— Les enfants croient aussi au père Noël et au lapin de Pâques, rétorqua sa femme.

Il l'ignora.

— La vie exercerait donc une sorte d'effet semblable à celui de la corrosion ? L'âme pure et candide de l'enfant rouillerait avec le temps, serait en quelque sorte polluée par les années…

— T'as pas assez potassé Nietzsche, Charles. C'est ça, ton problème.

— Ah bon ? Je croyais que son problème, c'était la pornographie sur Internet ! intervint Josh.

Et tout le monde de s'esclaffer. Josh continua de se moquer de son vieil ami trop pontifiant, et Gemma

Conway plaça une pique sur les calories, mais Angus regardait toujours Charles en s'interrogeant sur le bien-fondé de ses propos. Si, la plupart du temps, le marchand d'art londonien faisait des commentaires bizarres ou énigmatiques que les autres convives ignoraient plus ou moins, il lui arrivait aussi de formuler des remarques qu'Angus avait terriblement envie d'approuver. Il se demandait si Charles avait conscience de l'effet qu'il produisait, quand celui-ci déclara soudain :

— L'idée de ma mort m'est intolérable, bien sûr, mais moins que celle de mes proches. Parce que je les aime. Je sais qu'une partie de moi va mourir avec eux. Vous voyez ? Alors, pour moi, tout amour est une forme de suicide.

Angus le dévisagea en portant son verre à ses lèvres. Il ne prêta qu'une oreille distraite à Josh, qui s'engageait dans un débat animé avec Gemma et Sarah à propos du rugby. S'il s'était écouté, il serait allé serrer la main de Charles en affirmant : « Oui, vous avez tout à fait raison, et les autres se trompent. Pourquoi vous ignorent-ils tous ? Ce que vous dites est tellement vrai… La mort de nos proches est bien plus terrible que la nôtre et, oui, l'amour est une forme de suicide : quand on aime vraiment, on se détruit soi-même, on rend les armes, on tue délibérément quelque chose en soi. »

— Je vais chercher Lydia, annonça soudain Sarah, qui se leva.

Tiré de ses réflexions, Angus s'essuya les lèvres.

— Bonne idée.

Il donna un coup de main pour débarrasser la table. Lorsqu'il revint à la salle à manger, chargé des plats pour le dessert – de la crème glacée au pain complet, accompagnée d'un caramel au beurre salé –, Lydia était là, avec sa mère, près des baies vitrées sombres qui donnaient sur le Sound.

— Est-ce qu'elle prendra de la glace ? demanda Molly.

Sarah effleura l'épaule de la fillette.

— De la glace, ma chérie ! Tu adores ça.

Angus se concentra sur Lydia. Elle n'avait pas l'air bien.

Elle regardait fixement les grandes fenêtres noires derrière lesquelles on distinguait la silhouette des pins et des aulnes, ainsi que la lune reflétée par les eaux. Mais les vitres réfléchissaient aussi la pièce illuminée : la table et les chaises, les œuvres d'art sur les murs, les adultes avec leur verre à la main. Et la petite fille dans sa jolie robe, debout près de sa mère.

Un terrible pressentiment l'envahit. Trop tard.

— Va-t'en ! hurla brusquement Lydia. Va-t'en, je te déteste !

Les poings levés, elle se rua vers la vitre, qui se fendilla et se brisa dans un fracas épouvantable. Puis il y eut du sang. Beaucoup de sang. Beaucoup trop.

13

Je vois la terreur sur le visage d'Angus, sur celui de Molly aussi, mais leur peur n'est rien en comparaison de la mienne. J'ai le sentiment d'être déjà passée par là. Dans le Devon.

Lydia hurle de nouveau. Elle s'est dégagée de la vitre brisée et lève haut ses mains rouges de sang, pareille à un chirurgien attendant qu'on lui enfile ses gants.

Angus et moi nous approchons doucement d'elle, avec autant de précautions que s'il s'agissait d'un petit animal sauvage et craintif, car elle recule à mesure que nous avançons. Ses yeux fixés sur moi sont agrandis par l'inquiétude. Comme si elle avait peur d'elle-même.

J'entends Josh derrière moi, qui appelle les secours.

— Oui, Maxwell Lodge, à Ornsay, à environ huit cents mètres du Selkie, près de la chapelle. Oui, s'il vous plaît, c'est urgent.

Nous nous adressons à notre fille :

— Lydia…

— Lydie…

Elle ne dit rien. Rigide, en contemplation devant ses mains blessées, elle continue de reculer. Son silence est presque aussi terrifiant que la vue du sang sur ses doigts.

— Oh, Seigneur…
— Lydia…
— Josh, appelle les secours !
— C'est fait, ils arrivent, je…
— Lydia, ma puce, Lydie…
— Va chercher de l'eau, Molly. Et des bandes. Molly !
— Lydia, ça va aller. Ne t'inquiète pas, ça va aller. Reste tranquille, laisse-moi…
— Mamaaaaaaan ! Qu'est-ce qui m'est arrivé ?

Lydia recule toujours. Le sang dégouline le long de ses avant-bras jusqu'à ses coudes et goutte sur le parquet ciré.

— Lydia ? S'il te plaît…

Molly nous apporte une bassine d'eau, des mouchoirs en papier et des gants de toilette. Une nouvelle fois Angus et moi faisons une tentative d'approche – à genoux, les bras tendus vers elle –, mais Lydia se dérobe encore. S'est-elle sectionné une artère ?

Je sens un objet pointu s'enfoncer dans mon genou. Un bout de verre.

Au moment où je me relève, Angus s'élance vers elle, l'attrape par les épaules et la plaque contre son torse. Elle est trop choquée pour tenter de lui échapper.

— Lave-lui les mains ! me crie-t-il. Il faut qu'on voie si c'est grave.
— Josh…
— L'ambulance arrive. Elle sera là dans dix minutes.
— Oh, mon bébé. Là, ça va aller, mon bébé.

Angus la berce doucement, d'arrière en avant, en répétant « Chut, chut, chut » pour la réconforter, tandis que j'entreprends de la nettoyer. Je trempe un gant de toilette dans la bassine apportée par Molly, puis commence à lui tamponner les doigts. Dans l'eau, son sang forme de fines volutes rouges. À mon grand soulagement, je me rends compte que ses blessures sont assez superficielles ; elle a de nombreuses coupures sur les paumes et sur les jointures, mais elles ne me paraissent pas trop profondes.

En attendant, elle perd beaucoup de sang. Les mouchoirs en papier rougis s'accumulent. Molly les emporte comme une infirmière empressée.

— Oh, mon Dieu, murmure Angus en serrant Lydia contre lui. Mon Dieu…

Molly remplace les mouchoirs en papier par des lingettes, des tubes de crème, des bandes de gaze.

— Eh, dis-je. Lydia, ma chérie… Regarde-moi.

Elle a l'air si jeune ainsi, entre les bras de son père, dans sa robe imprimée de papillons dont les contours sont rehaussés de paillettes roses – si jeune, et si démunie… Ses chaussettes blanches et ses sandales rose clair sont tachées de sang, et il y en a une goutte sur son genou.

Que puis-je faire ? Je sais qu'elle est malheureuse, et qu'à son âge elle ne devrait pas l'être. Je n'ai pas oublié le message trouvé sur notre lit. « Kirstie est là. » Pourquoi a-t-elle écrit ça ? Quels tourments hantent son esprit ? Quels sont les doutes et les angoisses qui la minent ? Tandis que je tamponne ses doigts menus, le chagrin en moi le dispute à l'appréhension et à la culpabilité.

Je finis par reprendre la parole :

— Lydia, ma chérie… qu'est-ce qui s'est passé ? Explique-moi.

Je le sais déjà, ce qui s'est passé. Du moins, je suis à même de le deviner : dans le reflet que lui renvoyait cette fenêtre, c'est l'image de sa sœur qu'elle a vue.

Cette confusion d'identité l'entraîne en des lieux de plus en plus sombres.

Assise sur les genoux de son père, elle se serre plus fort contre lui et secoue la tête. Angus lui caresse les cheveux avec douceur et tendresse.

— Rien, répond-elle en détournant les yeux.

Quand je fais disparaître les dernières traces de sang sur sa peau, je m'aperçois que mes mains tremblent. J'ai vraiment cru qu'elle s'était ouvert les veines après avoir cédé à une terrible pulsion suicidaire. Ou par peur du fantôme en elle – le fantôme qu'elle est devenue.

— Lydia ? Pourquoi as-tu cassé cette vitre ?

Angus me foudroie du regard.

— On n'a pas besoin de l'interroger maintenant, bonté divine ! Pas ici, pas tout de suite.

J'ignore son intervention. Que m'importe son avis ? Lui n'était pas là, dans le Devon, lors de cette soirée ; il n'a pas connu les affres de cette terreur qui m'a saisie en entendant le cri de notre fille.

— Dis-moi, mon cœur : qu'est-ce qui clochait, avec cette fenêtre ? Est-ce qu'elle était comme un miroir ?

Lydia prend une profonde inspiration, étreint son père encore une fois, puis s'assied toute droite et me laisse achever de nettoyer ses plaies.

Elle aura besoin de pansements et de bandes, peut-être aussi de points de suture. Mais avant tout, elle a besoin d'amour, de calme et de paix. Il faut à tout prix qu'on parvienne à la sortir de ce cauchemar. Malheureusement, j'ignore comment.

Molly, à quatre pattes, ramasse les éclats de verre à l'aide d'une pelle et d'une balayette. Cette vision m'arrache une petite grimace.

— Je suis désolée, Molly, dis-je.

— Je t'en prie…

Elle m'offre un sourire apitoyé qui me met encore plus mal à l'aise.

— Tu n'as pas à t'excuser, Sarah.

Je me tourne vers ma fille. Je veux savoir.

— Lydia ?

Les yeux écarquillés, elle contemple la vitre brisée : le trou noir à la bordure déchiquetée, hérissée de pointes de verre. Puis elle reporte son attention sur moi et déclare d'une voix tremblante :

— C'était Kirstie, maman. Elle était là, dans la fenêtre. Je l'ai vue, mais c'était pas comme la dernière fois, pas du tout. Cette fois, elle disait des choses, des choses affreuses, et j'avais peur, maman, mais je… je… je…

— Doucement, intervient Angus. Ralentis, Culbuto.

Je tourne la tête vers lui, interloquée.

« Culbuto », c'était le surnom qu'il donnait à Kirstie, parce que c'était la plus téméraire des deux – sa préférée –, le garçon manqué qui grimpait aux arbres et partageait toutes sortes d'aventures avec papa, sans jamais tomber.

Angus câline Lydia, l'embrasse et l'appelle « Culbuto », comme il le faisait avec Kirstie. Pourquoi ? Pense-t-il toujours que c'est Kirstie ? Sait-il quelque chose que j'ignore, ou sa réaction est-elle à mettre sur le compte du choc ?

— Tu n'es pas obligée de nous parler, ma puce, dit-il.

— Si, je veux, réplique-t-elle, les yeux fixés sur moi. Maman ?

Elle me tend les bras. Je la prends contre moi, et nous nous asseyons ensemble, mère et fille, sur le beau tapis turc. Après avoir respiré plus calmement quelques secondes, elle raconte :

— Kirstie était aussi dans la fenêtre à l'étage, et j'ai pas pu l'arrêter. Chaque fois que je regardais, elle était là. Chaque fois. Elle est morte, mais elle est dans le miroir à la maison, et tout à l'heure elle était ici, et elle a commencé à dire des choses horribles, maman. Alors j'ai eu peur. J'ai peur d'elle, maman, tu dois la faire partir. S'il te plaît, fais-la partir. Elle est sur l'île, elle est à l'école, et maintenant elle est partout.

— D'accord.

Je lui caresse les cheveux à mon tour pour l'apaiser.

— D'accord, ma chérie.

Josh reparaît à la porte. Pâle, l'air hagard.

— L'ambulance est là.

Nous aurions probablement pu nous en passer. Quoi qu'il en soit, nous n'avons pas besoin de foncer jusqu'à Portree toutes sirènes hurlantes. Nous portons néanmoins Lydia jusqu'au véhicule garé devant la maison, et nous y grimpons tous les trois tandis que Josh, Molly et leurs invités nous disent au revoir, sans doute soulagés de nous voir partir. Ne reste plus que nous – la petite famille affligée –, qui roulons dans les rues enténébrées de Skye en compagnie d'un urgentiste silencieux. Angus et moi n'échangeons pas un mot.

Lydia est allongée sur la civière, les mains enveloppées de bandes. Elle est inerte et triste, à présent. Passive. Inexpressive. L'ambulance accélère. Je ne sais pas quoi dire, sans doute parce qu'il n'y a rien à dire. En arrivant à Portree, avec ses ronds-points, sa circulation, ses deux supermarchés et son poste de police, j'éprouve brusquement la nostalgie de Londres. Pour la première fois.

Aux urgences de l'hôpital tout neuf de Portree, un médecin s'occupe de recoudre délicatement les blessures de Lydia, puis de lui appliquer des crèmes antiseptiques et apaisantes, tandis que les infirmières nous expriment leur compassion d'une voix teintée de l'accent chantant des Hébrides, et durant tout ce temps Angus et moi nous regardons en silence.

Le chauffeur de l'ambulance nous ramène ensuite à Ornsay pour nous rendre service, nous évitant ainsi d'avoir à payer un taxi jusqu'au Selkie. Mon mari et moi avons évidemment trop bu pour conduire. Nous n'avions que quelques centaines de mètres à parcourir du pub à la maison des Freedland, aussi n'avons-nous pas pris la peine de rester sobres, ni l'un ni l'autre. Je me sens accablée ; la honte liée à notre état d'ébriété s'ajoute désormais à la honte suscitée par tout le reste. Nous sommes un couple indigne. Des monstres. Les pires parents du monde. Nous avons perdu une de nos filles dans un accident, et aujourd'hui nous sommes en train de perdre l'autre.

Nous méritons ce qui nous arrive.

Angus fait démarrer le bateau, et nous fendons les eaux noires jusqu'à Torran. Je mets Lydia au lit, puis nous allons nous-mêmes nous coucher dans le lit de l'Amiral. Quand Angus tente de m'enlacer, je le repousse. Je veux rester seule avec mes pensées. Il l'a appelée « Culbuto ». Je ne sais pas comment l'interpréter.

Cette nuit-là, je fais un rêve : je suis dans la cuisine, où on me coupe les cheveux, et quand je me regarde dans le miroir, je me rends compte que j'ai le crâne rasé. Ensuite, je baisse les yeux, pour m'apercevoir que je suis nue et que des gens m'observent à travers les fenêtres sombres. Je ne les connais pas, pourtant ils me dévisagent, et soudain je sens sur mes lèvres un baiser froid. Je me réveille excitée, les mains entre les cuisses. Il est quatre heures du matin.

Mais, lorsque je repose ma tête sur l'oreiller, je suis aussitôt assaillie par le remords et l'embarras, comme si ce rêve avait remué la vase au fond de mon esprit. Que voulait-il dire ? Est-ce la culpabilité engendrée par ma liaison qui refait surface, après toutes ces années ? Ou celle qui me torture à l'idée de ne pas avoir été là – de ne pas avoir été une bonne mère – quand ma fille est tombée ?

Angus ronfle, oublieux de tout. La lune brille derrière la fenêtre, dominant le Sound of Sleat, les pins de Camuscross et les yachts blancs dépouillés de leur gréement en prévision de l'hiver.

Ce matin-là, nous ne faisons rien. Lydia ne va évidemment pas à l'école, et le regard qu'elle pose sur ses mains bandées est voilé de tristesse. Quant à Angus, il semble heureux de rester à la maison pour s'occuper de sa fille. Nous buvons du thé et du jus de fruits, puis Lydia me rejoint à la fenêtre, d'où nous observons un phoque solitaire qui pousse son cri sur un rocher à Salmadair. De loin, il paraît atrophié – une créature privée de membres.

Je vais ensuite étendre ma lessive sur la corde à linge. La journée est froide, mais ensoleillée et venteuse. Je contemple les eaux autour de moi : le loch Alsh, le loch Hourn et le loch na Dal, et aussi toutes ces rivières et tous ces estuaires que le soleil hivernal fait brièvement miroiter lorsque les nuages s'écartent. Si les lochs paraissent glacials, leur surface est étale aujourd'hui.

Un grand navire bleu vogue au large. Je l'ai déjà vu, c'est l'*Atlantis,* un de ces bateaux pour touristes à fond transparent, qui, partis de Kyle, révèlent aux passagers ce qui se cache sous la surface : les forêts de varech ondoyant au gré des courants comme des danseurs ensorcelés ; les algues vert foncé, les requins, les méduses violettes se propulsant par contractions, traînant mélancoliquement derrière elles leurs filaments.

Certaines sont urticantes, ce que je trouve injuste, d'une certaine façon. Pourquoi faut-il que ces mers septentrionales recèlent des dangers dignes des tropiques ?

Après avoir mis à sécher les dernières chemises, ainsi que la robe et les chaussettes blanches de Lydia désormais débarrassées de toute trace de sang, je jette un ultime coup d'œil au bateau et rentre dans le cottage.

Angus a pris Lydia sur ses genoux pour lui lire les albums de Charlie et Lola, comme il le faisait avec les deux sœurs quand elles étaient petites. Je les regarde. Ces ouvrages ne sont plus de son âge, et elle me paraît soudain un peu trop vieille pour être assise ainsi sur les genoux de papa. J'oublie qu'elle grandit, malgré toutes ces horreurs. Angus a toujours adoré prendre Kirstie sur ses genoux.

Mais peut-être cette attitude régressive les réconforte-t-elle tous les deux. Je baisse les yeux. L'album par terre s'intitule : *Moi j'aime pas les tomates !* L'autre, celui dans lequel ils sont plongés, c'est : *Légèrement invisible.*

Je me souviens de ce dernier. Je crois qu'il parle de Soren Lorensen, l'ami invisible et imaginaire de Lola. Il apparaît dans les livres comme un fantôme, une silhouette grise à peine esquissée.

C'est Kirstie qui aimait les histoires avec Soren Lorensen, l'ami imaginaire de Lola.

Je repense au message posé sur notre lit. Je ne l'ai pas oublié, malgré les frayeurs que nous avons eues depuis. C'est ma fille qui l'a laissé là. Forcément. Personne d'autre n'aurait pu l'écrire, à moins qu'Angus ne se soit mis en tête de me torturer. Et même si c'était le cas – et je ne vois vraiment pas pourquoi il aurait fait une chose pareille –, jamais il n'aurait pu imiter aussi précisément cette écriture.

Lydia et Kirstie avaient la même, bien sûr. Alors c'est Lydia qui a rédigé ces mots. Aucun doute.

Que dois-je faire ? L'attraper par les épaules et la secouer comme un prunier jusqu'à ce qu'elle avoue ? Mais pourquoi la tourmenter encore, quand presque tout est notre faute ? Nous l'avons appelée Kirstie pendant plus d'un an, parce que nous avons commis une erreur inimaginable, et par conséquent elle ne doit plus savoir où elle en est.

Le remords m'étouffe. Il faut que j'aille prendre l'air, pour échapper à cette sensation oppressante.

— Je vais faire un tour en dinghy, dis-je à Angus.

Il hausse les épaules.

— O.K.

— J'ai besoin de sortir.

Son sourire manque de chaleur.

— Je comprends.

La tension entre nous est toujours là. Elle a beau être atténuée par l'accident de la veille – nous sommes trop épuisés pour relancer les hostilités –, j'ai conscience qu'elle n'a pas disparu.

— J'irai faire quelques courses à Broadford.

— Si tu veux.

Il ne me regarde même pas, il aide Lydia qui, avec ses mains bandées, a du mal à tourner les pages.

Le cœur serré, je descends jusqu'au bateau et, quelques minutes plus tard, je l'amarre au quai du Selkie. Puis je marche jusqu'à la maison des Freedland, récupère notre voiture et roule sur huit ou dix kilomètres à travers la péninsule de Sleat jusqu'à Tokavaig. Je veux voir la célèbre vue des Cuillins qu'offre le loch Eisort.

Le vent vif et frais tente de rabattre ma portière quand je l'ouvre. Après avoir remonté la fermeture Éclair de mon anorak North Face, j'enfonce les mains dans mes poches et m'avance sur la grève. J'admire le paysage tout en réfléchissant.

La lumière est encore plus fascinante qu'à Torran. Sans être aussi belle, elle est beaucoup plus changeante : des voiles de pluie et de brume dissimulent pudiquement les hauts sommets, parfois transpercés par des rais de soleil qui les inondent d'une lumière dorée.

Les Black Cuillins évoquent des silhouettes rigides et sévères – une rangée d'inquisiteurs coiffés d'une capuche noire. Leurs pics pointus déchirent les gros nuages, qui se vident de leur fardeau de pluie. Pourtant, ceux-ci se reforment sans cesse, en un mouvement incessant qui ne semble obéir à aucune logique.

Il doit bien y en avoir une, pourtant. Et si je regarde suffisamment longtemps les Black Cuillins, par-delà les eaux d'Eisort, je finirai par la saisir.

Angus aimait Kirstie. Mais il a fait quelque chose qui l'a bouleversée. Il l'aimait. Alors pourquoi a-t-elle eu peur de lui ?

La logique à l'œuvre… Je dois pouvoir la mettre au jour si je me concentre suffisamment. Ensuite, je comprendrai tout.

Nous n'avons toujours pas choisi l'église pour les obsèques de Kirstie.

14

Les jours se succèdent et se fondent les uns dans les autres, comme les nuages au-dessus de Sgurr Alasdair. Angus s'absente pour son travail une partie de la semaine ; j'essaie de trouver des articles en free-lance. Je reçois des e-mails de psychothérapeutes londoniens qui veulent savoir comment je surmonte la mort de mon enfant. Ces considérations me paraissent presque déplacées par rapport à ce qui arrive en ce moment même à notre autre fille.

Lydia doit retourner à l'école, sinon nous ne pourrons jamais faire notre vie à Torran. Mais elle n'y tient pas, de toute évidence, et ses mains bandées lui fournissent le prétexte dont elle a besoin pour rester à la maison. Néanmoins, quand nous lui enlevons définitivement les bandes un soir, lors d'un moment empreint de solennité, je décide, avec le soutien d'Angus, qu'elle doit faire une nouvelle tentative à Klerdale.

Le lendemain matin, nous prenons donc le bateau en famille jusqu'au Selkie. Lydia, perdue dans son uniforme trop grand et affublée de ses horribles chaussures, paraît malheureuse et pleine d'appréhension. Elle me lance des regards intimidés sous la capuche rose de son anorak.

Sur le quai, Angus m'embrasse puis monte dans la voiture de Josh, qui doit le déposer à Portree.

Je l'envie : la perspective d'aller travailler le rend heureux, apparemment. Lui au moins, il a l'occasion de quitter l'île, de sortir de Sleat et de rencontrer des gens…

L'esprit encombré par des pensées moroses, je conduis Lydia à l'école. La matinée est douce, il ne tombe qu'un léger crachin. À peine descendus de voiture, tous les enfants se pressent à l'entrée de l'établissement, se bousculant joyeusement dans leur impatience de gagner leur classe. Tous sauf ma fille, qui marche à tout petits pas vers la porte vitrée. Je ne vais quand même pas la porter !

— Allez, Lydia, dépêche-toi.

— Je veux pas y aller.

— Je suis sûre que ça se passera mieux aujourd'hui. Les premières semaines sont toujours les plus difficiles.

— Et si personne veut jouer avec moi ?

Je m'efforce d'ignorer un pincement au cœur.

— Ils voudront bien, ma puce. Donne-leur une chance, c'est tout. Il y a beaucoup de nouveaux, ici, comme toi.

— Je veux Kirstie.

— Elle n'est plus là, ma chérie. Tu te feras d'autres amis. Allez, viens.

— Papa aime Kirstie, tu sais. Lui aussi, il veut qu'elle revienne.

Allons bon ! Pourquoi me dit-elle ça ? Je presse le pas.

— On y est. Voilà, enlève ton anorak, tu n'en as plus besoin.

Lorsque nous franchissons la porte vitrée, j'échange un coup d'œil avec Sally Ferguson. Elle reporte son attention sur ma fille.

— Bonjour, Lydia ! Alors, tu te sens mieux ?

Pas de réponse. Je pose une main sur l'épaule de Lydia.

— Lydia ? Dis bonjour.

Rien.

— Lydia ?

Ma fille finit par marmonner un « B'jour » réticent.

Je regarde la secrétaire, qui me regarde et enchaîne d'un ton presque trop enjoué :

— Je suis sûre que tout ira bien, aujourd'hui. Mlle Rowlandson a prévu de raconter des histoires de pirates.

— Ah oui ? Formidable ! Hein, Lydia ? Tu adores les pirates.

Je la pousse doucement vers le couloir du fond. Elle avance à pas lents, les yeux fixés sur le sol – l'image même de l'introversion –, puis disparaît dans les profondeurs de l'école. Engloutie.

Après son départ, Sally Ferguson tente de me rassurer.

— Nous avons expliqué à tous les enfants que Lydia avait perdu sa sœur, et qu'elle était un peu perturbée. Ils n'ont pas le droit de la taquiner.

Ses paroles sont censées apaiser mes craintes, mais je ne suis pas convaincue du bien-fondé d'une telle intervention. À présent, Lydia est marquée du sceau indélébile de la différence : c'est la fille qui a perdu sa jumelle, la sœur tourmentée. Peut-être les autres écoliers ont-ils entendu parler de l'incident chez les Freedland ? *Ah oui, c'est la toquée qui a cassé une vitre parce qu'elle avait vu un fantôme... Regardez les cicatrices sur ses mains.*

— Merci, dis-je. Je serai là à trois heures et quart cet après-midi.

Je suis ponctuelle. En avance, même : à quinze heures dix, je ronge mon frein à la grille de l'école en compagnie d'autres mères de famille, et de quelques pères, que je ne connais pas. La plupart bavardent, et je regrette de ne pas pouvoir échanger quelques mots avec eux ; si Lydia me voyait faire un effort de sociabilité, cela l'aiderait sans doute à nouer des relations avec ses camarades de classe. Mais je suis trop timide pour engager la conversation avec ces parents pleins d'assurance, qui conduisent de gros 4×4 et paraissent parfaitement à l'aise entre eux. Une nouvelle fois, j'ai conscience d'être en grande partie responsable des problèmes de ma fille : je lui ai transmis ma timidité maladive.

Kirstie se serait probablement mieux adaptée. Elle était beaucoup plus sociable. Elle aurait sautillé partout, chanté ses chansons, fait rire les autres. Pas Lydia.

À quinze heures quinze précises, les écoliers sont libérés. Les petits garçons se précipitent dans les bras maternels, les fillettes sortent main dans la main. Peu à peu, l'école se vide et, après câlins et embrassades, parents et enfants se dispersent, jusqu'à ce qu'il ne reste plus que moi dans la cour de récréation envahie par le crépuscule hivernal. Ma fille apparaît enfin dans l'embrasure, tête basse, accompagnée par une jeune femme blonde – Mlle Rowlandson, je présume – qui la guide vers moi.

Je me force à adopter un ton léger.

— Eh, Lydia ! Tu t'es bien amusée ? Tu as passé une bonne journée ? Comment étaient les pirates ?

Alors que je brûle de lui demander : « Est-ce que les autres ont joué avec toi ? Leur as-tu raconté que Kirstie était vivante ? »

Quand elle me prend par le bras sans un mot, j'interroge du regard la jeune institutrice. Pour toute réponse, elle m'adresse un pâle sourire, avant de rougir jusqu'à la racine des cheveux et de retourner dans sa salle de classe.

Dans la voiture d'abord, et ensuite dans le dinghy, Lydia refuse de parler. À part un « Merci » murmuré après le goûter, elle ne dit rien. Elle va lire un moment dans sa chambre, puis descend vers la plage éclairée par la lune et se perd dans la contemplation des flaques entre les rochers, qui capturent le reflet de l'astre argenté. Je l'observe depuis la cuisine. Ma fille. Lydia Moorcroft. Une enfant isolée sur une île inhabitée, à la tombée de la nuit. L'image même de la solitude.

Les jours passent, pareillement nuageux, doux et humides. Nous organisons les obsèques. Angus, qui a l'occasion de quitter l'île plus souvent que moi, accepte de donner les coups de téléphone nécessaires et de remplir la plupart des papiers, mais je perçois sa réticence. Lydia reste silencieuse quand je la dépose à l'école le matin et quand je vais la rechercher l'après-midi. Elle est toujours la dernière à sortir.

Le quatrième matin, j'arrive plus tôt que d'habitude à Klerdale. J'ai eu une idée. Faisant taire mes scrupules, je pousse Lydia vers un groupe de filles de sa classe rassemblées près de la grille, et je feins de répondre au téléphone.

Lydia n'a pas le choix : il faut qu'elle se mêle aux autres si elle veut sortir de son isolement.

Je la regarde, tout en débitant des paroles sans suite dans mon portable. Lydia semble décidée à intégrer le groupe, mais les filles l'ignorent. Lorsqu'elle tourne la tête vers moi, comme pour quêter un soutien ou un réconfort, je fais mine de ne pas la remarquer. Puis je me rapproche insensiblement en l'observant à la dérobée.

L'espoir me galvanise. J'ai l'impression qu'elle va franchir le pas, cette fois : elle va parler à l'une de ses camarades, elle va essayer de communiquer. Elle s'avance timidement vers une petite brune – une gamine svelte, apparemment sûre d'elle, qui discute avec ses copines.

Je l'entends demander d'une voix un peu tremblante :

— Grace ? Tu veux savoir comment s'appelle mon léopard ?

La dénommée Grace se retourne, la jauge d'un bref coup d'œil, puis hausse les épaules sans rien dire. Elle glisse ensuite quelques mots aux autres filles et, juste après, le groupe s'éloigne, laissant Lydia toute seule, en contemplation devant ses pieds. Rejetée. Bannie.

C'est insupportable. J'essuie rapidement mes larmes avant de l'accompagner dans l'établissement, mais je les sens de nouveau couler quand je remonte en voiture, et sur tout le trajet jusqu'à Broadford, où je connecte mon ordinateur et réponds à mes e-mails. À midi, je n'y tiens plus.

Il faut que je me rende compte par moi-même de la situation.

Je reprends le volant et roule trop vite sur la route de Sleat jusqu'à l'école située sur son promontoire verdoyant, cerné de vagues agitées par le vent. Le pâle soleil hivernal a émergé des nuages, teintant de doré et de bronze les montagnes de Knoydart qui se dressent au-dessus d'une mer gris acier.

C'est la fin de la pause déjeuner. Tous les enfants seront dans la cour de récréation. Je veux savoir si les choses se sont arrangées pour Lydia, si elle a réussi à se lier avec quelqu'un ou si elle est toujours l'objet de moqueries et de railleries.

Mais je ne veux pas être vue, alors j'emprunte un chemin peu fréquenté qui longe l'un des côtés de la cour jusqu'à une plage de galets. Les buissons d'épineux bordant le grillage me cachent aux yeux des enfants, dont les cris joyeux s'élèvent dans l'air.

Les filles jouent à la marelle, les garçons traînent en bande. Je survole du regard les petits visages roses, les chaussettes blanches et les pantalons bleus, cherchant la chevelure blonde de ma fille. Je ne la repère nulle part. Tous les enfants sont dehors, pourtant. Où est Lydia ?

Elle est peut-être restée à l'intérieur, pour lire ? J'espère que non. Elle doit être là, quelque part. Faites qu'elle soit dans cette cour, en train de jouer elle aussi…

Oui ! Elle est là.

Je ferme les yeux, soulagée. Puis les rouvre.

Lydia se trouve dans le coin le plus reculé de la cour. Toute seule. L'enfant le plus proche, un petit garçon, se tient à environ dix mètres d'elle et lui tourne le dos. Pourtant, elle paraît occupée. Que fait-elle ?

Je m'avance encore, protégée par les arbres et les buissons.

Je suis à présent tout près, et je m'aperçois que Lydia s'est détournée de l'école et des autres enfants – isolée du monde.

Malgré tout, elle parle avec animation : elle remue les lèvres et gesticule. Elle s'adresse à l'air, aux arbres et au grillage, va même jusqu'à sourire et à rire.

Et maintenant, je l'entends.

— Nonononon oui libres là-haut pfff… passquepas-seque non oui passque. Hmm. Nana nana nana.

En même temps, elle fait de grands gestes. Puis elle s'interrompt comme pour écouter quelqu'un lui répondre. Sauf qu'il n'y a personne en face d'elle. Elle hoche la tête, éclate de rire et reprend son babil.

Elle reproduit le langage incompréhensible qu'elle a partagé jusqu'à la fin avec Kirstie. Nous n'avons jamais pu le déchiffrer.

Lydia parle à sa sœur disparue.

15

— *An t-Eilean Sgithenac*, « l'île ailée »… Skye.

Josh braqua en direction du sud.

— C'est à peu près tout ce que je sais dire en gaélique.

Angus garda le silence. La matinée était dégagée mais glaciale ; c'était peut-être leur première vraie journée d'hiver.

— Molly en a appris beaucoup plus, ajouta Josh. Elle se passionne pour la culture celtique. En même temps, c'est tellement sinistre… Tiens, tu vois cette petite baie près d'Ardvasar, à Port na Faganaich ? C'est joli, hein ?

Il gloussa, avant de poursuivre :

— Eh bien, tu sais ce que ça veut dire ? « Le port des exclus ». Charmant, non ?

Il accéléra pour gravir une colline, laissant momentanément la mer derrière eux ; on ne s'éloignait jamais beaucoup de la mer, à Skye. Angus baissa sa vitre pour inspirer une grande bouffée d'air frais.

— Vive l'hiver ! s'exclama Josh. J'adore quand il fait bien froid. J'en étais où, déjà ? Ah oui, et il y a aussi ce lac, Lagan quelque chose. Lagan…

— *Lagan inis na Cnaimh*, compléta Angus.

— C'est ça. J'oublie toujours que t'es du coin, toi aussi. Oui, *Lagan inis*. Molly m'en a parlé hier soir, ça veut dire « le creux de la prairie des ossements ». Non, mais t'imagines l'effet sur les prix de l'immobilier, un nom pareil ? T'as envie d'acheter un petit cottage dans le creux de la prairie des ossements, toi ? Non, hein ? Bon, pas de problème, on va construire une résidence de luxe près de la crête des « harpies de la nuit ».

Josh étouffa un rire, amusé par ses propres plaisanteries. Angus demeura silencieux. Il connaissait le folklore local, à la fois pittoresque et macabre. Il se rappelait presque mot pour mot toutes les histoires que sa grand-mère lui racontait autrefois. Elles s'étaient gravées à jamais dans sa mémoire. Souvenirs de vacances insouciantes et de légendes effrayantes… De feux de camp sur Torran avec son frère. De tous ces bons moments quand leur père n'était pas là, à écouter des récits captivants. *La belle route qui serpente à flanc de colline, ah, c'est la route qui mène à la mort et au paradis, à l'endroit où vivaient les fées…*

Angus regardait le paysage défiler derrière la vitre. Des promontoires leur masquaient Torran, à présent. Il songea à Lydia – Lydia ! – et à Sarah, seules dans le cottage. Sarah et… Lydia. Il devait se résoudre à appeler sa fille ainsi. C'était la meilleure solution, celle qu'il avait lui-même trouvée pour son enfant à l'esprit tourmenté, aux mains et aux poignets balafrés. Une enfant blessée par la vie, par la mort, par son père…

Et par sa mère.

La voiture roula sur une grille à bétail. Ils traversaient la péninsule de Sleat d'est en ouest, en direction de Tokavaig, sur la route étroite qui courait à travers la lande brune et ondulante, parsemée de petits lochs argentés, foisonnant de mouettes. Ce n'était pas beau. Mais bientôt, ils apercevraient le loch Eisort.

— Il est encore un peu plus bas, précisa Josh. Derrière les bois. Il n'y a que des feuillus par ici : chênes, noisetiers, ormes blancs…

— Ma grand-mère adorait ce coin. Elle disait que c'était une forêt sacrée : *Doir'an Druidean*, la « forêt des querelles ».

— Ah bon ? La « forêt des querelles » ? Décidément, c'est impayable ! Il va falloir que tu racontes ça à Molly, vieux. Elle va adorer !

Pourquoi Josh se donnait-il autant de mal pour égayer l'atmosphère ? Angus devina que son ami s'efforçait de lui faire oublier l'incident sinistre du dîner. Depuis que c'était arrivé, Josh et Molly ne lui avaient pratiquement pas reparlé de cette soirée.

Pourtant, ils allaient devoir aborder le sujet. Bientôt.

Ils passèrent entre de vieux arbres noueux, franchirent un sommet de roche basaltique puis entamèrent la descende raide qui menait à la côte occidentale de Sleat, et au minuscule hameau d'Ord.

La vue était telle que dans le souvenir d'Angus : spectaculaire. Les vastes pentes verdoyantes derrière eux, couvertes de bruyère, de chênes et d'aulnes, donnaient sur les eaux gris-bleu du loch Eisort, qui réfléchissaient à leur tour la grandeur austère des Black Cuillins dominant l'autre rive.

L'île de Soay était visible au sud. Et Sgurr Alasdair tutoyait le ciel à l'horizon, environné d'autres sommets enneigés qui se miraient à la surface du loch.

C'était si beau qu'Angus eut presque envie de pleurer. Pour Lydia, pour Kirstie, et même pour Sarah. Pour eux tous.

Les deux hommes sortirent de voiture et firent quelques pas au bord du loch, où soufflait un vent cinglant. Un oiseau de mer poussait son cri sur une île au loin. Un héron solitaire volait lentement vers le loch a' Ghlinne.

— Comment tu vas, vieux ? demanda soudain Josh.

— Oh, bien. Ça va, je t'assure.

— C'est juste que je te trouve rudement taciturne. Est-ce que tu… t'es toujours sous le coup de… Tu veux m'en parler ?

En guise de réponse, Angus se borna à hausser les épaules. Pourtant, il aurait donné cher pour pouvoir se confier à son ami. Il avait besoin de déverser tout ce qu'il avait sur le cœur, d'expliquer à quelqu'un le cauchemar qu'ils vivaient sur Torran. De discuter de sa femme, de ses filles et du passé impossible à déterrer complètement.

Le héron ne fut bientôt plus qu'un point à l'horizon. Quand il eut disparu, Angus prit sa décision : il allait tout dire à Josh, dans un moment.

Il secoua la tête, ramassa un galet et fit un ricochet. La pierre rebondit trois fois à la surface, avant de sombrer. Puis il se tourna vers son ami.

— Pourquoi m'as-tu amené ici ?

Josh sourit.

— Parce qu'on va avoir besoin de tes talents d'architecte.

— Pardon ?

— Tu pourrais nous construire quelque chose sur ces pentes ?

Angus balaya les alentours du regard.

— Moi ? Je ne comprends pas. Toutes ces terres appartiennent aux Macdonald, y compris Tokavaig et Ord. Non ?

Le sourire de Josh s'élargit.

— Molly et moi, on leur a acheté un terrain là-haut, il y a quelques années. Tu vois, après les barbelés ? Le champ avec la haie de prunelliers ?

— Oui.

— Ça fait environ un demi-hectare, expliqua son ami. Peut-être un peu plus.

— Un demi-hectare d'orties et de noisetiers ? C'est super pour observer les rouges-queues dans leur habitat naturel, mais sinon…

— On a obtenu le permis de construire la semaine dernière.

Angus en resta bouche bée.

— C'est vrai ?

— Vrai de vrai. On a l'autorisation de bâtir un cottage de cinq chambres, et on aimerait beaucoup que tu nous dessines les plans, vieux. Le conseil municipal tient à ce que ce soit quelque chose de beau. Tu sais, le genre de projet qui pourrait te valoir un prix, parce qu'il s'intègre parfaitement à l'environnement et privilégie la vue…

Durant quelques instants, Angus contempla le pré qui descendait en pente douce vers la grève du loch. Son esprit entrait en ébullition, et il se voyait déjà à l'œuvre. D'abord, aplanir la moitié du terrain. Ensuite, choisir les matériaux les plus simples et les plus naturels – pierre, bois, acier, ardoise –, et faire entrer la lumière à flots, au moyen d'immenses baies vitrées, donner la plus grande place possible au verre dans la structure afin qu'elle se confonde avec l'air, le ciel et la mer. Et brille de tous ses feux la nuit.

— Alors, Gus ?

— Oh, bon sang ! Ce serait fantastique.

— Ah !

Josh se fendit d'un large sourire.

— Alors t'es partant ? Excellent ! On voudrait le louer, peut-être à des artistes l'hiver, et à des vacanciers l'été.

— T'as l'argent ?

— On a tout ce qu'il faut. Figure-toi que Molly a hérité un beau pactole de sa grand-mère. J'ai bien fait de l'épouser, pas vrai ?

Il s'esclaffa.

— Allez, on rentre, je vais te montrer les papiers.

En retournant vers la voiture, Angus se sentait légèrement étourdi. Était-ce le moyen qu'avaient trouvé Josh et Molly pour les aider à surmonter leurs épreuves ? Auquel cas, il n'y voyait pas d'inconvénient. Au contraire ! Il leur en serait même éternellement reconnaissant : une chance de réaliser une œuvre digne de ce nom, d'avoir un vrai projet !

De retour dans la vaste maison aérée des Freedland, les deux hommes passèrent un moment à la cuisine, où des bassines de myrtilles mijotaient sur la gazinière. Molly fit goûter à Angus sa dernière confiture.

Quand il entra dans la pièce voisine, il s'efforça de ne pas repenser à cette nuit-là, de ne pas regarder non plus la vitre toute neuve, tandis que Josh s'appropriait la table de la salle à manger et lui montrait les papiers. Le permis de construire. Les estimations de budget. Le rêve qui pouvait devenir réalité : la propriété des Freedland à Tokavaig, premier prix d'architecture, par Angus Moorcroft.

Dans son esprit, c'était une grande demeure, pas un simple cottage. Et, grande, elle le serait. Peut-être pourrait-il marier le mélèze à la pierre de Caithness ? Bien sûr, il intégrerait aussi des panneaux solaires. Et pourquoi ne pas installer une immense baie vitrée coulissante sur la façade nord, afin que l'habitation ouvre directement sur le loch ?

Durant quelques instants, ivre de thé rouge, il se laissa griser par des perspectives heureuses. Et si ce projet marquait enfin un tournant ? S'il initiait le changement tant attendu ? Tandis que l'après-midi cédait la place au crépuscule hivernal, Angus décida que le moment était venu de tout dire à Josh.

Ou, du moins, de lui révéler une partie de la vérité.

Les papiers furent rangés. En enfilant sa veste, Angus gratifia son ami d'un regard appuyé.

— Je vais boire un coup vite fait au Selkie. Tu me tiens compagnie ? On pourra parler encore un peu.

L'odeur sucrée des myrtilles qui cuisaient doucement emplissait la maison. Josh adressa à Angus un petit signe de connivence, puis ils prirent tous les deux congé de Molly et marchèrent jusqu'au pub dans la fraîcheur du soir. Les odeurs du littoral flottaient dans l'air froid d'Ornsay : casiers à homards, bois coupé, varech pourrissant sur la grève…

— On s'assoit dehors ? suggéra Angus. On sera plus tranquilles.

Josh acquiesça d'un hochement de tête. Angus entra dans le bar, leur commanda deux verres et ressortit. Il posa les boissons sur une table en bois, avant de laisser son regard se porter vers le phare de Torran, dont le pinceau lumineux était maintenant visible dans l'ombre.

Alors qu'il avalait un peu de whisky pour se donner du courage, ce fut son ami qui rompit le silence :

— Bon, comment va Lydia ? Mieux ?

Angus haussa les épaules, s'accorda encore quelques gorgées de son breuvage à la saveur tourbée, et répondit enfin :

— Plus ou moins. Ça dépend des moments. Le problème, c'est qu'elle… elle continue de divaguer.

— Comment ça ?

— Elle parle à Kirstie, agit comme si sa sœur était encore là…

— Ça lui arrive souvent ?

— Oui. À l'école, chez nous, dans la voiture… Parfois, c'est une discussion normale, mais la plupart du temps elle utilise le langage spécial qu'elle partageait avec sa sœur et c'est… c'est vraiment troublant. Il lui arrive de bouger et de se comporter comme si elle se trouvait en présence de Kirstie. Je t'assure, ça fait un drôle d'effet.

— Je m'en doute.

— Et le soir où on était chez vous, elle a cru voir le fantôme de sa sœur dans la vitre. Alors elle a pris peur.

— Tu parles ! Bon sang, ça ne doit pas être facile… Je suis désolé.

Josh hésita, trempa les lèvres dans son jus de fruits, puis se pencha légèrement en avant.

— Tu penses qu'elle y croit vraiment, Gus ? Est-ce que ta fille est…

— Est-ce qu'elle est folle, est-ce qu'il y a réellement un fantôme, ou est-ce qu'elle fait semblant ?

— Hmm…

— Il n'y a pas de fantôme, Josh.

Angus le regarda droit dans les yeux.

— Et elle n'est pas folle non plus.

Son ami fronça les sourcils.

— Donc, elle fait semblant, c'est ça ? Mais pourquoi, bonté divine ? Remarque, si tu n'y tiens pas, tu n'es pas obligé de m'en parler…

Angus garda le silence. Il se sentait à la fois plein d'amertume et submergé par le désir de se confier. Il en avait assez de mentir, de tromper ses proches. En même temps, il ne pouvait ni ne voulait tout dire. Alors comment alléger un peu le poids du secret qui l'accablait ?

D'abord, avaler un autre whisky.

Il prit son verre vide.

Josh hocha la tête.

— On remet ça ?

— Un Ardbeg. Double. Et c'est moi qui paie, Josh. T'y es pour rien si ton copain est alcoolique !

Il chercha un billet dans la poche de son jean.

Josh sourit.

— Allez, pour une fois, je veux bien financer ta dépendance !

Après avoir récupéré les verres, il entra dans le pub. Quelques mesures de musique folk s'échappèrent du Selkie quand la porte s'ouvrit et se referma. Une joyeuse animation semblait régner dans la salle, constata Angus en jetant un coup d'œil par la vitre. Tous les habitués étaient là, buvant whisky et bière McEwan's, profitant du week-end, parlant sans doute de football, de chevaux et de l'étrange famille nouvellement installée à Torran.

Il croisa les bras sur la table, y appuya son menton et laissa son regard se perdre dans la nuit. Il se sentait vaincu par les événements.

La porte du bar se rouvrit.

— Eh ! lança Josh en rapportant les boissons. Allez, Gus, reprends-toi. Tout n'est pas si noir.

Angus leva les yeux.

— Oh si…

Josh soupira, avant de se rasseoir en face de lui. Quand il eut posé les verres sur la table, il déballa un paquet de cigarettes.

Angus arqua un sourcil étonné. *Josh Freedland fumait ?*

Josh haussa les épaules.

— C'est mon vice secret. Pas un mot à Molly, surtout ! Oui, je le reconnais, je m'accorde quelques cigarettes le week-end. T'en veux une ?

— Non, merci.

Le silence entre eux se prolongea un moment, seulement troublé par la respiration laborieuse de la mer, et par le souffle du vent dans les bouleaux.

Angus tourna la tête vers leur île et contempla la petite tour du phare, ainsi que les murs blancs du cottage massif. Il distinguait à peine les lumières de la cuisine à travers l'obscurité et la brume. Que pouvait-il se passer à Torran en cet instant ?

Il ferma les yeux le temps de raffermir sa résolution, puis souleva les paupières.

— Josh ? Tu m'as demandé des nouvelles de Lydia, tout à l'heure.

— Oui.

— Tu veux savoir la vérité ?

— Oui, bien sûr, mais seulement si tu as envie de m'en parler.

— J'en ai envie. Enfin, je crois. Oui. Tu te souviens ? Tu me disais tout le temps que ça aide de partager ses soucis avec quelqu'un, de se confier... C'est bien ce qui t'a permis de décrocher de la drogue, pas vrai ? Ce qu'on t'a appris aux Narcotiques anonymes ?

— Exact.

— Bon. Mais je te préviens : personne ne doit jamais être au courant de cette conversation. Jamais, t'entends ? Il faut que ça reste entre nous.

Josh hocha la tête d'un air grave.

— Compris.

— D'accord.

Angus prit une profonde inspiration et se passa une main sur le menton, faisant crisser sous ses doigts sa barbe naissante. Le froid lui semblait soudain plus pénétrant ; un voile d'humidité se déposait sur le Sound. Quand il rouvrit la bouche, son souffle forma dans l'air un petit nuage de vapeur blanche.

— D'abord, il faut que je te resitue le contexte.

— O.K.

— Sache que Sarah a toujours eu une préférence pour Lydia. Une préférence marquée.

— Tous les parents ont leur préféré, souligna Josh. Du moins, c'est ce qu'on m'a dit.

— Sauf que là, c'était exceptionnel. Elle n'en avait que pour Lydia, la plus renfermée, la plus sensible, celle qui aimait la lecture et lui ressemblait beaucoup. C'en est arrivé au point où Kirstie s'est sentie délaissée. J'ai essayé de rétablir l'équilibre en l'entourant d'attention, mais ça n'a pas marché. L'amour d'un père ne compte pas autant ; il ne peut pas rivaliser avec celui d'une mère – surtout quand les enfants sont aussi jeunes.

Une pause. Dans la pénombre, Angus ne voyait pas bien l'expression de son ami, ce qui d'une certaine façon l'arrangeait. Cela rendait sa confession plus anonyme, plus proche d'une véritable confession à un prêtre dont on ne distingue pas le visage. Il reprit :

— Quelques jours avant l'accident, Kirstie m'a avoué qu'elle détestait sa maman à cause de cette situation, et j'ai mal réagi, ou du moins trop vivement. En fait, j'ai même failli la gifler. Jusque-là, je n'avais jamais levé la main sur mes enfants. Pas une seule fois. Or j'avais trop bu ce soir-là, et j'ai perdu mon calme.

Il secoua la tête.

— Pour Kirstie, ç'a été un choc, évidemment : d'abord, sa mère qui lui préfère sa jumelle, ensuite son père qui la houspille…

Quand il s'interrompit de nouveau, Josh resta silencieux, se bornant à tirer sur sa cigarette, dont l'extrémité rougeoya dans l'obscurité.

— Là-dessus, le drame s'est produit, enchaîna Angus. Sarah s'est effondrée – on s'est tous effondrés –, et tout est allé de mal en pis. Et puis, il y a six mois…

Il s'accorda une longue gorgée de whisky afin de se donner du courage.

— Il y a six mois, ma fille survivante est venue me trouver pour me dire : « C'est moi, papa. C'est ma faute. J'ai tué ma sœur. Je l'ai poussée, parce que maman l'a toujours aimée plus que moi. Et maintenant, elle est partie. »

— Oh merde…, lâcha Josh dans un souffle. L'horreur.

— Mouais, le mot est faible.

— Putain…

Josh écrasa sa cigarette sous le talon de sa botte. Le silence qui suivit fut pénible. Enfin, il demanda :

— Est-ce que… est-ce qu'elle aurait pu le faire ? Ça te paraît possible, Gus ? Tu l'as crue ?

Angus soupira.

— Oui. Peut-être. Elle n'avait que six ans quand c'est arrivé, et sept quand elle m'a fait cet aveu. Se rendait-elle seulement compte de ce qu'elle me disait ? Les enfants ont-ils conscience de la portée de leurs propos à cet âge ? Le problème, Josh, c'est que tout se tenait : elle avait un mobile – la préférence irrationnelle de sa mère pour Lydia –, et son explication répondait à certaines questions restées sans réponse. Dont la principale : pourquoi les blessures de Lydia étaient-elles si graves ? Une chute d'environ quatre mètres n'aurait pas dû lui être fatale. Alors, pourquoi ?

— Parce que…

— Parce qu'elle est tombée du deuxième étage, pas du premier. Kirstie me l'a dit : elles étaient tout en haut, elles sont sorties sur le balcon, et c'est là que Kirstie a poussé Lydia…

— Bon sang ! Je n'arrive toujours pas à le concevoir.

Angus hésita et prit une profonde inspiration avant de poursuivre.

— Quand sa sœur est tombée, j'imagine qu'elle a dû se précipiter au balcon du premier pour voir ce qui était arrivé, et que c'est à ce moment-là que Sarah l'a découverte en train de hurler : « Lydia est tombée ! » Pour moi, c'est comme ça que ça s'est passé : Kirstie a tué sa sœur. Ce genre de drame se produit parfois dans les familles. J'ai fait des recherches, lu des tas d'articles… Dans certains cas, il existe une rivalité fraternelle intense chez les vrais jumeaux, qui peut devenir meurtrière.

— D'accord, mais…

Dans la faible lumière en provenance du pub, Angus vit Josh secouer la tête.

— Quel rapport avec le changement d'identité ?

— Quand Kirstie m'a sorti ça, j'ai paniqué, avoua Angus. Je t'assure, j'ai pété les plombs. Elle voulait tout raconter à sa mère, à ses amis et à sa maîtresse – à tout le monde. Or Sarah était profondément instable à l'époque ; elle n'était pas en état d'entendre un tel aveu. Et puis, Kirstie insistait aussi pour qu'on prévienne la police, parce qu'elle était torturée par la culpabilité. La seule enfant qu'il me restait se détruisait à petit feu… Alors, oui, j'ai flippé comme un malade. Qu'est-ce qui peut se passer quand une gamine de six ans est accusée de meurtre, Josh ? Que font les flics ? Rien ? Ou est-ce qu'ils appliquent quand même la procédure habituelle ? Il y aurait au moins eu une enquête. Et ils auraient découvert des éléments à l'appui des déclarations de Kirstie. Alors je devais trouver un moyen de la réduire au silence, de la calmer, de l'amener à douter de son geste.

— Et… ?

— Je n'ai pas réfléchi. Je lui ai dit de ne plus jamais m'en parler, que je ne voulais pas savoir. Que personne ne voulait savoir. Puis j'ai affirmé que Lydia n'était pas vraiment morte.

— *Quoi ?*

— Je lui ai expliqué que, quand les gens meurent, ils montent au ciel, mais qu'une partie d'eux reste toujours avec nous. Je lui ai dit que Lydia s'était réveillée à l'hôpital, et qu'elle était revenue ; je lui ai d'ailleurs donné le jouet préféré de sa sœur, comme preuve de sa présence. Je l'ai convaincue que les jumeaux sont spéciaux, et qu'ils ne meurent jamais parce qu'ils ne sont qu'une seule et même personne : si l'un d'eux survit, l'autre aussi. C'est moi qui ai semé la confusion dans son esprit en créant un flou au niveau de son identité : « Tu es Kirstie, mais tu porteras toujours Lydia en toi, parce que tu es sa jumelle ; alors, à partir de maintenant, tu vas vivre pour vous deux. » Et je lui ai dit aussi que c'était un gros, gros secret entre elle et papa. Qu'elle ne devait jamais en parler.

Il s'adossa à son siège.

— Si j'ai fait tout ça, Josh, c'est parce que je redoutais que la vérité n'anéantisse complètement ma famille…

Il riva son regard au visage de son ami.

— Imagine, reprit-il. Imagine que ma fille soit allée trouver sa mère, ses grands-parents, sa maîtresse et ses copines, pour leur dire : « Je suis une meurtrière, aidez-moi, j'ai tué ma sœur. » Ç'aurait été la fin pour nous. Après l'accident, je ne vois pas comment on aurait pu s'en remettre. Impossible.

La porte du pub s'ouvrit brusquement, livrant passage à un buveur, qui s'éloigna dans la nuit.

Au bout d'un long moment, Josh reprit la parole :

— Si je comprends bien, tu l'as toi-même déstabilisée en lui racontant qu'elle était à la fois Lydia et Kirstie.

— Oui. J'ai réussi à la calmer sur le coup ; c'est ce que je voulais, je n'ai pas réfléchi plus loin. Sauf que la confusion dans sa tête a resurgi peu à peu, de façon incontrôlable. Résultat, aujourd'hui elle croit être Lydia.

— Mais c'est Kirstie ?

— Oui.

— Et l'histoire du cri, alors ?

— Ce n'est qu'un cri. Ça ne prouve rien.

— Le chien… Tu as aussi mentionné le chien.

— Les animaux de compagnie créent des liens particuliers avec les enfants survivants, ils essaient de les protéger. Et puis, je me demande si Beany n'a pas vu ou senti quelque chose ce soir-là. Il était avec les filles au moment de l'accident, et il n'a plus jamais été le même après. Oh, j'ai bien conscience que ça paraît dingue, que tout paraît dingue…

— Une minute. Tu sais que c'est un mensonge, que ta fille est en réalité Kirstie, et pourtant tu continues d'entretenir cette… illusion ? Cette mascarade sinistre ? Tu n'empêches même pas ta femme de prévoir des funérailles pour Kirstie ?

La voix de Josh était devenue plus dure, plus cassante.

— Merde, Gus ! C'est tellement… malsain ! Comment peux-tu faire ça ?

— Je n'ai pas le choix ! Je ne peux le dire à personne, tu es le seul à être au courant. Si j'en parlais à Sarah, elle craquerait complètement, et je ne veux pas courir le risque. Elle en arriverait peut-être même à haïr sa fille. Alors, pourquoi ne pas laisser vivre Lydia, si ça nous apporte un peu de paix ? Sarah a retrouvé sa préférée…

Angus relâcha son souffle.

— Le plus étrange, c'est que parfois, depuis quelque temps, je pense à elle comme si elle était réellement Lydia. J'oublie… Sans compter qu'elle a adopté le comportement de sa sœur ; ça arrive chez les enfants ayant perdu leur jumeau ou leur jumelle. Et après tout, quelle importance, du moment qu'on ne découvre jamais qu'une de mes filles a probablement tué l'autre ?

— Mais Kirstie est toujours là, Gus ! Coincée, piégée même, dans une personnalité qui n'est pas la sienne. Luttant pour se faire entendre.

— Oui.

— Oh, putain… Quel merdier !

Angus hocha la tête. Il se sentait à la fois vidé et soulagé. Il s'était déchargé d'une partie de son fardeau, et oui, c'était une délivrance. En attendant, cette confession ne résolvait rien ; d'autres vérités demeuraient enfouies : sa propre culpabilité, l'implication de Sarah, la part de responsabilité qu'elle avait dans le drame… Autant de secrets qu'il devait garder pour lui.

La lumière du phare brillait de l'autre côté du Sound. Angus songea à sa famille brisée, privée d'un de ses membres, là-bas, dans le cottage de Torran. Sa soif de vengeance n'était pas apaisée. Son enfant avait péri, et un profond sentiment d'injustice le consumait.

16

Le vendredi, l'air recèle une promesse de neige quand j'arrive à l'école de Klerdale. Je me sens prête à tout pour aider ma fille. Elle doit se faire des amis, sinon elle sera perdue. Il lui faut une raison d'espérer, d'envisager un avenir ici ; elle a besoin de parler à des gens qui ne sont pas des fantômes.

Je regarde les eaux de Sleat par-delà les bâtiments qui me bouchent une partie de la vue. Les vagues grises, agitées par le vent, forment une toile de fond rude, austère et sombre, sur laquelle se détachent les couleurs vives des balançoires et des animaux à bascule de la cour de récréation. Par contraste, leur présence semble incongrue ; on dirait des envahisseurs débarqués d'un monde benoîtement heureux.

Une jeune femme pâle, seule près des grilles, contemple fixement la porte vitrée de l'école, ornée d'inscriptions gaies : *Shleite* et *Sgoil.* Je la reconnais ; Lydia me l'a montrée un jour en disant : « C'est la maman d'Emily. » Julia Durrant.

Emily Durrant est une autre petite Anglaise nouvelle à Klerdale, et c'est apparemment la seule enfant dont Lydia se soit rapprochée – du moins, la seule qu'elle ait mentionnée plus d'une fois par son nom, quand je l'interroge avec angoisse, l'air de rien : « Alors, qu'est-ce que tu as fait à l'école, aujourd'hui ? »

Pour autant, est-ce qu'Emily apprécie ma fille ? Sans doute pas. Je suis presque certaine qu'aucun des écoliers de Klerdale ne connaît ni n'aime Lydia : ils la trouvent trop bizarre, trop dérangeante.

Mais je n'ai pas d'autre recours, alors j'enfouis ma timidité au plus profond de moi avant de m'approcher de Julia Durrant dans son beau manteau violet et ses bottes Ugg. Je n'ai même pas encore pris la parole qu'elle fronce les sourcils, altérant l'expression de son visage fin aux traits réguliers.

— Bonjour, je m'appelle Sarah Moorcroft.

— Euh, oui. Bonjour.

— Je suis la maman de Lydia Moorcroft.

— Ah ! Bien sûr.

— Voilà, je me demandais : est-ce que votre fille aimerait venir jouer chez nous demain ? Nous habitons Torran Island, l'île avec le phare. Nous pourrions aller la chercher vers onze heures, et vous la ramener dans l'après-midi ?

— C'est que…

Elle paraît surprise. Et pour cause… Je suis cependant obligée d'insister ; je ne peux pas abandonner Lydia dans cette solitude infernale. Je dois me montrer déterminée, presque agressive, quitte à passer pour grossière.

— Voyez-vous, Lydia se sent un peu seule, et nous serions vraiment ravis si Emily venait jouer avec elle. Onze heures, ça vous convient ? Vous n'aviez rien de prévu ? Ne vous inquiétez pas, nous nous occuperons de tout.

— En fait, je… nous devions…

Elle est manifestement tentée de dire non, mais elle hésite, parce que je ne lui laisse pas trop le choix. Je la plaindrais presque, la malheureuse. En même temps, j'ai besoin de son accord. Alors j'utilise l'argument ultime.

— Vous comprenez, elle est toujours perturbée par l'accident de sa sœur. Vous en avez entendu parler, j'imagine : sa sœur est morte ; sa jumelle, oui. Alors elle est… elle a du mal à s'adapter. Elle serait si heureuse d'avoir la compagnie d'Emily…

Que peut dire Julia Durrant, à présent ? *Oh, je me fiche que votre fille ait perdu sa sœur ? Je me fiche que vous soyez une mère endeuillée dont l'enfant souffre ?*

À son expression, je la devine sur le point de céder : elle est embarrassée pour moi, et je lui inspire vraisemblablement de la pitié. Et alors ? Du moment qu'elle est d'accord…

— Entendu, dit-elle enfin, en se forçant à sourire. Vous savez où nous habitons ? En haut de la colline, près de la poste.

— Oui. Formidable !

Je lui retourne un sourire tout aussi factice.

— Lydia sera tellement contente ! Angus, mon mari, ira chercher Emily à onze heures, et nous vous la ramènerons à trois heures, avant qu'il fasse trop sombre. C'est… génial. Merci !

Sur ces mots, nous nous tournons toutes les deux vers la porte vitrée quand les enfants sortent. Comme d'habitude, Lydia est la dernière à émerger, longtemps après que tous ses camarades souriants et chahuteurs se sont dispersés.

Je l'observe tandis qu'elle s'avance vers moi. Au moins, les cicatrices sur ses mains ne se voient pas trop.

Cette pensée m'arrache une grimace. C'est désormais toute l'étendue de mon optimisme : au moins, les cicatrices ne se voient pas trop.

— Bonjour, ma chérie.

Je la prends par les épaules pour l'entraîner vers la voiture.

— Alors, ça s'est passé comment à l'école ?

— Rien.

— Pardon ?

— On peut rentrer à la maison, maman ?

— Bien sûr.

Je tourne la clé de contact, et nous démarrons.

— J'ai une bonne nouvelle pour toi, minouche.

Elle soutient mon regard dans le rétroviseur. Je la sens dans l'expectative, et en même temps incrédule. J'en ai le cœur serré. Enfin, j'annonce :

— Emily viendra jouer avec toi demain.

Elle me regarde toujours dans le rétroviseur. Sans piper mot. Elle cille une première fois, puis une seconde. Peu à peu, je vois l'espoir éclairer ses grands yeux bleus. Le silence se prolonge tandis qu'elle réfléchit à ce que je viens de dire.

Je sais qu'elle est particulièrement seule à Torran le week-end, peut-être encore plus que la semaine à l'école. Même si elle est isolée dans la cour de récréation, au moins elle y est entourée d'enfants ; elle va en classe, les instituteurs lui parlent…

À Torran, il n'y a que moi et Angus. Et le ciel, les nuages, les phoques gris mélancoliques et les cygnes chanteurs chassés vers le sud par le froid de l'Arctique. J'aime toujours l'île, bien sûr ; en tout cas, je voudrais parvenir à l'aimer, malgré sa rudesse et les contraintes qu'elle nous impose. Et je voudrais que Lydia l'aime aussi. Pour ça, elle a besoin d'amis.

Alors je souhaite de tout cœur que la perspective de cette journée avec Emily lui fasse plaisir.

Enfin, elle murmure :

— C'est sûr ?

— Oui.

— Y a quelqu'un qui va venir jouer avec moi ? Pour de vrai ?

— Oui, pour de vrai. Sa maman m'a demandé tout à l'heure si Emily pouvait venir. C'est chouette, hein ?

Ma fille me regarde encore quelques secondes, puis un immense sourire illumine son visage. Le plus grand sourire que j'aie vu depuis de nombreuses semaines, peut-être même de nombreux mois. Elle tente ensuite de le dissimuler, gênée d'avoir laissé ainsi éclater sa joie. Et moi, je me sens à la fois comblée et terrifiée. Et si ça se passait mal ? Lydia a tellement d'attentes ! De toute façon, je ne peux plus reculer.

J'essaie de refréner son enthousiasme, mais ce n'est pas facile. Pendant le dîner, elle n'arrête pas de demander à quelle heure doit venir Emily, et si nous ne pourrions pas aller la chercher plus tôt. Ses questions agacent Angus. Quoi qu'il en soit, il est tout le temps irritable ou distant. Il me fait penser à Torran sous l'orage – sombre, repliée sur elle-même, presque rebutante.

Depuis la soirée chez les Freedland, nous nous sommes beaucoup éloignés l'un de l'autre. Aujourd'hui, je n'arrive plus à deviner ses pensées. Et de son côté, il n'a manifestement plus accès aux miennes. Quand nous bricolons dans la maison, nous communiquons par signes et par monosyllabes, comme si nous ne maîtrisions plus le même langage.

Est-ce parce que nous avons enduré trop de souffrances, chacun à sa manière, chacun dans son coin ?

Ou est-ce parce que sa colère à peine rentrée – contre le monde, contre le cottage, contre la vie en général, et peut-être aussi contre moi – me fait peur, désormais ? Le plus étrange, c'est que j'éprouve encore du désir pour lui, alors que tout dans notre relation semble brisé ou déformé. Faut-il y voir malgré tout un signe d'espoir ?

Pour le moment, je n'ai cependant pas l'énergie de chercher une solution à nos problèmes de couple. Mon esprit reste concentré sur ma fille.

Finalement, à neuf heures, je la mets au lit. Je me sens tellement épuisée par ses questions et ses bavardages que je vais moi-même me coucher peu après.

À sept heures et demie du matin, elle me secoue pour me réveiller, en pyjama dans la chambre froide, les joues rouges et le regard brillant d'excitation.

— Maman ! Maman ! Où est Emily ?

Je grogne dans mon demi-sommeil. Angus, de l'autre côté du lit, n'ouvre même pas les yeux.

— Hein ?

— Emily ! Où elle est ? Ma nouvelle amie. T'as dit qu'elle allait venir, maman !

Je me dégage d'entre les draps, pose les pieds par terre et bâille à m'en décrocher la mâchoire.

— Maman ?

— Oui, oui, elle viendra, ma chérie. Mais pas tout de suite.

— Quand, alors ?

— Oh, bientôt, Lydia, bientôt. Viens, on va préparer le petit déjeuner.

Après avoir enfilé mon peignoir, je marche vers la cuisine, où la première chose que je découvre me fait presque vomir : un campagnol mort, noyé dans un bocal d'huile resté ouvert. Le sang noir qui s'échappe de son petit corps forme des volutes dans le liquide épais. Oh, Seigneur. Vive Torran.

D'où viennent ces foutus rongeurs ? Rats et campagnols, musaraignes et souris… Ils sont innombrables. Frissonnant de dégoût, j'ouvre la porte et jette huile et cadavre sur la plage, où ils seront emportés par la marée. Puis je rentre en songeant à la journée qui nous attend. Et brusquement, je me rends compte que, si je ne crois pas en Dieu, je suis néanmoins en train de prier.

Je vous en prie, mon Dieu, faites que ça marche. Je vous en prie. Je jure que je croirai en vous si vous faites en sorte que ça marche.

Et maintenant, Emily arrive.

Il est onze heures et demie. De la porte de la cuisine, je vois Angus contourner les rochers de Salmadair avec une petite passagère à bord : Emily Durrant. Même de loin, je perçois la méfiance de la fillette, à sa posture rigide. Lydia n'est pas allée la chercher, parce qu'elle tenait à l'accueillir elle-même sur l'île. Son île.

Ma fille et moi descendons jusqu'à la plage du phare pour les attendre. Lydia, qui a chaussé ses bottes bleues, sautille autour de moi. La journée est humide et brumeuse, mais au moins il ne pleut pas. Les filles pourront explorer les rochers, chercher les fossiles dans les pierres, fouiller la plage à la recherche de trésors : bouteilles en plastique, boîtes de pêche ayant dérivé depuis Peterhead ou Lossiemouth, andouillers perdus par les cerfs après le rut sur l'île de Jura et portés jusque-là par les courants.

Je lance :

— Bonjour, Emily !

La petite rouquine à la figure parsemée de taches de son m'adresse un coup d'œil timide, hésitant, tandis qu'Angus l'aide à sortir du canot. Près de moi, Lydia la dévisage comme s'il s'agissait d'une star. Elle est émerveillée : une amie, venue sur son île ! Emily arbore un anorak noir tout neuf, et de nouvelles bottes en caoutchouc également noir.

— Lydia ? Dis bonjour à Emily.

— Bonjour-Emily-merci-d'être-venue-merci ! débite ma fille d'un trait.

Puis elle s'élance et l'enlace – un geste manifestement excessif et gauche aux yeux d'Emily Durrant, qui la repousse en fronçant les sourcils. Je m'empresse d'intervenir et de les séparer, de les prendre chacune par la main en disant d'un ton enjoué :

— Si on allait d'abord boire un bon jus d'orange et grignoter des gâteaux ? Après, Lydia, tu pourras montrer à ton amie tous tes coins préférés.

— Oui, oui ! s'exclame Lydia, qui tient à peine en place. Tu veux les voir, Emily ?

Celle-ci hausse les épaules sans sourire en nous suivant vers la cuisine. Elle finit toutefois par murmurer :

— D'accord.

J'éprouve un élan de compassion pour la jeune Emily. Elle n'est ni cruelle ni froide, c'est juste qu'elle ne connaît pas ma fille et qu'on l'a forcée à accepter cette sortie. Je comprends qu'elle soit mal à l'aise, pourtant j'espère que la gentillesse de Lydia et son charme tout de discrétion – le charme de mon adorable petite fille, si délicate et drôle quand on la connaît bien – auront raison de ses réticences, et leur permettront de se rapprocher.

Angus me gratifie d'un regard sévère en entrant dans le cottage, comme s'il était prêt à me tenir pour responsable si le projet venait à échouer. Sans lui prêter attention, je sers aux fillettes du jus de fruits et des gâteaux, puis boutonne leurs anoraks pour pouvoir les envoyer jouer sur la plage. J'essaie d'avoir une attitude aussi affable, détendue et naturelle que possible.

— Merci, maman ! Merci !

Lydia tremble de bonheur pendant que je la rhabille. Elle est tellement excitée par la présence de sa camarade… Celle-ci reste muette et renfrognée, mais fait tout de même un effort pour se montrer polie – dans la limite de ce qu'on peut attendre d'une enfant de sept ans. Elle marmonne un vague « merci » pour l'en-cas, avant de suivre à pas lents ma fille inhabituellement exubérante.

— Viens, Emily ! Tu vas voir, il y a des carapaces de crabes, des moules et aussi des phoques. Viens !

Le ton implorant de Lydia et son désir de plaire à son amie me fendent le cœur. Alors je referme la porte en m'interdisant de trop espérer de cette journée.

Angus, qui rôde dans la cuisine, me dépose un rapide baiser sur la joue. Sa barbe naissante me pique la peau. Je ne la trouve plus sexy.

— Bon, il faut que j'aille voir Josh sur le site de Tokavaig, et que je fasse un saut à Portree, au bureau de l'urbanisme. Il est possible que je reste coucher là-bas ce soir.

— D'accord.

Je réprime une pointe de jalousie : lui, il peut aller et venir à sa guise. Moi, je dois rester m'occuper de Lydia.

— Quoi qu'il en soit, je serai de retour vers trois heures, pour ramener Emily.

— O.K.

Une nouvelle fois, je me dis que nos échanges sont désormais réduits au strict minimum : où tu vas, pourquoi, qui prend le bateau, qui achète à manger pour ce soir. Peut-être parce qu'on a peur de parler de notre préoccupation majeure – ce qui arrive à Lydia ? Si ça se trouve, chacun de nous espère secrètement que, si on le passe sous silence, le problème finira par disparaître de lui-même, comme les premières neiges sur les pentes de Ladhar Bheinn.

Lorsqu'il sort sans refermer la porte derrière lui, je voudrais ne pas chercher du regard les deux fillettes, pourtant je le fais quand même. C'est plus fort que moi. Je voudrais ne pas me comporter en mère poule qui se mêle de tout, et laisser ma fille vagabonder librement sur son île avec son amie, mais je suis aussi la mère angoissée d'une enfant perturbée et solitaire, et je suis rongée par l'inquiétude.

J'entends décroître le bourdonnement du moteur quand Angus disparaît derrière Salmadair. Durant quelques instants, je reste derrière la fenêtre de la cuisine, à regarder un courlis près de la corde à linge. Il picore un bigorneau et expédie derrière lui les fragments d'algues qui le gênent. Puis il sautille jusqu'à un rocher glissant, bat des ailes comme s'il était agacé, et lance son cri désolé.

Lydia.

Elle est là-bas, toute seule sur la plage, près de la chaussée submersible. En contemplation devant les flaques. Où est Emily ?

Je n'ai pas le choix, il faut que j'intervienne.

Après avoir enfilé mon coupe-vent, je suis sans me presser le chemin herbeux qui mène jusqu'à elle.

— Hello, Lydia ! Où est ton amie, ma puce ?

J'ai posé la question d'un ton presque trop calme.

Lydia s'emploie à extraire quelque chose du sable à l'aide d'un bâton. Ses bottes sont maculées de boue grisâtre et d'algues vertes, ses cheveux blonds soyeux sont tout emmêlés. Elle a baissé sa capuche. Une vraie petite îlienne.

— Lydia ?

Elle lève les yeux, et dans son regard je décèle un mélange de culpabilité et de tristesse.

— Elle voulait pas jouer à mon jeu, maman. Elle voulait visiter le phare. Mais c'est pas drôle, alors je suis venue ici.

Ces mots me révèlent toute la profondeur de son isolement. Avec le temps, Lydia est devenue sauvage ; elle ne sait plus partager, ni se comporter en amie.

— Écoute, ma chérie, on ne peut pas toujours faire ce qu'on veut. Des fois, il faut aussi laisser les autres décider… Où est-elle ?

Silence.

— Lydia ?

Un début d'appréhension me noue la gorge.

— Où est Emily, ma puce ?

— Je te l'ai dit : au phare !

Elle tape du pied en feignant d'être en colère, mais je vois bien à son expression qu'elle est surtout blessée.

— Viens, on va la chercher. Je suis sûre qu'on pourra vous trouver une occupation amusante pour toutes les deux.

Je prends ma fille par la main et l'entraîne jusqu'au phare. Emily Durrant est bien là, près de la grille, les mains fourrées dans les poches de son anorak. Elle paraît transie et morte d'ennui.

— Madame Moorcroft ? me lance-t-elle. Je peux rentrer chez moi, maintenant ? Je voudrais aller voir mes copines du village cet après-midi.

Je jette aussitôt un coup d'œil à ma fille.

Lydia ne cherche pas à cacher le mal que lui a causé cette remarque cruelle. Des larmes brillent dans ses yeux bleus.

Pourtant, Emily s'est contentée de dire la vérité : Lydia n'est pas sa copine et ne le sera probablement jamais.

Je ne sais pas trop comment j'arrive à étouffer ma colère de mère, mon instinct protecteur. J'y parviens néanmoins, sans doute parce que je suis déterminée à donner encore une chance à mon entreprise.

— Eh, les filles, et si on jouait à faire des ricochets ?

Emily esquisse une moue contrariée.

— Je veux rentrer chez moi.

— Pas encore, Emily. Pas tout de suite, mais bientôt. Pour le moment, on va aller s'amuser.

C'est une des activités favorites de Lydia, surtout quand elle peut la partager avec son père : faire rebondir des pierres à la surface des eaux calmes derrière le phare, protégées par des blocs de basalte et de granit.

Emily pousse un énorme soupir. Ma fille l'encourage :

— Allez, viens. Je t'apprendrai comment on fait. D'accord ?

— Bon, si tu veux.

Ensemble, nous escaladons les blocs de basalte, glissant sur le varech, écrasant des couches d'algues en décomposition. Emily fronce le nez.

Quand nous atteignons la minuscule plage, Lydia ramasse une pierre et la montre à Emily.

— Tu vois, il faut en choisir une ronde, et après tu la lances loin, bien à plat.

Emily hoche la tête, sans toutefois manifester le moindre signe d'intérêt. Lydia recule, puis expédie un caillou qui rebondit trois fois à la surface.

— À toi, dit-elle. C'est ton tour. Vas-y, Emily !

Celle-ci ne bouge pas. Ma fille renouvelle sa tentative.

— Je vais te chercher une pierre, tu veux ?

Je les observe, impuissante. Lydia fouille rapidement la petite plage pour dénicher un beau galet rond, qu'elle tend à Emily. Celle-ci le prend, me coule un rapide coup d'œil, tourne la tête vers l'eau et le lance mollement. Le caillou s'enfonce avec un léger *plouf,* et elle fourre les mains dans ses poches.

Lydia la regarde avec désespoir. Je ne sais pas si je dois de nouveau intervenir, ou demeurer en retrait. Enfin, ma fille dit :

— T'imagine, si tous les habitants de la Terre faisaient la queue pour voir une chenille ?

Emily ne répond pas. Lydia continue :

— Tu te rends compte ? Faudrait qu'il y ait un grand café, sauf qu'il y aurait personne pour servir, parce que tout le monde ferait la queue !

C'est l'une des fantaisies de Lydia, l'une de ses idées saugrenues – de celles qu'elle échangeait avec Kirstie, et qui déclenchaient invariablement des fous rires tandis que les deux sœurs s'aventuraient toujours plus loin dans le royaume de l'absurde.

Emily secoue la tête, hausse les épaules et reporte son attention sur moi.

— C'est bon ? Je peux rentrer, maintenant ?

Ce n'est pas sa faute, pourtant je dois me retenir de la gifler.

Je suis prête à baisser les bras, à appeler Angus et à lui demander de venir la chercher. Voire, à la ramener moi-même à pied, à travers les vasières ; la mer doit se retirer à treize heures, soit dans moins d'une heure. Et puis, au même instant, Lydia suggère :

— Tu veux jouer avec moi à « Angry Granny » sur le grand téléphone ?

Cette fois, tout change. Emily Durrant prend un air réellement intrigué. Le « grand téléphone », c'est l'iPad que nous avons acheté quand nos moyens nous le permettaient.

— C'est un iPad, dis-je à la fillette. Il y a plein de jeux amusants dessus.

Cette fois, son froncement de sourcils traduit la perplexité et l'intérêt, et non la contrariété.

— Papa, il veut jamais nous laisser jouer à des jeux vidéo ou à des trucs comme ça, explique-t-elle. Il dit que c'est pas bon pour nous. Mais je peux y jouer ici ?

— Oui !

Pour moi, c'est le cri du cœur.

— Oui, bien sûr, ma chérie.

Et peu importe si mon attitude irrite les Durrant. Avant tout, je dois sauver cette journée.

— Venez, les filles, on va rentrer, et vous irez chercher l'iPad pendant que je prépare le déjeuner. D'accord ?

Pour le coup, Emily donne des signes d'enthousiasme. Nous escaladons de nouveau les rochers, et nous dirigeons joyeusement vers le cottage. Là, je les installe toutes les deux au salon, réchauffé par une bonne flambée, et Lydia allume l'iPad. Emily éclate de rire quand Lydia lui montre comment accéder au premier niveau de son jeu favori : comment empêcher Angry Granny de se cogner dans une porte vitrée.

Les filles se regardent, sourient et rient ensemble, comme des amies, comme des sœurs, comme Lydia et Kirstie autrefois. J'adresse au ciel une courte prière reconnaissante et, lentement, le cœur plus léger, je quitte le salon pour entrer dans la cuisine. Je vais faire des pâtes à la bolognaise. Tous les enfants aiment les pâtes à la bolognaise.

Je les entends toujours bavarder et pouffer. Mon soulagement est inexprimable. Ce n'est pas ce que j'avais en tête ; ce n'est pas la scène idyllique dont j'avais rêvé : deux gamines en train de gambader sur notre magnifique île, ramassant des palourdes et des porcelaines, essayant de repérer les phoques qui remontent le courant depuis Kinloch. Non, elles sont toutes les deux captivées par un iPad, à l'intérieur. Elles pourraient être à Londres, voire n'importe où. Mais peu importe, parce que ce moment pourrait marquer le début d'une renaissance.

Les minutes passent dans une atmosphère sereine, propice à la rêverie. J'égoutte les *penne*, puis prépare la sauce en contemplant la baie d'Ornsay et les montagnes qui dominent Camuscross. Si la beauté du paysage est un peu moins saisissante aujourd'hui, elle n'en reste pas moins impressionnante. Comme d'habitude. Les nuances gris pâle de la mer et du ciel se confondent. La couleur roux foncé des fougères desséchées se détache sur cette toile de fond. On entend l'appel des cygnes chanteurs…

Et le cri d'un enfant.

C'est Emily. Elle hurle.

Désespérément.

Je demeure pétrifiée un instant. Submergée par la peur. Paralysée par le désir de ne rien savoir. *Oh non, ça ne peut pas recommencer ! Pas ici… Je vous en prie.*

Je parviens à me ressaisir et fonce dans le salon. Vide. Le cri s'élève de nouveau ; il vient de notre chambre. En entrant, je découvre Emily blottie dans un coin, secouée de sanglots. Elle montre Lydia du doigt.

— C'est elle ! Elle !

Lydia, assise sur le lit, pleure aussi, mais en silence. Ce chagrin muet m'affole.

— Eh, les filles ! Qu'est-ce qu'il y a ? Qu'est-ce qui s'est passé ?

Emily crie comme un animal terrifié, et s'enfuit hors de la pièce. J'essaie de la retenir au passage, mais elle est trop rapide. Que dois-je faire ? Je ne peux pas la laisser se précipiter sur la plage, et sur les rochers, alors qu'elle est complètement paniquée ! Elle risque de tomber, de se blesser… Je m'élance à sa poursuite et réussis à l'acculer dans la cuisine, où elle se réfugie près du frigo, tremblante et bouleversée. Elle crie toujours.

— C'était elle ! Elle parlait dans le miroir ! Dans le miroir !

— Emily, s'il te plaît, calme-toi. Ça va aller…

Je ne trouve pas les mots pour la réconforter.

— Je veux rentrer chez moi ! hurle-t-elle. Ramenez-moi chez moi ! Je veux ma maman ! Je veux rentrer !

— Maman ?

Je me retourne.

Lydia se tient à l'entrée de la cuisine, en jean et chaussettes roses. La détresse se lit sur son visage.

— Je suis désolée, murmure-t-elle. Je lui ai juste… je lui ai juste dit que Kirstie voulait jouer aussi. C'est tout.

À ces mots, les hurlements d'Emily redoublent d'intensité. Elle paraît terrifiée par ma fille et, tassée sur elle-même, recule jusqu'à l'autre bout de la pièce.

— Ramenez-moi à la maison ! S'il vous plaît… S'il vous plaît, faites-la partir ! Faites-les partir, je vous en prie !

17

Angus ne tarde pas à rentrer. Trente minutes après mon coup de téléphone – il était à Ord, où la réception du signal est aléatoire –, il apparaît au détour des rochers de Salmadair.

Dans l'intervalle, j'ai réussi à calmer Emily. Si elle tremble toujours, au moins elle ne pleure plus. Je lui ai donné du chocolat chaud et des biscuits, et je l'ai maintenue à l'écart de Lydia.

Je suis obligée d'éloigner ma fille des autres enfants.

Lydia, pelotonnée sur le canapé du salon, fait semblant de lire un livre ; elle a l'air terriblement seule – et aussi coupable, comme si elle avait échoué à une épreuve importante.

Et le pire, c'est que c'est exactement ce qui est arrivé.

Il me paraît impossible désormais qu'elle puisse avoir un jour des amis à Klerdale. Quoi qu'elle ait fait pour effrayer Emily – a-t-elle utilisé son langage spécial ? feint de s'amuser avec Kirstie ? parlé du fantôme de sa sœur ? –, celle-ci le racontera à tous les enfants de l'école, et Lydia deviendra plus que jamais la fille bizarre de Torran. La gamine effrayante, toujours seule, qui entend des voix dans sa tête.

Et les Durrant auront toutes les raisons de m'en vouloir : non seulement j'ai laissé leur fille jouer à des jeux vidéo, mais je l'ai terrorisée.

Nous sommes maudits. Peut-être avons-nous encore commis une erreur dramatique en décidant de nous installer ici.

— Où est-elle ? demande Angus lorsque, une fois entré dans la cuisine, il m'y découvre en compagnie d'Emily. Où est Lydia ?

Je réponds dans un murmure :

— Au salon. Elle va bien, malgré tout.

— Hmm…

Il me fusille du regard. La journée de jeu s'est transformée en épouvantable fiasco et, évidemment, c'est ma faute. L'idée ne venait-elle pas de moi ?

— S'il te plaît, Angus, ramène Emily chez elle.

— Bien sûr.

Il s'approche de la fillette, la prend d'autorité par la main et l'entraîne dehors, dans la grisaille de l'après-midi. Je le rattrape pour lui confier le sac d'Emily, qui contient son jouet. Tous deux descendent vers le bateau, dont le moteur démarre quelques instants plus tard. Le cœur lourd, je retourne à l'intérieur.

Il ne reste plus que Lydia et moi.

Je jette un coup d'œil dans le salon, où elle lit toujours, sans vraiment lire.

— Ma puce ?

Elle ne me regarde même pas. Son petit visage livide est sillonné de larmes. La maison est tellement silencieuse ! On n'entend que la complainte du vent et des vagues, ponctuée par les crépitements des flammes voraces dans la cheminée. Pourquoi n'avons-nous pas de téléviseur ? Je donnerais n'importe quoi pour en avoir un. Cent, même. Et je donnerais n'importe quoi aussi pour être revenue à Londres. J'ai du mal à croire que je puisse penser une chose pareille, pourtant c'est le cas.

Mais il est hors de question de partir. Nous sommes coincés ici. Sur cette île.

Nous n'avons presque pas d'argent. Moi, en tout cas, je n'en ai pas. Tout ce que nous gagnons sert à payer les travaux dans le cottage – et encore, nous avons juste de quoi financer une rénovation sommaire ; si nous le vendons maintenant, alors que c'est encore une coquille à moitié vide, nous ne rentrerons pas dans nos frais. Nous pourrions peut-être même y perdre, et nous retrouver ruinés.

La nuit se passe dans une atmosphère de résignation désespérée, et le dimanche s'écoule au ralenti, dans un silence morose. Notre fille traîne dans sa chambre. Il me semble que si j'essayais de la consoler, je ne ferais qu'aggraver les choses. Alors, quelle attitude adopter ? Angus ne m'est d'aucune utilité. Le lundi matin, il m'adresse à peine la parole. Ses gestes trahissent néanmoins sa fureur. Il serre les poings à la table du petit déjeuner, et j'ai l'impression qu'il est à deux doigts de me frapper.

Cette colère me fait de plus en plus peur, en raison de la violence refoulée qu'elle implique. Après tout, Angus a cassé le nez de son patron. Et autrefois, son ivrogne de père a laissé sa femme plusieurs fois sur le carreau. Angus est-il si différent ? Il boit lui aussi, et il est en colère tout le temps. Je ne pense pas qu'il lèverait la main sur Lydia, mais moi je ne me sens pas en sécurité avec lui.

Il repousse sa chaise sans un mot, puis va poser dans l'évier la vaisselle du petit déjeuner. Ce matin-là, je lui demande d'emmener Lydia à l'école, parce que je n'ai pas la force d'affronter tous les parents rassemblés devant les grilles – et surtout pas la mère d'Emily Durrant. Notre fille n'a pas ouvert la bouche non plus. Tout le monde est réduit au silence.

Restée seule, je débranche le téléphone. Je ne veux pas qu'on me dérange, je veux du temps pour réfléchir.

Je retourne dans notre chambre, où je passe cinq ou six heures sinistres allongée sur le lit, à contempler le plafond taché d'humidité. Je ressasse les paroles de ma mère, au sujet de l'étrange comportement de Kirstie avant l'accident. Et du retard d'Angus ce soir-là, après sa visite chez Imogen.

Il y a forcément une logique dans tout ça. Mais laquelle ? J'ai l'impression de contempler un puzzle en 3D. Il faut que mes yeux s'accoutument à cette nouvelle perspective, et ensuite la réalité s'imposera d'elle-même.

Au bout d'un moment, je laisse mon regard se perdre dans le vague. Soudain, je me rends compte que je contemple la précieuse commode d'Angus – un de ces meubles qui devaient absolument faire le voyage jusqu'ici.

Il l'avait déjà avant notre mariage, cette vieille commode victorienne écossaise. C'est un cadeau de sa grand-mère. Les tiroirs ferment à clé. Et Angus prend soin de les verrouiller.

Je sais cependant où il cache la clé. Je l'ai vu au moins une demi-douzaine de fois la récupérer. Après tout, nous sommes mariés depuis dix ans ; en dix ans, on a le temps de remarquer certaines choses. Il ne sait probablement pas que je sais, mais je sais.

Je me lève, traverse la pièce et passe la main au dos du meuble. Elle est bien là, logée dans une fente à l'arrière.

Je n'hésite qu'un bref instant.

J'insère la clé dans la première serrure, et elle tourne sans difficulté ; le mécanisme ancien est parfaitement huilé. Je saisis les poignées de cuivre et ouvre le tiroir. Il règne un froid glacial dans la maison. J'entends les mouettes portées par les vents de Torran pousser leurs criaillements insistants, exaspérants.

Le compartiment regorge de documents, essentiellement liés au travail d'Angus. Il y a des revues d'architecture, dont certaines sont signées par des stars de la profession : Richard Rogers, Renzo Piano et d'autres que je ne connais pas. Un classeur bourré de CV. Des photos de bâtiments. Des plans et des projets.

Le contenu du deuxième tiroir me paraît plus prometteur, même si j'ignore encore ce que je cherche : des lettres et des livres. Je choisis une enveloppe au hasard, et lis le courrier dans la lumière déclinante de l'après-midi.

C'est une lettre de sa grand-mère.

Mon cher Angus,

Je t'écris de Torran pour t'annoncer une grande nouvelle : un couple de loutres de mer s'est installé sur l'île ! Il faut que tu viennes les voir, elles jouent toute la journée sur la plage du phare, c'est mignon comme tout...

Je sens la honte me brûler les joues à l'idée de fouiller ainsi dans les affaires de mon mari. Pourtant, je ne lui fais plus confiance, parce qu'il m'a raconté trop de mensonges : à propos du jouet, à propos du changement d'identité... Sans compter qu'il m'effraie de plus en plus. Alors je veux savoir. Je veux comprendre la logique. Je repose la lettre, pour en sortir une autre.

Un bruit trouble soudain le silence. Le plancher a craqué. Est-ce Angus qui revient déjà ? Si tôt ? Il est presque quinze heures, et la marée est basse. Il aurait pu traverser à pied. Mais pourquoi ?

Le craquement se répète. La peur me tétanise.

Pourquoi Kirstie était-elle bouleversée le jour où elle est morte ? Avait-elle été témoin de la violence de son père ? L'avait-il giflée ?

Le craquement cesse. C'est peut-être la porte de derrière, dans la cuisine, qui bat. Je n'ai pas dû la fermer correctement.

Le soulagement m'envahit, et je me replonge dans l'examen du deuxième tiroir. Des lettres tombent par terre : encore une de sa grand-mère, une autre de sa mère, une troisième de son frère, rédigée d'une écriture malhabile d'écolier. Je trouve aussi deux courriers dactylographiés concernant son père, ainsi que le certificat de décès de ce dernier. Puis mes yeux se posent sur un livre, et, inexplicablement, je suis saisie d'une appréhension qui fait courir des fourmillements dans mes doigts.

Un exemplaire d'*Anna Karenine.*

Anna Karenine ?

Angus n'est pas amateur de romans. Il dévore les journaux et les revues d'architecture, et comme beaucoup d'hommes apprécie à l'occasion un ouvrage d'histoire militaire.

Mais des romans ? Jamais.

Pourquoi aurait-il gardé celui-là ?

Je l'ouvre et tourne les deux premières pages. Mes doigts gourds s'immobilisent sur la troisième.

Quelques mots rédigés à la main figurent sous le titre.

Pour nous… Avec tout mon amour, Immy, xxx

Je connais cette écriture pour l'avoir vue sur d'innombrables cartes de vœux, cartes d'anniversaire et cartes postales amusantes ou sarcastiques envoyées chaque été d'Ombrie et de la Loire. Elle m'accompagne depuis que je suis adulte.

C'est celle d'Imogen Evertsen.

Ma meilleure amie, Immy.

Elle a écrit « avec tout mon amour » et ajouté trois baisers sur la page de titre d'un roman célèbre qui traite de l'adultère ?

Imogen ?

Mon souffle forme des bouffées de vapeur blanche dans la chambre glaciale. Je voudrais fouiller le reste du tiroir, mais je n'en ai pas la possibilité. Je suis arrêtée par un bruit, encore une fois. Et celui-là est identifiable entre tous.

Il y a quelqu'un d'autre dans le cottage. Une porte a claqué. J'entends des pas.

18

Est-ce Angus ? Que dois-je faire ? Que se passera-t-il s'il me surprend en train de fouiller dans ses affaires ? La menace de violence me paraît soudain bien réelle.

Je rassemble en hâte toutes les lettres et les fourre dans le tiroir, frénétiquement mais en silence. La dernière enveloppe rangée, je me retourne.

En m'efforçant de maîtriser les battements de mon cœur.

Au bruit de pas a succédé celui de la vaisselle entrechoquée. Il y a quelqu'un dans la cuisine, qui a dû passer par la porte de derrière, sachant qu'elle serait déverrouillée.

C'est Angus, forcément.

Il me faut encore refermer les deux tiroirs. Le premier coulisse en émettant un léger grincement. Je me fige, tendue comme un arc.

De nouveau, des pas. Est-ce une voix ? Une voix aiguë de petite fille ? Est-ce Lydia ? Mais pourquoi Angus serait-il allé la chercher plus tôt à l'école ? Et si ce n'est pas Lydia, alors qui ?

Le silence revient dans le cottage. S'il y avait bien des voix, elles se sont tues. Au moment où je repousse le deuxième tiroir, cependant, je distingue encore une fois les pas. Lents. Retenus. J'ai la sensation terrifiante que l'intrus avance furtivement, en essayant d'être le plus discret possible. Pourquoi ?

À présent, c'est une porte qui grince, presque imperceptiblement – celle de la salle à manger, je reconnais le son. Autrement dit, l'intrus – Angus ? – se dirige vers cette chambre. Je dois me dépêcher. Je m'empresse de verrouiller le tiroir du milieu et m'apprête à fermer celui du haut, quand la clé échappe à mes doigts moites. Je me retrouve à genoux sur les lattes du parquet, à tâtonner désespérément autour de moi dans la chambre qui s'assombrit déjà. J'ai l'impression d'être une cambrioleuse dans ma propre maison ; c'est ridicule. Pitoyable. Où est cette fichue clé ?

Là ! Ravalant ma panique, je verrouille le premier tiroir, glisse la clé dans sa cachette et me retourne. Je lisse mon chemisier, l'air de rien, tandis que les pas s'arrêtent à l'entrée de la chambre et que la porte s'écarte lentement.

Personne.

Je contemple l'ouverture vide qui donne sur le couloir. Sur le mur, une mauvaise peinture d'une danseuse écossaise me retourne mon regard.

— Ohé ?

Rien.

— Ohé ?

Le silence, toujours. Aussi perçant qu'un hurlement. Mon cœur bat à grands coups sourds. Qui est là ? À quoi joue l'intrus ? Pourquoi voudrait-il me faire peur ? J'ai distinctement entendu des pas. Ce n'était pas une illusion, il y a bel et bien une présence avec moi.

— Il y a quelqu'un ? Qui est là ? Qui est là ?

Pas de réponse.

— Arrêtez tout de suite, ce n'est vraiment pas drôle ! Angus ? Lydia ? Arrêtez !

Il fait de plus en plus sombre. La lumière décline si vite, l'hiver, les jours où le ciel est couvert… Pourquoi n'ai-je pas allumé avant d'entamer mes recherches ? L'île est cernée par les ombres. La mer inspire et expire, épuisée. J'avance à tout petits pas vers la porte et jette un coup d'œil dans le couloir. Vide. Je distingue à peine la forme des meubles dans le salon. Et il fait si froid ! Le cottage est toujours froid, sauf que là, c'est exceptionnel. Je m'aperçois soudain que je grelotte.

Je tends la main vers l'interrupteur. Mais l'ampoule de soixante watts ne diffuse qu'une faible clarté.

— « Mon chéri navigue sur l'océan… »

C'est une voix de fillette. Dans la chambre de Lydia.

— « Sur la mer navigue mon chéri… »

Sauf que c'est la voix de Kirstie, étouffée et lointaine, et en même temps joyeuse. Je connais cette comptine ; c'était sa préférée. Une ballade écossaise que son père aimait lui chanter.

— « Ramenez-moi, ramenez-moi, oh, ramenez-moi mon chéri… »

Je me ressaisis. Ça ne peut pas être Kirstie. Bien sûr que non.

Donc, ce doit être Lydia, dans sa chambre, qui fait semblant d'être Kirstie. Mais comment est-elle entrée ? Pourquoi est-elle là ? Son père l'a-t-il ramenée plus tôt ? Et pourquoi imite-t-elle sa sœur ?

— Lydia !

Je me rue vers sa chambre, dont la porte est fermée. La main sur la poignée, je marque un temps d'arrêt, saisie par la peur irrationnelle de découvrir Kirstie à l'intérieur, coiffée de son bonnet bleu. Gaie, remuante, espiègle. Vivante. Ou peut-être brisée sur le lit, en sang et à l'agonie, comme elle l'était dans le Devon après sa chute. Une mourante ensanglantée, qui chante.

Mes visions sont des cauchemars.

Prenant sur moi, je pousse le battant, balaie la pièce du regard et… oui, c'est bien Lydia, dans son uniforme scolaire sous son épais anorak rose, qui regarde mélancoliquement par la fenêtre la mer et la côte jusqu'à Ardvasar, assombries par le crépuscule sous un ciel sans étoiles. Sa chambre aussi est étrangement glacée.

— Lydia ? Qu'est-ce que tu fais, ma chérie ?

Elle se retourne et m'adresse un sourire triste. Dans son uniforme trop grand, elle a l'air plus démunie que jamais, et je sens mon cœur se serrer.

— Tu chantais ?

— Non, c'est Kirstie qui chantait, répond-elle. Comme avant. Et moi je l'écoutais. Elle est partie, maintenant.

Je ne veux pas entendre ces mots, parce qu'ils impliquent que ma fille est réellement en train de devenir folle. Je préfère la noyer sous les questions.

— Comment es-tu rentrée, ma puce ?

Je regarde ma montre : il n'est que quinze heures, Klerdale est seulement sur le point de rouvrir ses portes.

— Lydia ? Ma Lydie-lo ? Qu'est-ce qui s'est passé ? Comment as-tu… je ne comprends pas. Qui t'a ramenée ?

— Moi. C'est moi qui l'ai ramenée.

Angus s'encadre dans l'embrasure, grand, menaçant.

— J'ai reçu un coup de téléphone de l'école.

Il me gratifie d'un regard appuyé. Son pull marron à encolure en V est couvert de poussière.

— La secrétaire m'a demandé de venir la chercher.

Il balaie du regard la chambre spartiate de notre fille. Ses yeux s'arrêtent un instant sur la girafe en peluche abandonnée sur le lit, puis sur l'album de Charlie et Lola qui traîne par terre.

— Oh, bon sang ! s'exclame-t-il. Pourquoi est-ce qu'il fait si froid, ici ? Viens avec moi, Sarah, il doit y avoir un problème avec le chauffage.

Il me regarde avec insistance, les sourcils froncés. Je serre brièvement Lydia contre moi, et de nouveau elle esquisse un pâle sourire. Puis Angus et moi, les parents aimants, sortons de la chambre. Une fois la porte fermée, nous nous éloignons dans le couloir, et je prends sur moi pour ne pas m'écarter de lui. Il est trop proche, trop intimidant.

— La secrétaire m'a téléphoné parce qu'elle n'arrivait pas à te joindre, m'explique-t-il. Elle m'a dit que Lydia était très malheureuse et n'arrêtait plus de pleurer. Apparemment, Emily Durrant a refusé de rester dans la même classe qu'elle, et du coup plein d'autres gosses ont réagi comme elle. Alors j'ai dû aller la chercher plus tôt. C'est Josh qui nous a raccompagnés en bateau.

— Et pourquoi…

— Ils veulent qu'on la garde à la maison une semaine.

Il soupire, puis se frotte le menton. Il a l'air plus âgé, soudain. Et fatigué. Ses yeux bruns cherchent les miens.

— Je n'ai pas réussi à la faire parler. Tu sais comment elle est, quand elle ne veut rien dire…

Il s'interrompt juste avant d'établir une comparaison blessante.

Je voudrais le frapper. Je n'ai pas oublié les mots écrits dans le livre. *Imogen Evertsen ?* Non, c'est ma fille qui compte avant tout.

— Pourquoi une semaine ? Qu'est-ce qui se passera après ?

Il hausse les épaules.

— Aucune idée. D'après la secrétaire, il est préférable d'attendre que les choses se tassent. Quoi qu'il en soit, je suis allé la chercher et je l'ai ramenée à la maison.

— Mais pourquoi es-tu entré comme un voleur, tout à l'heure ? Tu m'as flanqué une de ces frousses…

— Je ne savais pas que tu étais là. Toutes les lumières étaient éteintes.

Il ment. Encore. J'en ai la certitude. *Il ment.* Ses yeux ne lâchent pas les miens. Peut-être qu'il m'a vue fouiller sa commode et trouver le roman. Et peut-être qu'il s'en fout. Peu importe, je dois me concentrer sur notre fille. Que peut-elle ressentir en ce moment même ?

— Il faut que je parle à Lydia.

— Écoute, je ne suis pas sûr que…

Je repousse fermement sa main qui essaie de me retenir, et entrebâille la porte de la chambre. Lydia, assise sur son lit, s'est replongée dans l'album de Charlie et Lola. Comme elle le faisait il y a des années. Est-ce un refuge pour elle ? Un moyen de se rassurer ? Je voudrais que cette pièce soit plus lumineuse. Plus chaude aussi. Ce froid est difficilement supportable.

— Lydia ? Qu'est-ce qui s'est passé à l'école ?

Son regard reste rivé à l'album.

— Est-ce que quelqu'un t'a fait du mal, ma chérie ?

Seule la mer me répond en chuchotant sur le sable et les rochers.

— Lydia…

Je m'assois au bord du lit et lui caresse le bras.

— Lydia, s'il te plaît. Raconte-moi.

— Rien.

Et voilà. Ça recommence. J'ai l'impression de m'entendre.

— Lydie-lo, s'il te plaît…

— Rien.

Quand elle lève vers moi son petit visage, je vois ses yeux flamboyer.

— Rien ! Il s'est rien passé du tout !

Je lui caresse de nouveau le bras, et cette fois elle explose.

— Va-t'en !

Elle s'emporte contre moi. La colère rosit ses joues et convulse ses traits.

— Va-t'en ! Je te déteste, je te déteste !

— Lyd…

Je tends vers elle mon autre main, qu'elle gifle avec une force qui me surprend et m'arrache une grimace de douleur.

— VA-T'EN !

— D'accord.

Je me redresse.

— D'accord.

— VA-T'EN !

— Oui, je sors.

Je le fais : je bats en retraite, pitoyable et vaincue – la plus mauvaise des mères. Je m'approche de la porte, l'ouvre et la referme derrière moi, laissant ma fille seule dans sa chambre. Je l'entends sangloter à l'intérieur, et je n'y peux rien.

Les yeux fixés sur le battant où figurent les inscriptions « Lydia vit ici » et « Interdit d'entrer » tracées en lettres dorées, je m'efforce de refouler mes larmes. De toute façon, cela ne m'avancera à rien de pleurer, de me laisser déborder par mes émotions. La voix grave d'Angus me tire de mes pensées.

— J'ai tout entendu.

Il se tient à trois mètres de moi, dans le couloir, devant la porte ouverte du salon. J'entends le feu ronfler dans la cheminée et je distingue ses chaudes lueurs orangées.

— Eh…

Il ouvre les bras. Il voudrait me serrer contre lui, quand je n'aspire qu'à le gifler. Fort. Très fort. En même temps, j'ai envie de lui.

Malgré tout.

Par-dessus tout. Oh oui. C'est sans doute un effet de la jalousie, à cause de ce roman signé par Imogen. Si cette découverte m'a rendue jalouse, elle a également avivé mon désir. Je veux le posséder, le marquer, prouver qu'il est encore mien. Tout comme il l'a fait autrefois.

Je veux du sexe. Nous n'en avons jamais assez.

Il se rapproche.

— Tu fais de ton mieux, Sarah.

Il s'avance toujours.

— Elle est perturbée, bien sûr, mais je suis certain qu'elle finira par se remettre. Peut-être qu'elle a besoin d'un peu d'aide – qu'on en a tous besoin. Si tu retournais voir ce toubib, à Glasgow ? Comment il s'appelle, déjà ? Kellaway, c'est ça ?

Sa main cherche la mienne. Je me rends compte qu'il en a autant envie que moi.

Je lève les yeux vers lui, lèvres entrouvertes. Il s'empare de ma bouche, et nous nous embrassons comme nous ne nous sommes pas embrassés depuis au moins un mois. Peut-être même trois.

Déjà, nous nous déshabillons fébrilement, pareils à des adolescents. Je lui arrache son pull, il déboutonne mon jean. Nous perdons l'équilibre dans le salon, il m'aide à me relever, puis me porte jusqu'à la chambre. Je n'attends que ça. *Viens, Angus. Baise-moi.*

Il me baise. C'est bon. C'est exactement ce que je voulais – qu'il me prenne comme avant. Pas question de préliminaires ; je veux juste qu'il me pénètre et chasse mes doutes, ne serait-ce que durant quelques minutes.

Ses baisers sont profonds et fougueux. Il me mord l'épaule quand il me retourne. J'agrippe les oreillers.

— Je t'aime, Sarah…

— Va te faire foutre.

— Sarah…

Je chuchote dans la taie.

— Plus fort.

— Ah.

Il m'a passé une main autour du cou tandis qu'il m'écrase la figure dans l'oreiller. Il pourrait me briser la nuque s'il le voulait. En tournant la tête, je surprends une lueur de colère dans ses yeux, alors je le repousse et me dégage, puis m'allonge sur le dos. J'ai chaud, je suis meurtrie et en nage, et prête à jouir. Je saisis sa main pour la replacer sur mon cou.

— Baise-moi comme t'as baisé Imogen.

Silence. Il ne cille même pas. La pression de son pouce sur ma gorge s'accentue à peine. Rien ne l'empêche d'appuyer. Au lieu de quoi, il scrute mes traits, se retire et me pénètre de nouveau.

— Est-ce qu'elle a joui ? Hein ? Tu lui as donné du plaisir ?

Il me possède sauvagement, et je l'imagine en train de s'envoyer ma meilleure amie. Je voudrais le haïr. Je le hais. Mais rien n'arrête mon orgasme, irrésistible et étourdissant.

Puis, alors que le mien reflue, Angus jouit à son tour, s'effondre sur moi, retient son souffle et respire de nouveau. Fort. Il se retire, avant de se laisser tomber à côté de moi. Deux cœurs qui battent, et le bruit de la mer qui monte vers la fenêtre ouverte.

— Je n'ai jamais eu de liaison avec Imogen, dit-il.

19

— Il y a un livre, dans ta commode, qu'elle t'a dédicacé.

Allongés tous les deux sous la couette, nus et en sueur, nous avons les yeux fixés sur le plafond, où l'énorme tache d'humidité paraît encore plus grosse dans la faible clarté diffusée par la lampe de chevet.

Le crépuscule a cédé la place à la nuit. La fenêtre ouverte laisse voir la mer qui reflète les étoiles.

— T'as fouillé dans mes affaires ? demande-t-il.

— Elle a écrit : « Avec tout mon amour, Immy. » Suivi de trois baisers.

Il ne dit rien.

Je tourne la tête pour regarder son beau profil immobile ; il ressemble à l'un de ces chevaliers sculptés sur les tombeaux dans les églises. Puis je me rallonge et rive de nouveau mon regard à la tache.

— Elle t'a offert un roman ? Sur l'adultère, en plus ? Tu ne lis jamais de romans, Gus. Et elle te parle d'amour dans sa dédicace ? Vas-y, ose me dire que tu ne la baises pas !

— Je ne la baise pas, rétorque-t-il. Je ne couche pas avec elle. Je n'ai pas de liaison avec elle.

Pourtant, je détecte une hésitation dans sa voix. Fatale. Révélatrice. Il soupire, avant de déclarer :

— Mais on a couché ensemble une fois.

Le vent froid soulève les rideaux à moitié tirés.

Je parviens à me dominer. Et pose la question qui me brûle les lèvres.

— Quand, Angus ? Est-ce que ça s'est passé ce soir-là ?

— Le soir de l'accident, tu veux dire ?

Je sens qu'il me regarde par-dessus l'oreiller.

— Non, Sarah. Oh, bon sang, non ! Tout ce que je t'ai raconté à l'époque était vrai. Je me suis juste arrêté chez elle en sortant du boulot. Tu dois me croire.

Je ne sais plus trop où j'en suis. Sur ce point au moins, il m'a presque convaincue.

Mais…

J'insiste :

— Alors quand ?

Il soupire encore.

— C'était après, Sarah. Après la mort de Kirstie. Tu étais tellement… enfin, repliée sur toi-même et sur ton chagrin…

— Pas toi ?

— Non. Ou plutôt, je ne réagissais pas de la même façon. J'étais anéanti moi aussi, évidemment, et je me suis réfugié dans l'alcool. D'autant que t'étais intouchable. Tu ne me laissais plus t'approcher.

Je ne m'en souviens pas. Je ne me souviens pas d'avoir été intouchable. Pour autant, je ne relèverai pas. Pas maintenant.

— Du coup, t'es allé trouver Imogen, ma meilleure amie, parce que t'avais besoin de quelqu'un pour te consoler ?

— J'avais besoin d'une présence féminine, oui. Toi, t'étais inaccessible. Et on a toujours été proches, Immy et moi, on s'est bien entendus dès le début. Elle était là le soir où on s'est rencontrés, tu te rappelles ?

Je refuse de le regarder. J'entends un oiseau solitaire dehors, dont le cri me fait penser au son de la cornemuse. Je comprends mieux maintenant pourquoi Imogen Evertsen ne m'a pas abandonnée, quand tant d'autres amies me laissaient tomber. Elle se sentait coupable. Et cette culpabilité a modifié à jamais nos rapports.

— Il faut que je sache.

Je tourne légèrement la tête vers lui.

— Réponds-moi, Angus. T'as couché avec elle quand ?

Il inspire profondément.

— C'était… peut-être un mois après l'accident. À ce moment-là, j'étais une vraie loque. On avait vidé quelques bouteilles, on parlait, et soudain elle a… elle s'est penchée vers moi et m'a embrassé. C'est elle qui a pris l'initiative. Et oui, j'ai répondu, mais… Mais je n'ai pas continué, Sarah. J'ai mis un terme à cette histoire tout de suite après la première nuit.

— Et le livre ?

— Elle me l'a envoyé une semaine plus tard. J'ignore pourquoi.

Durant quelques instants, je m'absorbe dans mes réflexions. Donc, Angus l'a repoussée. À quel moment exactement ? Est-ce qu'ils ont fait l'amour toute la nuit ? Tout un week-end ? Ont-ils ri et échangé des baisers le lendemain matin ? Et est-ce que je m'en soucie, au fond ? Je me sens moins revancharde que je ne le pensais ; plus indifférente. C'est tellement… minable. Moi qui avais peur de mon mari, j'en suis maintenant venue à le mépriser. Pourtant, alors même que je voudrais l'éloigner de moi, je me demande ce que je deviendrais sans lui sur cette île. Nous sommes obligés de rester ensemble.

J'ai encore besoin de lui, ne serait-ce que sur un plan pratique.

— Je voulais une amie, Sarah. Quelqu'un avec qui parler de l'accident. Je t'assure, tu dois me croire. Le problème, c'est qu'Imogen a mal interprété mon attitude. Après, elle s'en est terriblement voulu.

— Ah oui ? Comme c'est touchant de sa part !

— Je ne cherchais pas à avoir une liaison. Que veux-tu que je te dise d'autre ?

— Pourquoi as-tu gardé ce roman ?

— Je ne sais plus. C'est la vérité, Sarah. Il n'était pas question pour moi de m'engager avec elle. Quand elle s'est fait des idées, j'ai mis les choses au point. Depuis, elle et moi, on est juste amis. Elle t'aime toujours, et elle regrette beaucoup d'avoir laissé les choses aller aussi loin.

— Tiens donc ! Il faudra que je pense à lui envoyer une petite carte pour lui dire merci. Je pourrais peut-être y joindre un bouquin, pourquoi pas ?

Il contemple la mer par la fenêtre ; je le vois du coin de l'œil.

— Tu sembles oublier que, moi, je t'ai pardonné quand c'est arrivé, reprend-il.

Ma colère resurgit instantanément.

— Tu veux parler de ma prétendue « liaison » ?

— Sarah…

— Après la naissance des jumelles ? Alors que tu m'ignorais depuis un an, que tu n'en avais que pour ton boulot et que tu m'as abandonnée au milieu des couches, toute seule avec deux bébés ?

— Je t'ai pardonné.

— Mais ce n'était pas ton meilleur copain que j'ai baisé, hein, Angus ? Est-ce que j'ai baisé ton meilleur copain juste après la mort de ta fille ?

Il reste silencieux quelques secondes, puis déclare :

— D'accord. Tu penses que c'était différent. Je comprends.

— Bravo !

— S'il te plaît, essaie de ramener les choses à leurs justes proportions.

— Pardon ?

— Il ne s'est rien passé de sérieux, Sarah. Rien qui implique des sentiments. Alors tu peux me détester, et tu peux détester Imogen, mais déteste-nous pour ce qu'on a vraiment fait, pas pour ce que tu penses qu'on a fait.

— Je n'ai pas besoin de toi pour savoir qui je déteste ou pourquoi.

— Sarah !

Je me lève et enfile mon épaisse robe de chambre en laine. Les lattes du parquet sont froides et rugueuses sous mes pieds. Je m'approche de la fenêtre. La lune brille haut au-dessus des Small Isles. C'est une nuit sans nuages, au début de l'hiver. Ce devrait être magnifique, et de fait ça l'est. Quoi qu'il advienne par ailleurs, cet endroit reste toujours aussi beau. Il y a quelque chose de cauchemardesque dans ce constat.

Angus se confond toujours en excuses. Je lui prête à peine attention.

Pour la première fois, je le considère comme inférieur à ce qu'il était. C'est à présent un mari et un homme amoindri, un être diminué sur tous les plans. Si je pouvais, je quitterais l'île avec Lydia. Mais je ne peux pas. Je n'ai nulle part où aller : ma meilleure amie Imogen n'est plus ma meilleure amie, et la maison de mes parents recèle trop de secrets douloureux.

Pour le moment, nos finances ne nous permettent pas d'échapper à Torran. Je suis piégée ici avec mon mari adultère. Qui sait, je finirai peut-être par lui pardonner, avec le temps ? Dans trois ou quatre décennies…

— Sarah, répète-t-il, encore et encore.

Je ne l'écoute pas. Au lieu de quoi, je sors de la chambre pour me rendre à la cuisine. J'ai faim.

Je me fais griller un toast, puis vais m'asseoir à la table de la salle à manger. Je mastique mon pain les yeux fixés sur le téléphone, en songeant à Lydia.

Angus a raison sur au moins un point : je devrais appeler Kellaway, le plus vite possible. Il me faut un avis d'expert sur l'étrange comportement de ma fille. Que lui arrive-t-il ? Il est possible qu'il puisse aussi m'aider à y voir plus clair dans mon couple. Mon menteur de mari me cache-t-il d'autres choses ?

Angus et moi avons une nouvelle confrontation plus tard dans la soirée. Je suis alors assise dans le salon, en contemplation devant la pluie. Avant, j'aimais la pluie qui balayait le Sound depuis la pointe de Sleat. Elle m'évoquait une chanson gaélique mélancolique : liquide et douce, lyrique et pourtant indéchiffrable. Le paysage noyé était pour moi comme une langue magnifique et mystérieuse en voie de disparition.

Aujourd'hui, la pluie me porte sur les nerfs.

Angus entre dans la pièce, un verre de scotch à la main. Il a emmené le chien se promener. Beany se couche près de la cheminée pour mâchouiller son faux os, tandis que mon mari prend place dans le fauteuil.

— Il a attrapé un rat, m'annonce-t-il.

— Super ! Il n'en reste plus que trois mille.

Il se fend d'un petit sourire. Pas moi. Le sien s'évanouit.

Le feu crépite. Le vent se lamente sur l'état du toit.

— Écoute, Sarah…, dit-il soudain, en se penchant en avant.

Son geste m'exaspère.

— Pas envie.

— Imogen et moi, ce n'était qu'une histoire d'un soir. Rien de plus. Une erreur à mettre sur le compte de l'alcool.

— T'as couché avec elle, Angus. Avec ma meilleure amie. Un mois après la mort de notre fille.

— Mais…

— Il n'y a pas de mais. Tu m'as trahie.

Une lueur de colère embrase son regard.

— Moi, je t'ai trahie ?

— Oh oui. Et d'une manière particulièrement odieuse, alors même que je pleurais mon enfant.

— Je…

— C'était une trahison, non ? Tu préfères qu'on appelle ça autrement ? Comment tu formulerais les choses ? « J'étoffais mon réseau de soutien ? »

Il garde le silence, même s'il a l'air d'avoir beaucoup à dire : la tension l'amène à grincer des dents et à crisper la mâchoire.

— Gus ? Je veux que t'ailles dormir dans la chambre d'amis.

Il vide son whisky d'un trait et hausse les épaules.

— Pas de problème. Après tout, ce ne sont pas les chambres vides qui manquent, ici.

— Ah non, ne m'entraîne pas dans cette voie. Pas maintenant.

Il éclate d'un rire amer, puis me regarde droit dans les yeux.

— T'as lu *Anna Karenine* en entier ?

— Non, je me suis arrêtée à la phrase d'Imogen. Pourquoi ? Est-ce qu'elle a semé des petits cœurs dans tout le bouquin ?

Il relâche son souffle et secoue la tête. En cet instant, il a l'air profondément malheureux. Quand il se penche pour gratter son chien adoré derrière les oreilles, je dois m'interdire de le prendre en pitié.

Ainsi que je le lui ai ordonné, il dort dans la chambre d'amis. Le lendemain matin, blottie sous ma couette, je l'entends se lever, s'habiller et rassembler ses papiers – les plans de cette maison, à Ord, qui lui tient tant à cœur. Enfin, un bruit de moteur m'annonce son départ. Alors seulement, je sors de mon lit, prépare le petit déjeuner de Lydia et vais m'habiller à mon tour.

Ma fille, sur le canapé, est plongée dans le *Journal d'un dégonflé.* Il n'y aura pas d'école aujourd'hui, puisqu'il faut attendre que les choses se calment. Au stade où nous en sommes, la possibilité d'un éventuel retour au calme me ferait presque rire tant elle me paraît absurde.

Après avoir fermé la porte qui sépare le salon de la salle à manger, je décroche le vieux téléphone massif et compose le numéro du Dr Kellaway. Malheureusement, il n'est pas à son cabinet ; sa secrétaire m'explique qu'il travaille chez lui cette semaine-là. Elle ne veut pas m'indiquer le numéro, évidemment.

— Donnez-moi le vôtre, je lui demanderai de vous rappeler dans quelques jours.

Mais il n'est pas question d'attendre. J'ai besoin de lui parler de toute urgence. Alors je téléphone aux renseignements.

Qui sait, j'aurai peut-être de la chance ? Je mériterais d'en avoir un peu, me semble-t-il.

Je n'ai qu'une vague idée de l'endroit où habite le pédopsychiatre ; je crois que c'est dans un quartier résidentiel de Glasgow. Imogen l'a mentionné à l'époque où elle rédigeait son article, parce qu'elle lui a rendu visite une fois, pour l'interviewer.

Imogen. Mon ex-amie. La salope.

À l'autre bout de la ligne, on décroche. Je demande le numéro du Dr M. Kellaway, à Glasgow. Combien peut-il y en avoir ? Pas plus de deux, certainement. J'espère qu'il n'est pas sur liste rouge.

La chance me sourit, apparemment.

— M. Kellaway, médecin, 49 Glasnevin Street. C'est le 0141 4339 7398.

J'inscris le numéro. La ligne grésille.

C'est un mardi après-midi froid de décembre. Kellaway est peut-être parti faire ses courses de Noël avec sa femme, ou skier dans les Cairngorms…

— Allô ? Monsieur Malcolm Kellaway ?

La chance me sourit toujours. Il est chez lui.

Alors je me lance :

— Bonjour, docteur. Je suis navrée de vous déranger chez vous, mais c'est assez urgent et… Voilà, en fait, j'ai désespérément besoin de votre aide.

Long silence empli de parasites. Puis :

— Vous êtes Mme Moorcroft ? Sarah Moorcroft ?

— Oui.

— Je vois.

Son intonation est légèrement bougonne.

— En quoi puis-je vous aider ?

Je me suis déjà posé la question : comment pourrait-il m'aider ? Et ma réponse est : en m'écoutant. J'ai besoin de parler à quelqu'un de ce drame effrayant. Je veux lui raconter tout ce qui s'est passé depuis le jour où il m'a reçue.

Alors, je m'approche de la fenêtre de la salle à manger, derrière laquelle je vois les corbeaux tournoyer au-dessus des sables de Salmadair, et, comme une femme sur son lit de mort qui dicterait dans l'urgence son testament, je déballe tout : le cri, le caprice devant Sally Ferguson, l'incident sanglant avec la baie vitrée, le fait qu'Angus savait, la réaction hystérique d'Emily Durrant, les problèmes à l'école et même la comptine « Mon chéri navigue sur l'océan ». Je n'omets rien.

Je m'attends à une réaction de surprise. Et peut-être est-il surpris, d'ailleurs. Mais sa voix demeure égale. Professorale.

— D'accord. Je comprends.

— Alors que me conseilleriez-vous, docteur ? Je vous en prie, répondez-moi. Je ne sais plus quoi faire. Lydia sombre devant mes yeux, ma famille est en train d'éclater, tout part en vrille.

— Idéalement, il faudrait que je vous reçoive en consultation pour discuter de différentes thérapies possibles. Nous devons procéder de façon rationnelle, madame Moorcroft.

— Oui, mais quel conseil pourriez-vous me donner, là, maintenant ? Je vous en prie !

— S'il vous plaît, calmez-vous.

Je suis tout sauf calme. J'entends les vagues se briser sur la grève. Quel effet cela nous ferait-il si, un jour, le bruit s'arrêtait ?

— Bon, je ne peux évidemment pas vous dire si votre fille est Lydia ou Kirstie, déclare-t-il. Dans la mesure où vous pensez que c'est Lydia, et où elle l'accepte – et compte tenu de toutes les dispositions que vous avez déjà dû prendre –, alors oui, il vaudrait peut-être mieux persister dans cette voie, quelle que soit la vérité.

— Et comment interprétez-vous ses frayeurs, la chanson, les miroirs, les… les… les…

— Vous voulez vraiment connaître mon opinion tout de suite ? Par téléphone ?

— Oh oui.

— Très bien. Je vois une possibilité. Parfois, la perte d'un frère ou d'une sœur très jeune peut engendrer chez le survivant une sorte de… de haine pour les parents, parce qu'il leur faisait confiance et croyait en leur capacité à les protéger. Vous me suivez ? La mort d'un jumeau est perçue comme une défaillance chez les parents – quelque chose qu'ils auraient pu et dû prévenir. C'est vrai pour tous les frères et sœurs, mais encore plus pour les jumeaux monozygotes. En d'autres termes, Lydia essaie peut-être de vous mettre à distance parce qu'elle vous rend responsables et n'a plus confiance en vous. Il se peut même qu'elle veuille vous punir.

— Vous êtes en train de me dire qu'elle… elle inventerait des histoires pour nous faire peur ? Pour nous troubler ? Parce qu'elle nous reproche la mort de sa sœur ?

— Oui et non. Ce ne sont que des hypothèses. Vous m'avez demandé mon avis, et ce n'est que ça : un avis. Une idée. Je vous le répète, il faudrait vraiment que nous puissions en parler face à face.

— Et pour les reflets dans les miroirs ou dans les vitres, et les photos ?

— On sait que les miroirs sont une source de perplexité pour les vrais jumeaux, et ce, en toutes circonstances. Il en va de même pour les photos – un point que nous avons déjà abordé. Néanmoins, il y a d'autres facteurs à prendre en compte.

— Lesquels ?

— Laissez-moi jeter un coup d'œil à mes notes, sur mon ordinateur. Je les ai rentrées après votre visite.

Tout en patientant, je contemple le Sound. Un bateau de pêche au crabe se dirige vers le loch na Dal, en direction de ce pavillon de chasse peint en blanc, Kinloch, où habitent les Macdonald. Les Macdonald du clan Macdonald, seigneurs des îles depuis le XIIe siècle. L'histoire est tellement présente partout, dans la région… Trop, même. Je commence à la détester. J'aspirais à faire table rase du passé. À prendre un nouveau départ. Ce n'est pas le cas.

Le passé est bien trop présent.

La voix de Kellaway s'élève de nouveau dans le combiné :

— Voilà. Après la mort d'un jumeau, le survivant peut aussi se sentir coupable d'être encore en vie. C'est assez évident. Or, cette culpabilité est aggravée si les parents donnent l'impression de regretter que ce ne soit pas lui qui ait disparu. Il est trop facile pour eux d'idéaliser l'enfant mort – surtout quand ils avaient une réelle préférence pour lui. Alors, il faut que je vous pose la question : est-ce que vous ou Angus aviez une préférence pour l'une de vos filles ? Votre mari préférait-il Kirstie, par exemple ?

— Oui, dis-je d'une petite voix.

— Dans ce cas…

Kellaway garde le silence quelques instants, ce qui ne lui ressemble pas.

— Dans ce cas, nous sommes obligés de considérer d'autres problèmes.

Il soupire.

— Lesquels ?

— Eh bien, nous savons que le taux de suicide est élevé chez les enfants qui ont perdu un jumeau.

— Vous pensez que Lydia pourrait se tuer ?

Au loin, le bateau a disparu, et j'entends les goélands crier et se lamenter.

— C'est une possibilité qu'on ne peut pas exclure. Il faudrait également explorer d'autres pistes, en particulier celles fournies par Robert Samuels, le pédopsychiatre. Mais…

— Pardon ? Qui ?

— Non.

Sa voix est plus ferme.

— Je dois absolument m'arrêter ici, madame Moorcroft. Je ne peux pas vous exposer maintenant les théories de Samuels. Je suis déjà allé trop loin sur ce sujet. Je regrette. Venez me voir, d'accord ? De toute urgence. Ces questions sont beaucoup trop délicates et complexes pour être abordées à la légère au téléphone. Rappelez-moi quand je serai de retour à mon cabinet, lundi, et je vous fixerai un rendez-vous le plus tôt possible. Madame Moorcroft ? C'est entendu ? Je m'arrangerai pour vous trouver un créneau dans mon planning la semaine prochaine. Je veux impérativement vous voir, Lydia et vous.

— Oui, oui, d'accord. Merci.

— Bien. Dans l'intervalle, surtout restez calme. Tâchez d'apaiser votre fille, ne laissez pas les choses s'envenimer avec votre mari. Nous nous reparlerons la semaine prochaine.

Qu'est-ce qu'il raconte ? S'imagine-t-il que je panique, que je perds mon sang-froid ?

Je ne panique pas, je suis furieuse.

Après avoir murmuré un « Merci » et un « Au revoir », je raccroche et, tout en regardant le Sound, je réfléchis.

Des cas de suicide chez les enfants, quand les parents ont une préférence marquée pour l'un ou l'autre ?

Je retourne au salon. Lydia s'est endormie sur le canapé, et son livre lui est tombé des mains. Elle paraît éreintée et malheureuse, jusque dans son sommeil. Je sors une couverture d'un placard, l'étale sur elle et l'embrasse sur le front, qu'elle plisse légèrement sous mes lèvres.

Ses cheveux blonds sont emmêlés. Je les aime mieux ainsi, légèrement décoiffés. Cela casse un peu la symétrie parfaite de son petit visage à la beauté classique. Kirstie et elle étaient toujours si jolies ! Angus et moi ne nous lassions pas de les admirer. Tout le monde s'extasiait devant les jumelles Moorcroft. Avant.

Le feu faiblit. Je prends des bûches dans le panier à bois et les place dans l'âtre. Alors que les flammes grandissent et dansent devant mes yeux, les pensées se bousculent dans ma tête. Angus et Kirstie, Angus et Kirstie.

Il nous reste à affronter les obsèques de Kirstie. Vendredi. C'était elle, la préférée d'Angus.

20

— Nous sommes venus sans rien en ce monde, et c'est sans rien que nous en partons. Le Seigneur donne, et le Seigneur reprend.

Je n'en crois pas un mot. Quoi qu'il en soit, j'ai du mal à croire à la réalité de ce moment : est-il possible que j'assiste dans une autre église aux funérailles de celle de mes filles qui est réellement morte ? Je ne peux pas croire que ma famille soit anéantie. Que tout soit redevenu cendres et poussière.

Le prêtre continue de parler. Submergée par le sentiment de mon impuissance, je regarde autour de moi.

L'église est située à Kilmore, en bord de mer, à moins d'un kilomètre de l'école primaire de Lydia. C'est un édifice victorien à l'architecture dépouillée et sévère, dans le style écossais, avec une nef austère, des bancs de chêne tout simples et trois hautes fenêtres en ogive qui ne laissent pas entrer beaucoup de lumière.

Une vingtaine de personnes sont réunies à l'intérieur : nos proches, ainsi que quelques habitants de la région, assis sur les bancs inconfortables, sous les plaques commémoratives dédiées aux fils de lord et lady Macdonald de Sleat, morts à Ypres et pendant la campagne de Gallipoli, en Afrique du Sud et sur les mers. Quatre fils de l'Empire britannique, disparus, mais pas oubliés pour autant.

Des enfants morts, eux aussi.

— *Seigneur ! Dis-moi quel est le terme de ma vie, et quelle est la mesure de mes jours.*

Angus m'a avoué, avant que nous cessions tout à fait de nous parler, qu'il avait eu du mal à trouver un prêtre désireux d'officier. Le révérend de la paroisse n'y tenait pas. C'était trop étrange, trop dérangeant, peut-être même inconvenant : deux cérémonies funéraires pour un seul enfant ?

C'est finalement Josh et Molly qui ont réussi à convaincre un prêtre de Broadford de nous apporter son soutien, et le choix de cette église s'est imposé de lui-même : une bâtisse triste, mais érigée sur un site remarquable d'où elle domine les vagues et, par-delà le cimetière, permet d'apercevoir Mallaig et Moidart au loin.

J'ai fait quelques recherches sur Google. C'est un lieu chargé d'histoire, qui a servi à la célébration du culte druidique, et a été marqué par la violence entre clans. Une autre église plus ancienne se dresse à proximité, mais elle est réduite à l'état de ruine érodée par le vent et la pluie des Hébrides.

Nous avons donc pris place dans l'édifice victorien plus récent : ma mère et Lydia à un bout du banc, moi à l'autre. Angus, dans son costume londonien noir, se tient entre nous. Sa cravate n'est pas tout à fait noire : elle s'orne de minuscules points rouges. Je la déteste. Je le déteste aussi. Ou, du moins, je ne l'aime plus. Il dort en permanence dans la chambre d'amis.

Lydia est tout de noir vêtue : robe, chaussettes, chaussures. Cette couleur fait ressortir le blond de ses cheveux et la pâleur de sa peau. Noir et glace. Elle semble calme pour le moment. Imperturbable. Pourtant, la faille en elle est toujours là, visible à la lueur de tristesse dans son regard, comme une promesse de neige par une belle journée d'hiver.

Ma mère lui a passé un bras protecteur autour des épaules. Je regarde ma fille survivante et lui adresse un sourire réconfortant. Mais elle ne me prête aucune attention ; elle contemple fixement la bible devant elle, dont elle tourne les pages de ses mains menues, désormais parsemées de fines cicatrices. Elle semble captivée.

Lydia a toujours adoré lire.

Le prêtre déclame :

— *Oh, détourne de moi le regard, et laisse-moi respirer, Avant que je m'en aille et que je ne sois plus !*

Cette phrase me donne envie de pleurer. J'ai les larmes aux yeux depuis le début de l'office, et je les sens à présent sur le point de jaillir, de me déborder. Pour tromper mon angoisse, je saisis moi aussi la bible.

Am Bioball Gaidhlig.

Elle est en gaélique.

Lydia est-elle réellement en train de lire ? Comment pourrait-elle comprendre le gaélique ? Si son école est bilingue, elle ne la fréquente que depuis quelques semaines. Sans compter qu'elle n'y va plus pour le moment. Pourtant, elle paraît absorbée par le texte, et ses yeux bougent de gauche à droite, comme si elle suivait les lignes.

Peut-être fait-elle juste semblant de lire ? Peut-être essaie-t-elle elle aussi de se concentrer sur quelque chose pour ne pas avoir à penser aux funérailles ? Après tout, elle ne devrait sans doute même pas être là ; je me suis d'ailleurs demandé s'il ne valait pas mieux lui éviter la cérémonie, pour lui épargner une douloureuse épreuve de plus. Mais son absence aux obsèques de sa sœur était pour moi inconcevable.

— *Seigneur, Tu as toujours été notre refuge, d'une génération à l'autre…*

Je ferme les yeux une seconde.

— *Tu fais rentrer les hommes dans la poussière, et Tu dis : Fils de l'homme, retournez !*

Combien de temps réussirai-je à contenir mes larmes ?

Je vois Angus m'observer du coin de l'œil, d'un air désapprobateur. Il n'a jamais voulu de cette cérémonie. Pourtant, malgré ses réticences, c'est lui qui a presque tout organisé : le prêtre, la modification du certificat de décès, et toutes les démarches administratives liées à La Méprise. Mais c'est moi qui ai choisi les textes liturgiques ; ce sont les mêmes que pour les obsèques de Lydia – Lydia, qui se tient aujourd'hui appuyée contre ma mère, à deux mètres de moi, dans cette église gothique victorienne, grise et froide, qui surplombe le Sound en direction d'Ardnamurchan.

L'étrangeté de la situation a quelque chose d'hypnotique. J'ai l'impression que nous sommes tous tombés dans les eaux glacées de Lochalsh, où les algues oscillent et dansent lentement dans le courant, comme ensorcelées.

— *Du fond de l'abîme je T'invoque, ô Éternel ! Seigneur, écoute ma voix !*

Ma voix ? Laquelle ? Celle de Lydia ? Celle de Kirstie ? Je balaie du regard la petite assemblée. Il y a ici des voix que je n'ai pratiquement jamais entendues – celles d'habitants à qui j'ai à peine adressé la parole depuis notre arrivée. Josh et Molly ont dû les convaincre de venir afin de grossir les rangs des fidèles. Ils sont là par compassion. *Oh, ce pauvre couple, avec les jumelles, vous savez ? L'erreur terrible. Oui, il faut qu'on aille à la cérémonie, on pourrait déjeuner au Duisdale après ? Leurs coquilles Saint-Jacques sont délicieuses.*

Mon père est assis au bout du banc, dans son costume noir fané, qu'il ne porte plus aujourd'hui que pour les enterrements. Il paraît vieux, avec ses joues flasques et ses cheveux autrefois noirs et lustrés qui sont aujourd'hui blancs et clairsemés. Mais ses yeux bleus larmoyants brillent toujours, et quand il me voit regarder dans sa direction, il m'adresse un petit sourire visant à me rassurer, à me réconforter. Il a aussi l'air coupable.

Parce que mon père se sent toujours coupable de tout : sa fâcheuse habitude de s'emporter contre nous quand nous étions jeunes ; ses infidélités envers maman, qui est néanmoins restée à ses côtés, accentuant encore sa culpabilité ; cette tendance à boire qui a nui à sa carrière, alimentant ainsi son ressentiment – un cercle vicieux de frustration toute masculine.

Comme Angus.

Jusqu'au moment où il a arrêté de crier et de boire, où il a pris sa retraite avec le peu qu'il lui restait. Il s'est entraîné à préparer des *cataplana* portugaises dans la grande cuisine d'Instow, où il se faisait une joie de recevoir les jumelles, durant tous ces séjours heureux.

— *Je suis la résurrection et la vie, dit le Seigneur. Celui qui croit en Moi ne mourra pas.*

Ce passage éveille un écho au plus profond de moi, parce que dans mon cas c'est littéralement vrai : alors même que je perds pour la seconde fois une de mes filles, ma Lydia est ressuscitée. Elle se tient à deux mètres de moi, serrant entre ses petits doigts une bible en gaélique.

J'agrippe le dossier du banc devant moi. Je ne flancherai pas.

— Levez-vous, je vous prie.

Nous nous mettons debout pour entonner un cantique et, tout en balbutiant les mots, je jette un coup d'œil à Molly de l'autre côté de la travée. Elle rougit en me gratifiant d'un faible sourire assorti d'un regard d'encouragement, genre « Tu vas y arriver » – ce même regard que tout le monde pose sur moi.

— Ô Père miséricordieux, dont les anges contemplent toujours le visage aux cieux ; donne-nous l'espoir que cet enfant, le tien, a été accueilli dans le havre de Ton amour éternel.

C'est pratiquement terminé. Je tiens le coup. Ma petite Kirstie a été libérée. Sa mort est reconnue, son âme peut s'envoler pour rejoindre les nuages qui voilent les Cuillins. En même temps, je ne crois pas à cette idée. Kirstie est toujours là, à sa façon – présente à travers sa jumelle.

Le prêtre accélère la cadence, signe que la cérémonie touche à son terme.

— Ô Seigneur, Toi dont le fils bien-aimé a pris les petits enfants dans ses bras pour les bénir. Accorde-nous Ta grâce, nous Te supplions d'accueillir l'âme de cette fillette, Kirstie Moorcroft, et de lui accorder Ton amour éternel.

Je triture le mouchoir en papier dans ma main gauche pour éviter de pleurer.

Courage, Sarah, on y est presque. Je ne m'en souviens que trop bien. Il ne reste plus qu'une phrase. Tout se répète. Tout a une fin.

— Que la grâce de Notre Seigneur Jésus-Christ, l'amour de Dieu et la compassion du Saint-Esprit soient avec vous à jamais. Amen.

La cérémonie est terminée, l'épreuve est surmontée.

Je pleure, à présent. Alors que nous sortons un à un sous le fin crachin de décembre à Skye, mes larmes coulent sans discontinuer. Les rideaux de pluie balaient le Sound, du pont de Shiel à Ardvasar. Voilant et dévoilant le paysage. Josh parle à Angus. Mon père tient Lydia par la main. Ma mère titube. J'aimerais que mon frère soit là pour nous soutenir, mais il est parti pêcher le saumon en Alaska – aux dernières nouvelles, du moins.

Alors je laisse les larmes couler, intarissables, comme le sont les averses de neige fondue sur Sgurr nan Gillean.

— On a vraiment une vue sublime, d'ici…

— Oui. Mon Dieu, quelle tristesse !

— Je vous en prie, madame Moorcroft, passez à la maison quand vous voulez.

— J'espère que la petite se plaît dans son école… J'ai entendu dire que le temps allait sérieusement se gâter !

Je bredouille quelques mots à l'intention des uns et des autres, tandis que les talons de mes escarpins noirs font crisser le gravier mouillé de l'allée devant l'église. Qui sont tous ces gens, avec leur gaieté de façade et leurs petits mensonges aimables ? Je ne leur en suis pas moins reconnaissante de leur présence, qui retarde le moment inévitable, le contrecoup que je sais imminent. Alors je serre des mains et accepte les paroles de consolation, avant de monter dans une voiture garée près de la grille de l'église. Josh nous conduit, Lydia et moi, au Selkie, où Molly et lui nous ont aidés à organiser une sorte de veillée. Angus y emmène mes parents. Il en profitera sûrement pour se quereller avec mon père pendant le trajet.

Je suis assise sur la banquette arrière à côté de Lydia, un bras passé autour de ses épaules. Ma petite fille en noir.

Au moment où Josh négocie un virage, elle me tire par la manche en demandant :

— Maman ? Est-ce que je suis invisible, maintenant ?

Je suis tellement habituée à ses remarques saugrenues que je ne m'en émeus même plus. Je me contente de hausser les épaules.

— On ira voir les loutres de mer, tout à l'heure. D'accord ?

La voiture quitte la route principale et descend vers le village d'Ornsay, nous offrant un magnifique panorama sur Torran au loin. Les nuages se scindent soudain, et le soleil illumine le cottage et le phare, dont la blancheur contraste avec le gris foncé de Knoydart et de Sandaig par-derrière. L'effet est dramatique : on dirait qu'un projecteur est braqué sur l'île.

Un décor de théâtre attendant les acteurs. Pour la grande scène finale.

Où vais-je ? À une veillée ?

Cela rime-t-il à quelque chose d'organiser une veillée pour une personne morte depuis plus d'un an ? Ou n'est-ce que le prétexte dont chacun a besoin pour se noyer dans la bière Old Pretender et le whisky Poit Dhubh ?

Mon père, bien sûr, n'a jamais eu besoin de prétexte. Vingt minutes après notre arrivée au pub, il en est déjà à son troisième ou quatrième verre, et je vois de minuscules gouttes de sueur perler sur son front alors qu'il se dispute avec Angus. Ils ne se sont jamais entendus. Deux pseudo-mâles dominants. Un combat de cerfs dans les forêts de Waternish.

La tension du moment n'a fait qu'aviver leur antagonisme. Je rôde à la lisière de leur conversation, en me demandant si je devrais essayer de les réconcilier et si j'ai envie de me donner cette peine. Papa lève son verre de scotch pur malt en direction de la lumière hivernale qui entre par la fenêtre.

— Et voilà le résultat de l'alchimie mystique de la distillation, qui transforme l'eau de pluie la plus pure en ce beau liquide doré de la vie, ce breuvage des Gaëls immortels.

Coup d'œil torve d'Angus.

— Je préfère le gin.

— Au fait, comment se portent les extensions de lofts, Angus ? lui demande mon père.

— Du tonnerre, David. Du tonnerre.

— Vu le genre d'architecture locale, vous ne devez pas être débordé ! J'imagine que vous avez largement le temps de venir ici boire un coup.

— Oui, c'est idéal pour un alcoolique comme moi.

Mon père le foudroie du regard. Angus lui rend la pareille.

— Et donc, David, vous avez arrêté de faire des pubs télé pour… c'était quoi, déjà ? Des tampons hygiéniques ?

Comment peuvent-ils en être encore là ? Comment osent-ils se quereller ainsi, le jour des obsèques d'un enfant ? En même temps, pourquoi s'en priveraient-ils ? Pourquoi ne pas continuer comme si de rien n'était ? Après tout, la situation ne s'arrangera jamais, elle ne fera qu'empirer, jusqu'au moment où… Mais peut-être ont-ils raison de ne pas changer leurs habitudes : leur antipathie mutuelle et feutrée constitue une sorte de repère de normalité, presque réconfortant par sa constance.

Pour ma part, j'en ai assez entendu pour trois vies entières. Je me détourne. Maman est là, sur ma gauche, à quelques mètres seulement, un verre de vin rouge à la main. Je m'approche d'elle et, les sourcils froncés, indique d'un mouvement de tête mon père et Angus.

— Ça y est, ils ont remis ça.

— Bah, tu sais comment ils sont : ils adorent s'envoyer des piques.

Elle pose sur mon bras une main ridée. Ses yeux bleus à l'expression rêveuse sont plus brillants que jamais ; aussi brillants que ceux de ma fille.

— Je suis contente que ce soit fini. Tu as été très courageuse, Sarah. Je suis fière de toi. Aucune mère ne devrait avoir à subir ce que tu as dû traverser.

Une gorgée de vin.

— Deux services funéraires ? Mon Dieu !

— Maman…

— Et toi, dans tout ça ? Tu te sens mieux, ma chérie ? Je veux dire, moralement… Ça se passe bien entre Angus et toi ?

Je ne veux pas aborder le sujet. Pas aujourd'hui. Pas maintenant.

— Oui, ça va.

— Tu es sûre ? J'ai cru percevoir, bah, je ne sais pas, une certaine tension entre vous.

Je soutiens son regard sans ciller.

— Tout va bien, maman.

Pourquoi devrais-je lui en parler ? *Eh, maman, au fait, j'ai découvert que mon mari avait couché avec ma meilleure amie, environ un mois après la mort de ma fille…* Au moins, personne n'a mentionné l'absence pourtant flagrante d'Imogen à la cérémonie ; peut-être est-il évident pour tous que quelque chose s'est brisé entre nous. Elle m'a adressé plusieurs e-mails implorants, que j'ai ignorés.

Ma mère semble comprendre, à mon silence, qu'il vaut mieux ne pas insister. Elle reprend la parole nerveusement.

— Alors, est-ce que le déménagement a été bénéfique ? C'est tellement joli, ici, malgré le mauvais temps… Je comprends mieux pourquoi tu aimes tant cet endroit.

Je me borne à hocher la tête. Elle poursuit sur sa lancée :

— Et Lydia, ma petite Lydia… Bien sûr, c'est terrible à dire, mais il y a une chance pour qu'elle puisse mener une vie plus normale maintenant qu'elle est seule, non ? Tu sais, les jumeaux sont tellement à part…

— Sûrement, oui.

Je voudrais me sentir indignée par ces remarques, sauf que je n'en ai pas l'énergie. Peut-être ma mère a-t-elle raison. Elle boit son vin trop vite, et il dégouline sur son menton.

— Rappelle-toi, les filles se chamaillaient souvent. Tu te souviens, tu disais que Lydia était la plus passive, dans ton ventre. On prétend que les jumeaux se battent pour se nourrir dans le ventre maternel, non ? Elles s'entendaient à merveille, elles étaient inséparables, et en même temps elles cherchaient chacune à accaparer ton attention. Kirstie s'en plaignait, d'ailleurs, n'est-ce pas ?

Qu'est-ce qu'elle raconte ? Peu importe, je l'écoute à peine. Je vois Lydia qui se tient à l'écart de tout le monde. Lydia, debout à l'entrée du Selkie, qui regarde la pluie tomber derrière la porte vitrée.

Comment fait-elle face ? À quoi pense-t-elle ? Elle est aussi seule que peut l'être un humain. L'amour et la pitié se mêlent dans mon cœur jusqu'à me donner la nausée, une fois de plus. J'abandonne ma mère et me fraie un passage entre les buveurs pour rejoindre ma fille.

— Lydia ? Ça va, ma puce ?

Elle tourne la tête vers moi et m'offre un pâle sourire.

— Je suis toujours là, maman, mais j'y suis plus. Non, j'y suis plus.

J'étouffe mon chagrin et lui souris en retour.

— Tu en as assez de la pluie, c'est ça ?

La question paraît la dérouter. Je prends sa petite main striée de cicatrices et l'embrasse, puis caresse sa joue légèrement rosie.

— Tu regardais la pluie tomber, mon cœur…

— Oh… Non, pas la pluie, maman.

Elle tend vers la porte un bras gracile. Dans cette robe noire à manches longues, elle ressemble à une petite adulte.

— Je parlais à Kirstie, dans la voiture. Elle était dans le rétroviseur.

— Lydia…

— Elle est partie, maintenant. Tout à l'heure, le prêtre a dit qu'elle était montée au ciel, et je voulais lui demander où c'était. Mais il m'a pas répondu, alors je suis partie chercher Kirstie, parce que je crois pas qu'elle soit au ciel. Elle est là, avec nous. Tu te rappelles quand on jouait à cache-cache, à Londres ? Dis, tu te rappelles ?

Oh oui, je me rappelle. Et ce souvenir m'emplit d'une tristesse indicible. Il faut cependant que je garde la tête froide, pour Lydia.

— Bien sûr, ma chérie.

— J'ai cru qu'elle jouait encore à cache-cache, et j'ai regardé dans tous les endroits où on se cachait quand on s'amusait à la maison. En fait, elle s'était glissée derrière la penderie.

— Hein ?

— Oui, maman. J'ai senti sa main.

Je dévisage ma fille.

— Tu as quoi ?

— J'ai senti sa main, maman, et ça m'a fait peur, parce que j'avais jamais senti sa peau avant. Je veux pas qu'elle me touche, ça fait trop peur.

— Lydia…

Comment pourrais-je la calmer ? Je n'en ai pas la moindre idée. J'ai l'impression qu'elle est en train de régresser : dans son affolement, elle s'exprime comme un enfant de cinq ans.

J'ai besoin de l'aide d'un psychologue. J'ai rendez-vous avec Kellaway la semaine prochaine, mais je ne pourrai jamais tenir jusque-là.

— Maman ? Tu parles à Kirstie, des fois ?

— Pardon ?

— Tu la vois, toi aussi ? Tu l'entends ? Je sais qu'elle voudrait te parler.

Comment la détourner de ses pensées ? Je devrais peut-être lui poser des questions – celles que j'ai évitées jusque-là. De toute façon, je ne peux pas la rendre plus triste qu'elle ne l'est.

— Viens, dis-je. On va dehors, il y a peut-être des loutres de mer près du quai.

Il n'y en aura pas, je le sais déjà, mais je veux lui parler seule à seule. Docilement, Lydia me suit dehors, dans l'air froid. La pluie s'est arrêtée, il ne subsiste qu'un fin voile d'humidité dans l'atmosphère. Ensemble, nous marchons jusqu'au bord du quai, où nous nous agenouillons sur le ciment humide pour scruter les rochers, les galets et les paquets d'algues soulevés par les vagues.

J'ai essayé d'apprendre le nom de ces algues, et de la flore du littoral : matricaire inodore, glaux maritime, panicaut de mer… De même, j'ai essayé d'apprendre le nom de tous les petits poissons qui vivent dans les flaques entre les rochers sur Torran : le mordocet, la gonelle et l'épinoche, dont le mâle a le ventre rouge…

Pourtant, leur réalité m'échappe. Les mots me sont étrangers. Je ne maîtrise pas ce langage.

— Y a pas de loutres, déclare Lydia. J'en vois jamais, maman.

— Tu sais, elles sont très timides.

Je me tourne vers elle.

— Dis-moi, Lydia, tu te souviens si Kirstie était en colère contre papa le week-end où… où elle est tombée ?

Ma fille soutient mon regard. Inexpressive. Passive.

— Oh oui. Elle était très en colère.

Ma tension augmente d'un cran.

— Pourquoi ?

— Parce que papa arrêtait pas de l'embrasser.

Un goéland solitaire lance un appel exaspéré.

— Il l'embrassait, et il lui faisait des câlins, poursuit Lydia sans détourner les yeux. Elle m'a dit qu'elle avait peur, parce qu'il le faisait tout le temps.

Quand elle s'interrompt, je m'efforce de ne rien montrer de mon trouble. Des souvenirs resurgissent, des images d'Angus en train d'embrasser les filles, surtout Kirstie. C'était lui, le plus tendre de nous deux. Le plus tactile.

Je me représente Lydia sur ses genoux, après l'accident avec la baie vitrée, en me remémorant le sentiment de malaise engendré par cette vision, et la pensée que notre fille était trop vieille pour s'asseoir ainsi sur les genoux de son papa.

Le goéland s'éloigne à tire-d'aile. J'ai l'impression de chuter dans le vide, de piquer droit vers le sol.

— Je crois qu'il lui faisait peur, maman. Papa lui faisait peur.

Est-ce ça que je cherchais, et que je n'ai pas vu ?

— Écoute, Lydia, c'est très important. Tu dois me dire la vérité.

Je ravale ma rage, ma douleur et mon angoisse.

— Est-ce que tu es en train de me dire que papa embrassait et câlinait Kirstie d'une drôle de façon ? D'une façon qui la gênait ? Et qui l'effrayait ?

Elle marque une pause. Puis hoche la tête.

— Oui, maman.

— Tu en es sûre ?

— Oh oui. Mais elle l'aimait, tu sais. C'est papa. Moi aussi, j'aime mon papa. On peut aller voir sur l'autre plage s'il y a des loutres de mer ?

Je réprime une brusque envie de hurler. Je ne peux pas me permettre de flancher maintenant. Il faut que je parle à Kellaway. Tout de suite. Tant pis pour la veillée de Kirstie.

Mon père est sorti du pub. Il déambule, un verre à la main, l'air mélancolique et éméché.

Je l'attrape par le bras en ordonnant :

— Joue avec Lydia, s'il te plaît. Surveille-la.

Il hoche la tête, esquisse un léger sourire de guingois et se penche pour tapoter Lydia sous le menton. Je sors mon téléphone et me dirige vers l'autre extrémité du quai, pour qu'on ne puisse pas m'entendre.

Il n'y a personne au cabinet de Kellaway. Pas de réponse non plus à son domicile.

Que faire ? Je reste immobile quelques instants, les yeux fixés sur les vasières envahies peu à peu par la mer. La luminosité a encore changé : à présent, Torran est plongée dans l'ombre, et ce sont les montagnes de Knoydart qui sont éclairées, révélant leurs nuances de vert et de violet foncé. Forêts de bouleaux et étendues désertiques.

Je repense soudain à ce que m'a dit Kellaway au téléphone, avant de mettre un terme à la conversation. Il a mentionné un certain Samuels. Robert Samuels, pédopsychiatre.

Il faut que j'accède à Internet.

Je vais devoir prendre la voiture. Je traverse le parking, puis me glisse au volant de la Ford Focus familiale. Comme souvent, Angus a laissé les clés sur le contact. Personne ne verrouille les maisons ni les véhicules par ici. Les habitants s'enorgueillissent de leur taux de criminalité zéro.

Je retire le trousseau et le soupèse dans ma paume, comme s'il s'agissait de pièces étrangères de grande valeur. *Samuels, Samuels, Samuels.* Je démarre, écrase la pédale d'accélérateur et m'éloigne de la cérémonie à la mémoire de ma fille. Je ne vais pas loin : jusqu'au sommet de la colline, à un peu plus d'un kilomètre, d'où l'on peut recevoir un signal 3G correct. Et se connecter à Internet.

Parvenue à destination, je me gare et ressors mon smartphone.

J'entre les mots dans Google.

Robert Samuels. Pédopsychiatre.

Sa page Wiki apparaît immédiatement. Il travaille à l'université Johns Hopkins. Apparemment, il jouit d'une certaine notoriété.

Je parcours sa biographie. Le vent chuchote dans les pins et les sapins, j'ai l'impression d'entendre un chœur de murmures réprobateurs.

Samuels est productif. Il a publié une foule d'articles. Je survole la liste : *Psychologie du deuil infantile, Création de gestes chez les enfants sourds, Comportements à risques chez les adolescents prépubères, Indices suggérant chez les jumeaux des abus sexuels par le père.*

Mes yeux s'attardent sur le titre.

Abus sexuels par le père.

Je clique sur le lien, mais il ne m'en apprend guère plus : *Indices suggérant chez les vrais jumeaux des abus sexuels par le père : méta-analyse et hypothèses de travail.*

Je sens que je touche au but. J'y suis presque. Il faudrait que je puisse lire le texte en entier.

Tout en prenant de profondes inspirations, je clique plusieurs fois sur divers sites, jusqu'à trouver une copie de l'article – payante. Je sors ma carte de crédit, et entre le numéro pour obtenir la version PDF.

Je passe vingt minutes à lire, assise dans ma voiture, tandis que le soleil se couche derrière les montagnes chauves au-dessus de Tokavaig.

L'article est court mais dense. Samuels a, semble-t-il, étudié des dizaines de cas d'abus sexuels commis par un père de famille sur des jumeaux, et surtout des jumelles, en particulier sur la « préférée » des deux.

Le téléphone tremble dans ma main.

Les signes d'abus sexuels incluent l'intensification de la rivalité entre les jumeaux, « une tendance à l'automutilation chez la victime et/ou chez son jumeau », des manifestations inexplicables de culpabilité et de honte, « une apparence de gaieté à laquelle on ne peut se fier ». De plus, « il arrive que le jumeau épargné souffre au moins autant que la victime de désordres psychologiques et de troubles mentaux, surtout quand ils sont très proches et partagent tous leurs secrets ». Et enfin, le coup de grâce : « Des cas d'automutilation ou même de suicide chez le jumeau victime d'abus sexuels ont déjà été signalés. »

Mon univers s'écroule tandis que je lis ces mots dans ma voiture, garée à flanc de colline au crépuscule. Je viens de découvrir que, selon toute vraisemblance, mon mari a abusé de Kirstie. Ou, du moins, s'en est dangereusement approché.

Comment est-il possible que je n'aie rien vu ? Pourquoi n'ai-je pas été alertée par ces câlins spéciaux entre papa et Kirstie, entre papa et sa petite « Culbuto » – ce surnom idiot qui se voulait une marque d'affection ? Et que dire de toutes ces fois où il entrait dans la chambre de Kirstie le soir et restait seul avec elle, alors que je lisais avec Lydia ?

C'est sûrement ça, l'explication que je cherche depuis un moment, la logique à l'œuvre derrière tout ce que j'avais sous les yeux. Angus abusait de Kirstie. C'est pour cette raison qu'elle avait peur de lui. Lydia me l'a dit, Samuels le confirme. Alors, bouleversée, effrayée, elle a fini par sauter. C'était un suicide, ce qui pourrait expliquer en grande partie la détresse de sa sœur.

Parce que Lydia savait. Peut-être qu'elle a assisté à certaines scènes choquantes, ou peut-être que Kirstie lui en avait parlé. Et il est possible que, confrontée à un tel traumatisme, elle ait voulu endosser l'identité de Kirstie ; ainsi, elle pouvait prétendre que sa sœur n'était pas morte à cause de ce que leur papa lui avait fait. Elle s'est réfugiée dans le déni. Est-ce la raison pour laquelle elles échangeaient leurs identités cet été-là ? Pour fuir leur papa ?

Les possibilités sont infinies et terrifiantes, mais toutes aboutissent à la même conclusion : mon mari est responsable de la mort d'une de nos filles, et aujourd'hui, il est en train de détruire l'autre.

Que puis-je faire ?

Je pourrais pousser jusqu'au McLeods, le magasin d'articles de chasse, et m'acheter un fusil. Puis retourner au Selkie et abattre Angus. Ma colère est telle que je m'en sens capable.

Parce que tout mon être crie vengeance. Mais pour le moment, peu importent mes émotions. Je ne suis pas une meurtrière, je suis une mère. Et le plus important, c'est de protéger ma fille. Pour le moment, malgré ma fureur, je dois trouver un moyen de nous libérer de ce cauchemar, elle et moi. Alors il faut que je reste calme, que je réfléchisse.

Je regarde par la vitre. Un père marche le long de la route avec sa fille en bas âge. C'est peut-être un grand-père, d'ailleurs. Il a l'air vieux, et il avance voûté dans sa veste Barbour, une écharpe rouge autour du cou. Il montre à l'enfant un immense goéland argenté qui descend en piqué, menaçant – un éclair blanc dans le ciel.

Indices suggérant des abus sexuels par le père.

La rage bouillonne en moi comme de la lave en fusion.

21

L'amarre à la main, Angus sauta dans le canot, où il avait déposé les provisions achetées au Co-op pour le week-end.

Le moteur démarra du premier coup, et il prit rapidement de la vitesse, fendant les eaux en direction de Torran. Il faisait déjà presque nuit, et les nuages amoncelés plus au nord ne lui disaient rien qui vaille. Il tombait une petite pluie fine et glacée, et les sapins de Salmadair ployaient sous un vent de plus en plus fort. Angus avait entendu parler de la menace d'une tempête la semaine suivante ; c'en étaient peut-être les premiers signes.

Or, c'était bien la dernière chose dont ils avaient besoin : se retrouver coincés sur l'île du Tonnerre par gros temps. D'accord, les funérailles s'étaient plutôt bien passées la veille, malgré tout. Les gens étaient venus et repartis, le rituel avait été accompli.

Mais les problèmes sous-jacents dans la famille demeuraient irrésolus : le mépris que lui inspirait Sarah, la défiance qu'elle éprouvait à son égard à cause d'Imogen, la terrible confusion dans l'esprit de Lydia…

Tout en manœuvrant le bateau, il jeta un coup d'œil contrarié au ciel menaçant.

Il était rongé par la culpabilité. S'il n'avait pas couché avec Imogen cette fois-là, leur relation avait néanmoins connu un tournant décisif le soir de l'accident. Il y avait eu des frôlements inattendus, des regards différents, la façon dont elle avait laissé ses yeux s'attarder sur lui... Il avait vite compris ce qu'elle voulait et, oui, il l'avait encouragée en s'attardant chez elle plus que nécessaire. *Oh, j'ai bien le temps d'arriver à Instow.*

Ils n'avaient cependant opéré un rapprochement qu'après l'accident, alors que Sarah avait sombré dans la dépression. En tout et pour tout, ils avaient seulement couché ensemble deux ou trois fois, et puis il avait pris ses distances, motivé par une loyauté tardive envers sa femme, envers sa famille. Alors, même s'il se sentait coupable et en partie responsable de la dégradation de leurs rapports, ce n'était rien en comparaison de ce qu'il reprochait à Sarah.

La colère resurgit soudain, et il tenta de l'apaiser en prenant de profondes inspirations. L'odeur de la pluie flottait dans l'air froid. Que leur réservait encore l'avenir ?

La semaine suivante, Lydia devait retourner à l'école. Comment réagirait-elle ? Les membres de l'équipe de Klerdale, regrettant peut-être leur décision hâtive de l'exclure, appelaient tout le temps pour les rassurer, et tenter aussi de les convaincre : *Accordez-nous encore une chance.* Ils avaient beau les supplier, Angus aurait préféré inscrire leur fille dans une autre école, ou même opter pour la scolarisation à la maison. Sarah avait néanmoins insisté pour faire un dernier essai, de peur que Lydia ne se retrouve une nouvelle fois en situation d'échec.

Mais, si elle retournait à l'école dans l'état où elle était – que ce soit Klerdale ou un établissement différent –, à quel genre de nouvelles terreurs seraient-ils alors confrontés ? À quel genre de folie effrayante ?

En un sens, peut-être la tempête à venir était-elle l'élément qui manquait au décor : elle constituerait la toile de fond parfaite pour leur quotidien, placé sous le signe d'une étrangeté grandissante. Parce que leur vie avait tourné au mélodrame permanent. Ou peut-être à une forme de théâtre masqué, où tous trois évoluaient sous un déguisement.

Les vagues fouettaient le dinghy, et Angus fut soulagé d'accoster sur la petite plage sous le phare. Il venait de tirer le bateau au sec, et de déposer les sacs de courses sur les galets, quand la voix de Sarah s'éleva dans l'obscurité.

Dans le faisceau de sa lampe frontale, il la vit courir vers lui. Elle paraissait alarmée.

— Gus !

— Qu'est-ce qui se passe ?

— C'est Beany !

À cet instant, il remarqua qu'elle était trempée ; son chemisier lui collait à la peau. Il pleuvait à verse, désormais.

— Quoi, Beany ?

— Il est parti.

— Comment ? Où ?

— J'étais dans le salon, occupée à repeindre le mur, quand Lydia est venue me dire qu'elle ne le trouvait pas. On a cherché partout, toutes les deux. Il a disparu, je…

— Attends. Il ne peut pas avoir disparu, c'est une île et…

— Mais je l'entends, Angus.

— Quoi ?

La lumière du phare les éclaira quelques secondes, et Angus vit l'angoisse sur les traits de Sarah. Il comprit alors ce qu'elle voulait dire.

— Il s'est sauvé sur les vasières ? Oh, merde…

— Il est sûrement enlisé quelque part, on l'a encore entendu hurler il y a une dizaine de minutes.

Elle fit un grand geste en direction de l'étendue gris et noir qui séparait Torran d'Ornsay : du sable, de la roche, et une boue collante, poisseuse et dangereuse.

— Il faut l'aider, reprit-elle. Mais comment ? Lydia est folle d'inquiétude. On ne peut pas le laisser se noyer quand la marée remontera…

— O.K., O.K.

Lorsque Angus lui posa une main réconfortante sur l'épaule, il la sentit tressaillir. Elle semblait même résister à l'envie de s'écarter. Pourquoi ? Qu'avait-elle imaginé ? Il entrevit aussi une nouvelle lueur dans son regard, qu'elle tenta aussitôt de dissimuler – une expression qui semblait dire : « Je te hais. » Lui en voulait-elle à ce point de l'avoir trompée avec Imogen ?

Il repoussa résolument ces pensées. Il y réfléchirait plus tard ; dans l'immédiat, il y avait plus urgent.

— Je vais me changer.

Il lui fallut cinq bonnes minutes pour enfiler son pantalon imperméable et son ciré. Puis il rentra les bas de pantalon dans ses grosses bottes vertes. Sarah et Lydia l'attendaient dans la cuisine quand il y pénétra, une corde enroulée autour de la taille. Tout en ajustant sa lampe frontale, il songea qu'il se préparait des moments particulièrement pénibles. Un épais brouillard déferlait à présent sur la baie. Il allait devoir s'aventurer sur les vasières dans les pires conditions possible.

— Gus ? Je t'en prie, fais attention.

— Bien sûr.

Lorsqu'il adressa à Sarah un petit hochement de tête rassurant, il fut frappé de voir que son sourire inquiet manquait singulièrement de conviction.

Puis Lydia se jeta dans ses bras, faisant craquer le ciré tant elle le serrait fort. Angus la regarda, débordant d'amour et du désir de la protéger.

— Tu… tu n'es pas obligé d'y aller. Tu…, risqua Sarah.

Elle s'interrompit net. D'un même mouvement, tous trois se tournèrent vers la fenêtre mouchetée de pluie, tandis que le vent portait vers eux un son faible, suffisamment aigu cependant pour être audible à travers la vitre : un gémissement de détresse.

Beany.

— Si, déclara Angus. Il faut que j'essaie, au moins.

— S'il te plaît, papa, sauve Beany ! S'il te plaît, s'il te plaît, papa ! Sinon, il va se noyer. S'il te plaît !

Lydia, qui l'avait enlacé par la taille, se cramponnait à lui de toutes ses forces. Sa voix tremblait, et elle était au bord des larmes.

— Ne t'inquiète pas, ma puce, dit-il. Je vais le ramener.

Il jeta à Sarah un dernier coup d'œil perplexe. À quoi jouait-elle ? Comment le chien s'était-il sauvé ? Mais ce n'était pas la question pour le moment ; il y reviendrait plus tard. Beany était quelque part, perdu dans le noir, et il avait besoin d'aide.

À peine sorti de la cuisine, Angus fut giflé par la pluie. Le vent avait encore forci, pourtant le brouillard venu de Kylerhea continuait d'envahir le Sound of Sleat.

Après avoir relevé sa capuche, Angus, précédé par le faisceau de sa lampe, affronta les bourrasques en direction de la chaussée. C'était bien une pluie typique d'Ornsay en hiver – diluvienne, du genre à vous mouiller deux fois : quand elle tombait, et quand elle giclait sur les rochers et la vase.

Et toute cette boue, cette foutue boue…

— Beano ! criait-il. Beano ! Beany ! Beany !

Rien. Le vent qui malmenait sa capuche était si violent qu'il noyait tous les autres bruits, et Angus finit par l'arracher. Tant pis s'il était trempé comme une soupe ; au moins, il entendait mieux. Où était donc le chien ? Il lui semblait que les gémissements pitoyables s'étaient élevés du côté sud de la baie d'Ornsay, à l'opposé des vasières.

Mais était-ce vraiment Beany qui se lamentait ainsi ? Y avait-il quelqu'un, là-bas ? Ou quelque chose ? Il faisait si noir… Même par une nuit claire, il aurait été difficile de distinguer un animal brun dans la boue ; or, la nuit était tout sauf claire. Le brouillard était de plus en plus dense le long de la côte, obscurcissant tout – les lumières d'Ornsay, et même le Selkie.

— Beany ? Où t'es, mon grand ? Sawney Bean ! Sawney !

Toujours rien. Poussée par le vent, la pluie tombait presque à l'horizontale, lui mitraillant le visage. Angus avançait obstinément, mais soudain il trébucha sur un rocher surgi de nulle part, se cogna le tibia et chuta à genoux.

— Fait chier !

Il posa une main sur la vase et se redressa.

— Beany ! Beany ! Où t'es, bon Dieu ? Beannnnyyyy !

Une fois debout, il se courba pour résister aux rafales, puis inspira une grande bouffée d'air froid et humide. Il savait bien que, compte tenu des conditions météo, il mettait peut-être sa vie en danger. Qu'avait dit Josh, déjà ?

« À Skye, en hiver, personne ne t'entendra crier. » Il pouvait très bien se casser la jambe en pataugeant dans cette bourbe infâme, s'enliser et rester coincé.

Bien sûr, Sarah finirait par prévenir quelqu'un, mais il faudrait sans doute au moins une heure pour réunir un groupe de volontaires, et la mer montait vite autour de Torran. S'il était peu probable qu'il se noie en une heure, il risquait néanmoins l'hypothermie dans les eaux glacées.

— Beany !

Il scruta les ténèbres en essuyant frénétiquement la pluie sur son visage.

Y avait-il quelque chose, là-bas ?

— Beany ?

Oui !

Il l'entendit.

Une petite plainte pathétique. Affaiblie. À en juger par le son, le chien devait se trouver à trois ou quatre cents mètres. Angus sortit sa lampe torche et, de ses doigts mouillés, engourdis par le froid, tâtonna à la recherche du bouton pour l'allumer.

Puis il la brandit devant lui. Son faisceau, associé à celui de la lampe frontale, lui fournissait une bonne source de lumière, qu'il braqua dans la direction où il avait cru entendre Beany, tout en essayant de percer les bancs mouvants de brume fantomatique.

Oui, c'était bien lui. Vivant, quoique à peine visible. Enfoncé dans la boue jusqu'au cou.

Il risquait de se noyer sous peu. Angus disposait de quelques minutes tout au plus pour l'atteindre, avant qu'il soit englouti.

— Oh, merde… Beany ! Tiens bon, Beany !

Encore un gémissement de détresse – celui d'un animal à l'agonie. Oh, Seigneur ! Comment réagirait

Lydia si son cher Beany disparaissait ? Et lui aussi en aurait le cœur brisé, songea Angus.

Il voulut courir, mais c'était impossible. La boue entravait ses foulées et se révélait dangereusement glissante. Il faillit tomber tête la première sur un rocher couvert de varech, rendu encore plus visqueux par la pluie. Une mauvaise chute, et il pourrait s'assommer. Sombrer dans une inconscience fatale.

Avait-il pris un risque inconsidéré en se portant ainsi au secours de son chien ? Il repensa au sourire trompeur de Sarah. Avait-elle tout planifié ? Non. C'était ridicule.

Il devait ralentir. En même temps, s'il tardait trop, Beany mourrait.

Irait-il plus vite en rampant ?

À peine cette pensée lui avait-elle traversé l'esprit qu'il se mit à quatre pattes pour progresser. La pluie froide qui s'insinuait sous son col dégoulinait le long de sa nuque et sur ses épaules, le trempant jusqu'aux os. Il grelottait, peut-être en proie aux premières atteintes de l'hypothermie, mais il y était presque. Cinquante mètres. Quarante. Trente.

Le chien s'enlisait inexorablement. Seule sa tête était visible. Dans le faisceau de sa lampe, Angus, qui se rapprochait toujours, apercevait ses yeux agrandis par la terreur. Il repéra soudain une plate-forme en bois à proximité, ou peut-être l'épave d'une barque, à moitié enfouie dans la vase. Il ne la voyait pas bien dans l'obscurité, pourtant il lui sembla qu'elle se prolongeait jusqu'à l'endroit où Beany se débattait.

— Bouge pas, mon grand. Voilà, j'arrive. Je suis là. Tiens bon.

Angus s'avança sur le bois. Il n'était plus qu'à cinq mètres du chien ; il allait devoir l'attraper par son collier et rassembler toutes ses forces pour l'extirper de la boue.

Mais soudain, Beany remua. Les eaux montantes avaient dû le libérer de sa gangue de bourbe. Il se démenait comme un beau diable, pataugeant et nageant vers les galets. Et il s'éloignait de plus en plus.

— Beany ! cria Angus, au désespoir.

Au même moment, il voulut soulever un genou pour se redresser, et il entendit un craquement sinistre. Un instant plus tard, le bois se brisait sous son poids.

Il fut aussitôt plongé dans un bain d'eau glacée. Ses pieds cherchèrent en vain un appui ; il ne sentait pas le fond. Il moulina des bras, gêné dans ses mouvements par ses vêtements étanches et ses lourdes bottes. Quand il essaya de se cramponner à un autre morceau de bois, celui-ci sombra sous la surface. Il était déjà immergé jusqu'au cou. Et il n'avait aucune prise à laquelle se raccrocher.

Au-delà des vasières, la lumière du phare troua l'obscurité – un éclair argenté. Puis ce fut le noir.

22

Où est Angus ? Pourquoi lui faut-il aussi longtemps ? Est-il en train de se noyer ? Je l'espère, et en même temps je ne le souhaite pas. Je ne sais plus.

Immobile derrière la fenêtre de la cuisine, je scrute en vain les redoutables vasières en direction d'Ornsay ; compte tenu du brouillard et de l'obscurité, je pourrais tout aussi bien contempler l'espace : un néant de désolation. Gris foncé. Sans étoiles.

— Maman ? Où il est, papa ?

Lydia tire sur la manche de mon gilet. L'image même de l'innocence, avec sa bouche édentée et ses yeux écarquillés. Ses épaules frêles tremblent d'inquiétude. J'ai beau haïr Angus, je ne peux concevoir que ma fille perde son père ; pas comme ça, en tout cas. J'aurais peut-être dû le retenir ? De toute façon, il aurait voulu sauver son chien, quel que soit le danger.

Le vent projette sur la fenêtre des giclées de pluie.

L'attente est décidément trop longue. Une nouvelle fois, je tente de percer les diverses nuances de gris qu'offrent le brouillard, la lune dissimulée derrière un voile épais, le littoral brumeux d'Ornsay. Rien. Toutes les neuf secondes, le phare projette un flash de lumière argentée, qui ne révèle cependant qu'un désert luisant.

— Maman ! Où est papa ?

Je prends Lydia par la main. Ses doigts tressaillent sous les miens.

— Papa va bien. Il est parti chercher Beany, mais il fait nuit, alors ce n'est pas facile.

J'aimerais y croire. J'aimerais comprendre ce qui se passe. J'aimerais savoir si je souhaite réellement la mort de mon mari.

Je ne m'explique même pas comment le chien a pu sortir. Il jouait avec Lydia dans la salle à manger, comme il le fait souvent depuis quelque temps, et moi, je repassais dans la chambre de ma fille, quand soudain elle a crié. Je me suis alors précipitée dans la salle à manger. Beany avait disparu, et la porte de la cuisine battait, secouée par le vent des Hébrides.

— Je veux papa.

Peut-être Beany s'est-il lancé à la poursuite d'un rat ? Ou peut-être Lydia l'a-t-elle chassé ? Lui a-t-elle fait peur ? Il a toujours paru effrayé par Torran, ou par quelqu'un ou quelque chose dans le cottage.

— Maman, c'est Beany ! Je l'ai entendu !

Est-ce vrai ? Était-ce un hurlement ? Je lâche la main de ma fille, puis m'avance vers la porte de la cuisine et l'ouvre. Aussitôt, les bourrasques tentent de me repousser à l'intérieur. Démunie, affolée, je crie en direction des formes à peine distinctes des bateaux à l'ancre, des bancs de sable et des rangées de sapins disparaissant derrière la brume.

— Angus ! Beany ! Angus ! Beany !

Je pourrais tout aussi bien crier dans un puits de mine. Ou du fond d'une cave humide. À peine ont-ils jailli de ma bouche que les mots sont emportés par le vent vers le sud, en direction d'Ardnamurchan et des îles Summer.

Oh, les îles Summer… Le désespoir resurgit. La tragédie nous a chassés de Londres.

— Papa va revenir ? Dis, maman ? demande Lydia derrière moi. Il va revenir ? Comme Kirstie ?

— Oui, oui. Bien sûr.

Elle est vêtue de leggings violets sous une jupe en jean, et d'un haut Hello Kitty bien trop fin. Elle va attraper froid.

— Rentre, ma chérie, s'il te plaît. Papa va bien, il va ramener Beany. Il sera bientôt là. S'il te plaît, rentre. Il ne devrait plus tarder.

Docilement, elle retourne dans la salle à manger, et je la suis jusqu'au vieux téléphone en Bakélite taché de peinture, posé sur l'appui de fenêtre. Le combiné est ridiculement lourd, et la numérotation particulièrement lente. J'appelle d'abord Josh et Molly, mais personne ne répond. Les sonneries se succèdent, jusqu'au moment où je coupe la communication.

J'essaie le mobile de Josh. Là encore, pas de réponse. « Bonjour, Vous êtes bien sur le portable de Josh Freedland. S'il s'agit d'un appel professionnel, adressez-vous à Strontian Stone… »

Je raccroche brusquement. Furieuse. Qui pourrait nous aider ?

Gordon Fraser, le réparateur de bateaux ! Oui, bien sûr. J'ai mis son numéro en mémoire sur mon portable. Le temps de courir jusqu'à ma chambre, et je sors du tiroir encombré de la table de nuit mon mobile rarement utilisé. Alors que j'attends avec impatience qu'il s'allume, Lydia me rejoint. Surgie de nulle part. Son expression est différente, et elle a les cheveux en bataille. Elle pose sur moi son regard fixe, comme en transe, tandis que je secoue le combiné dans ma frustration. Allez, allez, allume-toi, bordel ! Elle a logé

Leopardy sous son bras. L'incertitude se lit dans ses yeux quand elle me dit :

— Tu sais, maman, c'est peut-être pas grave, pour Beany. Kirstie est pas revenue, alors c'est pas grave si Beany revient pas.

— Hein ? Qu'est-ce que tu dis, ma puce ? Attends, je cherche un numéro…

— Papa va rentrer, hein, maman ? Lydia s'en fiche, de ce qu'il a fait. Kirstie est partie, maintenant, il peut rentrer. On peut aller le tirer de la boue ?

Mais qu'est-ce qu'elle raconte ?

Je la dévisage, désemparée. Au bord des larmes. Des larmes qui affluent pour Kirstie, pour ce qu'elle a dû endurer à cause de mon mari.

Non, je dois me concentrer sur mon téléphone. Son écran aux couleurs gaies luit dans la pénombre du cottage mal éclairé. Il me dit que je n'ai pas de signal. Bien sûr. Je fais défiler les contacts. G ou F ? G ou F ?

Voilà. Gordon Fraser. J'ai ses coordonnées.

Le mobile à la main, je me précipite vers la salle à manger. Je soulève le gros combiné et compose le numéro. Les sonneries se succèdent à l'autre bout de la ligne – Décroche, bon sang, décroche ! –, et enfin j'entends une voix bourrue, presque noyée par les parasites.

— Gordon Fraser.

— Gordon ? C'est Sarah. Sarah Moorcroft, de Torran.

Un silence frustrant.

— Oh. Bonsoir, Sarah. Comment allez-vous ?

— On a un problème, un gros probl…

Je suis interrompue par des sifflements et des grésillements sur la ligne.

— Vous m'entendez ?

— Je ne… pas…

— On a besoin d'aide. Je vous en prie, aidez-nous…

La communication est coupée, je n'entends même plus les parasites, et je dois me retenir pour ne pas fracasser le combiné contre le mur. C'est maintenant que la ligne nous lâche ? Au pire moment ? Mais soudain, un son strident me vrille l'oreille, et la voix de Gordon me parvient de nouveau.

— Vous avez des ennuis, madame Moorcroft ?

— Oui !

— Qu'est-ce qui se passe ?

— C'est mon mari, Angus. Il est parti à la recherche du chien, dans les vasières, et je commence à m'inquiéter, parce qu'il ne revient pas. Je ne sais pas quoi faire, j'ai peur pour lui et…

— Vous dites qu'il est parti dans les vasières ?

— Oui.

— Tout seul ? Depuis Torran ?

— Oui !

Je perçois sa réprobation dans le silence sifflant qui suit.

— Bon, calmez-vous, madame Moorcroft. Je vais aller chercher les gars au Selkie.

— Oh, merci ! Merci !

Je raccroche avant que la ligne me trahisse de nouveau, comme s'il s'agissait d'une sorte de jeu vidéo mortel où le téléphone était une force vitale à économiser pour ne pas entendre le « Game over » fatal. Quand je me retourne, elle est de nouveau là : Lydia. Surprise, je sursaute.

Elle se tient en face de moi, immobile et inexpressive. Les yeux grands ouverts.

Comment a-t-elle pu approcher sans bruit ? Les lattes du plancher craquent au moindre pas. Or, je n'ai rien perçu.

Elle n'est qu'à un mètre de moi. Rigide et silencieuse, pâle d'inquiétude. Je ne l'ai pas entendue arriver. Pas plus que je ne me suis rendu compte de sa présence derrière moi.

Comment a-t-elle fait ? Combien de Lydia rôdent dans la maison ? C'est dingue. J'ai la sensation étourdissante qu'il y a deux Lydia identiques, qui jouent à des jeux mystérieux dans les ombres, entre les toiles d'araignée, et les rats. Tout comme Lydia et Kirstie jouaient à Londres, surtout le dernier été, criant « C'est moi ! Non, c'est moi » et riant dans le couloir quand je les poursuivais l'une après l'autre, et qu'elles essayaient de semer la confusion dans mon esprit.

Non, mes idées s'embrouillent. J'ai besoin d'y voir plus clair.

— Papa va revenir avec Beany, hein ?

Elle ne me quitte pas des yeux. Les sourcils froncés, elle paraît si malheureuse ! Sa souffrance doit être intolérable : elle a déjà perdu sa sœur, et maintenant elle redoute de perdre son chien et son papa. Si jamais ils disparaissaient à leur tour, elle serait anéantie.

J'ai beau mépriser Angus, il faut qu'il survive.

— Maman, il va rentrer ? Hein, maman ?

— Oui !

Je m'agenouille, la prends dans mes bras et la serre fort, très fort contre moi.

— Oui, mon cœur, papa va bientôt rentrer.

— Tu promets ?

— Je te le promets, oui. Un million de fois. Allez, viens, on va aller dans la cuisine préparer du thé en attendant papa et Beany.

Je n'ai pas envie de thé, j'ai seulement besoin d'un prétexte pour rester dans la cuisine et guetter par la fenêtre s'il se passe quelque chose. Tout en remplissant la bouilloire de l'eau saumâtre crachée par le robinet, je scrute fébrilement le néant noir.

Et noir, il l'est. C'est à peine si on aperçoit la lueur de la lune de temps à autre, qui filtre à travers les nuages et le brouillard. Plus près, la faible lumière en provenance de la cuisine révèle un carré d'herbe mouillée d'un vert criard. Du linge détrempé voltige follement sur la corde. Le vent hurle sans relâche, comme s'il ne devait plus jamais s'arrêter.

L'hiver est bel et bien là, à présent. Ce sont les nouvelles conditions auxquelles nous allons devoir nous habituer.

— Regarde, maman !

Des points lumineux transpercent la grisaille. Des phares de voiture ? Des torches électriques ? Des lumières sur des bateaux ? Il s'agit sûrement de Gordon et de ses amis… Oui, je distingue vaguement des silhouettes sur le quai, dont les lampes torches croisent leurs faisceaux comme les projecteurs en temps de guerre, qui cherchaient les bombardiers dans le ciel au-dessus de Londres. Les hommes s'apprêtent manifestement à monter à bord. J'aperçois désormais plusieurs embarcations à proximité de Salmadair.

Sur l'une d'elles, un faisceau plus puissant éclaire les vagues et les étendues sableuses. Sans doute un projecteur portable. J'essaie de le suivre des yeux, mais le brouillard qui s'est épaissi m'en empêche.

Le Sound est maintenant englouti par la brume. Comment pourront-ils trouver Angus ? Et est-ce que son sort m'importe ?

Oui. Pour des raisons qui m'appartiennent. Je veux qu'il revienne, vivant, pour pouvoir lui demander des comptes.

— Suis-moi au salon, dis-je à Lydia.

— Pourquoi ?

— Il n'y a rien à voir ici.

— C'est quoi, ces lumières, maman ?

— Des personnes qui vont aider papa. Ne t'inquiète pas, tout le monde va l'aider.

Je la prends par la main et l'entraîne résolument au salon, où nous ravivons le feu qui s'est presque éteint au cours de l'heure écoulée. Lydia me tend des bûchettes que j'empile dans l'âtre, où les flammes repartent de plus belle.

— Maman ? T'aimerais qu'il pleuve quoi si c'était pas de l'eau ?

— Hein ?

Lydia me regarde, les yeux plissés, l'air songeur. Son joli minois est toujours aussi pâle. Il y a une trace de suie sur son menton. Je souris en essayant de ne pas penser à Angus, ni aux baisers, ni aux câlins.

— Qu'est-ce que tu disais, ma chérie ?

— Si la pluie c'était pas de l'eau, tu voudrais que ce soit quoi ? Moi, j'aimerais bien des fleurs, une pluie de fleurs. Ce serait joli, non ?

— Oui.

— Ou des gens.

Elle étouffe un rire.

— Ce serait drôle, tu crois pas ? Hein, maman ? S'il pleuvait des gens partout. Oh, t'as vu ? Ça fait comme un arc-en-ciel !

Elle me montre les flammes. L'une d'elles, toute petite, se colore de bleu et de violet en jaillissant des bûches. Nous les admirons un moment, puis nous allons nous asseoir sur le canapé. Nous restons blotties l'une contre l'autre sous la couverture imprégnée de l'odeur de Beany, et nous nous racontons des anecdotes au sujet du chien parce que je veux lui occuper l'esprit, lui faire oublier son angoisse. Elle m'écoute, hoche la tête et éclate de rire, et je ris aussi, mais dans mon cœur la tristesse le dispute toujours à la colère.

C'est interminable. Où est Angus ? Ils n'arrivent probablement pas à le trouver. Ils l'ont perdu. J'imagine les hommes du Selkie gagnés par la fatigue à force de fouiller du regard les vasières, frottant leurs mains gelées l'une contre l'autre, soufflant sur leurs doigts pour les réchauffer, n'osant pas se regarder, sachant qu'ils ont échoué, qu'il n'y a aucun signe de lui…

Serions-nous capables de survivre à la mort d'Angus ? Peut-être. Au moins, ce serait un dénouement.

Le feu faiblit puis crépite de plus belle. Je regarde ma fille en contemplation devant les flammes qui se reflètent dans ses yeux bleus.

— Sarah…

— Oh, bon sang !

— Papa !

C'est Angus. Il se tient sur le seuil du salon, couvert de boue de la tête aux pieds, les yeux à peine visibles. Mais bien vivant.

J'aperçois Gordon et les autres derrière lui. Tous ont la mine réjouie. Leurs voix emplissent la maison, ils sentent le diesel, les algues et la marée – et Angus est sain et sauf. Lydia bondit du canapé et se précipite vers son père, qui lui dépose un baiser sur le front avant de la repousser.

— Je préfère que tu ne m'approches pas, dit-il en s'avançant péniblement vers le canapé. Cette boue pue, c'est une vraie infection.

Lydia sautille devant lui.

— Papa ! Papa !

— Merde, Gus, on a cru que t'étais…

Je ravale les mots qui me viennent aux lèvres. Dans l'intérêt de Lydia. Dans l'intérêt de tout le monde.

— On a repêché votre mari à environ trois mètres du quai d'Ornsay, déclare Gordon.

Angus a l'air penaud. Il s'approche de moi et m'embrasse doucement sur la joue. Je prends sur moi pour ne pas m'écarter. Il me gratifie d'un drôle de regard vaguement soupçonneux.

— À cause de ce foutu brouillard, je n'avais aucune idée de l'endroit où je pouvais être.

Je jette un coup d'œil derrière lui.

Rien. Où est le chien ?

— Où est Beany ?

Lydia dévore son père du regard. À la fois heureuse et inquiète.

— Papa ? Il est où… ?

Angus lui adresse un sourire que je devine forcé.

— Il s'est enfui. Il a réussi à se dépêtrer de la boue, et il s'est sauvé. On le retrouvera demain. Ne t'en fais pas, il va bien.

C'est sûrement un mensonge. Peut-être que Beany s'est sauvé, mais rien ne garantit qu'il survivra, ou qu'on le retrouvera. Je ne tiens cependant pas à m'attarder sur le sujet pour le moment. J'effleure de la main le visage froid et boueux de mon mari. J'ai envie de le gifler. De toutes mes forces. De lui expédier mon poing dans la figure et de lui griffer les yeux. De lui faire mal.

Cette caresse, c'est juste pour tromper Lydia, Gordon et les autres.

— Tu dois être gelé, dis-je. Ce qu'il te faut, c'est un bon bain !

— Oh oui, un bain chaud, approuve-t-il. Excellente idée, Sarah ! Tu peux offrir à Gordon et à Alistair un verre de Macallan ? Je leur ai promis un coup à boire pour les remercier de…

Il jette un coup d'œil à Lydia, et semble hésiter.

— … de m'avoir donné un coup de main. Sarah ?

— Oui, bien sûr.

Je souris, feignant le soulagement.

Angus se dirige à pas précautionneux vers la salle de bains. Quelques instants plus tard, j'entends couler de l'eau et je me tourne vers ma fille.

— Tu veux bien aller chercher des verres, ma puce ?

Je sors le whisky et fais le service. Les hommes s'excusent d'être mouillés, je leur dis « Pensez-vous ! », nous nous installons sur le canapé et dans les fauteuils, et des bûches sont remises dans le feu. Lydia regarde les nouveaux venus comme si c'étaient des animaux exotiques fraîchement arrivés au zoo. Gordon examine la pièce aux murs à moitié repeints et dit :

— C'est chouette, vous avez déjà bien avancé. Ça fait plaisir de voir le cottage de Torran revenir à la vie.

Que puis-je répondre ? Je murmure un faible « Merci » et m'arrête là.

Nous buvons en silence. J'entends Angus remuer dans la baignoire. Nous sommes tous en sécurité. Pourtant, nous courons un vrai danger.

Puis Gordon commence à parler de Torran, de Sleat et de l'université gaélique, et je participe avec reconnaissance à la conversation. Je suis heureuse de parler ; quel que soit le sujet, je m'en fiche. Quelles mesures vais-je prendre concernant Angus ?

Alistair, le plus jeune, roux, rasé de près, assez beau gosse dans le genre rustique, avale son troisième grand verre de Macallan et interrompt le bavardage de Gordon :

— Le « passage »… C'est le surnom de l'île.

Gordon le fait taire. Lydia est maintenant endormie sur le canapé, recroquevillée sur elle-même, les épaules protégées par une couverture bleu clair.

Je vide mon propre scotch, les yeux rivés sur les flammes qui vacillent. Je me sens tellement fatiguée…

— Quoi ?

Alistair est manifestement éméché. Il éructe, s'excuse et explique :

— Les habitants du coin appelaient Torran le « passage », c'est-à-dire l'endroit fréquenté par les esprits…

Il glousse dans son verre.

— De vrais esprits. Une sorte de porte ouverte entre le monde des esprits et le nôtre.

— Ah, arrête tes bêtises ! réplique Gordon, qui me regarde, puis regarde Lydia.

— Non, c'est vrai ! proteste Alistair. Des fois, je me dis qu'ils ont pas tort, tu sais. C'est comme s'il y avait quelque chose de particulier sur l'île du Tonnerre, une atmosphère spéciale. Tu te rappelles les squatteurs qui sont partis du jour au lendemain ? Ils étaient terrifiés.

Il ne connaît manifestement pas notre histoire. Sinon, il n'aurait pas abordé le sujet.

— Mouais, un passage. D'où on peut apercevoir l'autre monde.

Alistair me sourit, avant de vider son scotch.

— C'est ce que racontent les gens.

Gordon intervient de nouveau.

— Tu vas te taire, oui ? L'écoutez pas, Sarah.

Je hausse les épaules.

— Pourquoi ? C'est intéressant.

Je suis sincère. Je ne suis pas impressionnée par le folklore local ni par les vieilles superstitions ; mes angoisses présentes sont bien plus perturbantes. Gordon sirote son scotch, en savoure le goût, puis incline son verre en direction de ma fille endormie.

— Je crois qu'il est temps pour nous de partir.

Le groupe prend rapidement congé. J'agite la main quand leur bateau s'éloigne en direction de Salmadair, et le pinceau du phare les illumine en signe d'adieu. Je remarque alors le dinghy amarré à la grille. Les sacs de courses ont disparu, emportés par la marée.

Je rentre dans la cuisine. Ouvre le tiroir des couteaux.

Et contemple les lames luisantes au tranchant affûté. Je veille à les aiguiser régulièrement.

Je referme rapidement le tiroir, sans y avoir touché. J'ai des fantasmes de meurtre, maintenant ?

Je traverse le salon, longe le couloir et pénètre dans la salle de bains. Angus, dans la baignoire, savonne ses bras musclés. Son torse velu est blanchi par la mousse.

Je ne supporte plus sa présence physique.

— Il faudra retourner faire des courses demain, dis-je. T'avais laissé les sacs près du bateau, et la mer a tout emporté.

— Quoi ?

Il a l'air abasourdi. C'est compréhensible. J'ai l'impression de lire les pensées dans sa tête : *J'ai failli mourir en essayant de sauver le chien, et elle me parle des courses ?*

Mais je ne peux plus jouer la comédie, c'est au-dessus de mes forces. Je veux juste qu'il parte de la maison pendant que je réfléchis à ce qu'il convient de faire. À la meilleure façon de lui demander des comptes.

— N'oublie pas d'y aller demain. Merci.

23

Nous passons toute la matinée à chercher Beany. Lydia l'appelle désespérément tandis que nous faisons le tour de l'île :

— Beany ! Beany !

La mer est haute. Je ne crois pas que le pauvre animal puisse émerger des eaux. Mais ma fille ne se résigne pas.

— BEANY !

Nous avançons au milieu des mouettes rieuses qui piaillent autour de nous. Les huîtriers nous regardent d'un air sceptique avant de sautiller un peu plus loin sur la plage pendant que ma fille court en criant le nom de son chien.

Puis elle éclate en sanglots.

— Ne t'en fais pas, ma puce, dis-je en la prenant par les épaules. Je suis sûre qu'il va bien. Il a dû se sauver dans les bois. On mettra des affiches.

— C'est pas la peine, il reviendra pas.

Elle repousse ma main.

— Il est mort. Il reviendra pas. Jamais !

Sur ces mots, elle s'élance vers la maison. J'ignore comment la consoler. Le monde lui-même est inconsolable : les phoques gris sur Salmadair semblent mélancoliques, les sorbiers détrempés pleurent à Camuscross.

Les heures se succèdent et finissent par se confondre. Alors que Lydia s'est réfugiée dans sa chambre pour lire, je me mets à peindre les murs. Je ne sais pas trop pourquoi ; peut-être parce que j'ai dans l'idée de finir les travaux pour pouvoir vendre la maison, le plus vite possible.

Quand j'ai besoin de faire une pause, j'entre dans la cuisine me laver les mains. De la fenêtre, je vois Angus à bord du dinghy qui fend les eaux gris ardoise du Sound et laisse derrière lui un sillage écumeux.

C'est une silhouette solitaire debout dans son bateau, la main sur le gouvernail, regardant droit vers moi. Revenant vers nous. Apportant les courses, comme je le lui ai ordonné.

La haine me submerge d'un coup. Je voudrais que son putain de bateau heurte un bloc de basalte caché sous la surface, qu'il se déchire et coule. Malgré mon désir d'aborder la situation sous un angle rationnel, d'exiger une explication et de le forcer à avouer, je crois que je pourrais le regarder se noyer dans ces eaux froides sans lever le petit doigt. Je me contenterais de rester là, à attendre tranquillement de devenir veuve.

Mais rien de tel ne se produit, bien sûr ; Angus manœuvre désormais l'embarcation avec aisance. Et il doit probablement redoubler de prudence après sa frayeur d'hier soir. Il ralentit à l'approche de l'île, accoste sans encombre puis saute sur les galets. Après avoir tiré le bateau au sec, il en sort les deux sacs de courses et gravit la pente jusqu'au cottage.

Son pas est rapide et déterminé. Menaçant, peut-être ? Un frisson d'appréhension me parcourt.

Sait-il que je sais ? Comment aurait-il pu deviner ? Il a de toute évidence senti mon hostilité récente, mais je ne vois pas comment il aurait pu en déterminer la cause.

Il se rapproche toujours, d'une démarche décidée. Je recule jusqu'au tiroir de la cuisine, survole de nouveau du regard les couteaux brillants, et cette fois j'agis : j'en prends un. Le plus grand, le plus aiguisé. Je le dissimule derrière mon dos, serré dans une main, tout en reconnaissant la folie de mon geste, même s'il semble parfaitement explicable.

— B'jour, marmonne-t-il.

Plus bougon que d'habitude, il franchit le seuil et pose les sacs par terre. Il ne sourit pas. Ma main qui tient le couteau est moite. Suis-je capable de m'en servir ? De poignarder mon mari ?

Peut-être.

Sûrement, s'il s'avise de toucher à Lydia. Qui sait s'il n'abuse pas d'elle aussi ? S'il ne l'appelle pas « Kirstie » pour mieux se convaincre que sa petite préférée est toujours vivante ?

Et si c'était lui qui était à l'origine du problème d'identité ?

— Où est Lydia ? demande-t-il.

Sa barbe naissante l'enlaidit, à présent. On dirait un de ces criminels dont on montre la photo au journal télé : *Connaissez-vous cet homme ?*

Non, je ne le connais pas.

Qu'a-t-il fait à Kirstie ? Comment a-t-il pu se comporter ainsi ? Pendant combien de temps ? Six mois ? Un an ?

— Elle dort.

C'est un mensonge : Lydia lit dans sa chambre. Mais je ne veux plus qu'il l'approche. S'il s'obstine, je me servirai du couteau.

— Elle est épuisée, Gus. Je crois qu'on devrait la laisser se reposer.

— Elle va bien ? Malgré… enfin, tu sais.

— Elle ne va pas trop mal, compte tenu de tout ce qui est arrivé. En attendant, laisse-la dormir, d'accord ? Il faut qu'elle se repose avant de retourner à l'école. S'il te plaît.

C'est terriblement difficile pour moi de dire « s'il te plaît » à cet homme, à ce… ce monstre. Il n'est qu'une présence inhumaine dont je ne supporte plus la vue.

— D'accord, lâche-t-il en me regardant droit dans les yeux.

Un courant de haine circule entre nous. Lui non plus ne fait aucun effort pour masquer la sienne. Le silence dans la pièce n'est troublé que par les croassements des corbeaux de Salmadair. Nous sommes ensemble sur notre propre île, nous nous détestons et nous en avons parfaitement conscience tous les deux. Cela dit, je ne sais pas trop pourquoi il m'en veut ; a-t-il compris que j'avais découvert son secret ?

Peut-être est-ce la raison pour laquelle il avait l'air si en colère quand je lui ai dit que Kirstie était Lydia : il se doutait que je me rapprochais de la vérité.

Au moment où il se détourne pour entrer dans le salon, je lance :

— Angus ? Je pense que…

— Oui ?

— J'ai réfléchi, pendant que tu faisais les courses.

Puis-je mentionner mes doutes ? Non, pas maintenant. Pas un dimanche après-midi dans cette cuisine froide où nous espérions être heureux, où traînent encore les crèmes de gruyère et les céréales de Lydia. Je serai bien obligée de lui dire ces mots horribles – « Tu l'as touchée » – à un moment ou à un autre, mais pas encore, pas aujourd'hui, alors que notre fille est toujours traumatisée. Je veux qu'elle puisse aller à l'école demain lundi. Il faut qu'elle replonge dans la réalité, ou nous ne réussirons jamais à la sauver.

— Oui ? me presse Angus, manifestement impatient. Qu'est-ce que tu veux me dire ?

Son jean est maculé de cambouis. Il a l'air négligé, et même débraillé. Ça ne lui ressemble pas. Est-il en train de révéler sa vraie nature ?

— Écoute, Angus, ça ne va pas bien entre nous. Alors je me disais que dans l'intérêt de Lydia, de nous tous, tu pourrais peut-être aller passer quelques jours sur le continent.

Je tiens toujours le couteau derrière mon dos. Mon mari me regarde fixement, comme s'il avait deviné ce qu'il en était et qu'il s'en foutait.

— Entendu. Pas de problème.

Une lueur de mépris fait briller ses yeux bruns.

— Je vais chercher mes dossiers et je prendrai une chambre au Selkie. Ça ne coûte rien à cette époque de l'année.

Voilà, c'est fait. Ça n'a pas été trop dur, finalement. La porte de la salle à manger grince quand Angus s'y rend pour fourrer des documents dans un sac, puis je l'entends remuer dans la chambre. La penderie, la commode… Des pas. Va-t-il s'en aller tout de suite ? Il semblerait que oui.

Après avoir rangé le couteau dans le tiroir, je relâche mon souffle.

J'écoute les cris des mouettes, la rumeur du vent et le crissement des algues séchées sur la plage. Dix minutes plus tard, pas une de plus, Angus reparaît dans la cuisine et déclare :

— Embrasse Lydia de ma part.

Sa colère a disparu. Son expression s'est radoucie, il semble triste, et j'éprouve un bref élan de compassion pour lui – l'homme que j'ai aimé autrefois, le père qui est en train de perdre ses filles –, avant de me rappeler ce qu'il a fait.

— D'accord, dis-je.

— Merci, murmure-t-il. Je prends le bateau, mais tu pourras venir le chercher plus tard, à marée basse. Vous en aurez besoin pour aller à l'école.

— Oui.

— Alors…

— Bye.

Il me regarde. Est-ce du mépris, de la culpabilité ou du désespoir que je lis dans ses yeux ? Peut-être juste de l'indifférence.

— Bye.

Il secoue la tête très lentement, d'un air grave, comme si nous ne devions plus jamais nous revoir. Je le regarde soulever son sac, pousser d'un coup de pied la porte de la cuisine et marcher vers le dinghy, qu'il descend au bord de l'eau et fait démarrer. Je ne le quitte pas des yeux, car je veux m'assurer qu'il part. Mais au moment où il disparaît derrière Salmadair, Lydia s'engouffre dans la cuisine, pieds nus, en leggings jaune primevère, et demande, les joues sillonnées de larmes :

— C'est papa ? Où est papa ? Il vient pas me dire bonjour ?

Que puis-je répondre ? Rien. Dans ma colère, j'oublie que Lydia aime son père. Malgré tout. Alors je la prends dans mes bras, la serre contre moi et pose une main protectrice sur sa tête blonde. Nous contemplons un moment la porte ouverte et la mer au-delà.

— Papa doit retourner travailler, dis-je.

Elle sonde mon regard, implorante, suppliante. Ses grands yeux bleus écarquillés sont emplis de tristesse et d'incompréhension.

— Mais il est pas venu me dire bonjour ? Il est pas venu dans ma chambre ?

— Ma puce…

— Il m'a pas dit au revoir non plus ?

— Minouche…

Son désespoir la submerge.

— Il m'a pas dit au revoir !

Brusquement, elle se contorsionne pour se dégager de mon étreinte, s'élance par la porte ouverte et dévale le chemin envahi par la bruyère et les fougères détrempées. Parvenue sur la plage du phare, elle hurle :

— Papa ? Papa ! Reviens ! Reviens !

Mais le bateau est trop loin, et Angus nous tourne le dos. Le vent et les vagues emportent les cris de notre petite fille. Son père ne l'entend manifestement pas, et elle sanglote.

— Papa ! Papa, reviens, reviens, reviens ! Papa !

Les corbeaux croassent, les mouettes tournoient au-dessus des flots, et je sens ma gorge se nouer. Je vois une corneille mantelée, perchée sur l'un des sorbiers rabougris près du phare, observer Lydia – l'un de ces oiseaux dont on dit qu'ils fondent sur les agneaux nouveau-nés pour leur arracher la langue, si bien qu'ils ne peuvent plus téter et meurent au bout d'une journée.

Mon enfant hurle toujours.

Ses cris sont trop déchirants. J'ai peur soudain qu'elle ne se jette à l'eau, alors je cours à mon tour sur le chemin jusqu'à la plage. Je l'attrape par la main et m'accroupis à côté d'elle :

— Écoute, ma chérie, papa est occupé, mais il sera bientôt de retour.

— Il est rentré et reparti, il m'a dit ni bonjour ni au revoir. Il m'aime plus !

Incapable de supporter plus longtemps une telle angoisse, je me réfugie dans le mensonge.

— Bien sûr qu'il t'aime, Lydia. Il a juste beaucoup de travail, et il rentrera bientôt. Maintenant, viens, il faut qu'on prépare tes affaires pour l'école, demain. Et on fera des gâteaux, d'accord ? Des bonshommes de pain d'épice !

Faire des gâteaux, c'est ma solution à tout. Des gâteaux, des biscuits, des bonshommes de pain d'épice. Bicarbonate de soude, mélasse, sucre, beurre et gingembre.

Nous nous activons dans la cuisine.

Mais les bonshommes sont ratés. Ils sortent du four déformés, on dirait des animaux bizarres. J'ai beau essayer de tourner cet échec à la plaisanterie, Lydia regarde d'un air abattu les silhouettes tordues sur le plateau brûlant. Elle secoue la tête, puis court s'enfermer dans sa chambre.

Rien ne marche. Rien ne marchera jamais plus.

Je m'interroge sur l'amour de Lydia pour son père. Si elle avait réellement été le témoin d'abus sur sa sœur, l'aimerait-elle encore autant ? Peut-être qu'elle n'a rien vu du tout, que Kirstie lui en a seulement parlé. Ou peut-être que les choses ne se sont pas passées de cette façon, voire qu'il ne s'est rien passé du tout, et que j'ai trop vite imaginé le pire ? Durant un moment, les doutes m'assaillent, étourdissants, m'entraînant dans une spirale vertigineuse. Et si je me trompais ? Si je cherchais à toute force à me raccrocher à un cliché – abus sexuels, pédophilie –, parce que j'y suis poussée par la colère et le chagrin ?

Non. Non ! Je me fonde sur les propos de Lydia, sur mes propres souvenirs et sur les recherches de Robert Samuels. Si je doute, c'est pour une autre raison : je ne peux pas accepter d'avoir épousé et aimé pendant dix ans un homme capable d'abuser de sa propre fille. Quelle image cela me renverrait-il de moi ?

Je sors jeter les biscuits ratés sur le tas de compost, et laisse mon regard se porter vers Ornsay, par-delà l'étendue boueuse.

Rien.

Plus tard dans la journée, nous effectuons la traversée à marée basse, écrasant des crabes morts sous nos bottes en caoutchouc. Nous récupérons le bateau amarré au quai du Selkie puis, une fois rentrées, nous lisons des livres. Le soir, je sors une bouteille de vin et repasse l'uniforme de Lydia pendant qu'elle dort. Malgré le froid, j'ai laissé la moitié des fenêtres ouvertes.

J'ai besoin d'air frais pour réfléchir, essayer d'y voir plus clair. Ai-je raison de vouloir la ramener à Klerdale ?

Quand nous nous parlions encore, Angus m'avait presque convaincue de ne pas la remettre là-bas. Mais la secrétaire de l'école affirme que les choses s'arrangeront. Et de toute façon, je demeure persuadée que la scolariser à la maison en attendant de pouvoir l'inscrire ailleurs ne ferait qu'aggraver sa solitude. Elle ne quitterait plus jamais l'île.

Alors, il faut donner une dernière chance à Klerdale. Néanmoins, alors que je repasse en écoutant la mer lécher les galets de Torran, je sens mon inquiétude grandir. Le souffle laborieux des vagues m'évoque la respiration fébrile d'un enfant malade.

Enfin, je vais me coucher et sombre aussitôt dans un sommeil sans rêves.

Le ciel du matin est aussi gris que le plumage d'une oie. Je suis obligée de gronder Lydia pour qu'elle enfile son uniforme, quand tout ce qu'elle veut, c'est rester à la maison. Elle n'arrête pas de me demander où est son père.

— Il sera là bientôt.

— C'est vrai ?

Je lui enfile son pull en mentant une fois de plus :

— Oui, ma chérie.

— Je veux pas y aller, maman.

— Arrête, Lydia.

— Parce que Emily sera là, et elle me déteste. Ils me détestent tous. Elle pense que je suis bizarre.

— Mais non. Elle a juste fait un peu l'idiote. Allez, mets tes chaussures ; tu peux te débrouiller toute seule, maintenant. Tu as eu une semaine pour te reposer, et il est temps de retourner à l'école. Tout ira bien.

Combien de mensonges peut-on raconter à son enfant ?

— Ils me détestent tous, maman. Ils pensent que Kirstie est avec moi, et qu'elle est morte, et que je suis un fantôme.

— Ça suffit, ma chérie. Tu verras, tout le monde aura oublié cette histoire stupide.

Malheureusement, quand nous arrivons à Klerdale après la traversée en bateau et le court trajet le long du littoral venteux, il est évident que personne n'a oublié : le regard intensément embarrassé de la secrétaire, qui descend de sa Mazda, me le révèle d'emblée. Et lorsque nous approchons de la porte où sont affichées de joyeuses photos d'enfants en sortie scolaire et la liste bilingue des règles à respecter pendant la récréation – *Riaghailtean Raon-Cluiche* –, le pire scénario se confirme aussitôt. Notre présence crée un malaise indéniable.

— Je veux pas y aller, maman, murmure Lydia en tournant son visage vers mon ventre.

— Ne dis pas de bêtises. Tout se passera bien.

Les autres enfants nous bousculent.

— Regarde, Lydia, ils se mettent déjà en rangs. Va vite !

— Ils veulent pas de moi.

Elle a manifestement raison. Comment pourrais-je prétendre le contraire ? Le sentiment d'hostilité est presque palpable. Alors que, jusque-là, les élèves l'ignoraient pour la plupart, ils ont aujourd'hui un air apeuré. Un petit garçon la montre du doigt en chuchotant, et deux fillettes blondes de sa classe reculent, tandis que je la pousse dans le couloir et vers une journée à laquelle elle devra survivre sans moi.

Je ferme les yeux le temps de refouler mes émotions, puis retourne dans le froid vers ma voiture en essayant de ne pas penser à Lydia, toute seule dans cette école. Si elle doit subir d'autres tourments, je la retirerai définitivement de l'établissement. Mais je veux faire un dernier essai.

Entre-temps, j'ai besoin d'aller à Broadford pour travailler, prévoir la suite des événements. Je roule vite, négociant les virages verglacés comme une habitante de la région, et non comme ces touristes qui flânent. Sur ce plan au moins, je me suis parfaitement acclimatée.

— Un cappuccino, s'il vous plaît.

Je retrouve ma routine habituelle dans ce café situé en face du Co-op, où la connexion Wi-Fi est excellente : je m'attable près de la fenêtre qui donne sur Scizzorz, le salon de coiffure, et Hillyard, le magasin d'articles de pêche, qui vend des vêtements en toile cirée, des fusils à harpon, des appâts et des casiers à homards aux dealers de drogue du coin – du moins, à en croire la rumeur.

J'ai vu ces bateaux sur le Sound, d'où les hommes remontaient les casiers prétendument bourrés d'héroïne et de cocaïne. Au début, je n'ai pas prêté foi à ces ragots. Et puis, j'ai aperçu certains pêcheurs au volant de BMW à Uig et à Fort William, et je me suis posé des questions.

Tout, ici, est bien plus malveillant et sinistre qu'il ne le paraît au premier abord. Parfois, les choses ne sont pas telles qu'on les imagine ; parfois, ce qu'on pensait être la réalité n'existe pas.

Maman ? Est-ce que je suis invisible, maintenant ?

Après avoir ouvert mon ordinateur portable, et tout en sirotant mon café, j'envoie une poignée d'e-mails urgents, puis je fais des recherches sur la protection de l'enfance et les maltraitances parentales. C'est une plongée dans un univers déprimant ; il y a tellement de mots que j'aurais voulu ne jamais voir… Comme « police », par exemple. Une heure plus tard, je rédige un message à l'intention d'un avocat en prévision de la séparation et du divorce. Pour arracher ma fille à son papa.

À ce moment-là, je sens une vibration dans la poche de mon jean et je sors mon téléphone. L'angoisse m'emplit la bouche d'un goût âcre.

Six appels manqués ?

Et tous de Klerdale. Au cours des vingt dernières minutes. J'avais coupé la sonnerie du mobile, et jusque-là je n'avais pas senti les vibrations tant j'étais absorbée.

Mon cœur se brise, et la terreur m'envahit. Je sais qu'il est arrivé quelque chose de terrible à Lydia. Je dois la sauver. Après avoir jeté des pièces de monnaie sur la table, je sors en trombe du café, saute dans ma voiture et fonce vers la péninsule de Sleat.

Je conduis si vite que les moutons se dispersent dans les champs gris et mouillés qui bordent la route. Quand je m'arrête devant Klerdale, c'est l'heure de la récréation. J'entends des enfants scander un mot :

— *Bogan, bogan, bogan, bogan.*

Il y a des dizaines d'écoliers dans la cour, qui crient en montrant du doigt un mur dans lequel s'ouvre une fenêtre. Pourquoi ?

Je pousse la grille de la cour – ce qui est interdit en temps normal, mais la situation est loin, très loin d'être normale –, et me fraie un passage parmi les enfants qui braillent toujours en direction de la fenêtre entourée de briques peintes en blanc.

— *Bogan ! Bogan ! Bogan !*

Une enseignante tente en vain de les calmer. Ils sont affolés, hystériques, incontrôlables, et n'écoutent rien. Pourquoi crient-ils ? Après quoi ? Je cours vers la fenêtre, colle le nez à la vitre et découvre Lydia de l'autre côté, blottie au fond d'une sorte de petit bureau.

Toute seule dans la pièce, elle se bouche les oreilles pour tenter d'assourdir les voix dehors. De grosses larmes coulent sur ses joues, elle sanglote en silence, et je tape à la vitre pour lui signaler ma présence – Je suis là, je suis là, maman est là –, mais elle ne me regarde pas. Les enfants hurlent toujours :

— *Bogan ! Bogan !*

Puis je sens une main sur mon épaule et me retourne. C'est Sally Ferguson, la secrétaire de l'école, qui me dit :

— Nous essayons de vous joindre depuis une heure. Nous…

— Qu'est-ce qui s'est passé ?

— On ne sait pas. Quelque chose dans la classe, qui a terrifié les autres enfants… Nous avons dû isoler

Lydia, je suis navrée. Nous l'avons mise dans le local des fournitures pour la protéger, en attendant votre arrivée.

— L'isoler ? La protéger ?

L'indignation me suffoque.

— De quoi, bon sang ? C'est ça que vous appelez la protéger ? L'enfermer seule dans une pièce ?

— Madame Moorcroft…

— Vous imaginez dans quel état de terreur elle doit être ?

— Mais non… vous ne comprenez pas. Sa maîtresse était avec elle. Elle a dû sortir un instant. Tout le monde a été pris de court. Nous avons aussi essayé de joindre votre mari, sans succès…

Je suis tellement en colère que je dois me retenir de la gifler. Sans un mot, je la plante là et me précipite dans l'école, où j'interpelle un jeune homme. Où est ma fille ? Où est la réserve ? Il ne répond pas. Sa bouche s'ouvre et se referme, puis il tend le bras, et je m'élance dans la direction indiquée. Je traverse à toute allure une salle de classe déserte, où je trébuche sur de petites chaises en plastique et des seaux de papier mâché, avant de déboucher dans un autre couloir. Une plaque sur la porte au bout indique : « Local des fournitures », et dessous, « *Paipearachd Oifig* ». Un flot de bile me remonte dans la gorge, et je me rends soudain compte à quel point je déteste toutes ces conneries gaéliques.

La porte s'ouvre quand je tourne la poignée. Lydia est à l'intérieur, toujours accroupie dans un coin, les mains sur les oreilles, des mèches blondes collées à ses joues inondées de larmes. Lorsqu'elle me voit, elle baisse les bras et se met à hurler de soulagement et de terreur. Sa voix entrecoupée de sanglots me déchire le cœur :

— Mammmmannnnn !

— Qu'est-ce qu'il y a, ma chérie ? Qu'est-ce qui s'est passé ?

— Ils… ils criaient tous, maman. Ils m'ont chassée, et après on m'a enfermée ici. Et j'avais tellement peur que…

— Chut, tout va bien maintenant.

Je serre son petit corps contre moi, le plus fort possible. Je voudrais l'étreindre jusqu'à chasser sa peur, ses mauvais souvenirs… J'écarte doucement ses cheveux pour embrasser ses joues rouges, encore et encore.

— On s'en va, ma puce. Tout de suite.

Elle me dévisage, pleine d'espoir et en même temps incrédule. Et complètement dévastée.

— Viens.

Je la tire par la main.

Nous sortons du local et retraversons l'école jusqu'à la grille. Personne ne nous arrête, personne ne nous adresse la parole. Tout le monde est silencieux, les enseignants nous regardent sans un mot, l'air gêné. Nous franchissons la porte vitrée, et l'afflux d'air frais nous fait du bien. Il nous reste encore à affronter les enfants rassemblés dans la cour de récréation, derrière le grillage qui borde l'allée menant au parking.

Mais ils ne crient plus. Ils sont tous muets, désormais. Ils nous suivent des yeux tandis que nous nous éloignons.

Après avoir ouvert la portière, j'installe Lydia à l'arrière, puis nous effectuons en silence le trajet jusqu'à Ornsay. Lydia ne reprend la parole qu'une fois à bord du dinghy, alors que nous nous dirigeons vers Torran.

— Est-ce que je serai obligée d'y retourner demain, maman ?

— Non !

J'ai dû hausser la voix pour couvrir le grondement du moteur et le bruit des vagues qui giflent le bateau.

— Tu n'y retourneras jamais. On te trouvera une autre école.

Elle hoche la tête, le visage en partie dissimulé par la capuche de son anorak, le regard rivé sur l'eau et sur le phare qui approche. À quoi pense-t-elle ? Qu'a-t-elle enduré ? Pourquoi les enfants criaient-ils ? Après avoir accosté, je tire le canot au sec, et nous entrons dans la cuisine, où je fais chauffer une boîte de soupe à la tomate et des mouillettes beurrées. De la nourriture réconfortante.

Lydia et moi nous asseyons à la table de la salle à manger, dans la pièce grise et nue où une danseuse écossaise est peinte sur un mur. Quelque chose dans cette image me glace. Parce qu'elle ne cesse de reparaître. J'ai déjà passé une couche de peinture sur la moitié de ces silhouettes – la danseuse, la sirène –, pourtant elles resurgissent. Je n'ai peut-être pas mis assez de peinture ?

La danseuse semble me regarder, pâle et énigmatique.

Lydia touche à peine à la soupe. Elle y plonge une mouillette et en grignote la moitié. Elle repose l'autre sur la table, où le pain détrempé laisse échapper un liquide rouge comme du sang, puis demande :

— Je peux aller dans ma chambre ?

Je voudrais répondre « Oui ». Il faut qu'elle dorme, qu'elle rêve pour oublier cette journée. Mais je dois d'abord lui poser la question :

— Les enfants, à l'école, qu'est-ce qu'ils criaient ? Ça veut dire quoi *bogan* ?

Lydia me regarde comme si j'étais idiote. Elle a appris des rudiments de gaélique à l'école. Pas moi.

— Ça veut dire « fantôme », répond-elle posément. Je peux aller dans ma chambre, maintenant ?

Je m'efforce de refouler mes peurs. J'avale ma soupe et lui montre la sienne.

— Mange encore un peu, chérie. Deux cuillerées. Pour maman.

— D'accord. Oui, maman.

Docilement, elle avale encore deux cuillérées de soupe, puis lâche la cuillère, sort de la pièce en courant et file vers sa chambre. Quelques instants plus tard, je l'entends s'amuser avec l'iPad. Bien. Qu'elle joue. Qu'elle fasse ce qu'elle veut.

Pendant une heure ou deux, assise à table devant mon ordinateur et mes papiers, je me concentre sur notre fuite imminente. On ne peut pas se permettre de retourner à Londres ; de toute façon, je n'en ai aucune envie. Peut-être pourrais-je emmener Lydia chez maman et papa, au moins pour quelques semaines ? Le problème, c'est que la maison d'Instow est hantée par les souvenirs.

Mes pensées me ramènent à l'incident de cet après-midi. Aux cris des enfants.

Bogan bogan bogan bogan. Le fantôme !

Pourquoi répétaient-ils ça ?

Je ne veux pas y réfléchir.

Je dois envisager l'avenir.

J'aimerais bien m'établir à Skye, en fait. Je me suis beaucoup rapprochée de Molly, alors je pourrais peut-être louer un cottage près d'Ornsay, pourquoi pas ? En même temps, ne serait-ce pas de la folie que de rester ici ?

À vrai dire, je ne sais pas comment m'y prendre, comment organiser notre départ. Pis, il faudra que je parle avec Angus. Vaudra-t-il mieux vendre le cottage de Torran ou le louer ? Lydia et moi aurions bien besoin d'argent. Mais y avons-nous droit ? Et lui ? Pourquoi Angus toucherait-il quelque chose, après ce qu'il a fait ?

Il devrait être en prison.

Je lâche mon stylo et me frotte les yeux. Je suis crevée. Après avoir refermé mon calepin, j'entre dans la chambre que j'ai partagée avec Angus. Il reste un miroir dans cette pièce, le dernier de la maison. Nous avons caché tous les autres, parce qu'ils perturbent Lydia.

Je contemple mon reflet. La lumière hivernale est pâle et triste. J'ai moi-même l'air pâle et triste. Je suis amaigrie, voire émaciée. Je devrais sans doute m'occuper un peu plus de moi.

Soudain, j'aperçois Lydia dans la glace. Elle tient Leopardy à la main. Elle a dû entrer à pas de loup. Elle sourit. Elle est de bien meilleure humeur, manifestement. Son sourire est espiègle, gai, plein d'entrain.

Je me retourne pour la regarder, ma petite fille solitaire dans cette grande chambre.

— Hello, ma puce. Ça va mieux ?

Mais elle ne sourit plus. Son expression a changé du tout au tout, en un éclair.

Puis je m'aperçois que Leopardy n'est nulle part en vue.

24

Je dévisage ma fille, qui soutient mon regard, silencieuse et interrogatrice. Elle a l'air plus jeune que jamais, comme si elle remontait le temps jusqu'à l'époque où elle avait encore sa sœur – six ans, cinq, quatre, toujours plus loin. Je les revois en train de s'amuser à danser sur la plage dans le Devon, de se donner des coups de hanche… Je me sens aspirée par le tourbillon des souvenirs. Cette plongée dans le passé est effrayante, et me fait tourner la tête.

Elles sont toutes les deux ici. Pourtant, c'est impossible.

— Lydia…

— Oui ?

— À quoi tu joues ?

— Je comprends pas, maman.

— Tu t'amuses à cacher Leopardy, c'est ça ?

Je me tourne de nouveau vers le miroir, qui nous montre toutes les deux – la mère et la fille, Sarah Moorcroft et son enfant survivante, Lydia. Une fillette en leggings jaune vif et jupe en jean ornée sur le devant d'un joli petit oiseau rouge.

Elle n'a rien dans les mains. Je suis néanmoins sûre qu'elle tenait Leopardy quand je l'ai aperçue dans la glace. Et elle arborait le sourire enjoué de Kirstie. C'est le reflet de Kirstie que j'ai vu. Elles adoraient cette peluche toutes les deux, elles se battaient pour l'avoir. Peut-être se battent-elles encore. Comme elles se battaient dans mon ventre. Comme elles se battaient pour mon lait.

Elles sont toutes les deux ici, dans cette pièce blanche glaciale, à peine éclairée par la grisaille du dehors, et elles se battent pour savoir laquelle survivra et laquelle mourra – encore une fois.

Saisie de faiblesse, je dois m'asseoir sur le lit.

— Maman ? Qu'est-ce que t'as ?

— Rien, ma puce. Rien du tout. Je suis juste un peu fatiguée.

— T'as l'air tout drôle.

Pourquoi la chambre est-elle si froide, soudain ? Même s'il ne fait jamais chaud dans le cottage – on a toujours l'impression que l'humidité du Sound l'a imprégné jusque dans ses fondations –, la baisse de la température n'en est pas moins saisissante. Je vois mon souffle, blanc devant ma bouche.

— J'ai la chair de poule, maman, dit Lydia.

— Viens, on va ranimer le feu dans le salon.

Je lui prends la main ; elle est glacée, c'est celle d'un cadavre. Je me rappelle celle de Kirstie, toujours tiède, quand j'avais désespérément cherché son pouls après avoir dévalé l'escalier jusqu'à la terrasse.

Kirstie est-elle réellement là, en ce moment même ? Le doute s'empare une nouvelle fois de moi. Je balaie du regard les murs blancs, le crucifix près du chef de clan écossais, les vieilles fenêtres à guillotine donnant sur les bruyères vertes et la mer bleu foncé. Le vent se lève de nouveau, faisant se courber les quelques arbres rabougris de Torran.

— Viens, minouche.

Ma voix est éraillée. J'essaie de ne pas lui montrer à quel point j'ai peur – de cette maison, de l'île, de ce qui nous arrive. D'elle.

Elle ne se rend apparemment compte de rien et, lorsque nous rejoignons le salon, elle va directement s'installer sur le canapé. Elle semble calme, désormais, malgré ce qui s'est produit à l'école.

Je n'en dirais pas autant de moi : l'angoisse me ronge tandis que je rajoute des bûches dans le feu toujours avide. Les bourrasques font vibrer les encadrements de fenêtres à moitié pourris, et je songe à tous ces moments bizarres qui ont maintenant tendance à se confondre. Le regard perdu dans les flammes, je me demande ce que je viens de voir au juste dans la chambre. Et que s'est-il passé avec Emily Durrant, quand elle s'est mise à hurler à propos du miroir ?

Et ces cris aujourd'hui, à l'école… *Bogan, bogan, bogan.* Le fantôme, le fantôme, le fantôme.

Se pourrait-il que nous soyons hantés par un esprit ? Je ne crois pas aux fantômes. Pourtant, c'était bien Kirstie dans ce miroir. Mais elle ressemblait, et ressemble, en tout point à Lydia. Donc, c'était aussi Lydia. Elles sont le fantôme l'une de l'autre ; Lydia est le fantôme vivant de Kirstie. Alors, puisque je vis avec un fantôme, pourquoi refusé-je d'y croire ?

Parce qu'ils n'existent pas.

Pourtant, c'était Kirstie dans le miroir. Revenue dire bonjour, parler à maman.

Tu m'as laissée sauter, maman. C'est ta faute.

Bien sûr que c'est ma faute. Pourquoi n'étais-je pas avec elles ? Pourquoi ne surveillais-je pas mes filles ? J'étais responsable d'elles. Angus avait été retardé à Londres. Je n'aurais pas dû les quitter des yeux. Et j'aurais dû être présente pour elles bien avant, empêcher

Angus de faire ce qu'il a fait. J'aurais dû voir les signes. *Indices suggérant des abus sexuels par le père.*

Pourquoi tu l'as pas arrêté, maman ?

— C'est pas ta faute, déclare soudain Lydia.

De stupeur, je lâche une bûche humide sur le tapis miteux.

— Hein ?

— Pour l'école, explique-t-elle. C'est pas ta faute, c'est celle de Kirstie. Elle revient tout le temps, tu comprends ? Elle me fait peur.

— Ne dis pas de bêtises, ma chérie.

Je récupère la bûche et la place dans la cheminée. Le feu crépite, mais la chaleur ne se propage pas dans la pièce. Si je recule de quelques pas, mon souffle forme de nouveau de petits nuages de vapeur. Putain de baraque.

— De toute façon, Lydia, ne t'inquiète pas : on va bientôt partir, alors tu n'as plus à te tracasser pour l'école.

— On n'habitera plus sur l'île, alors ?

— Non.

Quand elle fronce les sourcils, son visage se plisse. Est-elle contrariée par cette nouvelle ? Attristée ?

— Pourtant, tu voulais qu'on vive ici, maman ! Tu disais que ce serait mieux qu'avant.

— Je sais, mais…

— Et Kirstie, alors ? Kirstie est là. Et Beany aussi. On peut pas les laisser, hein ? Et papa… Je veux pas aller ailleurs. Sauf si papa vient aussi !

Son angoisse refait surface beaucoup trop vite. Tout la bouleverse, à présent ; elle est devenue terriblement fragile. Comment la rassurer ?

— Oh, on le verra, ma puce, je te le promets. D'abord, il faut qu'on trouve une nouvelle maison, avec une vraie route pour y accéder, et un poste de télé. Ce serait chouette, non, d'habiter dans un endroit qui a la télé, le chauffage et tout !

Lydia garde le silence. Elle contemple le brasier, et les flammes projettent leurs lueurs mouvantes sur son petit minois tourmenté. Les fenêtres malmenées tremblent toujours. Les vents de Torran ont beau être mordants parfois, ils ne sont jamais déchaînés à ce point. J'entends gémir les pins sur Salmadair sous la violence des bourrasques venues d'Eisort et de Tokavaig, d'Ord et de Sgurr Alasdair.

— Elle est là, pas vrai ? chuchote Lydia.

— Qui ?

— Kirstie. Elle est là.

J'en ai des fourmillements dans les doigts.

En cet instant, son expression reflète un étrange mélange de passivité et de peur.

— Elle est là, maman. Avec nous. Regarde !

J'examine la pièce, tout en luttant contre un sentiment proche de la terreur. Je m'attends presque à voir ma fille morte émerger de la pénombre glaciale du couloir. Mais il n'y a rien. Personne. Seulement les ombres des meubles que les flammes font danser sur les murs.

— C'est absurde, Lydia. Tout s'arrangera quand on aura quitté l'île. Bon, je vais nous préparer du…

Un bruit terrible m'interrompt. Le choc est tel que j'éclate d'un rire nerveux en me rendant compte que c'est seulement le téléphone, dont la sonnerie stridente, à l'ancienne, m'a surprise.

Le temps de me ressaisir, et j'embrasse Lydia avant de me précipiter dans la salle à manger, impatiente d'entendre une voix humaine, adulte – la voix de quelqu'un qui vit là-bas, sur le continent, dans un endroit normal où tout le monde travaille, sort et regarde la télé. J'espère que c'est Molly, ou Josh, ou encore mes parents. Je crois que je serais contente même si c'était Imogen.

C'est Angus.

Le seul être à qui je n'ai aucune envie de parler est aussi le seul à m'appeler. Le son de sa voix grave m'emplit de rancœur et d'amertume. Je dois prendre sur moi pour ne pas lui raccrocher au nez. Sans compter qu'il me téléphone pour me parler du temps.

Qu'est-ce que j'en ai à foutre ?

— Non, sérieux, Sarah, ils disent que ça va être quelque chose. Une grosse grosse tempête. Vous feriez mieux de quitter l'île. Je peux venir vous chercher avec le bateau de Josh.

— Ah oui ? Et après, on loge tous les trois à l'hôtel ? Génial !

— Arrête, Sarah. Le vent souffle de plus en plus fort, et ce n'est qu'un début. Rappelle-toi, je t'ai dit que les tempêtes pouvaient durer des jours, par ici.

— Oui, oui. J'ai compris.

— Torran est bien connue pour ses orages. Eilean Torran, l'île du Tonnerre. Tu te souviens ? Sarah ? Tu te souviens ?

Je regarde par la fenêtre la pénombre hivernale. Les dernières lueurs du jour ont pris la fuite vers l'ouest, ne laissant subsister qu'un peu de blanc au-dessus de Tokavaig. Mais le ciel se dégage, révélant la pleine lune. En outre, la mer paraît plus calme et les arbres ont cessé de gémir. Le seul élément qui m'intrigue, ce sont ces nuages hauts, étrangement fragmentés, qui filent à toute vitesse dans le ciel bleu-noir.

— Bah, ça ne m'a pas l'air si terrible ! Le vent est tombé. S'il te plaît, Gus, arrête d'appeler. Arrête de nous harceler. Je… je suis au courant de…

Je dois le dire, il le faut.

— Je sais ce que tu as fait. J'en ai assez de tous ces mensonges. Tu sais ce qui s'est passé, je le sais aussi. Alors, ce n'est plus la peine de faire semblant.

Je n'entends plus rien sur la ligne. Nous a-t-elle définitivement lâchés, cette fois ? Enfin, Angus reprend la parole :

— De quoi tu me parles, bon sang ?

— De toi, Angus. De toi et Kirstie.

— Quoi ?

— J'ai tout compris. Lydia m'a raconté que tu étais toujours en train de tripoter Kirstie, de l'embrasser. Elle avait peur de toi. Et le Dr Kellaway a plus ou moins confirmé cette théorie.

— Quoi ? Sarah ? Mais c'est du délire ! Qu'est-ce que t'es en train de me dire, là ?

— T'as abusé d'elle, espèce de salaud ! T'as abusé de Kirstie pendant des mois, peut-être des années… Pendant combien de temps, hein ? Quand tu la faisais asseoir sur tes genoux, quand tu la câlinais, t'en profitais pour la toucher, pas vrai ? C'est pour ça qu'elle a sauté : elle avait peur de toi, alors elle a sauté de ce balcon. Elle a sauté, merde ! Elle s'est tuée à cause de toi, son propre père ! Est-ce que tu l'as violée, Angus ? Jusqu'où t'es allé ? Et aujourd'hui, Lydia s'enfonce aussi. Tu nous a tous brisés, tu as détruit cette famille, tu… tu…

J'ai épuisé ma réserve de haine. Les mots me manquent. Ma main crispée sur le combiné tremble de façon incontrôlable. Angus reste silencieux. Je me demande quelle va être sa réaction. La colère ? Le déni ?

Quand il me répond enfin, c'est d'une voix vibrante de fureur, mais maîtrisée.

— C'est faux, Sarah. Complètement faux.

— Ah oui ? Alors…

— Je n'ai jamais touché Kirstie. Pas de cette façon-là, en tout cas. Comment peux-tu imaginer une chose pareille ?

— Lydia me l'a dit.

— J'étais très tactile avec Kirstie, c'est vrai. Oui, je la câlinais, oui, je l'embrassais. C'est tout. Je voulais l'amuser, lui montrer mon affection, parce que toi tu ne le faisais pas.

— Tu l'as effrayée.

— Je l'ai grondée une fois, Sarah. Une seule fois ! Putain, mais c'est dingue… T'es complètement dingue !

— Ne t'avise pas de me parler comme ça ! Ne…

— Ferme-la, Sarah. Ferme-la, bon Dieu !

L'ordre claque, et je me tais, pareille à une enfant réprimandée. Il a encore ce pouvoir sur moi. Chaque fois qu'il élève la voix, j'ai l'impression d'avoir de nouveau sept ans et d'entendre mon père crier contre moi. Sauf que mon mari ne crie pas ; il se contente d'ajouter lentement, d'un ton calme :

— Si tu veux connaître la vérité, demande à ta fille ce qui s'est réellement passé. Demande-lui de te répéter ce qu'elle m'a raconté il y a six mois.

— Quoi ?

— Fais-le, Sarah. Et va voir dans la commode. Le tiroir du bas. Tu ne l'as pas encore fouillé, celui-là, hein ?

Sa voix vibre de rage contenue.

— Quoi qu'il en soit, ferme les écoutilles. La tempête sera bientôt là. Si tu t'obstines à rester sur Torran, tant pis pour toi. Je n'y peux rien. Mais veille à la sécurité de notre fille. Ne la laisse pas sortir.

Il a réussi à m'embrouiller. Je ne sais plus où j'en suis, et de nouveau la fureur s'empare de moi.

— Ne t'approche pas de nous, Angus, t'entends ? Ne t'approche pas de nous, ne nous adresse pas la parole, ne… Fous-nous la paix !

Je raccroche.

— Maman ?

Lydia est entrée dans la salle à manger sans que je m'en rende compte. Évidemment, j'étais trop occupée à hurler dans le téléphone.

— Maman ? Pourquoi tu cries ?

J'éprouve une brusque sensation de nausée. Qu'a-t-elle entendu au juste ? Je me suis laissé emporter. Je n'ai pas réfléchi. M'a-t-elle entendue accuser son père d'avoir violé Kirstie ? Qu'est-ce que j'ai fait ? Ai-je encore aggravé les choses ?

Je ne vois qu'une solution : nier. Prétendre que tout est normal.

— Rien, ma chérie. Je parlais avec papa, c'est tout.

— Non, je te crois pas. T'étais en colère.

Je me force à sourire. Pas elle.

— Qu'est-ce que t'as, maman ? Pourquoi tu criais ? C'est à cause de Kirstie ? Parce qu'elle revient tout le temps ? Papa veut qu'elle revienne, c'est ça ?

Je suis à deux doigts de répondre « Oui ».

Pourtant, je parviens à me dominer et lui pose une main sur l'épaule avant de l'entraîner vers la cuisine. Cette pièce ressemble à un décor de feuilleton télévisé ou de théâtre. Une imitation de la réalité. Les murs sont faux, la lumière est trop crue, et elle est environnée d'une étrange obscurité d'où les gens nous observent – une foule silencieuse, qui nous regarde sur une scène illuminée par les projecteurs.

— On goûte, ma puce ? Qu'est-ce que tu aimerais ?

Lydia scrute un instant mes traits, puis tourne la tête vers le réfrigérateur.

— Je sais pas.

— Choisis ce que tu veux dans le frigo, d'accord ?

— Ben… Des toasts au fromage.

— Super ! Je vais les préparer, ça ne prendra pas longtemps. Pourquoi tu n'irais pas jouer dans le salon en attendant ? Dis-moi s'il faut remettre des bûches dans le feu.

Elle me coule un regard soupçonneux, ou peut-être méfiant, puis s'éclipse, à mon grand soulagement. Maintenant, au moins, je peux me convaincre qu'elle n'a rien entendu de cette « discussion » avec Angus.

Je sors le pain du panier en osier au-dessus de ma tête et vais chercher le cheddar dans le frigo. Au passage, je jette un coup d'œil par la fenêtre : les étranges nuages gris filent toujours devant la face blême de la lune. Le vent a de nouveau forci et les arbres ont recommencé à se lamenter. Angus avait-il raison, à propos de la tempête ?

Pour le moment, je dois nourrir ma fille.

Lorsque le fromage a fondu sur les toasts, je les retire du gril, puis les dispose sur une assiette, les coupe en petits morceaux et emporte le tout à la salle à manger, où Lydia s'est installée à table. Elle porte désormais des chaussettes bleues ; elle a dû les enfiler avant de venir s'asseoir. Leopardy a reparu : il est posé sur le plateau à côté d'elle et m'adresse son sourire figé de peluche.

Lydia saisit ses petits couverts d'enfant à manche en plastique et grignote son toast avec un certain entrain. Elle a placé un livre près de son assiette. En général, je n'aime pas trop qu'elle lise en mangeant, mais je n'ai pas l'intention de la contrarier ce soir. Elle me semble bizarrement – remarquablement – sereine, malgré l'horreur de ce qu'elle a vécu à l'école aujourd'hui.

Je regarde par la fenêtre. La lune a disparu derrière de plus gros nuages ; les arbres gémissent de plus belle. La pluie frappe les vitres avec fureur et mépris. Lydia mange, lit et fredonne « Mon chéri navigue sur l'océan ».

La comptine favorite de Kirstie.

Ramenez-moi, ramenez-moi, oh, ramenez-moi mon chéri.

J'ai beau essayer de me raisonner, j'ai soudain la certitude d'avoir Kirstie en face de moi, assise dans la pénombre de la salle à manger, tandis qu'autour de nous l'île se prépare à essuyer une tempête imminente, et que la lumière du phare balaie toutes les neuf secondes les eaux sombres du Sound comme pour lancer un message urgent, désespéré : *Au secours, Au secours, Au secours.*

— Lydia…

Elle ne lève pas les yeux.

— Lydia…

Rien. Elle continue de manger et de fredonner. Leopardy, posé sur la table, me sourit toujours. Je dois me battre contre mes émotions : c'est Lydia qui est assise là. Le stress me donne des hallucinations.

Adossée à ma chaise, j'inspire plusieurs fois à fond pour me calmer. Sans quitter ma fille des yeux. En essayant d'être objective. Une phrase d'Angus me revient à l'esprit : « Demande-lui ce qui s'est réellement passé, demande-lui de te répéter ce qu'elle m'a raconté il y a six mois. » Il y a quelque chose de troublant dans ces mots. De même, ses protestations au sujet des abus étaient assez convaincantes. Je ne le crois pas, et pourtant je me sens perturbée. Aurais-je tiré des conclusions erronées ?

Comment savoir ?

Dehors, les éléments se déchaînent. J'entends une porte claquer quelque part à l'extérieur, encore et encore – peut-être celle de la remise. Les coups sont violents, j'ai l'impression qu'elle va se briser. Je dois m'assurer que tout est verrouillé. *Ferme les écoutilles.*

Je n'ai pas le choix ; c'est la tempête qui commande. Alors je me penche par-dessus la table et effleure la main de Lydia pour attirer son attention. Elle paraît complètement absorbée par son livre, et elle a cessé de chantonner.

— Tu veux bien m'attendre ici ? Il va y avoir une tempête ce soir, et il faut que je sorte vérifier que tout est bien fermé.

Elle me jette un coup d'œil en haussant les épaules. Passive, distraite.

— D'accord.

Je me rends dans ma chambre, où j'évite de regarder en direction du miroir. Je choisis un gros pull, puis enfile mon anorak North Face, le plus épais. De retour dans la cuisine, je chausse mes bottes en caoutchouc, rassemble mon courage et ouvre la porte.

Le vent tourbillonne. Feuilles mortes, fragments d'algues, enchevêtrements de fougères desséchées voltigent dans l'air. Le phare semble se tasser sur lui-même comme s'il était intimidé par la violence des rafales. Sa lumière ne suffit plus à me réconforter.

Il faut que je vérifie toutes les issues. Mais j'ai le plus grand mal à progresser : les bourrasques sont si fortes qu'elles manquent plusieurs fois de me renverser tandis que je me risque sur l'herbe glissante pour faire le tour du cottage. Je n'ai jamais été confrontée à pareille tempête dans le sud de l'Angleterre. De temps à autre, je reçois en plein visage une giclée de pluie qui me pique la peau ; les gouttes sont aussi dures que des gravillons. Je suis menacée.

La porte de la remise bat et grince sur ses gonds rouillés. Malgré mes doigts gelés, je parviens à la repousser et à mettre en place la barre en bois transversale.

Je me rappelle m'être demandé en arrivant sur l'île pourquoi toutes les portes étaient munies de ces barres. Je le sais, maintenant : c'est à cause des tempêtes qui déferlent sur Eilean Torran, l'île du Tonnerre.

Vingt minutes plus tard, j'ai presque terminé ma tournée d'inspection. Il ne me reste que la partie la plus difficile : hisser le dinghy le plus haut possible, dans le noir, en résistant aux assauts des éléments. Je dérape, me cogne un genou sur les galets, puis parviens à me redresser.

— Oh, bon sang ! Allez, Sarah, fais un effort !

J'essaie de m'encourager à voix haute, mais mes paroles sont emportées par le vent et précipitées dans la mer.

— Allez !

Jusqu'où devrais-je le remonter pour le mettre à l'abri ? Je le traîne laborieusement jusqu'au bas des marches qui permettent d'accéder au phare. Puis je m'assure que l'ancre est bien à l'intérieur et amarre le canot aux barreaux de la grille. Le froid rend mes gestes malhabiles.

Je finis néanmoins par y arriver. Voilà, c'est bon. J'ai fait un nœud solide, comme Angus me l'a appris.

Je repars en courant vers le cottage, les épaules rentrées, cramponnant d'une main ma capuche pour me protéger de la pluie. Ivre de soulagement, j'entre dans la cuisine et referme la porte derrière moi. Celle-ci est munie d'une barre transversale intérieure. Je la mets en place. Les hurlements déchirants du vent, quoique assourdis, sont toujours audibles.

— Maman, j'ai peur…

Lydia m'a rejointe dans la cuisine.

— Il y a tellement de bruit, dehors !

— Eh, ne t'inquiète pas, c'est juste un gros orage, dis-je en l'attirant à moi. On va attendre qu'il passe, bien à l'abri. On a de quoi manger, et du bois pour se chauffer. Tu verras, ce sera l'aventure.

— Papa va rentrer nous aider ?

— Pas ce soir, ma chérie. Demain, peut-être. On en reparlera.

Je continue de mentir. Et alors ? La mention d'Angus me ramène aux propos qu'il m'a tenus tout à l'heure, à ses dénégations, et à cette phrase qui depuis me trotte dans la tête : « Demande à Lydia de te répéter ce qu'elle m'a raconté il y a six mois. » Il faut que j'en aie le cœur net. Elle risque d'être bouleversée, mais si je ne le fais pas, je vais devenir folle, et ce serait encore plus terrible pour elle.

— Viens dans le salon, ma puce, je voudrais te demander quelque chose.

Dans le regard qu'elle pose sur moi, je lis la panique.

— Me demander quoi, maman ?

Je l'entraîne à ma suite, et tire les rideaux pour ne plus voir la tempête. Les rafales frappent le toit avec force – j'ai l'impression qu'elles arrachent des ardoises –, et quand nous sommes blotties toutes les deux sur le canapé, sous la couverture qui a conservé l'odeur de Beany, je me lance :

— Tu te rappelles, l'autre jour, tu m'as parlé de papa qui embrassait tout le temps Kirstie…

Elle détourne les yeux. Embarrassée, peut-être ?

— Oui.

— Qu'est-ce que tu voulais dire ?

— Hein ?

— Est-ce que tu… tu voulais dire qu'il la touchait et l'embrassait comme papa et maman se touchent et s'embrassent ? C'est ça ?

Pour le coup, j'ai droit à toute son attention. Elle paraît terriblement choquée.

— Non ! Non, maman, c'est pas ça. Pas du tout !

— Alors…

Un gouffre obscur s'ouvre en moi. J'ai commis une monstrueuse erreur. Encore une fois.

— Alors qu'est-ce que tu voulais dire, Lydia ?

— Ben, il lui faisait des câlins, c'est tout. Parce que toi, tu lui en faisais jamais, maman. Et puis, un jour, il a crié, et elle a eu peur. Mais je sais pas pourquoi il a crié.

— Tu en es sûre ?

— Oui, maman. J'en suis sûre. Il l'embrassait pas comme il t'embrasse, maman. Non, non !

Le gouffre se transforme en abîme sans fond.

Les yeux clos, je me force à respirer calmement. Avant de reprendre la parole :

— Bon, une dernière question. Qu'est-ce que tu as dit à papa il y a six mois ?

Elle est toujours assise à côté de moi. Raidie par la tension. Gênée. Elle évite mon regard. Le sien reflète la colère et la peur.

Je répète la question. En vain.

Elle est exactement comme sa mère et sa grand-mère. Murée dans son silence.

Mais je suis résolue à poursuivre. Je suis déjà allée trop loin, je ne peux plus reculer. Même si je la plonge dans une détresse évidente. Mon raisonnement vaut ce qu'il vaut : je me dis que si j'aborde toutes ces questions le même jour, avec le temps celui-ci se fondra en un seul mauvais souvenir pour elle : le Jour de la Tempête.

Je lui repose la question une troisième fois. Rien.

Je renouvelle ma tentative.

— Papa t'a interrogée sur Kirstie, c'est ça ?

Elle fait non de la tête, puis s'écarte de moi et va se pelotonner à l'autre bout du canapé. Le vent torture les arbres au-dehors. C'est intenable. J'insiste. Il faut que je sache.

— Qu'est-ce que tu as dit à papa il y a six mois ?

Pas de réponse.

— Lydia ?

Silence. Et brusquement, elle explose.

— C'est ce que papa a fait ! C'est ce qu'il a fait… Tu fais comme lui, maman. ARRÊTE !

Quoi ?

Je tends la main vers ma petite fille. Elle est dans tous ses états.

— Qu'est-ce que tu viens de dire, ma chérie ? Qu'est-ce qu'il a fait ?

— La même chose que toi. Il a fait ce que t'es en train de faire.

— Lydia…

— Je suis pas Lydia. Je suis Kirstie.

Ça, je ne veux pas l'entendre.

— Lydia, qu'est-ce qu'il a fait ? Explique-moi.

Le vent se jette contre les murs et contre les portes. Il me semble que la maison va s'écrouler.

— Il a fait pareil, maman ! Il arrêtait pas de me poser des questions sur… sur l'accident, alors je lui ai dit, je lui ai dit…

— Quoi, ma chérie ?

Le martèlement de mon sang résonne à mes oreilles encore plus fort que les grondements du vent.

— Raconte-moi, s'il te plaît.

Elle me considère maintenant d'un air grave. Elle paraît soudain plus âgée, et j'ai la vision fugace de l'adulte qu'elle deviendra.

— J'ai dit à papa que c'était moi, que j'avais fait quelque chose de mal. Et c'est vrai. Papa, lui, il a rien fait. Mais je lui ai rien dit sur toi. Je lui ai dit que c'était moi, pas toi, pour pas qu'il soit en colère contre toi…

— Lydia ? Je t'en prie, j'ai besoin de savoir.

— Mais pourquoi ? Tu sais déjà tout, non ? Tu sais déjà tout !

Le vent rivalise de violence avec ma fille, qui hurle à présent :

— Tu sais déjà tout ! Tout !

— Non, je…

— Si, tu sais !

— Non, Lydia.

— SI !

Elle tremble de tous ses membres.

— Y avait pas que moi…

Silence soudain. Elle me regarde droit dans les yeux, et me jette au visage :

— ELLE EST MORTE À CAUSE DE TOI, MAMAN !

25

Angus, attablé seul au Selkie, buvait un triple Ardbeg. Le pub était presque désert ; seuls y traînaient quelques habitués, dont Gordon, qui terminaient leurs pintes avant de rentrer chez eux se mettre à l'abri de la tempête. Lui-même avait pris une chambre à l'étage. Si les tarifs étaient élevés l'été, ils redevenaient abordables l'hiver.

Il aurait pu loger une nouvelle fois chez Josh et Molly – ils avaient le cœur sur la main, et l'auraient accueilli sans problème –, mais il avait préféré ne pas les solliciter. Il était tellement révolté par les accusations insensées de Sarah qu'il aurait sans doute mis ses amis mal à l'aise.

Abus sexuels.

C'était de la folie. Cette seule idée le faisait bouillir de rage. Peut-être valait-il mieux dans ces conditions qu'il soit loin de sa famille, car s'il voyait Sarah après tous ces whiskys qu'il avait bus, il risquait bel et bien de la tuer. De lui tordre le cou.

Il en arrivait presque à comprendre son père, qui tabassait sa femme. À une différence près : lui, au moins, il aurait eu une bonne raison de s'en prendre à Sarah.

Abus sexuels.

« Est-ce que tu l'as violée ? »

Il avala encore une gorgée de whisky. Et une autre. Quel recours lui restait-il ? Tout était la faute de Sarah.

Il se leva, s'approcha de la fenêtre et regarda à travers la vitre épaisse l'île dissimulée par la pluie et la nuit.

Que devenait sa fille, coincée sur Torran dans la tempête ? Sarah avait-elle pensé à se barricader ? Avait-elle bien fermé toutes les portes et fenêtres, et poussé les verrous ? Avait-elle amarré le dinghy à la grille ? Sûrement. Elle n'avait rien d'une idiote. Elle avait dû faire le nécessaire.

Mais elle était également instable depuis la mort de leur enfant. Si elle avait paru en bonne voie de guérison pendant quelques mois, à présent elle replongeait dans ses délires. Dans la spirale infernale de sa propre folie.

Abus sexuels.

Il faillit cracher par terre. Salope. Putain de garce !

De quels mensonges bourrait-elle le crâne de leur fille en ce moment même ?

Il devait retourner sur l'île afin de prendre les choses en main. Le problème, c'est que la marée était haute et le temps trop mauvais pour effectuer la traversée dans le Zodiac de Josh. Or, il faudrait peut-être plusieurs jours pour que la tempête se calme.

Autrement dit, s'il voulait se rendre à Torran en bateau, il n'aurait d'autre solution que d'appeler les autorités et de demander officiellement de l'aide. Il serait obligé d'alerter les gardes-côtes, la police… Mais s'il les conduisait au cœur de cet imbroglio, la situation risquait de se retourner contre lui : il serait probablement arrêté pour abus sexuels. Et en admettant qu'il parvienne à prouver l'absurdité de cette allégation, les policiers lui poseraient probablement des questions sur l'accident, et finiraient par découvrir que l'une des sœurs avait poussé l'autre – qu'il s'agissait d'un meurtre, même s'il avait été commis par un enfant.

Et alors, tout ce qu'il avait fait pour préserver sa famille volerait en éclats. Leurs vies seraient brisées pour la seconde fois. Ils seraient entraînés dans un cauchemar où se succéderaient policiers, médecins, pédopsychiatres… Sarah craquerait lorsque sa responsabilité éclaterait au grand jour, quand elle serait confrontée à son propre déni.

Cela étant, elle pouvait très bien craquer plus tôt. À cause de cette remarque stupide qu'il lui avait faite au téléphone.

Il n'aurait pas dû lui parler de la commode. Il avait dit ça sous le coup de la colère. Sans réfléchir. Or, si elle allait regarder dans le tiroir du bas, elle apprendrait la vérité, et qui sait comment elle réagirait ? De quoi serait-elle capable, là-bas, alors qu'elle était censée veiller sur leur petite fille ?

Peut-être aurait-il dû détruire le contenu de ce tiroir depuis des mois. Pourquoi ne s'en était-il pas débarrassé ? Parce qu'il voulait conserver une preuve. Des munitions de secours. Une fois leur fille devenue adulte, il aurait pu tout montrer à Sarah : *Tiens, regarde, salope. Voilà ce que* TU *as fait. Voilà ce qui s'est réellement passé.*

Trop tard.

Accablé, ivre, tremblant de fureur, il alla se rasseoir sur sa chaise inconfortable. Il se sentait complètement démuni. Il ne pouvait rien tenter avant la fin de la tempête, et pourtant il éprouvait le besoin désespéré d'agir.

— Ça va, Angus ?

C'était Gordon, qui s'apprêtait à sortir du pub.

— Tes femmes sont toujours à Torran ?

Angus hocha la tête. Gordon fronça les sourcils.

— Ça doit pas être drôle pour elles. Il fait un froid de canard dans ce cottage.

— Je sais.

Gordon secoua la tête.

— Sans parler de ce foutu temps ! Y a de quoi pousser un homme à boire, hein ?

Il coula un regard au verre d'Angus, et secoua de nouveau la tête.

— Bon, ben, si jamais t'as besoin d'aide, hésite pas à m'appeler. Quand tu veux.

— Merci, Gordon.

Celui-ci soupira, manifestement dérouté par l'attitude de son interlocuteur, puis ouvrit la porte et sortit dans le vacarme des éléments déchaînés.

Angus regarda une nouvelle fois dehors. Le vent soufflait si fort qu'il avait déjà arraché des branches d'arbre. Le parking du Selkie disparaissait sous un fouillis de feuilles mortes, de brindilles et de fougères desséchées.

Que se passait-il dans le cottage ? Que devenait leur fille, seule avec Sarah ?

Cette fois, il prit sa décision : il se rendrait à Torran dès que la marée le lui permettrait. Et tant pis si c'était dangereux ; tout était préférable à cette attente insupportable. Il devait retourner sur l'île et raisonner Sarah. Trouver un moyen de la calmer. Ou de la réduire au silence.

Alors il traverserait à la prochaine marée basse, vers six heures du matin. Dans l'intervalle, il continuerait de boire pour noyer le chagrin et étouffer la colère. Jusqu'au moment où il aurait besoin de la ranimer.

26

Je lui repose la question pour la troisième ou quatrième fois. L'attente me met au supplice.

— Comment ça, à cause de moi ?

Je ne parviens pas à réprimer les tremblements de ma voix. Lydia ne crie plus, à présent, elle ne pleure plus, mais elle refuse obstinément de me regarder. Leopardy est couché à côté d'elle. Elle le récupère et le serre fort contre elle. À croire qu'il peut la réconforter mieux que moi. Mieux que sa propre mère.

— Qu'est-ce que j'ai fait, Lydia ? Pourquoi tu dis que c'est ma faute ?

— Je veux pas.

— Réponds, s'il te plaît. Je ne me mettrai pas en colère.

— Si, tu vas crier. Comme tu criais dans la cuisine chez Nannan.

Le vent secoue les fenêtres, tel un voleur essayant de pénétrer dans la maison. De trouver les failles.

— Lydia, Lydia… Je t'en prie.

— Rien. Personne.

— Parle-moi, ma puce !

Elle tourne enfin la tête vers moi et plisse les yeux. J'entends la porte de la cuisine vibrer et grincer dans son encadrement.

— Tu te rappelles quand tu prenais toutes ces pilules, maman ? Tout le monde disait que t'étais malade. J'avais peur que tu meures aussi, comme Kirstie.

— Quelles pilules ?

— Des pilules spéciales. Tu sais bien, maman, c'est papa qui les gardait.

— Il…

Des pilules ? Le mot éveille un écho dans ma mémoire. Oui, j'ai en effet pris des médicaments, après l'accident. Prescrits par mon médecin, me semble-t-il. Je m'en souviens vaguement.

— Reprends-les, maman. T'allais mieux quand tu les prenais.

Elle me regarde d'un air implorant. Elle a l'air d'une enfant perdue, qui a besoin de sa mère.

— J'ai peur de l'orage, maman. S'il te plaît, reprends-les. Je sais où papa les cachait : dans le tiroir de la chambre. Je l'ai vu les mettre là.

La commode d'Angus. Je n'ai jamais fini de la fouiller. Et Angus a mentionné le tiroir du bas au téléphone. Je ne me suis pas encore occupée de cette question-là. Y a-t-il caché quelque chose d'important ?

— Bon, écoute, ma puce, il est tard. Tu veux aller te coucher ?

— Non.

— Tu es sûre ? Tu peux dormir dans le lit de maman, si tu veux.

— Non !

Lydia cramponne Leopardy comme si elle craignait que la tempête ne le lui arrache. C'est vrai que c'est effrayant : les hurlements du vent évoquent une meute de loups. Nous sommes traquées par le monde extérieur ; c'est une bête sauvage à l'affût qui se cogne contre les vitres, derrière lesquelles elle sent sa proie. Il en va ainsi depuis déjà six heures, et ça peut durer plusieurs jours.

— Je veux aller me coucher avec Leopardy.

Dieu merci.

— D'accord, je vais vous mettre au lit.

C'est mieux. Une fois Lydia couchée, j'aurai toute liberté de fouiller la commode. De percer enfin ce mystère qui m'empoisonne. Ensuite, nous essaierons toutes les deux de dormir malgré le vacarme, et peut-être qu'à notre réveil nous découvrirons un ciel bleu et dégagé, sous lequel les sommets enneigés de Knoydart brilleront de l'autre côté du loch Hourn. Je présenterai des excuses à Angus. Je lui ai dit des choses affreuses ; en attendant, il m'a quand même trompée avec Imogen.

Qu'y a-t-il dans cette commode ?

Lydia se laisse entraîner vers sa chambre avec une facilité étonnante. Elle se déshabille en un clin d'œil, enfile son pyjama et se glisse sous les deux couettes superposées. Je la borde et, agrippant Leopardy à deux mains, elle ne tarde pas à fermer les yeux. Je l'embrasse. Elle sent bon, et pourtant son odeur m'emplit de tristesse. De nostalgie.

La pluie cingle sa fenêtre. Je ferme les rideaux pour qu'elle ne puisse pas voir le reflet de sa sœur. Je m'apprête à éteindre la lumière quand elle me demande soudain :

— Maman ? Est-ce que je deviens Kirstie ?

Je m'assois sur le lit et lui prends la main.

— Non. Tu es Lydia.

Ses grands yeux bleus fixés sur moi expriment un mélange de confiance, d'espoir et de détresse.

— Je sais plus, maman. Des fois, je crois que je suis Lydia, mais des fois aussi Kirstie est à l'intérieur de moi et elle voudrait sortir. Et des fois, elle est dans les fenêtres ou avec nous.

Je caresse ses cheveux soyeux. Je ne veux pas pleurer. Que le vent se lamente donc à notre place ! Il gémit assez fort pour nous tous. J'entends brusquement un grand fracas dehors. L'une des portes a-t-elle été arrachée ? À moins que je n'aie pas bien amarré le canot. Mais je m'en fiche. De toute façon, il ne nous sert à rien ; si nous tentions de quitter l'île maintenant, ce serait la noyade assurée.

— Lydia ? Il faut dormir, maintenant. Demain, la tempête sera calmée, et tout ira mieux. Demain, nous irons ailleurs.

Elle me regarde comme si elle ne me croyait pas. Elle finit néanmoins par hocher la tête.

— D'accord, maman.

— Bonne nuit, ma chérie.

Je l'embrasse encore une fois, en humant son odeur pour la graver dans ma mémoire. Puis j'éteins et ferme la porte, avant de filer vers ma chambre, où je récupère la petite clé avec laquelle je déverrouille le dernier tiroir de la commode. Les bourrasques s'acharnent contre les murs et le toit. On dirait que quelqu'un traîne un objet lourd sur les tuiles.

Ou qu'un fou furieux tente d'entrer.

Ah. Des flacons de comprimés.

Des antidépresseurs tricycliques.

Les cachets s'entrechoquent à l'intérieur des petites bouteilles quand je les sors. Mon nom est inscrit sur l'étiquette. Le dernier flacon a été délivré huit mois plus tôt. Je les reconnais, maintenant. Des images me reviennent. Je me revois en tenir un dans ma paume, puis l'avaler dans la cuisine de Camden.

Alors, c'est vrai, j'ai pris des antidépresseurs après la mort de Kirstie. Et j'ai oublié. Cela dit, cette découverte n'a rien d'une révélation : j'avais perdu un enfant, j'étais dans un état lamentable.

Il y a une lettre au fond du tiroir, sous les flacons. L'en-tête m'est familier : c'est celui du Dr Malone, mon médecin traitant. Il a la soixantaine, et c'est peut-être le dernier praticien de toute l'Angleterre à écrire encore des lettres à la main. Mais pourquoi l'a-t-il adressée à Angus ? Que voulait-il dire à mon mari ?

Je saisis le courrier. Le vent s'apaise un peu, réduisant son souffle à une sorte de mélopée assourdie. Comme s'il était épuisé, au moins pour un temps.

La lettre parle de moi. Elle explique que je souffre de troubles liés à un deuil pathologique, que je me reproche en permanence la mort de ma fille.

La feuille tremble légèrement entre mes doigts. Je poursuis ma lecture.

De toute évidence, elle se sent, ou s'est sentie, responsable de certains aspects de l'accident, en raison de sa liaison adultère. Cette situation a engendré en elle un niveau de culpabilité insupportable, d'où une perte de mémoire partielle, n'affectant que ces événements, et qui sera peut-être permanente. C'est une forme rare, mais connue, d'amnésie globale transitoire. Elle se remémorera parfaitement certains fragments mineurs, et à partir de là se construira un scénario erroné d'où elle aura effacé les éléments cruciaux les plus douloureux.

Les parents confrontés au deuil d'un enfant sont particulièrement exposés à ce genre d'amnésie, surtout s'ils sont impliqués d'une façon ou d'une autre dans sa mort. Et lorsque le chagrin prend un tour morbide, comme c'est le cas avec votre épouse, il n'existe pas d'autre remède que le temps. Le traitement qui lui a été prescrit permettra toutefois d'atténuer certains symptômes : le mutisme, l'insomnie, etc. Et comme je vous l'ai dit, si elle parvient à se remettre, il est probable qu'elle ne garde aucun souvenir des circonstances entourant l'accident.

Je ne saurais trop vous conseiller de considérer cet état comme une bénédiction : vous pouvez désormais aller de l'avant et prendre un nouveau départ, une étape qui me paraît nécessaire si vous souhaitez reconstruire votre famille, ainsi que vous l'avez indiqué. Et vous ne devriez pas faire allusion à ses troubles psychologiques, ce qui risquerait d'entraîner chez elle une régression et d'accentuer sa dépression. Il est très important d'en avertir vos proches et de leur recommander la prudence. On ne peut pas écarter l'éventualité d'un suicide si elle venait à apprendre la vérité.

Le médecin nous souhaite ensuite bonne chance, à Angus et à moi, et signe.

Une liaison adultère ?

Une image encore floue se forme dans mon esprit, semblable à de la buée sur une vitre. Je me rappelle ce rêve étrange que j'ai eu, où je me tenais nue dans une cuisine, le crâne rasé. Je me rappelle aussi l'excitation sexuelle.

Et, à mon réveil, le sentiment de culpabilité intense et douloureux qui m'a assaillie.

Une rafale projette de la pluie sur la fenêtre. Je tourne la tête. L'obscurité est toujours là, dehors, déterminée à entrer.

Le bruit se répète, comme si quelqu'un tapait à la vitre avec insistance. Puis j'entends une sorte de craquement retentissant, semblable à de la tôle froissée. La porte de la remise a-t-elle été arrachée ? La tempête semble déterminée à dépouiller la maison.

Le tonnerre gronde sur l'île du Tonnerre. Je baisse les yeux vers les flacons éparpillés par terre. Certains contiennent encore des comprimés ; je pourrais peut-être en prendre un ? Non, je veux garder les idées claires et la tête froide. Je veux découvrir la vérité, aussi pénible soit-elle.

Et de toute façon, je ne crois pas que j'aurai besoin d'aide pour dormir. Je suis exténuée. Je n'ai qu'une envie : aller me coucher en priant pour que la tempête s'arrête…

Une liaison adultère ?

Après m'être déshabillée, j'étale plusieurs couvertures sur le lit, éteins la lumière, me couche et ferme les yeux. Pendant une bonne demi-heure, mes pensées tournent autour de la journée écoulée tandis que le vent fouette la fenêtre. Puis je glisse dans le sommeil.

C'est Lydia qui me réveille.

Elle est debout près de mon lit, silhouette indistincte dans la pénombre.

— Maman ? J'ai peur. Le vent veut entrer dans ma chambre.

J'ai l'esprit embrumé, je suis à peine réveillée. Il fait tellement sombre ! Quelle heure peut-il être ? Deux heures du matin ? Trois ?

Le vent souffle, dévastant tout, projetant la pluie sur les vitres. Putain de temps. Je suis si fatiguée…

Je tends le bras vers ma fille. Saisis sa petite main chaude. Je ne vois pas son visage, je ne sais pas si elle pleure. Sa voix vacille. Je bâille largement, avant de dire :

— Allez, grimpe ! Viens te coucher à côté de moi.

Lydia s'empresse de me rejoindre, se blottit contre moi, et je la serre fort, le nez dans ses cheveux odorants. Sa chaleur me réconforte. Je me rendors, presque apaisée.

Quand je me réveille de nouveau, il fait encore nuit, et le vent hurle toujours, invaincu, inépuisable, indifférent à mes prières. J'ai envie de crier : « La ferme ! » De crier comme mon père, comme Angus.

Soudain, je m'aperçois que Lydia n'est plus à côté de moi.

Le drap a gardé l'empreinte de son corps, et un creux s'est formé dans l'oreiller à l'endroit où elle a posé sa tête.

Où est-elle ?

Je me lève d'un bond, enfile mon peignoir, attrape ma lampe torche et me précipite pieds nus hors de la chambre. Je traverse le salon froid, puis m'engage dans le couloir jusqu'à la chambre de Lydia. Après avoir ouvert la porte, je braque la lampe sur le lit. Elle est là, endormie dans son lit, éclairée par la veilleuse.

Telle que je l'ai laissée quelques heures plus tôt. Serrant contre elle Leopardy.

On dirait qu'elle n'a pas bougé de la nuit. Si elle était venue dans ma chambre, elle aurait été obligée d'affronter une obscurité presque totale. Ce qu'elle n'aurait jamais fait.

La peur s'empare de moi, me lamine. Si Lydia n'a pas quitté sa chambre depuis que je l'ai bordée, qui s'est glissé à côté de moi ? Qui était cette fillette ? Était-ce Kirstie que j'ai serrée contre moi ? Ai-je enlacé un fantôme – un fantôme réel, vivant, fait de chair et de sang ?

Cette fois, c'en est trop. Je suis la folle qui prenait des médicaments. Je ne peux plus le supporter. Je regarde le petit réveil carré sur la table de chevet. Il n'est même pas six heures. Il ne fera jour que dans deux heures.

Ça ne peut plus durer. Je titube au bord du gouffre. Guidée par le faisceau de ma torche, je retourne au salon et passe dans la salle à manger, où règne un froid encore plus saisissant que d'habitude. Pourquoi ?

Parce qu'il y a de l'eau par terre, qui me brûle les pieds tant elle est glacée. D'où vient-elle ? Je la sens goutter sur mon épaule, et dirige ma lampe vers le haut.

Un énorme trou s'ouvre dans le plafond : les tuiles ont été emportées, et une poutre s'est brisée, avant de défoncer le plâtre, révélant le ciel sombre et tourmenté. Le vent s'engouffre dans cette brèche, et il pleut dans le cottage.

C'est une catastrophe. Il nous faut de l'aide.

Je m'approche de l'appui de fenêtre et décroche le combiné. La ligne est morte. Bien sûr. Tout est mort. Il nous reste peut-être encore un espoir avec le dinghy, mais un coup d'œil par la fenêtre me révèle que cette option est elle aussi désormais exclue. Le pinceau du phare éclaire la scène.

Ce craquement retentissant que j'ai entendu, c'était celui de la grille du phare qui a été arrachée. Le canot a disparu, englouti par les ténèbres.

Même si j'avais voulu prendre le risque de traverser, ce n'est plus possible.

Nous n'avons plus de bateau. Plus de téléphone. Aucun moyen de communiquer avec le continent, d'atteindre Ornsay. Tant que la marée est haute, nous sommes piégées ici, Lydia, moi…

… et quiconque se trouve avec nous.

Une voix s'élève :

— « Cette nuit, la tête sur mon oreiller, Cette nuit, couchée dans mon lit… »

Elle vient du salon. Je patauge toujours dans l'eau froide, mais c'est la peur qui me fait frissonner.

Ma fille morte chante dans la pénombre.

— « Cette nuit, la tête sur mon oreiller, J'ai rêvé qu'était mort mon chéri. »

Je dois m'appuyer contre la fenêtre pour ne pas m'effondrer. Puis je rassemble mon courage et entre dans la pièce, où j'éclaire le canapé. Elle est là, seule dans le noir, pieds nus et en pyjama. C'est Lydia. Du moins, je crois.

Elle cligne des yeux, éblouie. Comment est-elle arrivée ici ? Elle est toute pâle, et elle a les traits tirés. La pluie frappe les vitres sans discontinuer. Ne s'arrêtera-t-elle jamais ? Je m'approche de mon enfant.

— Kirstie est revenue, dit-elle. Elle est dans ma chambre. Je veux plus la voir. Maman, fais-la partir.

Je ne souhaite rien tant que faire partir Kirstie. Et peut-être aussi Lydia. Je suis terrifiée par mes deux filles, les deux fantômes de cette maison, les deux fantômes dans ma tête – les Jumelles de Glace, indissociables l'une de l'autre.

— Viens dans ma chambre, ma puce, on va se blottir sous les couvertures. La tempête finira par se calmer, il va bientôt faire jour.

— Oui, maman.

Docilement, elle me tend la main, mais je me penche pour la prendre dans mes bras et l'emmène jusqu'à ma chambre, où je la borde dans le lit de l'Amiral avant d'aller fermer la porte. Je pousse aussi le verrou. Quelle que soit la présence qui s'est introduite dans la maison, je ne veux pas d'elle.

Quand je me couche, ma petite fille se pelotonne contre moi et chuchote :

— Je crois pas tout ce qu'elle dit, maman. Kirstie dit des choses horribles.

Je l'écoute à peine. J'entends une voix de l'autre côté du battant. Qui est-ce ?

Ce doit être elle. Mais laquelle ? Kirstie ou Lydia ?

Je ne distingue pas bien les mots. Ça ressemble à : « Maman maman maman… »

Des petits coups résonnent, comme si on frappait à la porte. Ce n'est pas le vent, cette fois. Puis la voix s'élève de nouveau.

C'est elle, j'en suis sûre. Elle est ici.

Je tremble.

Je serre ma fille plus fort et ferme les yeux en essayant d'ignorer le vent, la pluie, les bruits, la voix… Il faut que ça cesse. Mais comment ? Cette tempête n'aura jamais de fin, cette nuit de cauchemar va se prolonger éternellement.

Ma fille m'enlace entre les draps puis presse son visage contre le mien. Je sens son haleine sur ma joue – enfantine, pure et sucrée, comme si elle avait sucé un bonbon.

— Kirstie dit que c'est ta faute, murmure-t-elle. T'étais avec cet homme. C'est pour ça qu'elle est revenue : pour te faire du mal.

Des éclats de glace me transpercent et me déchirent le cœur.

— Qu'est-ce que tu racontes, ma chérie ? Quel homme ?

— Celui qui était avec toi dans la cuisine le soir où elle est tombée. Je t'ai vue l'embrasser. Nannan le savait, mais elle m'a dit de pas en parler. Jamais. À personne.

— Oui, dis-je dans un souffle.

Parce que je me rappelle tout, désormais.

Tout ce que j'ai enfoui jusque-là au plus profond de mon esprit. La raison pour laquelle je me suis réfugiée dans le déni. Les souvenirs que j'ai perdus parce que ma culpabilité était intolérable. Ce profond dégoût de moi-même que les médicaments ont rendu supportable.

Le rêve aurait dû m'alerter, il y a des semaines. J'avais la tête rasée parce que j'avais fait quelque chose de honteux. J'étais nue dans la cuisine et il y avait tous ces gens qui m'observaient… Dont un homme, qui dévorait du regard ma nudité.

Je m'étais masturbée à mon réveil, car c'était de sexe qu'il était question. Mais pas avec mon ex, celui que j'avais revu quand les jumelles étaient encore bébés.

La réalité était bien plus sordide.

Ce soir-là, Angus devait arriver tard dans le Devon. Maman et papa étaient sortis. Alors j'ai invité cet homme à venir boire un verre. Je l'avais rencontré dans le bar du chantier de construction navale, à Instow, quelques mois plus tôt. Et je lui ai demandé de venir ce soir-là parce que je voulais coucher avec lui. Je m'ennuyais au lit avec mon mari ; j'ai toujours aimé le sexe plus que lui.

Et j'avais envie d'éprouver le frisson de la nouveauté.

— Maman ?

— Oui, ma puce. Ça va. Tout va bien.

Je l'ai embrassé passionnément dans la cuisine. Voilà pourquoi je ne pensais pas aux filles : je buvais du vin en compagnie d'un homme qui me plaisait et avec qui j'avais envie de coucher. Nous échangions un long baiser fougueux par-dessus la table quand les jumelles sont rentrées et nous ont surpris. Gênée et un peu ivre, je leur ai crié de s'en aller. Puis j'ai entraîné mon partenaire au premier, où je me suis donnée à lui dans la chambre d'amis.

Il s'appelait Simon, ça me revient maintenant. Un beau gars, membre d'un équipage. Plus jeune qu'Angus. En fait, il ressemblait à Angus quand je l'ai rencontré.

Les souvenirs affluent. La tempête a également ouvert une brèche en moi.

Après le départ de Simon, je me suis endormie sur le lit, fatiguée par l'alcool et par nos ébats. Nous étions toujours seules dans la maison, les jumelles et moi. Quand elles ont frappé timidement à la porte de la chambre d'amis, je leur ai ordonné de me laisser tranquille. Et je me suis rendormie.

C'est le cri qui m'a réveillée et m'a fait prendre conscience de ce que j'avais fait.

Je me suis ruée au deuxième étage, où j'ai trouvé ma fille sur le balcon. Et ses hurlements au sujet de sa sœur m'ont mise face à une vérité que je ne pouvais pas affronter : j'avais trompé Angus pour la seconde fois, et mon enfant était morte à cause de mon infidélité. Alors j'ai caché à tout le monde ma faute et ma négligence : aux policiers, à l'hôpital, à Angus. Poussée par la culpabilité, j'ai dit pour essayer de détourner l'attention que ma fille était tombée du balcon du premier. J'ai transformé en mensonges acceptables une réalité trop intolérable. Dans l'intérêt de tous, et surtout dans le mien.

Les autres – Angus, ma mère, mon médecin – savaient cependant ce qu'il en était de mes actes impardonnables. Pourtant, ils n'ont rien dit, pas même à la police. Pour me protéger ?

Mais comment ma mère l'a-t-elle appris ? Comment Angus l'a-t-il découvert ?

Peut-être que maman a vu quelque chose, que ma fille lui a tout raconté ou que Simon a laissé échapper une remarque dans un bar : « J'étais avec sa mère, le soir où la gamine s'est tuée. » Peu importe. Le fait est qu'ils ont tout compris : je me trouvais avec un autre homme, encore une fois, et à cause de mon irresponsabilité ma fille était morte. Ils ont néanmoins tout mis en œuvre depuis pour cacher cette vérité dévastatrice.

— Je suis désolée, ma chérie. Tellement désolée…

— Elle revient, maman. Elle est devant la porte.

— Kirstie ?

— Non, Lydia. Elle revient. Écoute.

Le vent gémit et la pluie tombe toujours, mais, oui, je suis sûre d'entendre une voix de l'autre côté du battant.

Laisse-moi entrer. Laisse-moi entrer. C'est ta faute. Tu dois me laisser entrer.

Je pleure, à présent. Ma fille me serre étroitement contre elle dans le lit tandis que je sanglote, et que sa jumelle répète :

Je suis là, maman. Laisse-moi entrer. Je suis revenue.

J'embrasse Lydia sur le front.

— Elle a sauté, c'est ça ?

Elle pose sur moi ses yeux bleus si semblables à ceux de sa grand-mère. D'une voix tremblante, elle répond :

— Non, maman. On voulait descendre du balcon d'en haut jusqu'à celui de la chambre où t'étais. On avait peur d'ouvrir la porte, parce que t'avais crié et que t'étais en colère contre nous, mais Lydia voulait voir par la fenêtre si t'étais avec le monsieur qui était pas papa. Alors, elle est passée la première, moi, je l'ai suivie, et après elle m'a attrapée… Elle m'a attrapée parce qu'elle glissait, et elle m'a tirée fort et…

Elle étouffe un sanglot.

— Je l'ai poussée, maman ! Elle est tombée tout en bas, c'était ma faute. Tu l'aimais plus que moi, et je l'ai poussée parce que j'allais tomber moi aussi.

Les larmes coulent sur ses joues.

— Elle est tombée, maman. À cause de moi. Je l'ai poussée parce qu'elle me tirait.

Je suis réduite au silence. Ma culpabilité atteint des sommets. Je sais désormais tout ce qu'il y a à savoir.

Ma fille morte est derrière cette porte, innocente et accusatrice. J'ai besoin de m'excuser une dernière fois, de la seule façon possible. C'est le moment ou jamais. Je me lève et me rhabille en hâte.

Lydia me regarde dans la pénombre. Les larmes sèchent sur ses joues. Je m'accroupis près du lit, et écarte de son visage des mèches blondes.

— Tu n'as rien à te reprocher, ma puce. Tout est ma faute. Tu n'y es pour rien, ma chérie. Vous étiez en train de jouer, c'est tout. C'est moi qui ai mal agi. Tout a toujours été ma faute. À cause de ce que j'ai fait ce soir-là, tu as été profondément perturbée, trop longtemps. À cause de moi.

Je prends une profonde inspiration et l'embrasse sur le front.

— C'est pour ça qu'il faut qu'on s'en aille d'ici le plus vite possible. Tout de suite.

— Dans le noir ? J'ai peur, maman.

— Ne t'inquiète pas, bichette. J'ai ma lampe.

— Mais le vent ? Et la pluie et tout ?

— Ne t'en fais pas. Viens. La mer se retire à six heures. On pourra traverser, ça ne nous prendra pas longtemps.

Lydia me dévisage toujours, les sourcils froncés, l'air perplexe. Puis, de son petit poing fermé, elle s'essuie les yeux. Je sais que si elle recommence à pleurer, je ne serai pas capable de mettre mon projet à exécution. Le temps presse.

— Rappelle-toi que je t'ai toujours aimée, ma chérie. Toujours. Je vous ai aimées toutes les deux.

Elle garde le silence quelques instants, avant de murmurer :

— Je suis désolée d'être tombée, maman. Je voulais descendre pour te voir. Je suis désolée d'avoir tiré Kirstie…

— Quoi ?

— Pardon d'être tombée, maman. Pardon d'être morte.

Je l'embrasse encore une fois.

— Ne dis pas ça, Lydia. C'est arrivé à cause de moi, et de personne d'autre. Mais je t'aime, ma puce.

Je tends la main.

— Maintenant, il est temps pour nous de partir et d'aller retrouver ta sœur, pour être toutes les trois ensemble.

Elle hoche lentement la tête. Nous nous levons et, main dans la main, marchons vers la porte. Je tire le verrou, tourne la poignée. Ses vêtements chauds sont dans le salon. Je l'aide à enfiler ses bottes, puis son anorak rose, dont je monte la fermeture Éclair jusque sous son menton. Je passe ensuite le mien, et chausse mes bottes en caoutchouc.

Nous traversons la salle à manger inondée pour nous rendre dans la cuisine sombre, où l'eau goutte aussi du plafond. La tempête est en train de détruire le cottage. Il est temps pour nous de partir.

Serrant la main de Lydia dans la mienne, j'ouvre la porte de la cuisine et sors sous le déluge, dans l'obscurité balayée par le vent furieux.

Dehors, tout est aussi froid que la glace.

27

Angus remonta la fermeture Éclair de son ciré, puis le boutonna soigneusement, avant de se rendre compte qu'il aurait besoin de superposer d'autres couches de vêtements pour affronter la tempête qui faisait toujours rage sur les vasières à six heures du matin.

Il était tellement ivre qu'il ne pouvait plus compter sur ses facultés de jugement. Il défit le ciré et se rassit sur le lit en écoutant le vent hurler autour du Selkie. On aurait dit une bande de gamins jouant aux fantômes.

L'illusion était assez frappante.

Juste un dernier verre.

Il tendit la main vers la bouteille, faillit la renverser et se servit une bonne rasade d'Ardbeg. L'alcool à la saveur fumée lui brûla la gorge, et il grimaça en se relevant.

Encore une veste en polaire, encore un pull. Et le ciré, une nouvelle fois.

Il se baissa en chancelant, attrapa ses chaussures de randonnée et les enfila. Elles avaient beau être solides et étanches, elles ne le protégeraient pas de l'eau froide qui imprégnait la vase. Il allait se faire tremper. Mais quelle importance, du moment qu'il parvenait à atteindre

Torran ? Où il ferait ce qu'il avait à faire pour sauver sa fille.

Il ne vit personne dehors quand il poussa la porte de l'hôtel, dont tous les bruits étaient étouffés par le grondement des bourrasques. Devant lui, il n'y avait que la nuit tourmentée.

Des lumières accrochées sur un fil électrique dansaient follement sous les rafales. Le pinceau du phare de Torran trouait l'obscurité.

Angus marcha jusqu'au quai, descendit sur la plage de galets et s'engagea sur l'étendue bourbeuse en direction de Salmadair. Il sentait le froid s'insinuer le long de sa nuque ; outre la pluie qui tombait, un brouillard de plus en plus épais flottait désormais sur le Sound.

Avait-il pris la bonne direction, au moins ? La lampe pesait lourd dans ses mains gelées. Il aurait dû emporter la frontale. C'était vraiment un oubli stupide. Or, la moindre erreur pouvait avoir de graves conséquences dans les vasières.

Il regarda à gauche, et vit des formes noires. Plus noires que la nuit. Se détachant sur fond gris. Des bateaux, sûrement. Puis le vent hurla dans les sapins de Camuscross, et il eut l'impression d'entendre de nouveau Beany enlisé, se débattant pour sauver sa vie.

— Beany ?

Ce fut plus fort que lui. Il l'aimait tellement, ce chien…

— Beany ? Beano !

Ses cris furent emportés dans le néant. Angus pataugeait maintenant dans la boue jusqu'aux chevilles. Il était perdu, ivre, et en difficulté.

Au prix d'un gros effort, il parvint à extirper son pied de la bourbe collante. Il reprit ensuite sa progression laborieuse, les épaules rentrées pour essayer de se protéger du vent cinglant et de la pluie. Il ne voyait plus le phare. Était-il parti dans le mauvais sens ? Retournait-il à l'endroit où il avait failli se noyer en voulant sauver son chien ?

Là.

Une silhouette ? Il aurait juré voir quelqu'un. Peut-être même deux personnes, un adulte et un enfant, avançant courbées. Que faisaient-elles dehors, en pleine tempête, avant le lever du jour ?

C'étaient Sarah et Kirstie, forcément. D'ailleurs, il entendait maintenant sa fille l'appeler. Il connaissait si bien cette voix ! *Papa papa papa...*

Le ton était suppliant. Mais où se trouvait-elle ?

À force d'explorer du regard les alentours, il distingua les rochers de Salmadair, d'un gris plus clair que le reste. Kirstie et Sarah avaient dû se réfugier là-bas ; il n'avait plus qu'à les rejoindre et à les ramener sur le continent.

— J'arrive, ma chérie ! Tiens bon.

Papa.

Angus pila net et scruta les rideaux de pluie. Les silhouettes avaient disparu. À certains endroits, le brouillard formait des tourbillons mouvants qui avaient pu l'abuser. Avait-il imaginé l'adulte et l'enfant ? Possible. Il n'y avait sans doute personne dehors. Et pourquoi Sarah et Kirstie auraient-elles quitté le cottage par une nuit pareille, alors que la traversée était on ne peut plus périlleuse ?

Mais le gémissement ? La voix ?

Il ne s'agissait peut-être ni d'un enfant ni d'un chien – juste du vent, dont il entendait toujours les hurlements. La peur et le désespoir altéraient sûrement ses perceptions.

Quand il se remit en marche, tête basse, son pied gauche dérapa, et il appuya une main dans la boue afin de se relever. Il eut l'impression de la plonger dans du ciment frais pour y laisser l'empreinte de ses doigts. Ce fut ensuite son pied droit qui s'enfonça dans un trou d'eau glaciale.

Serrant les dents, il retira de la flaque sa chaussure ruisselante. La mer remontait-elle déjà ? Non, certainement pas. Mais depuis combien de temps errait-il ainsi ? Il se sentait désorienté, fatigué et toujours sous l'effet de l'alcool. Sans compter que le brouillard occultait la lumière du phare.

À moins que… Il lui sembla percevoir un reflet pâle dans la grisaille, telle une forme menaçante sous l'eau, ou une tache suspecte sur une radio.

Durant une seconde, les bancs de brume s'écartèrent.

Là. Oui, c'était bien le phare. Il n'était plus très loin, à présent. Une fois qu'il aurait atteint la chaussée, ce serait plus facile.

À cet instant, son regard fut de nouveau attiré par un mouvement – celui d'une petite silhouette qui se déplaçait étrangement, filant de gauche à droite. À toute vitesse. Pas comme un enfant, plutôt comme un chien. Était-ce Beany ? Angus en était toujours à se poser la question quand la forme s'évanouit.

Il escalada péniblement le terre-plein de la chaussée.

Il n'y avait plus aucun mouvement sur les vasières. Le phare, à présent tout proche, lui montrait la voie. Angus s'élança, soulagé de sentir sous ses pieds la roche et les galets. Toutes les neuf secondes, le pinceau lumineux éclairait sa route.

Allez, allez, allez.

Oui. Il était sur l'île. Des lumières brillaient dans le cottage. Dans quelle pièce ? Leur chambre ?

Il gravit à toute allure le chemin jusqu'à la maison. La porte de la cuisine, grande ouverte, battait furieusement.

Pourquoi Sarah ne l'avait-elle pas fermée ?

Il franchit le seuil. Le sol était mouillé, il y avait de l'eau partout. Un instant plus tard, la clarté de sa torche lui révéla la cause de l'inondation : un trou énorme dans le plafond de la salle à manger, d'où émergeait une grosse poutre brisée.

— Kirstie ?

Il criait pour couvrir les rugissements du vent.

— Kirstie ! Sarah ! Lydia ! C'est moi !

Aucune réponse. Il n'y avait personne, apparemment. Étaient-ce elles qu'il avait aperçues dans le brouillard ?

Il fit une dernière tentative.

— Lydia ! Sarah !

Toujours rien. Dans la chambre, peut-être ? Il se rua hors du salon, ouvrit la porte d'un coup de pied et survola du regard le lit, la chaise, et le mur où le chef de clan peint tendait la main vers le crucifix.

La pièce était vide, la lumière allumée, les draps défaits. Sarah n'était pas partie depuis longtemps.

Il les avait perdues. Elles risquaient toutes les deux la mort sur ces étendues traîtresses.

Puis il entendit la voix, venue de l'autre bout du cottage.

— Je suis là ! Je suis là !

Six mois plus tard

28

C'est la première belle journée d'été, après un printemps particulièrement pluvieux : des jours et des jours de grisaille et de crachin. Mais aujourd'hui l'air est lumineux et les montagnes de Knoydart étincellent de l'autre côté du Sound.

Sgurr an Fhuarain, Sgurr Mor, Fraoch Bheinn.

Alors que nous approchons de Torran, j'examine le phare. Ainsi que Molly me l'a dit, la grille a été réparée. Et d'autres signes indiquent des travaux en cours : tas de briques et de planches, brouettes abandonnées sur la plage… Comme c'est le week-end, les artisans sont absents.

Le nouveau dinghy accoste doucement sur les galets. Je tends la main, mais Kirstie déclare :

— Non, je peux me débrouiller toute seule, maintenant.

Elle descend du canot, et, ensemble, nous gravissons le chemin bordé de bruyères, avant de pousser la porte de la cuisine.

Une légère brise m'accueille, comme si le cottage relâchait enfin son souffle après l'avoir retenu en m'attendant.

Ce n'est qu'une illusion, bien sûr. Le courant d'air provient du trou dans le toit, où s'engouffre le vent. Le « passage » se rétrécit ; la nature le revendique.

— Il fait froid, observe Kirstie.

Elle a raison. Malgré le réchauffement des températures, le cottage de Torran reste glacial.

Nous passons ensemble dans la salle à manger. Jusque-là, l'essentiel des travaux s'est concentré sur l'extérieur ; à peu de chose près, l'intérieur est demeuré tel que ce soir-là. La pièce est entièrement dévastée, et la poutre qui a traversé le plafond émerge toujours, tel l'os brisé d'une mauvaise fracture. Kirstie regarde autour d'elle.

— Quel fouillis ! s'exclame-t-elle.

C'est la troisième ou quatrième fois depuis la tempête que je parviens à vaincre mes réticences pour retourner sur l'île. Je m'efforce de reléguer derrière nous les traumatismes du passé, mais à chaque visite Torran fait resurgir les souvenirs. Aujourd'hui, le cottage m'oppresse ; je ne peux pas y rester plus d'une heure.

Parce que les images de cette nuit-là, de cette ultime traversée des vasières balayées par les bourrasques, ne s'effaceront jamais.

— Qu'est-ce qu'on attend ?

Impatiente, Kirstie me tire par la manche. Je souris pour masquer mon anxiété.

— Rien, ma puce. Rien du tout. Allez, va voir s'il reste des jouets dans un coin. C'est probablement la dernière fois que tu viens ici.

Elle s'élance aussitôt dans le couloir.

Je pousse la porte du salon en essayant de refouler ma peine et ma peur, de me comporter en parent responsable. En parent unique, puisque telle est désormais ma vie.

Dès que les travaux seront terminés, nous chercherons un acquéreur pour l'île.

Josh et Molly ont finalement revendu leur terrain à Tokavaig, et investi l'argent à Torran, ce qui nous a permis de poursuivre la rénovation du cottage. La moitié de la bâtisse sera démolie ; par une étrange ironie du sort, les dégâts nous ont donné la possibilité de contourner la législation sur les monuments historiques. Tout devrait être terminé l'année prochaine. Nous espérons en tirer au moins deux millions, que nous nous partagerons.

Kirstie et moi serons définitivement à l'abri du besoin. Au moins, les angoisses financières nous seront épargnées.

La maison chuchote quand le vent passe par le toit. Je me dirige rapidement vers la chambre principale, où se trouve le lit de l'Amiral. Je jette un coup d'œil au miroir. S'il est toujours là, c'est pour une bonne raison : je n'en veux pas. Il me rappelle trop ces semaines éprouvantes et tragiques.

Combien d'images faussées nous ont-elles été renvoyées au cours de ce mois où nous avons vécu sur Torran ? Les abus sexuels, le meurtre, tout n'était qu'apparences fallacieuses. À moins que ce ne soit un effet de transparence qui nous ait abusés ? Nous nous obstinions à voir une de nos filles à travers l'autre, sauf que le reflet perçu était altéré et déformé, comme contemplé à travers une fine couche de glace.

Ma pauvre Lydia est tombée, parce qu'elle avait voulu descendre du balcon du deuxième étage afin d'essayer d'apercevoir sa mère. Kirstie l'a repoussée pour ne pas chuter elle aussi, mais ce n'était en aucun cas un meurtre.

Je frissonne, le cœur empli de culpabilité et de regret.

La chambre est encore plus froide que la salle à manger. Le chef de clan écossais tend la main vers moi, comme pour dire : « Va-t'en, va-t'en ! » Je m'empresse d'obéir. Quand je ressors dans le couloir, Kirstie me rejoint en courant. Elle porte des leggings jaunes sous une jupe en jean. Sa tenue favorite.

— Tu as trouvé des jouets à emporter ?

— Y en avait qu'un, sous le lit, répond-elle.

— Lequel ?

— Desmond le dragon.

Le petit dragon.

— Mais je suis pas sûre que je le veux.

Elle le sort de son sac à dos One Direction, et je le glisse dans ma poche. Je dois résister au désir de le jeter au loin, comme s'il s'agissait de quelque chose d'empoisonné.

Elle s'est peut-être lassée de ces jouets pour petits ; après tout, elle a huit ans maintenant. Son enfance ne durera pas éternellement, et je veux que nous en profitions au maximum. Nous habitons aujourd'hui une belle maison à Ornsay, et Kirstie fréquente une excellente école à Broadford. Le trajet en voiture nous prend vingt minutes chaque matin, mais ça ne me dérange pas. Je ne pouvais concevoir de la renvoyer à Klerdale.

Bizarrement, pourtant, elle s'est fait des amis au village, entre autres parmi les enfants qui l'ont connue à Klerdale. Elle jouit même d'une certaine popularité : c'est la fille qui a des histoires à raconter. Elle a toujours été plus exubérante que Lydia.

— J'ai aussi trouvé quelque chose pour Beany, annonce-t-elle.

— Ah oui ?

Elle fouille de nouveau dans son sac à dos, et en sort cette fois un os en plastique. Un des jouets de notre chien.

— Merci, dis-je en le prenant. Ce bon vieux Beano sera content.

Il nous attend au pub, où il se fait dorloter par Gordon et les autres habitués. Sa survie tient du miracle. Le lendemain de la tempête, il a reparu sur le quai du Selkie, boueux, tremblant et frissonnant – le fantôme crotté d'un chien. Mais il reste marqué par ce qu'il a enduré : il refuse de venir sur l'île et pleurniche chaque fois que je veux le prendre avec moi dans le canot ou l'emmener promener dans les vasières.

L'os en plastique est maintenant dans la poche de ma veste. Kirstie et moi sortons du cottage, et je tire derrière moi la porte de la cuisine en songeant que, bientôt, je la fermerai pour de bon – quand nous aurons vendu l'île.

Et cette perspective me réjouit.

J'aimerai toujours Torran, j'admirerai toujours son impressionnante beauté, mais je préfère la voir de loin, des tables devant le Selkie. L'île, avec ses vents furieux, ses rongeurs et ses orages venus d'Ardvasar, nous a vaincus.

Je serre fort la main de Kirstie tandis que nous redescendons vers le phare. Comme si l'île risquait de la retenir.

— Allez, Kirstie-koo, on rentre.

— M'appelle pas comme ça ! Juste Kirstie !

Le temps de larguer les amarres, et nous grimpons dans le canot. Je tire sur le câble pour faire démarrer le moteur.

Kirstie est assise à l'arrière, où elle fredonne sa chanson préférée. De la pop, je crois. Je soupire sans chercher à dissimuler mon soulagement quand nous nous éloignons de Torran. Le silence nous enveloppe. Puis un phoque gris fend la surface devant nous.

Ma fille le regarde et sourit, et c'est bien le sourire de Kirstie qui illumine son visage : espiègle, malicieux, plein de vie. Elle va mieux, beaucoup mieux. La thérapie l'a énormément aidée. Aujourd'hui, nous avons réussi à la convaincre qu'elle n'est pas responsable de la chute de Lydia. Moi, en revanche, je dois vivre avec la culpabilité engendrée par mon acte inqualifiable : j'ai délibérément brouillé ses repères d'identité. Je ne sais pas si je pourrai un jour me le pardonner.

Le phoque a disparu. Kirstie se détourne, et soudain son visage s'assombrit.

— Qu'est-ce qu'il y a, ma puce ?

Elle tourne la tête vers Torran.

— Lydia est revenue, hein ?

— Oui, pendant un petit moment.

— Mais elle est partie, maintenant ? Et je suis redevenue Kirstie.

— Oui. Tu es Kirstie. Tu l'as toujours été.

Durant quelques instants, on n'entend plus que le moteur du dinghy qui fend les flots. Puis elle déclare :

— Maman me manque. Et Lydia aussi.

— Je sais. Elles me manquent à moi aussi, ma chérie.

C'est vrai, elles me manquent chaque jour que Dieu fait. Mais ma fille survivante et moi sommes là l'un pour l'autre.

Et nous avons encore nos petits secrets, qui ne seront peut-être jamais dévoilés. Celui de Kirstie concerne la nuit de la tempête : elle a toujours refusé de me raconter ce qui s'était passé, ce qu'elles avaient pu se dire. J'ai renoncé depuis longtemps à l'interroger, de crainte de la perturber davantage. Pourquoi revenir en arrière ? Pourquoi vouloir à toute force déterrer le passé ?

De même, je ne lui ai jamais révélé toute la vérité au sujet de sa mère.

Quand j'ai découvert Kirstie blottie dans le cottage, elle n'avait apparemment aucune idée de l'endroit où se trouvait Sarah. Alors j'ai fouillé la maison de fond en comble. Le jour se levait au-dessus du continent lorsque Josh et Gordon sont arrivés à bord du skiff de Gordon. Ils nous ont délivrés de Torran, et ramenés dans la chaleur et la sécurité du foyer de Josh.

C'est là que nous avons appris la nouvelle pour Sarah, avant même que les recherches aient été lancées.

Son corps avait été repéré par un pêcheur, échoué sur la plage à Camuscross. Aussitôt après, les policiers ont envahi Torran. Je les ai laissés faire ; je n'avais qu'une idée en tête : nous protéger, Kirstie et moi, des journalistes et des enquêteurs. Nous nous sommes cachés chez Josh et Molly, d'où nous avions vue sur les sorbiers frémissants derrière les grandes fenêtres.

Une semaine plus tard, la police a rendu ses conclusions : Sarah avait quitté le cottage, sans doute pour aller chercher de l'aide, était tombée dans la boue et s'était noyée. C'était si simple… Trop simple ? De toute évidence, il s'agissait d'un accident.

Mais en était-ce vraiment un ? Je suis hanté par cette phrase entendue chez les Freedland : « Tout amour est une forme de suicide. » Sarah a-t-elle voulu rejoindre sa fille morte ? A-t-elle été submergée par la culpabilité après avoir lu les documents rangés dans le tiroir de la commode ? J'ai trouvé la lettre du médecin abandonnée par terre dans la chambre, ce soir-là, quand je cherchais Kirstie. Je l'ai détruite.

Des questions me troubleront toujours : Sarah aurait-elle pu laisser sa fille toute seule dans le cottage, en pleine tempête ? Est-ce une ou deux silhouettes que j'ai vues dans le brouillard, quand j'essayais moi-même d'atteindre Torran ?

Je n'aurai jamais de certitudes, même si j'ai des éléments de réponse dont je ne parlerai pas à Kirstie. En aucun cas. Aussi longtemps que je vivrai.

Quand la dépouille de Sarah a été retrouvée, portée par la marée, elle agrippait par la manche l'anorak rose de Lydia.

Et quand le légiste a pratiqué l'autopsie, il a découvert entre ses doigts de fines mèches de cheveux blonds, comme si elle avait désespérément agrippé quelqu'un lors de ses derniers instants – comme si elle avait voulu empêcher son enfant de se noyer.

Kirstie regarde en direction du sud, vers Mallaig. Je tourne le dos à Torran.

C'est une belle journée dégagée en ce début du mois de juin. Le ciel se reflète dans les lochs. Pourtant, un vent froid souffle des magnifiques montagnes alentour.

Sgurr an Fhuarain, Sgurr Mor, Fraoch Bheinn.

Remerciements

J'aimerais remercier Joel Franklyn, Dede MacGillivray, Gus MacLean, Ben Timberlake, et surtout Angel Sedgwick pour leur aide dans mes recherches.

Tous ceux qui connaissent les Hébrides intérieures ne manqueront pas de noter la très forte ressemblance entre « Eilean Torran » et la véritable Eilean Sionnach, près d'Isleornsay, à Skye. Ce n'est pas une coïncidence : ce roman m'a été inspiré en partie par les nombreux séjours que j'ai faits au cours de ma vie sur cette île magnifique, où je logeais dans un cottage blanchi à la chaux près du phare.

Néanmoins, tous les événements et personnages dont il est question dans mon livre sont purement fictifs.

Au niveau éditorial, je voudrais remercier Jane Johnson, Helen Atsma, Kate Stephenson et Eugenie Furniss. Sans leurs encouragements et leurs conseils avisés, ce roman n'existerait pas.

Enfin, toute ma gratitude à Hywel Davies et Elizabeth Doherty, pour avoir semé la première graine qui a germé en une idée : les jumeaux.

Composition et mise en pages
Nord Compo à Villeneuve-d'Ascq

Imprimé en France par

MAURY IMPRIMEUR
à Malesherbes (Loiret)
en février 2017

POCKET – 12, avenue d'Italie – 75627 Paris Cedex 13

N° d'impression : 215766
Dépôt légal : mars 2017
S26967/01